茅盾研究
八十年書系

錢振綱・鍾桂松◎主編

周景雷◎著

53

茅盾與
中國現代文學

花木蘭文化出版社

國家圖書館出版品預行編目資料

茅盾與中國現代文學／周景雷 著 — 初版 — 新北市：花木蘭
文化出版社，2014〔民 103〕

序 4+ 目 4+264 面；19×26 公分

（茅盾研究八十年書系；第 53 冊）

ISBN：978-986-322-743-4（精裝）

1. 沈德鴻 2. 中國當代文學 3. 文學評論

820.908   103010665

中國茅盾研究會《茅盾研究八十年書系》編委會

主　編：錢振綱 鍾桂松

副主編：許建輝 王中忱 李　玲

特邀顧問：

邵伯周 孫中田 莊鍾慶 丁爾綱 萬樹玉 李　岫

王嘉良 李廣德 翟德耀 李庶長 高利克 唐金海

ISBN-978-986-322-743-4

9 789863 227434

茅盾研究八十年書系
第五三冊

ISBN：978-986-322-743-4

茅盾與中國現代文學

本書據中國社會科學出版社 2004 年 4 月版重印

作　　者　周景雷
主　　編　錢振綱　鍾桂松
總 編 輯　杜潔祥
副總編輯　楊嘉樂
編　　輯　許郁翎
出　　版　花木蘭文化出版社
社　　長　高小娟
聯絡地址　235 新北市中和區中安街七二號十三樓
　　　　　電話：02-2923-1455／傳真：02-2923-1452
網　　址　http://www.huamulan.tw 信箱 hml 810518@gmail.com
印　　刷　普羅文化出版廣告事業
初　　版　2014 年 7 月
定　　價　60 冊（精裝）新台幣 120,000 元

茅盾與中國現代文學

周景雷 著

作者簡介

周景雷，男，1966 年出生於遼寧大連，畢業於復旦大學，獲博士學位；現供職於渤海大學，教授。早期致力於左翼文學研究，現轉為當代長篇小說研究；已經出版《茅盾與中國現代文學》、《小說走過新時期》、《文學與溫暖的對話》等學術專著。現為全國茅盾研究會理事、遼寧省魯迅研究會副會長、遼寧省美學會副會長、遼寧省作家協會理事。

提　　要

　　本書將茅盾置於中國現代文學背景之下，通過茅盾與現代小說、與現實主義、與左翼文學、與現代文學評論、與現代作家以及與中外文化淵源等六個角度，研討了茅盾與中國現代文學之間的生成性關係，系統梳理了茅盾文學思想的形成過程和創作上的心理歷程。在一些方面，比如關於茅盾全部小說創作的系列構成狀態、關於茅盾筆下女性形象形成的心理因素和象徵意味、關於對五四運動、左翼文學文學認識和評價的前後歷程、關於左翼文學現實主義問題的內部構成及衝突以及關於茅盾個人文學傳統的形成和流轉等方面都進行了比較深刻的探討，提出了一些新的觀點和思考。茅盾終其一生的理性思維一方面為文學發展提供了更加科學的方法，另一方面也為研究者的研究提出了更多的挑戰。因此，他可能為我們留下了更多的研究空間。

觀瀾索源
序《茅盾與中國現代文學》

唐金海

　　看完景雷的博士論文《茅盾與中國現代文學》，已是萬籟俱寂的深夜。凝神默想，欣然記感。

　　有十年教學和研究的基礎，三年博士生涯的深造和一年多日以繼夜的思考、寫作和改稿，景雷終於在文壇的喧鬧聲中為當今學術界捧出了這部二十餘萬言的專著。

　　寫博士論文首要的是貴在佔有豐富的史料基礎上，選題新穎，立意獨到，求新求真。但景雷選定茅盾為重點研究對象，如在書山中尋覓，在茂林中探索。因為茅盾是文學大家，是二十世紀中國文化界舉足輕重的領軍人物，幾乎一直備受文壇關注，近十餘年間又時見責難、貶抑之說。故迄今為止，中外茅盾研究的史料、論文、專著，據不完全統計，已多達兩千餘萬言，而茅盾自己的文學作品、論著、譯文和書信、日記等計有一千餘萬言，──再加上中外與此較為直接相關的豐富的文、史、哲史料和典籍，也是一個認真的茅盾研究者必讀的內容，可謂卷帙浩繁，僅此一端，足可令當今不少學子望而卻步。而況一個時期來虛浮躁動之風盛行，急功近利之欲泛濫，「左翼」文壇也在新的歷史審判臺前遭到了最嚴厲的拷問。如此等等，面對各種干擾，景雷在與導師反覆商討後，最終還是毅然作出了自己的選擇。

　　如前所說，論文或論著成功的關鍵，在於是否具有獨到的立意，是否具有學理性的創新。茅盾研究史上，經歲月的大浪淘沙，那些為數不少的、獨具慧眼的、或有深意和新意、或有代表性的論文、論著和編著已流傳史冊。

如羅美（沈澤民）的《關於〈幻滅〉》、施蒂而（瞿秋白）的《讀〈子夜〉》、朱佩弦（自清）的《子夜》、王瑤的《茅盾對中國現代文學的歷史貢獻》等，以及馮雪峰、葉子銘、莊鍾慶、邵伯周、孫中田、萬樹玉、丁爾剛、李岫、王中忱、王嘉良、鍾桂松等的論著，另有約翰・伯寧豪森（美）、馬・嘎利克（捷）、松井博光（日）、沈邁衡（美）等國外學者的論文和著作——他們的論著已分別對茅盾做了多方面的研究，其中一些已具有原創性和超時空性的經典價值。

茅盾研究領域雖然已有不少茂林佳卉，周景雷卻能從一個獨特而難度較大的方位進行審視，以茅盾與中國現代文學史和文化史爲大框架，著重論析茅盾「這一個」在上述宏大的「文學場」和「文學流」中突現的獨特性和影響，力求更清晰的顯現「茅盾文學形象和精神」在文學和文化史的交織動態中，揭示「茅盾文學形象和精神」形成和變化的源流和緣由——這是一種更深層次的思考和筆力。首先是對「茅盾文學形象和精神」的宏觀的概括——如茅盾與中國國現代小說、與現實主義理論、與左翼文學、與中國現代文學評論，與魯迅等幾位文學、文化界舉足輕重的人物，以及與中外文化淵源——這種概括已充分顯示了作者眼力的敏銳和準確。雖然茅盾在中國現代「文學場」和「文學流」中還對兒童文學、戲劇創作及文化和社會活動等方面作出過令文壇注目的努力，論文作者爲了能對「茅盾文學形象和精神」作更多的理論探討，論文只好「避重就輕」，從而集中筆力主要著眼於茅盾與中國現代文學的互動性和互源性、茅盾文論和創作中的現代性、在與胡風的主觀現實主義和周揚的理想現實主義的比較中界定茅盾客觀現實主義的屬性，以及茅盾文學史觀關於「史」的意識和影響、「史」的分期、「史」的分析方法等。上述切入點，有的雖已有研究者涉及，如茅盾的客觀現實主義、茅盾與中國現代文學的互動性、茅盾與中國左翼文學等，但也許是論文作者的著眼點有異，或評介分寸的有別等，有的論文或論著均未能就此作爲重點深入論析。至於茅盾與中國現代文學的互源性，茅盾小說有六個「三部曲」——「革命三部曲」、「農村三部曲」、「諷刺三部曲」、「工商三部曲」、「轉變三部曲」、「抗戰三部曲」——的創見；茅盾文論寫作的文學史意識、茅盾關於「史」的分期和方法等，多年來就少有論者問津了。

一般來說，一篇厚重的文科博士畢業論文的創新主要表現在四方面。發現並開掘尚無人涉足過的、有潛在價值的研究領域、對已有研究領域錯誤觀

點、尤其是對所謂「權威」的錯誤觀點的辯正、對已具備學理價值、或可能偏激、可能淺顯的研究成果的提升或深剖、或以與時俱進的新的思想、新的理論照亮已有研究對象故有的內涵。《茅盾與中國現代文學》為此做出了初步的可貴的努力。雖然茅盾劇本、散文、舊詩、回憶錄等作品成績不菲，而在文學創作上仍以小說創作成績和影響更大。茅盾的長篇小說有多部未能全部續完，但大體能獨立城篇。以往對茅盾小說的研究主要集中在小說主題、人物與時代的關係，人物分析也多半著眼於茅盾筆下的女性、資本家和農民形象。《茅盾與中國現代文學》不僅從人類學和現代性的角度對茅盾小說中女性形象作了不乏新意的分析，而且對知識分子形象傾注了更多的筆力，對茅盾筆下的知識者形象「堅守、逃離與突圍」的「品格分化」所作的分析，將茅盾筆下的梅、慧女士、章秋柳、孫舞陽歸類為「啓蒙派」和將趙伯韜、吳蓀蒲、李玉亭、朱懷義、陳克明、錢良材等歸類為「現代派」的分析，從而論及茅盾文學思想的「現代性意識」。這些見解，雖然還有待學術界更深入的探討，但無疑也是對茅盾研究新思路的一種啓示。

茅盾是在五四和新文化運動大潮的風雨中走出來的，又是這個大潮的弄潮兒和時代風雨中的風雲人物，他的思想、感情、性格極其文學活動都打上了這種「大潮」和「風雨」的鮮明印記。對五四和新文化運動精神內涵的認同，就直接關係到對「茅盾形象和精神」的認同。論文作者不是著眼於以往眾多論者習慣於「時代背景」的游離的分析，而是以如何對待五四新文化運動精神內涵的不同評價為中心軸，從文化的宏觀概括中，將茅盾與「政治派的代表毛澤東」、「文化派的代表胡適」、「啓蒙派的代表魯迅」作扼要的比較分析，論文作者這種高屋建瓴的考察對茅盾的文學評論和文學史觀，就能更鮮明的揭示其文學史理論的個性。論文作者簡明的概括出茅盾文學史理論的幾個要點，如「茅盾主張以政治事件分期」——「從 1917 到 1949 年，茅盾選取了五四運動、五卅運動、北伐戰爭、抗戰爆發、武漢陷落、抗戰勝利等幾個重要的歷史政治事件作為分界點」，又如「茅盾特定的對後世影響較大的文學史傳統」——「定量分析」、「文學中心走向性」、「題材歸納研究」等。上述幾點，在文學史學術界儘管有分歧、有爭論、有褒貶，但論文確是從茅盾在五四新文化運動自身的文學創作和理論中，以及政治和文化活動中，準確的演繹和提取出來的。而且幾十年文學史證明，上述茅盾關於文學史的理論，對後人大量的文學史著述，在一個長時期中產生了巨大的影響。然而，

與此同時，論文的不足也顯露出來了：雖然聯繫新文化運動準確地概括了茅盾文學史理論的幾個要點，而作為二十一世紀初的論文寫作，僅對之做切實的梳理和再現是不夠的，還應與時俱進，將之置於當今時代大文化的新潮中，同時聯繫幾十年來大量受其文學史理論影響的文學史著述的利弊來考察、審視和重評，——如文學史「以政治事件分期」論，——這樣的學術研究，才能更見理論朝氣，更具科學性和深刻性。

面對以為二十世紀的文學巨匠，論文作者既能盱衡大境，又能朝乾夕惕，「觀瀾而索源，振葉以尋根」，（劉勰《文心雕龍》）對茅盾作了精要的梳理和論析，殊屬可嘉。景雷正當少壯，如治學繼以時日，於文學事業一途，當可踵事增華。

遵囑作序，並於風寒中草就，以誌互勉和友情耳。

2004 年 3～5 月
於復旦園

目

次

緒　論

　　自 20 世紀 80 年代中期以後，中國學人的文學史觀念有了一個較大的變化。人們提出了二十世紀文學觀念後，在比較的關係上，自動地將中國文學和世界文學接軌了。大體上，我們一般稱西方文學爲十七世紀文學、十八世紀文學、十九世紀文學、二十世紀文學，再往前說，我們稱之爲文藝復興時代、中世紀文學等等。這對西方這個大的文學區域而言已經完全可以了。但在「中國 20 世紀文學」這個概念以後，似乎到現在我們還沒有一個類似「19 世紀文學」等以此類推的說法。大概的緣由是，19 世紀中國從政治到經濟以及文化上是一個變動不拘的社會，難以用一個「世紀」的概念來涵蓋。由此上溯，在中國古代文學中，我們一般是按照朝代來區分的，比如唐代文學、宋代文學、明清文學等，當然這其中考慮到了文學樣式的變化。這樣在 20 世紀的文學中，按照傳統觀念，似乎也經歷了兩個「朝代」，即中華民國和中華人民共和國。有人主張 1949 年以後的文學稱之爲共和國文學，若如此，那麼在此之前的文學就是民國文學了，但似乎也沒有這種說法。這兩者就是現代文學和當代文學。在提出「20 世紀文學」概念的時候，有一個目的就是要迴避在文學分期上的意識形態干擾，結果如果按照「朝代」劃分，仍然陷入了政治的窠臼，因爲「朝代」的更替本身就是政治鬥爭和變化的結果。

　　在我看來，文學和政治無論如何也是難以割捨的。這主要表現在對意識形態的迴避中實際上潛藏的仍是政治因素，而且往往與以前相比有過之而無不及。近一二十年掀起了張愛玲熱、錢鍾書熱、沈從文、周作人熱、梁實秋熱、林語堂熱等等，顯在的意義是回歸到了文學本體，但我們也看到了這裡所蘊含的巨大的政治動機。因爲這裡是以貶抑在多少年的文學史進程中被尊

崇爲文學大師爲代價的。比如魯迅和茅盾，茅盾甚至都被排除出了文學大師的行列。這是重寫文學史的一種代價。所謂重寫在一些人看來，就是要改變和顚覆在以往的文學史積澱中已經形成的文學史格局，不這樣就達不到重寫的目的。這樣做還應該有一個前提，就是按照現今的文學史觀念，以前的文學史寫作都是錯誤的，至少有一大部分是錯誤的，否則是不應該重寫。但我這樣說或許授人以反對重寫文學史之口實，實際不然，任何一個生活在今天的文學史家和文學研究者都會贊成重寫的，這裡存在的問題是如何重寫。文學史的寫作方式是很多的，但無論如何要遵從一個基本的文學史命題，即文學和歷史的關係。歷史是一個巨大的花籃，它所要盛裝的內涵實在是太多。書寫歷史，不僅要看出順應了歷史潮流的鮮花和香草，也要包容進逆歷史而生的荊棘和野草，實際上不管是前者還是後者，都是對歷史的裝扮和充實。從這個意義上來說，忽視了張愛玲、沈從文等的存在顯然是不對的，但爲了凸顯張、沈等的存在而抹煞了另一種在一個較長歷史時段已經定了型的歷史存在，顯然就又走上與此前所要反對的歷史觀相同的方向上了。這同樣是不正確的。文學史應該是一種寬容的歷史，也就是說決不能因爲在意識形態上的好惡而在一個相當開明和自由的文化和政治環境中再重蹈歷史的覆轍。厚此薄彼，如果說這是在特殊時期、在一種特殊意識形態下的一種文學史觀念，或者說爲了達到這樣一種目的，而完全忽略了文學作爲藝術的存在，那麼在任何一個歷史時段這樣做都將被視爲是錯誤的，尤其是在現在這樣一個極度開放的文化和政治空間中，這種錯誤的意圖就更加顯示出其深度的意識形態用意了。所以說重寫文學史在某種程度上來說是重寫文學史中的意識形態史，文學史的文學性還倒是在其次。這樣，在這樣的一個層次上，文學史寫作又回歸到了意識形態層面上了。

第一節　現當代的文學關係

由於文學史的史的包容性，以及構成文學史的思潮流派、作家作品的社會性，在 20 世紀這樣一個風雲激蕩、社會生活和思想觀念都發生了深刻變化的歷史時期，無疑政治在其中起到了絕對的作用。當然從大的方面來說，政治也是文化的一種，但我們必須看到，這種「文化」絕不是我們日常所說的那種支配了人們道德和生活的文化。這種「文化」所擁有的品格更加劇烈，它所產生的衝擊力更爲強大，它對人們的觀念的形成和改變更具有強制性和

效率性。因此，我們更適宜在討論這個問題時將其獨立出來，並以此來觀照包含文學在內的文化。20 世紀以來，這種政治一直制約著人們關於文化和文學的思考和操作，它甚至影響到了例如沈從文、梁實秋和張愛玲等人對文學本體的運用。關於政治對文學的制約作用，自近代文學向現代文學轉換以來，西方文學和中國傳統文學對此一直是發生著深刻的影響的。這在梁啓超身上體現的最爲明顯。梁啓超關於小說革命的宏論，實際上是站在了西方文學和中國傳統文學的交匯點上，這一交匯點就是政治。梁啓超具有著雙重身份，一方面他擁有中國傳統知識分子的人格觀，這使他參與了清末的維新變法；另一方面他又擁有西方知識分子的使命觀，這使他將西方文化制度和觀念引進中國，而這兩方面的基本立足點必須是政治。政治是急切的和激進的，否則，戊戌悲劇就不會發生。文化的悲劇是緩慢的。秦始皇的焚書坑儒也是通過政治的手段來完成的，而通過這種政治手段所造成的文化悲劇是多少年以後才能夠完全看得出來的。當事人或許永遠也不會知道。在梁啓超之後的諸多人物都是站在同一立場，這種立場是梁啓超開創的，並且具有必然性。陳獨秀、李大釗、傅斯年、魯迅、周作人、郭沫若、茅盾、老舍、曹禺等人都具有與梁啓超相同的屬性，他們都是在中外文化的交匯點上選擇了政治。我們是在這個意義上來說明梁啓超的必然性的。因此，由此推演，在 20 世紀的上半葉，由於中國始終沒有拒絕開放和對外的文化引進，這種支點就一直存在。但由於相對寬鬆的意識形態環境還是允許在此支點之外的另一些小的支點的生存，在內部戰爭和對外戰爭的間隙中，在國民黨和共產黨的意識形態相對薄弱的地區，文學的多元化和非意識形態化也就應運而生了。沈從文的出現和張愛玲的出現就屬此例，但他們的文學成就決不代表中國 20 世紀上半葉文學最高成就。那麼爲什麼這些非意識形態化的文學創作仍然沒有成爲文學創作的最高成就呢？我們不必對此問題做出明確的回答。但卻可以從反向回答意識形態對文學的制約並不絕對影響文學作品的偉大性和文學創作者的偉大性，這一點至少可以說明文學作品中意識形態的合理性。19 世紀的文學大師們從來不迴避文學中的意識形態問題，這是中國早期共產黨人諸如李大釗、瞿秋白、茅盾等人從他們的作品已經看到並引進了。問題在於，他們之間的差別是，十九世紀的大師們善於將政治問題轉化到人們的日常文化當中，人性深層當中，他們使本來就複雜的政治問題更加複雜化和隱蔽化。而中國的文學大師們或者說文學創作者們並沒有看到這一點，理性化的中國傳統文化使他們善於將複雜的問題條理化，條理化的另一種稱呼就是簡單化，

簡單化的結果使意識形態對文學的制約作用更加明晰化，應該說這多少影響了文學的表現力和文學本體的發展。這樣我們所提出的問題是，並不是意識形態影響了中國文學的發展，從此一點來責備中國的作家是不對的；而是簡單化和條理化制約了中國文學的發展。當然，在這種理念指導下，文學中的意識形態觀念便常常處於一種不適當的位置，並遮蔽了文學意識，而一當認識到了這個問題之後，文學本體便會浮上表面，這是一個自覺的過程。

1949 年以後，中國大陸的意識形態得到了高度的統一，但共和國文學也並非如人們所說的就是一個完全封閉的文學。如果說它是完全意識形態化的文學在一定程度上是準確的，但它也是開放的。這種開放主要表現在兩個向度上，一方面我們仍然繼承了延安文學的傳統，向蘇聯學習，創造著自己的革命現實主義和革命浪漫主義相結合的文學作品；另一方面，我們也向外輸出著。我們不斷地和兄弟國家和其他社會主義陣營的國家進行著文化和文學的交流，並在交流中實施著自己的影響。這種影響在一定的程度上來說就是意識形態的影響。它對世界文學的發展到底起了多大的作用，也是不可估量。只是在表現形式上，使文學越來越簡單化。除了這種簡單化之外，開放的範圍和對象的選擇也是制約文學發展的重要因素。這樣我們看到在 20 世紀的文學發展中，在一個相當長時間段內，意識形態在文學中佔據了主要的地位。重寫文學史如果有迴避意識形態的企圖的話，必然要遺漏了歷史，這是極其不負責任的和絲毫沒有歷史感的。沒有歷史感又怎麼能寫出文學史呢？這是我們在討論現當文學關係時必須要解決的第一個問題。

20 世紀現當代文學關係的第二個問題是「文學常識」的定位和處理。此「文學常識」不是通常我們所謂的文學基本知識。文學基本知識因文學個體和時段的不同常常使文學的構成豐富複雜，它們是文學史的最基本單位，是非文學領域的讀者掌握文學史的最基本內容。對於一個非研究者和愛好者而言，佔據和擁有了這些就足以說明他明瞭了文學史。而一個文學研究者就決非如此，故此處的「文學常識」是指一個文學研究者所應有的「常識」，也就是說在研究中所應遵循的基本內涵。對於一個非研究者來說，掌握了一個作家在不同時期有不同作品或者塑造了不同人物，他便擁有了文學基本知識。但對於一個文學研究者來說，他要知道是什麼使這個作家在不同時期塑造了不同人物或者寫出了不同作品，他要探尋的是在這背後的文化和社會意義。這僅僅是一個非常淺顯的例子，在實際的研究中，一個研究者所應深入探究的遠比此要深刻，否則就不會出現較好的研究。這種「文學常識」包含的方

面是很多的。主要的方面有：意識形態要求、作家文化底蘊、思潮或者流派的內外緣因素、大眾文化趨向、讀者接受層次等等，諸如此類，這些既使現當代文學相互聯繫，又使現當代文學相互區別。

　　所謂聯繫是指文學發展的基本命題是不變的，比如不論在何種文學中人的因素總是第一位的，那麼圍繞著人所產生的一系列問題都是文學所要表現的。在這一系列問題中，意識形態的人爲因素最爲明顯，那麼遵從了意識形態意志的文學創作和文學理論自然就有了其合理的存在空間。當然，如果我們上昇到形而上的高度來表達人的潛在心裏欲望和人對自身不斷探求的話，那麼最好的結局是使文學回歸到了最純粹的藝術層次，但它同時也就喪失了在意識形態支配下的發展空間。對二十世紀的中國來說，它就是喪失了大眾。中國的大眾是非常獨特的，這種獨特性主要表現在，不管他們擁有知識還是被知識所拒絕，他們都生活在一種傳統的儒家文化當中。在以儒家文化爲主、儒道釋文化綜合流變中，要麼爲了積極入世，追求生活的現實性和安逸性，要麼爲了來世的榮耀和幸福，認眞修行今世，即現實生活。這樣不管是在「入世」還是「來世」上，現實就成了大眾的一種普遍追求。應該說是現實生活成了中國文學走向形而上的一個最主要障礙。中國傳統文化表現在各個領域中都具有強烈的現實功利性，不管是作家還是政治家較少有超越了現實的哲學透思以及關乎人類整體生存狀況的終極關懷。作家們對現實關注的最大極限就是對現實進行了深刻、尖銳的批判，除此之外，任何對宇宙的追思都將被視爲是一種浪漫主義情結。但這種浪漫又是建立在對現實的矚望上，或者說是對現實的一種烏托邦式的延伸，不具有悲壯性。當現實問題在批判中得到了解決時，似乎所有的追問和所要探討的問題也就解決了，這樣作家在此問題上的思考也就結束了。比如高曉聲的《李順大造屋》，其批判的深刻性不可謂不深，但他探討的不是人類自身問題，而是身外之物的問題，所以當對這種身外之物的渴求得到滿足以後，作家在此一層面上就會停滯不前了，此作品還能獲得全國大獎。這種情況是文化累世相積的結果，不是一個或者幾個作家造成的，也不是一個或者幾個政治家造成的。不這樣思考，就很難理解中國 20 世紀上半葉文學大眾化、民族化的時效性和長期性。就中國的文學長河而言，在 19 世紀以前，文學大眾化、民族化由於沒有外來文化的參與而出現了不自覺狀態和壟斷狀態，而在 20 世紀之後則是開放的和自覺的。大眾的這種特性就變成了一種「文學常識」。再比如，在一個時期中，一些文學史

研究者曾對現代文學史上左翼文學、延安文學以及其後的十七年文學做了否定性閱讀和研究，這種做法顯然忽視了左翼文學、延安文學和十七年文學中的一些文學因素。我們必須認識到，任何一種文學樣式或者文學觀念，不管它已經被如何意識形態化了，它都得必須遵循一些文學的基本原則。是寫小資產階級知識分子還是寫工農兵，是寫中間人物還是寫英雄人物，一度曾成爲文學是否被意識形態化的焦點，但不論如何它還都是文學中的人物。我們說，沈從文、張愛玲在十七年中曾一度被忽略，但爲什麼同類性質的作家老舍、曹禺、巴金就被容納了呢？當然這首先是政治問題，但在政治原因的背後也隱藏著文學標準，那就是表現在文學上的文化現實功利性，這種標準就是我們所說的「文學常識」。

所謂區別是指這些「文學常識」的基本內涵隨著外在制約因素的變化而發生變化。但必須看到這種內涵的變化不會影響文學的最基本構成要素。比如中國自《詩經》以來，歷經了多個朝代，文學樣式又發生了深刻變化，但像《詩經》這樣的文學遺產一直被視爲經典，它並不因意識形態的變化而改變了它的經典地位。有所改變的是由於闡釋角度和標準不同而賦予它更新的含義。在不同的意識形態中，一首愛情詩有可能被闡釋成一首政治諷刺詩，或者一首政治諷喻詩被看成是愛情詩，但這首詩之所以能夠流傳並被人們不斷地闡釋，還是在於它的文學性上。這就是我們所說的區別，也就是說這種區別是在承認文學基本因素的前提下的區別。在 20 世紀中國文學史上，以1949 年爲界，至少有兩個截然不同的意識形態時段，這就是我們所說的現代史和當代史。1949 年以前，儘管以中國傳統文化爲主，但文化是多元的，意識形態是多元的，文學也是多元的。在整個新文學的三十年中，儘管左翼文學以及繼其後的延安文學佔據了主流地位，但像沈從文、張愛玲、巴金、老舍、梁實秋、林語堂、周作人這樣的作家依然存在。在 1949 年以後，文化已經變得一元化了，一方面是對傳統文化的批判，另一方面是對除蘇聯外西方文化的拒絕，這種單向度的批判和單向度的引進，使中國當代文化變得更加純粹了，尤其是意識形態的單一化，已經使其他文化形態和文學意識喪失了一種競爭的可能，所以我們就看到了十七年文學和文革文學。這就是現當代文學相互區別的一面。這種區別不應成爲我們批評現當代文學的唯一的理由。既然我們已經承認在 20 世紀中意識形態對文學的制約作用，就必須得承認在這種意識形態制約下的文學存在。如果我們一方面對意識形態避之唯

恐不及，閃爍其辭，另一方面又對在這種狀態中的文學大加撻伐，很顯然這是對文學不公正的，也是對作家的不公正，這種不公正必然影響到對在意識形態下所形成的「經典化」作品的否定性理解。所以我說，既然我們已經承認了意識形態對文學的制約作用，當你要試圖否認一種文學創作時，首先必須得否認了支撐它的意識形態，很顯然這是誰也做不到的。我之所以一直糾纏在意識形態問題上，是因為在 20 世紀中國文學史上，它是形成「這一個」文學史的一個基本原因，也是今天在重寫文學史上一個首當其衝的問題。曾經有過一段對業已在這種觀念支配下所形成的文學大師的「否定」，這種「否定」實在是沒有抓住它的根本性問題。既然我們已經承認了現當代文學的這種區別，就應該在這種區別中來正確認識現代文學和當代文學。這也是一個「常識」。

探討現當代文學的關係，我們必須還要看到他們之間的傳統性問題。在文學發展史上，當下的文學觀念和文學意識無論如何反傳統，但誰也脫離不了傳統。新文學是在反傳統文學的基礎上起家的，但在新文學三十年實踐中，在很大程度上我們還是走向了傳統。在中國我們較少看到純粹西方式的文學敘述。這並不是說中國沒有出現過純粹西方式的文學，而是說這種文學沒有辦法生存。中國的文化並沒有為之提供生存的土壤，起碼在較短的時間內是做不到這一點的。三、四十年代在上海出現的新感覺派是現代派文學的產物，但它的短壽卻證明了傳統文學和傳統文化強大的排斥力和同化力。我們都知道魯迅是現代小說的奠基人，是中國現代小說之父。為了解決西方小說在向中國引進中所可能遭遇到的障礙，魯迅在使用西方小說觀念和手法時，充分考慮到了中國人的接受可能，因此，他不厭其煩地使用了中國式的意向，這種意向就是中國文化的結晶。而越是如此，它的張力也就越大。在《故事新編》中，魯迅以其嫻熟的技巧把中國文化擺佈得玲瓏剔透，遊刃有餘。試想，如果成長在江南文化環境中的魯迅，改變了小說中的文化背景，那麼其小說的可讀性恐怕就是另一番景象了，其批判性更是無從談起。胡適也是在中西文化教育中成長起來的知識分子，他在西方文化影響下所大力提倡了白話文之後，首先要做的工作就是要從中國的傳統文學中尋找到白話文的傳統，不如此，似乎他們就對自己缺乏自信，似乎這場「革命」就是非法的。中國人歷來善做「古已有之」的宏論，從這個角度說，胡適的努力無疑也是對傳統文化的復興，即將自己的主張納入到中國文學的「法統」當中。有可能的問

題是這種「法統」並不爲中國的主流文學觀念所承認和接納，但是這裡胡適所尋找的並不是能否爲中國傳統文學所接納問題，而是有沒有的問題。如果有，問題就解決了。所以胡適曾堅決主張新文化運動是中國偉大的「文藝復興運動」也並不是沒有道理的。這樣在文學發展中不僅有「文學場」存在，而且也有「文學流」存在。如果說「文學場」是文學的橫向聚合關係的話，那麼，「文學流」就是文學的縱向運動關係，這就是文學的傳統。

文學傳統有正傳統和負傳統之分。正傳統比較好理解，我們的文學就是在一代代文學積累中發展起來的，它是有形的，可以從具體文學存在中看得出來；它也是無形的，一種傳統中所投射出來的文學精神可以累世燭照，就像魯迅小說中的「長明燈」一樣，想熄滅它都是不可能的。歐洲文藝復興運動就是在這種精神燭照下發展起來的。沒有這種精神，文學的發展就是一種單線條的狹仄的發展，它永遠只能停留在形式的層面，它不會在內容上尤其是在精神上有更多的進取，它甚至會使文學出現萎縮的現象。但我以爲在文學傳統中，負傳統是更具深刻性的一種。負傳統的結果是一種比照，是一種戒備，甚至是一種批判。並不是在文學史上沒有能夠流傳下來的都是負傳統。負傳統的形成是由外力或者正傳統對一種進步的科學的觀念遏制的結果。它作爲一種參照永遠停留在了歷史的深處。但它又像幽靈一樣在游蕩著，讓人時常想起。它具有「穿越」性〔註1〕，也就是說，它會使人對一個問題或者一種命題或者一個結果做進一步的思考並進而追問下去。現當代文學的轉化就是在這種正傳統與負傳統交互影響中完成的。在這兩個文學時期中，正傳統就是我們所說的左翼文學、延安文學和共和國文學，這是 20 世紀文學發展的一條主線，也就是我們今天所說的主流文學。當然正傳統也包括在多少年以後又被我們重新拾起的其他文學精神，比如沈從文、張愛玲，甚至周作人。歷史地說，同爲左翼陣營的作家或延安文學的一員，蔣光慈的《麗莎的哀怨》、洪靈菲的《流亡》、茅盾的《蝕》、王實味的《野百合花》等作品，不僅它們的內容不復存在了，他們的精神也沒有人繼承了。新時期以來，那些新歷史主義小說與《麗莎的哀怨》、《流亡》等作品極爲相似。但他們的精神內核是完全不一致的。後來的新歷史主義小說，缺乏前者的熱情以及充盈在作品中的正義，這些作品和作家不是在把玩歷史和解構歷史，他

〔註1〕 「穿越」這一術語是借用吳炫在一篇文章中的說法，但本書的使用不是其原意。具體參見《花城》2003 年第 2 期的《穿越當代文學經典》。

們是在試圖創造一種火一樣的歷史並在這種歷史中融化自己。但他們是歷史的過客，作爲文本它們被釘在歷史上，作爲藝術品已經失去了意義，他們只是在非文學的分析和批判上被大量的引用。這就是負傳統的「穿越」性。再比如在在同個時間段的作家中，沈從文的小說表現了一種文化上的焦慮，而洪靈菲的小說則表現了一種政治上的焦慮，我們絕對不會使用同樣的方法來分析這兩種作品的。雖然這兩種作品在藝術性上大有差別，但在當時也都是產生過一定影響的，甚至洪的作品在一個時期內就影響來說甚至超過了沈，但到了 20 世紀的 80 年代以後，沈從文的作品的傳統得到了張揚，而洪靈菲的作品則銷聲匿迹了，這不僅僅是藝術性的問題使然。同樣，如果說這兩個作家在創作的實力上還具有差異的話，那麼茅盾的《蝕》在新文學三十年中，和沈從文的《邊成》儘管在創作時間上並不一致，但在影響力上相差無幾，但在新時期以後的文學中，甚至在此之前的十七年文學中，《蝕》已經喪失了它所應有的地位，這就是負傳統的結果。所以在現當代的文學關係中必須要考慮到這個因素。

在現當代的文學關係中還經歷了這樣一種模糊的運動圖譜：個人主義——集體主義——個人主義模式。中國現代文學是在個人化的語境中生成的，人的發現首先是個人的發現。但在中國的文學環境中，現代文學的生成並未僅僅停留在文學層面，它之產生是爲現代思想的產生服務的，或者說，中國現代化思想是借助了文學這個具有普遍煽動意義的載體來完成的。這主要表現在新文學先驅者們將文學的功能性目光投向了大眾。在爲大眾這個目標的追逐下，個人主義輕而易舉地走向了集體主義。在新文學三十年中，個人主義與集體主義是並存的，他們不僅相互轉化，而且在更多的時候是相互鬥爭的。不管是思潮還是流派，不管是創作群體還是寫作者個人，都在自覺不自覺地爲自己歸類。在某種程度上來說，新文學三十年中的各種鬥爭都可以歸結爲這兩者之間的、並可上昇爲意識形態的鬥爭。在一個作家身上，這種鬥爭也是鮮明地存在著。茅盾的《蝕》三部曲，雖然表現了大革命這種頗具集體主義色彩的革命運動，但無疑它是典型的個人化寫作。在茅盾的全部作品中，以左聯成立爲界，前期的作品大都是這種類型的寫作。茅盾的這種寫作表明了集體主義寫作的一種漸進性和在特殊時期集體主義寫作的必要性。洪靈菲的《流亡》也是個人化的，它是借助了革命的名義或者說是集體主義的名義，表達了自己在革命狀態中的私人性思考，個人與革命間的緊張

關係得以彰顯。他的這種小說因其「革命+戀愛」的模式，曾在一定的時期遭到了更爲集體化寫作追求的痛斥，毫無疑義就是痛斥這種個人主義的東西，因爲「戀愛」就是個人性的體驗，革命與戀愛放在一處的意義是相當明顯的。這裡或許還有更一層的政治隱喻，而越發如此，就越說明它的私人性。蔣光慈、何其芳、胡風，甚至趙樹理等人都有這種經歷。因此，在考察現當代文學的關係上，決不能因爲自三四十年代以後直至十七年文學中，甚至在文革文學中，我們較少看到個人主義的寫作，而就否認了個人寫作的穿透力。文革中的地下寫作、潛在寫作就是如此的。應該看到，在任何一個作家身上，或者在一個時段的文學寫作上，個人化的思考總是存在的，只是由於不同的環境，所彰顯的程度不一。到了 20 世紀 90 年代以後，個人化、私語化寫作得到空前的倡興，只是實現了在寫作意識中的個人主義的再度復興而已，是在個人主義與集體主義的鬥爭中，個人主義得到了一種暫時性的勝利。隨著作家在寫作中對人的認識的逐漸增強，關涉到全人類性的寫作思考必然使寫作走向更高程度上的集體主義。只不過是此集體主義已非彼集體主義了，由意識形態性走向了人類性，由地域性走向了全球性，由單民族性的思考走向了多民族的聚合。

認識到個人主義和集體主義在現當代文學的位置及其相互轉化對於正確理解現代文學和當代文學間的傳承是必不可少的。由於在不同時代重寫文學史的需要，人們往往出現的一個偏頗是爲了重寫而重寫，這樣就很容易出現一些顯在的忽略，一些人爲了強調藝術性而重新組織經典的標準，另一些爲了維護思想性也遷就了非文學作品。艾略特說過，一部偉大的作品必須有較強的思想性，但一部文學作品首先必須有文學性。這句話應該成爲我們組織文學史的一個參照標準。在重寫文學史的大潮中，我們一方面極力肯定那些在文學史上非功利性的個人化的作品，另一方面我們也在極力鼓勵在 20 世紀 90 年代以後的這種寫作。但當我們檢視 90 年代以後的文學寫作時，我們又發現了多少藝術性較強的個人化寫作呢？基於這種認識，我們認爲，個人化與否並不能成爲一個評判經典的標準和重寫文學史的藉口，但卻是思考一個寫作者在不同時期的文學地位和環境的重要變量。正如我們不能期望文學在任何時期都有顯著的輝煌的成績一樣，我們也始終不能期望一個作家在他的任何寫作階段都是處在寫作的顛峰。

第二節　茅盾在現代文學中

上文關於文學史寫作和現當代文學間的關係是在爲討論茅盾與現代文學關係做一種充分的思想準備。只有理清了這種思路，我們才能對茅盾這樣一個文學家給予公正的理解。

我們知道任何人一當立足這個社會就會置身在一個文學場中。在這一點上，文學家和一般人的區別在於：文學者不僅立足其中，而且還在不斷地利用它並爲之增強磁力，他們離文學場的核心更近，其中有些人就是在某一階段文學場的核心。而非文學者在更多的時候僅僅是作爲一個讀者而存在的，有可能的是，通過文學場的輻射，獲得一種包括思想進化和薰陶在內的文學修養。在現代文學階段，茅盾與現代文學之間表現了一個雙重的關係，這不僅在茅盾身上，在其他作家身上也是如此。一方面，在他們不斷的成長、成熟過程中，現代文學爲他們提供了豐富的資源，另一方面，他們又不斷爲現代文學注入了新的活力和養料，每一個人都具有這種文學的兩面性。只不過有的更加彰顯而已。茅盾與現代文學之間的雙重關係實際上就是一種互動關係，通過互動使茅盾與現代文學緊緊融合在一起。具體說來，探討茅盾與現代文學的關係有四個問題必須予以注意，即現代文學給予了茅盾什麼、茅盾是如何進入現代文學的、茅盾在現代文學中存在狀態、現代文學對茅盾的接受，後三個問題在更多的時候是相互交叉的。

首先，要探討現代文學給予了茅盾什麼，必須將茅盾放在中外文化的視野中來審視。我們知道，五四運動是在中外文化的相互衝擊下，在西方文化的引領下發生的。每一個善於從中外文化中尋得滋養的人都會在這種大潮中對自己負責，即利用這樣一種平臺使自己迅速成長起來。茅盾在走上社會之初，一腳踏進了商務印書館，這是一種不自覺的行爲，也是一種生存行爲。但與其他行爲不同的是，這個選擇或者舉動本身是一種文化行爲。他之革新和主掌《小說月報》是一種時勢的要求，是適應了在五四之後的新文化運動的要求。應該說如果沒有梁啟超、胡適、陳獨秀、魯迅們的努力，爲新文學產生提供了現代化語境和實踐，我們終究不敢保證沈雁冰能成爲茅盾。況且，梁啟超們在新文學發展史上，不僅是造勢者，同時他們也是借勢者。沒有傳統文化的累進與變異，沒有前輩學人的出走與西方文化的引進，他們也是無勢可借的。這一點必須爲研究茅盾所首先要認識的。在茅盾後來的發展過程中，借勢思維使他迅速成長爲一個著名的文學家。從左翼文學發展來看，毫

無疑問，茅盾是左翼文學發展的高峰，但左翼文學的主流地位也參與了這種高峰建設。沒有中國的現實環境、沒有西方的文藝理論尤其是馬克思主義的引進、沒有20世紀中國出版界爲茅盾所提供的各種媒介，沒有魯迅、瞿秋白等文學眾人的支持，那麼我們就完全有可能對茅盾進行另外一種文學上的想像。如果我們仍用造勢者和借勢者這樣的術語來衡量茅盾的話，那麼造勢者不僅屬於茅盾個人，應該說整個現代文學都在做這項工作。在這一點上，現代文學史上所有的形勢都成了茅盾的外在資源。比如，沒有鴛鴦蝴蝶派的庸俗和保守，就沒有茅盾對《小說月報》的革新和全面改革；如果沒有1927年的中國大革命，就沒有茅盾的《蝕》三部曲；如果沒有意識形態對文學的藉重，就沒有茅盾這樣一位左翼文學的高峰。如果沒有西方自然主義、新浪漫主義和批判現實主義的引進，茅盾就不可能在對比中使自己成爲現實主義的大師。所以我以爲，要確定一個作家在文學史上的地位，應該看當下的文學資源對文學者來說是一種什麼樣的賦予。只有如此，才能進一步來說明和闡釋作家與文學史的互動關係。因爲，作家在其還沒有成爲作家以前，他必須首先生活在一個文學場中，文學場首先表現的是一種給予，說到底就是一種文化存在狀態。在此一點上，茅盾必然成爲中外文化視野中的茅盾，而且更爲重要的是，這種現代文學的資源或者文化資源是研究茅盾與現代文學關係的一個前提條件，也是茅盾所有文學活動和思維的一個基本動因。

其次，在現代文學中，茅盾以多種身份參與了現代文學的進化，是中國現代文學的締造者之一。茅盾這種締造者身份的首先獲得，並不是依靠他的創作，也不是依靠他的文學理論，而是作爲一名編輯的身份進入了現代文學領域的。在茅盾作爲一名文學編輯以前，他所從事的神話和寓言翻譯與整理在某種程度上來說是一種學術活動，離文學稍遠，但影響到了今後的文學創作活動還是應當看得出來的。文學編輯是茅盾進入現代文學的第一種方式。茅盾作爲文學編輯的活動是不自覺的，或者說僅僅是一種生存職業。在《小說月報》成爲文學研究會的刊物以前，茅盾似乎還是現代文學的一個旁觀者。但一當《小說月報》成爲了新文學的重要陣地之後，茅盾就在自覺地製造了現代文學。茅盾不但善於編輯，而且還善於利用。在現代文學史上，就一個文學者對各種媒介利用的廣泛度而言，還是沒有人能夠超過茅盾的。我們知道，現代文學的發生以及發展，在很大的程度上得利於現代報刊、雜誌、出版機構的出現和繁榮，對這種媒介的利用在某種意義上來說，成爲衡量一個

作家的廣泛的社會認可程度。如果一個作家僅僅將自己的作品或者創作局限
在幾個或者較少的媒介上，除了一個個人興趣上的原因外，接受和認可的狹
仄可能是一個重要原因。同時，我們還看到就新文學在現代文學史上所產生
的廣泛和深刻的影響而言，如果沒有眾多報刊、雜誌和出版機構的參與，是
不可能產生這種效果的。公眾信息的順暢和效率是現代化的重要標誌之一，
如果沒有這些文學和文化載體的出現，那麼就不可能有文學創作的廣泛和深
入。在某種程度上來說，梳理報刊、雜誌和出版機構的歷史也是為新文學發
展書寫另一種歷史。正如葉子銘所說：「翻開一部中國現代文學史、文化史，
我們會發現許多著名作家、文藝評論家、思想家同時也是卓有成就的資深編
輯。」〔註2〕而在這一點上茅盾更為出眾。在新文學三十年中，茅盾不僅參與
編輯了多種有影響的文學雜誌和社會雜誌，而且還成為數百種雜誌報刊的作
者。這一方面固然得力於茅盾在文學上和社會活動上的影響力，另一方面也
可以看出茅盾對出版業的支持以及出版業對於茅盾的藉重。茅盾一生主編或
者參編的雜誌報刊十數種，但較有影響的是《學生雜誌》、《小說月報》、《文
學》、《譯文》、《文藝陣地》和《筆談》等，其中，《小說月報》不僅奠定了茅
盾在新文學史上的地位，而且在最大的程度上開拓了和建立了新文學陣地。
不論現在的研究者如何看待新文學的歷史，但任何人都繞不過這一雜誌的。
《文藝陣地》是在抗戰早期由茅盾獨立支撐的抗戰刊物，它與《抗戰文藝》
一起成為中國抗戰期間兩個重要的文藝刊物，在它們的周圍聚集了中國當時
最為重要和進步的作家，為中國新文學的發展尤其是抗戰文學的發展做出了
傑出的貢獻。《譯文》是茅盾與魯迅等人合辦的一個中國惟一以翻譯為主的雜
誌，是那個時期中外文化交流的重要中介，關於此點已有專著論述〔註3〕。文
學雜誌的編輯最能體現茅盾的文學思想，也是茅盾從編輯的角度對現代文學
做出的努力。在編輯中，茅盾善於將自己對新文學的認識通過欄目設置和編
發傾向體現出來，導引著中國文學的發展方向。比如茅盾通過編輯《中國的
一日》，在中國掀起了一個報告文學的創作高潮。在《中國的一日》之後，又
出現了《上海一日》和《晉中一日》大型報告文學集的編輯，都是對茅盾的
模仿和繼承。作為作者，發表過茅盾作品的出版物在今天看來簡直就是令人

〔註2〕　葉子銘：《編輯家茅盾評傳・序》，李頻：《編輯家茅盾評傳》第3頁，河南大
　　　　學出版社，1995年版。
〔註3〕　指李頻的《編輯家茅盾評傳》。

難以想像的。據不完全統計，從茅盾來到上海進入商務印書館到新中國建國前夕，共有 270 餘種出版物與茅盾有過文字關係。這些出版物刊載過茅盾諸多方面題材的作品。且不說茅盾的成名作和他的其他代表給茅盾作爲文學家所帶來的影響和威望，僅就這種廣泛度而言，茅盾也應成爲文學史上的大家。但我們必須看到，茅盾本身所具有的影響是一方面，另一方面，也是這些出版物使茅盾更加具有了這種影響。因此在前文我們說過，考察一個作家與現代文學的關係，不僅要看到他給予了現代文學什麼，也要看到現代文學給予了作家以什麼。相信就正如古典文學的發展一樣，雖然沒有現代化傳媒系統的支撐，中國古典文學的大家仍然成爲了大家，但他們也只能僅僅停留在古典文學階段上。相信進化論的茅盾不會不看到這一點。

在進入現代文學這一問題上，茅盾還有更多的選擇，其中最主要的有理論家的身份、作家的身份和翻譯家的身份。對於一個文學家而言，在眾多的領域能夠得到社會的普遍認可，在現代文學史上是不多見的。誠然，在現代文學史上，很多作家都具有了像茅盾一樣的在文學史上的身份。由於職業關係和生存需要以及對文學的一種執著認識，很多人都在寫作的同時兼具了各種各樣的身份。他們或者從理論研究入手、或者從文學翻譯入手、或者從學術研究入手，這裡除了一種生存的需求外，文學在人們日常生活中的影響和地位也是一個最重要的原因。但未必見得所有的人都有建樹。前文已經說過，並且在今後的論述中我們還將一再聲明，茅盾之走進文學領域，置身在現代文學大潮中，完全是一種生活壓力和爲生存而進行的一種無奈選擇。或者說，作爲一名編輯，使茅盾進入到了現代文學領域完全是一種職業需求的話，那麼作爲一名作家則是茅盾的一種無奈之舉。在《從牯嶺到東京》一文中，茅盾已經聲明，他的本意不是要成爲一名理論家和作家，而是要成爲一名社會工作者。如果我們在此一時期將茅盾定位在一個非自覺的固定職業者的話，有可能委屈了茅盾，那麼在經歷了大革命之後，由於脫黨和生活無著落，則是被迫地將文學作爲自己自覺的職業了。從非自覺到自覺，天才使茅盾終於成爲了文學史上在一定時期可以左右文壇的文學家了。作爲一名翻譯家，他譯介了大量的西方文學作品和理論文獻，作爲一名作家，不僅他的小說諸如《子夜》、《林家鋪子》和《春蠶》等成爲左翼文學的頂峰，而且還旁涉文學的諸多領域，在散文上，他直追魯迅；在戲劇上他是現代戲劇的奠基人，他同時還開創了現代兒童文學的新傳統；作爲一名理論家，他是中國 20

世紀上半葉最爲著名的現實主義者。所有這些，都使茅盾矗立在現代文學領域中而毫無愧色。

　　如上所說，我們好像在賣弄茅盾的文學貢獻。當然茅盾的文學貢獻必須予以注意，但在此文要說明的是茅盾在現代文學中的存在狀態。任何一名文學者一當進入到了文學中的時候，必然會使文學史的寫作者用一種方式或者標準來標明他的存在。存在的這一事物的大小、質量的高低，影響的遠近往往是和文學者的產出相一致的，這就必然涉及到了他的文學貢獻。但我們也看到在現代文學史上，尤其是在當代文學視野中的現代文學史上，在一定的歷史時期，文學的產出和在文學史上的存在狀態又不完全一致，有時甚至是相反的。文學貢獻大的並不一定在一定時期的文學史上就佔有一定的地位，這要看他是如何存在的。一般說來，就全社會的環境而言，一個文學者應該有三種存在性的選擇，要麼順應歷史的潮流而動，要麼逆歷史而行，要麼在歷史潮流中保持一種基本不變理念。很顯然這三種存在狀態就決定了一個文學家在一定時期的文學地位。但這三者又不是截然分開的，在一些時候，他們又往往在一個人的身上呈現著。周作人在現代文學史的開端有著非常良好的形象，但卻在大敵當前、外強入侵之時走向了歷史的反面，所以在某一時期，他成了被討伐的靶子。沈從文恪守著自己的文學理念，不爲時惑，在某一時期被歷史遺忘了。而丁玲、周揚等順勢而行，則長久地被文學史記掛著。對茅盾而言，此三者兼而有之。茅盾在現代文學史上的存在狀態是非常複雜的。茅盾從一名編輯、一般的文學工作者成長爲一名被主流意識形態所認同和推崇的文學大師，中間經過了多次的轉換。在創作《蝕》三部曲的時候，茅盾通過文學這種形式對中國革命進行了深刻思考。一方面對正在興起的革命文學所極力反對的小資產階級知識分子作了不無同情甚至是讚賞的描寫，曾受過嚴厲的批判。當然這種批判雖然不是黨的組織行爲，但深刻認識到了文學在革命中作用的黨組織不會不認識到這個問題。另一方面在這個小說中，對共產國際、對中共的內部路線和政策都作了自己意義上的理解和描寫，這在多大程度上得到主流的認可都是難以估量的。起碼在一定時期的文學史寫作上它的聲譽和影響遠沒有《子夜》、《林家舖子》和農村三部曲的那麼大。在此之前的 1925 年，茅盾曾寫過一篇《論無產階級藝術》的長篇論文，在早期的青年革命家大力提倡無產階級藝術的前提下，茅盾對之進行了冷靜的界定，這種界定儘管當時並未產生較大的影響，但從內心來說，無疑

對將日益膨脹的激進的無產階級藝術是一種逆向的規範。從日本流亡歸來
後，茅盾曾兩次向組織上提出恢復黨籍的要求，但都沒有得到允諾，這是不
是和此一時期黨對茅盾的認識有關都是可以進一步探討的。在《子夜》時期，
作爲後來我們所認定的左翼文學創作高峰的作品，除了瞿秋白之外，我們又
看到了哪一個來自黨內的讚譽呢？而瞿秋白此時也正處在受到了嚴重排擠
的時期。當然客觀地說，中共忙於反擊國民黨對根據地的圍剿，無暇他顧，
也是一個重要原因。這些是不是「逆歷史而動」的結果呢？在抗戰爆發以後，
茅盾從上海奔徙到南中國各地、新疆，進而再到延安這是茅盾在現代文學史
上地位的重要的改變時期。在延安，茅盾不僅認識到了根據地爲中國之發展
所可能提供的新的形式，而且也使延安重新認識了茅盾。回到重慶之後，茅
盾相繼寫作了《白楊禮讚》和《風景談》，表達了自己對延安的真切理解。
實際上在此之前，茅盾對延安也一直是懷有崇敬之情的，在長篇小說《第一
階段的故事》中已經流露出此種傾向，只不過是稍嫌模糊。1945 年，中共
在重慶繼郭沫若、老舍之後，爲茅盾舉辦了五十壽辰的慶祝會，王若飛代表
中共中央給予茅盾以高度評價，這一舉動使之在文學史上的存在狀態出現了
巨大的改變。儘管在此時，中共的意識形態並未成爲統一全國的主流意識形
態，但作爲一個具有充分先進性的意識形態卻吸引了包括茅盾在內絕大多數
的進步知識分子。在這些人看來，能夠得到中共的認可無疑對自己是個巨大
的鞭策，而在茅盾尤其如此。從這樣角度來論述茅盾的存在，政治性的因素
可能會更大一些，這一點是迴避不了的，而且也是應該的。這也是高度強調
了文學功利性的茅盾等人在現代文學史上所必然發生的結果。我們討論茅盾
在現代文學上的存在狀態，也必須從這個角度出發。但茅盾畢竟是一位文學
寫作者，而不是政治領導者，所以作爲知識分子，他也必須遵循文學寫作的
規律。他的客觀現實主義的文學追求，由於含有了較強烈的社會批判色彩，
也決定了他的存在必定也僅僅是一個階段性的存在，因爲他要維護一恒定的
文學理念，而這種理念在一定的意識形態看來，或許並不是順應了歷史潮流。

實際上茅盾的存在狀態是非常複雜的，他絕不像有些研究者所說的那樣
僅僅是一位單純的左翼文學的大家。簡單地說，在茅盾的身上有著強烈的五
四精神，在整個現代文學期間，他從未放棄過對民主和科學的追求，這在抗
戰勝利以後表現得尤爲明顯，也正是基於這一點才形成了他的客觀現實主義
的文學精神。應該說在茅盾的身上形成了兩個傳統，一個是文學傳統，一個

是精神傳統。文學傳統主要表現在文學創作上對史的探尋與追求，這一點被
20 世紀的文學繼承下來了；精神傳統的主要內容是對社會的強烈批判性，這
一點在較長的時間內被拒絕了。這些都將在以後的論述中得到強有力的證明。

　　作為一個左翼文學家，在茅盾的身上有著兩重的屬性。一方面他是知識
分子，他必須履行知識分子在社會中的所應扮演的角色，他要對社會和民眾
說眞話，他要像歷史上所有的受到過儒家文化薰陶的知識分子一樣，要「修
身齊家治國平天下」，正如他在《蝕》的題記中所引用的「路慢慢其修遠兮，
吾將上下而求索」。他既從知識分子的角度來探索民眾的出路和國家的出路，
也關心人類的一些共同的話題，更有對現實權威的反抗，如果這樣做的時候，
他就是一個純粹的知識分子；但茅盾畢竟是一位被意識形態化的知識分子，
正如前文已經論述的那樣，茅盾的本意並不是要終身作一名知識分子，他有
自己的社會追求，他渴望通過激烈的社會政治活動來實現自己的想像。只是
由於政治的原因，他走上了文學創作道路，作了知識分子。這是一種複雜的
混合的知識分子。這種情況在中國歷史上是常見的，屈原、陶淵明都是如此。
不同的是，茅盾是新式的知識分子，即使作了一名在野的人物，他仍然沒有
放棄自己的政治追求，他通過他的創作來繼續延續著政治渴望所以他之走上
左翼文學的創作道路是自然而然的事情。但這樣做並不是自由的，意識形態
的複雜性、條理性與文學的功利性畢竟不是一回事情，二者之間有時還存在
著矛盾，表現在茅盾身上，就是作為革命者和作為知識分子之間的衝突，這
在很多的時候影響到了茅盾的創作。我們在研究茅盾的時候，尤其是在研究
早期、中期作品的時候，只有從這個角度出發，才能加強我們的研究深度，
才能尋找到茅盾創作的最基本的動因或者潛意識心理，才能將更加眞實的茅
盾展示在我們的面前。在現代文學史上，應該說茅盾一直也是被作為革命者
和作為知識分子的角色價值衝突所困擾著。我們還可以這樣來評述茅盾：小
資產階級知識分子的搖擺性和革命者的堅定性的衝突、文學大師的個人獨立
性和革命者對組織的依賴性的衝突，貫穿於茅盾在現代文學史上整個文學生
涯中，甚至在建國以後仍有表現。這和同時代的作家相比，既有相同點，又
有不同點。相同點大致在於出身和對文學的看法是一致的，這在周揚身上都
概莫能外。不同點在於茅盾參與實際革命的起點要高，在文學領域的成就要
大，往往能左右文壇，因此謹言愼行，在現代文學史上的一些鬥爭中，要麼
積極參與，要麼沉默，要麼居間調停，這一切都源於他的雙重屬性。不認識

這一點，也就不能理解茅盾。

　　茅盾研究是 20 世紀文學史中的一個重大的課題。在一個較長的時間裏，茅盾是文學史研究中除了魯迅之外的最爲引人注目的研究對象。雖然我們今天也承認，與魯迅相比，甚至與其他一些作家相比，茅盾還是有著其自身無法解決的、後來的研究者也無法不顧及文學史實際的弱點和盲區，但他之成爲文學史上的研究焦點，也絕不是僅僅因爲他是左翼作家甚至後來成了人民共和國的高級領導人。和他具有相同境況的作家也是大有人在的，爲什麼他們的焦點性就小了呢？可見在這當中起作用的還是文學性的問題。茅盾研究是伴隨著他的眞正的文學創作一同開始的，不幸的是他首先遭到了來自同一陣營在思想上的批判。但在這批判的同時，茅盾的文學創作的藝術性卻得到了彰顯，甚至連最激烈的批評者錢杏邨都得承認茅盾在女性形象刻畫上的成功。應該說，茅盾在文學創作上的地位首先就是這樣被確立的。左翼文學批評家不僅關心左翼作家，也關心非左翼作家，而這一切實現的基點就是文學作品的思想性以及從作品中所反映出的作家的思想性。沈從文、梁實秋、張愛玲等的被批判，都是思想問題，而絕不是藝術問題。在此，茅盾與他們是沒有差別的。不同的是，前者是一直能夠遵循了自己對文學的眞誠理解，而後者往往受到了批評的制約。茅盾雖然多次爲自己的早期的創作進行辯解，但又都是在不自覺的改變中走向了左翼規範，這也是左翼作家之爲左翼作家的一個共同特點。茅盾十分在意別人對他的批評和研究，在《我走過的道路》中，茅盾不止一次說過，他將別人的評論小心翼翼地裁剪下來以作保存。他一再對別人對他的評論進行評論，表明自己的態度。他甚至不十分在意瞿秋白對《子夜》的評論，卻對吳宓的評論記憶深刻。很顯然在茅盾的看來，來自另一個陣營的吳宓對《子夜》的肯定性批評所激發起的興趣要大於同仁的評論。在他的回憶錄中，他大段大段地摘引別人的論述，實在是在表明自己在茅盾研究中的潛在心理，即雖然他有自己的創作理念，但又時刻需要指引。他必須瞭解文壇的批評動向並以此進一步規約自己。這種規約有正規約和負規約。正規約使他的創作更具有動力，負規約使他的創作在小心地迴繞著。他也同當時許多的進步作家一樣面臨著這樣一種境況：一方面加大對社會的批判，另一方面又要對這種社會批判進行適當的委曲包裝，前者是進步作家的良心要求，後者是現實的生存需要。幾乎他們所有的人都會認識到，要想生存只有如此。作爲現實主義的代表人物和著名的左翼作家，在《創作的準

備》這個為青年人引路的創作教程中，他卻有意地迴避了世界觀的培養問題，這是典型的正負規約相互鬥爭的結果，這也是茅盾關於文學創作的思想性和藝術性相鬥爭表現。在現代文學期，這種主體性矛盾也貫穿在整個的茅盾研究過程中。

同魯迅、郭沫若、巴金、曹禺、沈從文等文學史上的其他作家一樣，茅盾研究也大致經歷過這樣一個過程，從思想性研究、到藝術性研究再到文化研究，學術界的做法越來越向大師的標準接近，因為大師最終要回歸到文化的，或者說只有在文化的意義上，才可能去討論文學大師問題，也才可能真正回歸到茅盾自身。茅盾在身前所遇到的問題，在身後也可能同樣遇到。這就像克羅齊所說的一句話那樣：一切歷史都是當代史。這對 20 世紀所有的作家研究都是同樣適用的。但這句話也有一個誤導，它鼓勵人們忽略或者曲解具體的歷史存在，把今人的感悟強加到歷史人物身上，這對當下有意義，對歷史則就不公正了。上個世紀 90 年代前後所出現的對茅盾的否定性閱讀或許就是這種誤導的結果，但真正的文學大師是不怕誤導的。

本書在繼承前輩學者或者同代人的茅盾研究成果基礎上，選擇了六個角度，對茅盾與現代文學的關係作了另一種梳理和解讀，借助 20 世紀上半葉中國的文化和文學環境考察了茅盾的獨特性存在。我以為「獨特性」用在茅盾身上，最能體現出他與現代文學的關係。它超越了通常我們所認識到的茅盾的文學和文化貢獻，回歸到文學和文化的構成當中。在我的研究和寫作裏，既要考慮到茅盾之成為茅盾的文化和心理背景，即縱向的構成關係，更要考慮到他在他那個時代的位置，即橫向的構成關係，而這一點又是較好地理解茅盾的關鍵，所以我主要地採取了比較研究的方法，在橫縱差別的對比中考察茅盾的獨特性。在「茅盾與中國現代小說」一章中，我並不是要研究茅盾對現代小說的貢獻，而是想通過茅盾在這些小說中所表現的社會內容來說明茅盾對中國的認識。女性形象、知識分子形象、資本家形象和農民形象是茅盾提供給我們的認識中國社會的四組人物系列，他們的奮鬥與掙扎都深刻地表現了中國在現代化進程中所必然出現的人的生存狀態，是茅盾對現代化的一種獨特性理解。在「茅盾與現實主義」一章中我迴避了對茅盾現實主義理論體系和理論內容的綜合闡述，這方面的研究成果已經很多。我所要做的工作是考察茅盾的現實主義文學觀是怎樣形成的以及在此過程中所出現的可能性，甚至包括這些可能性的最終走向，因此作為對比，胡風和周揚的現實主

義理論便也一併被考察了。在「茅盾與左翼文學」一章中重點考察了茅盾的左翼文學觀以及他對左聯的皈依和超越，在這一點上最能表現茅盾的矛盾性。一方面茅盾對左翼文學（革命文學）進行了限制性的規範，使他超越在絕大多數的革命作家之上，表現了一個文學家的本位良知，另一方面他對左翼組織產生了無限依戀，是團結和組織左翼文學的重要一翼，他對左翼文學的深刻影響正在這裡。「茅盾與現代文學評論」應該包括三方面，即作品論、作家論和文學史論。作品論前人多有研究，故未再論及；而作家論是茅盾文學評論中影響最大的一種文體，在研究上似乎已有定論。但在本書中我提供了另一種角度，確定了茅盾三段論式的作家論模式，這樣可能更符合茅盾的動態思維走向。文學史論是茅盾現代文學評論的重要組成部分，而這一點又是此前茅盾研究中較少涉及的。實際上在我看來，現代文學史甚至是當代文學史寫作的很多方式方法都是沿著茅盾的思路走下來的，只是沒有引起人們的注意。在本書中，我較詳細地梳理了茅盾的文學史觀念和文學史寫作傳統。茅盾在現代文學史上作為一名大家，與其他文學家的關係是廣泛而複雜的。他遊歷甚廣，所涉作家甚多。有的給予茅盾影響很深，有的被茅盾影響很深。但如果要綜合論述必定會篇幅冗長，故在「茅盾與中國現代作家」一章中，我選擇了與茅盾有密切關係的魯迅、瞿秋白和鄭振鐸三人，分別代表了思想性、政治性和文學性，構成了一種立體的現代文學狀態，將茅盾置身其中，考察茅盾與現代文學的深刻關係。在最後一章中，我討論了茅盾創作的中外文化淵源，這是茅盾創作的底蘊，也是他與現代文學間的基本關係。

正如我在前文已經論述過的那樣，茅盾在他整個的文學生涯中，還用自己的創作和親身實踐對中國的現代散文、報告文學、兒童文學、文學翻譯以及文學期刊的編輯產生了深刻的影響，蘊藏在其後的文學理念、社會思想和時代內容以及個人品位，仍然有很大的闡釋張力。限於篇幅的原因，本書在統稿時，將這部分內容撤掉了，也算是為自己今後的進一步研究設定一個藉口吧。

第一章　茅盾與中國現代小說

第一節　歷史想像與三部曲敘事

中國第一篇現代小說的誕生和茅盾是沒有直接關係的。魯迅發表《狂人日記》的時候，茅盾正在上海從事編輯工作。不過在這篇小說誕生的 1918 年 5 月以前，茅盾除了正常的編輯外，還做了以下工作：與沈澤民合譯科學小說《兩月中之建築譚》，發表譯作《履人傳》，這不能不說具有現代小說性質。在此之前的林譯小說已經爲中國小說的現代化奠定了基礎，只不過中國小說的現代性並沒有成爲人們的自覺追求。白話文小說的出現，僅僅爲現代小說提供了一種承載現代思維的形式，更重要的是小說的思維和內容。換句話說，我們說小說之所以具有現代性，在新文化運動這樣一個語境中，著重看它是否具有了科學和民主精神並自覺運用之，因爲此種精神是西方現代社會得以迅速發展的重要內容。林紓翻譯了那麼多小說仍然被稱爲復古派，不僅因爲他拼命地反對白話文，更重要的是他沒有科學與民主的自覺性，在小說上並沒有形成自覺的現代文學觀念。從中國傳統小說模式向現代小說轉化是一個較長的過程，但現代小說地位的確立確是急速的。正如楊義先生所說：「現代小說意識的覺醒不是在溫室軟床上悠然蘇醒的，而是在急風巨浪的時代中猛然驚醒的」。〔註1〕一篇小說的出現只能說明現代小說的誕生，而不能說明現代小說地位的最終確立，從這一點而言，現代小說的最終形成也需要一個區間。茅盾就是在這個區間內從理論上走上現代文壇的。1919 年主

〔註1〕楊義：《中國現代小說史》第 1 卷第 87 頁，人民文學出版社，1986 年版。

持《小說月報》的「小說新潮」欄，1921 年主編並全面革新《小說月報》，參與發起「文學研究會」，茅盾從理論角度爲現代小說地位的確立注入了強大的動力。正如有人所說：「茅盾自 1916 年叩開文學的門始，在文學革命的發難者大都相繼退伍或改弦更張的時刻，利用編輯《小說月報》等報刊的有利條件，努力譯介外國文學，批評傳統的小說觀念，建立具有中國特色的現代小說理論，培植具備現代品格的中國小說，與魯迅等人共同努力，終於完成了中國小說現代化初期工程，茅盾從中作出的貢獻是永載中國小說史的。」〔註 2〕如果說魯迅是中國現代小說之父，那麼茅盾也是現代小說理論最重要的奠基人之一。所以考察茅盾與現代文學的關係，小說理論和創作無疑應成爲最重要的參照體系之一，這也是茅盾進入現代文學的最重要方式。

在新文化運動中所形成的現代小說傳統並不是僅僅按照一套價值體系和藝術觀念向前發展的，如果作此要求，恐怕仍然陷入了舊的小說體系當中。現代性的重要標誌也在於它的多元性。在中國，「人的文學」不僅是一種文學觀念和文學內容，也更應該是文化選擇和發展的自由性。所以在整個新文學三十年中，只要秉承了五四精神，在魯迅的現代小說理論和實踐基礎上發展起來的小說創作都應該有它們所流傳後世的傳統，這樣的小說家很多，而郁達夫、茅盾、蔣光慈、丁玲、巴金、老舍、沈從文、林語堂、張愛玲等無疑應成爲其中的重要代表。茅盾是左翼文學創作的集大成者，一方面，他梳理和修正了在他之前的左翼文學創作，力爭使這種意識形態文學按照他所想像的模式發展，另一方面，他又爲左翼文學創作樹立了一座高峰，使後來的左翼文學作家甚至延安文學作家無法企及〔註3〕。茅盾也是一位現代感很強的作家，今天的研究者無論怎樣看待左翼文學和茅盾的創作，但誰也不能否認茅盾創作中的五四精神。我們還要看到左翼文學決不是在一兩個人發動下就能完成的，既然這種文學原則和創作方法能置身在五四之後的民主與科學大潮中並開一代風氣，它本身必然就具有了五四的傳統，所以研究茅盾小說應作如是觀。楊義先生說：「即便茅盾於三十年代成爲左翼文壇最重要的小說家之後，人們依然可以從他作品的筋脈中感受到一股深沉豐盈的『五四』文學血

〔註 2〕 王立鵬：《茅盾與中國小說觀念的現代化》，《聊城師範學院學報》（社科版），1997 年第 1 期。

〔註 3〕 在我看來，左翼文學和延安文學或稱解放區文學是有區別的，故在這裡將兩個概念並稱，二者的區別將在「茅盾與左翼文學」一章中做進一步的論述。

液的熱氣。」〔註4〕此說雖然承認了茅盾小說的五四傳統，但給人的誤解卻是否認了左翼文學的五四精神。顯然是把左翼文學獨立於五四文學傳統之外了，忽略了新文化運動之後中國整個的文化環境。更深一層說，是把左翼文學所強調的「文學與政治的緊密關係說」排除在五四新文學之外了。楊義先生對茅盾小說創作實績的評價還是很客觀的，我們不妨引用來看：

> 正是由於他把「五四」時期即已形成的文學與生活關係的堅確理解和執著追求，與三十年代日益明晰化的社會階級意識相結合，以其具有卓越表現力的文筆在中國大地上辛勤耕耘，他創作了一批堪稱左翼文壇第一流實績的小說。誰想談論三十年代中國左翼文學走向成熟和出現高峰，誰就不應、也不能忽視這個文學巨匠的存在。
〔註5〕

茅盾是一位「文化英雄」，這不僅表現在他在文學理論和創作實踐上的貢獻，而且更表現在他用文學這種形式忠實地記錄了自辛亥革命以來中國革命和社會發展的歷史，並在其中滲入自己對歷史的深刻思考，這是不爭的事實。他對歷史的跟蹤，甚至對歷史發展的預設使他的小說在取材上必須有寬廣的視野。他注意到了歷史發展的連續性以及在各個歷史關口的人的存在狀態。這是他的豐富性所在。他也常常通過對某一關口的反覆刻畫來表達他對這一轉折的關注以及在歷史發展中所具有的作用。歷史的連續性、題材的豐富性和表現的反覆性以及思考的深刻性，使茅盾小說創作常常呈現出了對某一事物高密度關注狀態，於是在他的小說中出現了多系列的三部曲結構，我以為這最能概括茅盾小說的整體狀況。但這並不是期望以此囊括茅盾所有的小說，有些雖然也是茅盾創作的，但並不代表其創作主流，所以也不宜納入其中。當然有些系列是最寬泛意義上的三部曲，還需得到社會的認可。在茅盾的小說中，明確標示出的三部曲是「革命三部曲」（《幻滅》《動搖》《追求》）和「農村三部曲」（《春蠶》《秋收》《殘冬》），以此，我們還可以列出：

諷刺三部曲，包括《有錯者》《尚未成功》《無題》

工商三部曲，包括《霜葉紅似二月花》《子夜》《多角關係》，《林家鋪子》
　　　　　是其餘續

轉變三部曲，包括《虹》《路》《三人行》

〔註4〕同註1，第95頁。
〔註5〕同上。

抗戰三部曲，包括《第一階段的故事》《走上崗位》《鍛鍊》，《腐蝕》可穿插其中這樣，我們用六個三部曲串起茅盾的主要小說。由於本章討論的是「茅盾與現代小說」，所以我們必須用一定的篇幅對其小說加以概說。

革命三部曲——革命與愛情的相互轉換

從 1917 到 1927 這十年間，如果從社會變化的劇烈性而言，一共發生過三次大的革命，分別是「五四」運動、「五卅」運動和 1927 年的「大革命」。「五四」是一次偉大的思想革命，在其高潮時期給人以巨大鼓舞，在落潮之後也給人以深刻影響。這之後的苦悶曾成為一個時期內中國新文學創作的主題，如魯迅的《彷徨》集可堪稱為代表，其他作家的作品也是非常之多，由此形成了中國新文學創作的第一個高峰。「五卅」運動是一場政治革命，而 1927 年的「大革命」與之相比，則更增加了武裝革命的內容，它給人的影響是觸及肉體和靈魂的。如果說五四運動的失敗讓人深思，那麼「大革命」的失敗則讓人恐怖。但就文學領域而言，由於涉及了政治和政黨的內容，並沒有人像「五四」之後那樣將之訴諸於文學形象。雖然那時一些從廣州又返回上海的「五四」健將們重操舊業，但他們追求的是在失敗中所迎來的「革命高潮即將到來」的「烏托邦」式的想像。茅盾是第一個對這一失敗過程進行描述和總結的作家，他的徹底性、深刻性是在魯迅之後無人可比的。《蝕》就是這樣的作品。有人說越是在激烈動蕩的年代越能產生偉大的作品，此話不謬。實事求是的講，茅盾在寫《蝕》三部曲的時候，並不是以一個自覺的作家來說話的，而是以一個黨的工作者身份在寫寓言，就像幾十年以後，我們在一個外國作家米蘭·昆德拉的小說中看到的相類似。〔註6〕所以他說:「我不是為的要做小說，然後去經驗人生。」〔註7〕尤其是值得借鑒的是，茅盾在寫小說之前，對寓言、童話和神話有大量的研究，編有《中國寓言初編》、童話《大槐國》以及中國和北歐的神話研究等等，這些也一定會影響到他的小說思維。茅盾親自參加了「五卅」運動，在「大革命」期間，又置身其中，

〔註6〕米蘭·昆德拉的小說《生命中不能承受之輕》就是一部政治寓言小說，其中的愛和性描寫都是一種政治寓言。

〔註7〕茅盾:《從牯嶺到東京》，原載《小說月報》第 19 卷第 10 號，1928 年 10 月 10 號。現收入《茅盾全集》第 19 卷，人民文學出版社，1985 年。

編輯報紙、搜集革命信息、甚至要南昌參加武裝起義，如果不是因故滯留在
牯嶺，茅盾也許就成爲了瞿秋白式的政治家了。不從這個角度來理解茅盾，
就不能理解《蝕》三部曲所表現的幻滅、動搖和追求了。革命文藝批評家錢
杏邨對茅盾的這個三部曲有過尖銳的批判，他說：

> 他的創作雖然說是產生在新型文學要求他的存在權的年頭，而
> 取著革命的時代背景，然而，它的意識不是新興階級的意識，他所
> 表現的大都是下沉的革命的小布爾喬亞對革命的幻滅與動搖，他完
> 全是一個小布爾喬亞的作家……
> ……
> 你幻滅動搖的沒落的人們呀，若果你們再這樣的沒落下去時，
> 我們就把這一句話送給你們作爲墓誌罷。
> 我們再不能對你們有什麼希望。〔註8〕

很顯然這是一種典型的「烏托邦」批評，是一種嚴重的誤讀，沒有深入到社
會的內中去和作家的內心去，甚至是表現出了茅盾在三部曲中所描述的那種
盲從性來，因而是幼稚的。

《幻滅》、《動搖》、《追求》這個三部曲表現了特殊時期青年知識分子的
「革命與愛情」。這個特殊時期是：中國共產黨成立不久，受共產國際的支持、
命令以及欲改組國民黨的孫中山的請求，中共黨員以個人名義全部加入了國
民黨。但在孫中山逝世以後，受到了國民黨右派的排斥以至屠殺，仍處在襁
褓中的中共在主要負責人領導下以及在共產國際指揮下，盲從、軟弱，致使
中国共產黨所領導的革命也處在風雨飄搖和彷徨之中。茅盾經歷和參加了這
個整個過程。之所以說是特殊時期的青年知識分子，包含了三個涵義，（1）
中国共產黨是一個年輕的政黨，從 1921 年到 1927 年，不過六年的時間；（2）
這個政黨和革命的參加者主要是青年知識分子，受過教育，有信仰；（3）青
年時期也是戀愛的季節，既是對革命之戀，也是對異性之戀。所以這個三部
曲有兩套交織在一起的敘事系統，即顯在的文學故事和潛在革命歷史，兩個
系統是通過愛情和革命相聯繫。

第一，革命時期的愛情。這是顯在的文學故事。因爲要革命和已經革命，
這才使女子能上學受教育，也才能使青年男女同校共讀和參加革命，所以愛

〔註8〕原載《現代中國文學作家》第 2 卷，泰東圖書局出版，1930 年。

情才可能發生。在《幻滅》中,突出表現了靜女士愛情與革命的幻滅。在愛情上,她經歷了兩次大的幻滅,第一次是她和抱素經過了一夜纏綿之後,發現自己的戀人竟是已有愛人的拿著津貼的暗探,她受了欺騙,於是第一次愛情陷入了悲哀的泥潭。她得了猩紅熱,住進了醫院,在同學史俊等的鼓勵下,到漢口參加了實際革命,但對革命事業她又不斷地感到無聊。在短短兩個月中,她換了三次工作,由此可以看出當時的革命並非如想像的那樣具有嚴肅性和組織性。這種革命工作的「無聊」無疑會加重了她的「幻滅的悲哀」。靜女士第二次幻滅是她在醫院當護士時所認識的一位連長,這次甜蜜的愛情使她認為這是「有生以來第一次,也是有生以來第一次愉快的生活。」但是革命需要強連長,所以當強連長撇下她匆匆趕往前線的時候,她又一次感到了幻滅。和靜女士有著親密關係的慧女士,雖然對靜女士也是關心愛護,但她們的愛情觀是絕對不相同的。慧女士經歷「風雨」從國外回來後,把愛情作為了玩弄男性的外衣。她帶著這種信念來到了革命的策源地武漢,旁觀革命。兩人相同的出身,不同的信念,面對革命,表達了一種共同的矜持和空虛。

《動搖》中的方羅蘭是一個小資產階級出生的國民黨黨員,是縣黨部的委員兼商民部長,他在兩條戰線上表現了動搖的本性。在革命運動上,他柔弱寡斷,搖擺不定,最終使革命陷於癱瘓;在愛情上他心猿意馬,精神恍惚。他一面對自己的家庭勉力維護,另一面又對孫舞陽心存幻想,在眾口一詞的對孫舞陽的「討伐」聲中,他仍未看出孫有半點的不好。最後在破廟的坍塌過程中,「結束」了他的動搖。孫舞陽是個非常有意味的形象,在這篇小說中,基本上所有的革命和愛情都和她有牽連,甚至她成了動搖的根源。她和所有的人談戀愛,但她誰也不愛。而胡國光的出現則使故事變得更加複雜和豐富了,他是一個機會主義者,他的反動沒落、他的狡詐兇殘是大革命失敗的重要因素。從本篇故事發生的背景來看,正是《幻滅》後半部的時間和場景,只不過作者將其安置一個小縣城來演繹,表現了事情發生背景的普遍性。

《追求》表現了大革命失敗後知識分子的心理狀態和行為過程,是《幻滅》和《動搖》之後的真正續篇,也是在三部曲中最沉悶的一篇。在經歷了幻滅、動搖之後,青年知識分子為了自己的出路要繼續進行追求,但追求的結果是什麼呢?無外乎是又一次的幻滅而已。如果說在《幻滅》中,靜女士在無奈中還有等待奔赴前線的強連長的希望,〔註9〕那麼在《追求》中這種可

〔註9〕在《從牯嶺到東京》一文中,作者說一九二七年「八月底回到上海,妻又

等待的希望也很少了。張曼青在大革命歸來之後，決心追求教育事業，這也是革命的繼續。在這繼續革命的過程中，愛情也獲得了豐收，但隨著他的教育事業的失敗，他的愛情也一同破滅了。王仲昭是社會事業改革的追求者，他希望通過辦報紙來實現自己的追求，但來自上面的阻力，使其成為一個半步主義者，他的愛情是伴隨著他的事業一起發展起來的，但隨著他事業的失敗，他的陸小姐因涉險傷頰而使其愛情也處在飄搖之中。史循是個懷疑主義者，在經歷了愛情和事業的雙重打擊之下，他選擇了自殺。雖然章秋柳出於對事業和史循個人的同情，希望用自己的愛情喚起史循的新生，但史循還是走上了絕路，章秋柳自己也因為拯救史循而患上了性病，所以她的追求也破滅了。這就是《追求》給人的結局，在這裡作者使用了相當多的令人揣測的意向，增大了作品的內涵。

在這個三部曲中，愛情成為顯在的文學故事發展的主線，愛情伴隨著革命的激情一同漲落，於是就把愛情和革命緊緊地聯繫在一起了。在半個多世紀以後，早殤的作家王小波似乎也如此作文，他的《革命時期的愛情》是否受此影響還待考察，不過他在此間所使用的性愛意向以及表現技法和茅盾還是有相似性的。茅盾這種「革命時期的愛情」的內容和方法，對1928年前後的「革命文學」的創作還是產生了深刻的影響。儘管「革命＋戀愛」的模式濫觴於蔣光慈，但和茅盾相比，他失之做作和膚淺。由此可以說，茅盾的《蝕》三部曲是「革命＋戀愛」時期最重要的收穫。

第二，「愛情」時期的革命。這是潛在的革命歷史。關於此點，陳幼石女士有著深刻的認識，她說三部曲：

> 簡單說來，她們反映的是茅盾本人當時對中國共產革命前景所抱的一些悲觀及存疑的心理，以及他對革命鬥爭中所無法不採取的一些煽動、暴力、欺騙等手段從道德立場上的不全部認同。在五四作家群中，茅盾幾乎是絕無僅有的在他作品中影射著他一己對第三國際的存疑態度，以及他本人對黨內因領導層內部摩擦而產生路線

病了，然而我在伴妻的時候，寫好了《幻滅》的前半部。我獨自住在三層樓自己禁閉起來，這結果完成了《幻滅》和其後的兩篇——《動搖》和《追求》。」《幻滅》的後半部之所以還看出些希望來，很可能和妻的病好了有關。另外，「獨自住在三層樓，自己禁閉起來」的心情也確實能影響到他的後兩篇的創作。再，「妻的病」是為寄居在她家的宋雲彬掛蚊帳而流產，一個將要誕生的生命的流逝，也可能影響到他的創作。（參見《我做過的道路》有關部分）

上多變莫幻的一種深沉的憂慮。〔註10〕

茅盾在《從牯嶺到東京》一文中，也確實是非常含蓄地說明了這些問題。他說「我那時發生精神上的苦悶，我的思想在片刻之間會有好幾次往復的衝突，我的情緒忽而高亢灼熱，忽而跌下去，冰冷一般。」〔註11〕在晚年的回憶錄中，他也講過陳望道等人詳細的退黨過程，無疑都是對這一時期矛盾心理的一種補充。〔註12〕

所謂「愛情」是指國共之間的合作，第三國際的參與，使這次「愛情」發生了三角關係。在這個關係中，中國共產黨既要保持自身的獨立性，又要參與國民黨的事務，因此在一些黨員身上出現了動搖和幻滅是在所難免的。這個黨員既包括國民黨黨員，但更主要指中共黨員。在作品中茅盾沒有直接提及共產黨黨員，這是為著寫作的目的和形勢所迫，比如，強惟力很顯然就是中共黨員，他撇下靜去了前線就是參加了南昌起義。而方羅蘭的身份就難以準確判斷，他有可能就是以中共黨員的身份加入了國民黨。而王仲昭、張曼青、史循等人就是經歷了大革命失敗之後潛回上海的革命青年，這裡有茅盾自己的影子。在作品中出現的北伐戰爭的進程，是《幻滅》後半部的情節線索，這是顯在的。潛在的國共合作的複雜性則是通過人事變動和情感糾葛體現出來。在國共合作的後期，由於國民黨清黨，使當時的形勢出現了至少四種以上的傾向，國民黨的左派、右派，共產黨的右傾投降和左傾盲動，甚至懷疑頹廢，這都在作品中找到了代表人物的載體——寓體——胡國光、方羅蘭、史俊、李克、靜女士、強惟力、史循等人。三部曲中，慧女士、孫舞陽、章秋柳顯然是三個同質異體的人物，他們對革命指手畫腳、「積極參與」，有時也做冷眼旁觀，大革命失敗的時候也會銷聲匿迹。作品中突出表現了她們對愛情的態度，她們要駕馭男人，處處調情，又處處讓男人失望。但她們並非輕薄，在做這些事情的時候她們都是真誠的。所以茅盾說他們既不是革命的女子，也不是淺薄的浪漫女子。很顯然，這是第三國際的政治隱喻。在二十年代的中國革命中，第三國際一方面指揮、命令中國共產黨，另一方面又對國民黨戀戀不捨，因此在國共合作期間，使共產黨遭到了巨大的損失。

〔註10〕陳幼石：《茅盾〈蝕〉三部曲的歷史分析》，第31頁，社會科學文獻出版社，1993年。

〔註11〕原載《小說月報》第19卷第10號，1928年10月10號，現收入《茅盾全集》第19卷，人民文學出版社，1985年。

〔註12〕參見茅盾：《我走過的道路》上卷，人民文學出版社，1997年。

整個三部曲講述了中國從 1926 年到 1928 將近兩年中國革命的歷史以及和第三國際的關係，如果我們從這個角度來進行解讀，那麼茅盾的幻滅、動搖和追求就變得深刻了。

農村三部曲——資本化的痛苦與必然

在茅盾的三部曲中，恐怕農村三部曲是最完整的敘事結構了。它和下節將要論述的工商三部曲以及和上節所論述的革命三部曲又構成了一種大三部曲結構，由此完整地反映出了在特定的環境中整個中國社會狀況，展現了茅盾作為現實主義大師和作為寫作大家對題材把握的力度。農村三部曲抓住農村在一年農事中最關鍵的三個部分，截取了生活中三個重要的片斷，塑造了典型環境中的典型人物，對後世產生了深遠的影響。

農村三部曲中故事發生的背景是 20 世紀的 30 年代，在帝國主義經濟入侵之下中國農村經濟迅速地衰落，傳統的自耕農生活被打破了，失去了土地的農民面臨著在出路上的重新選擇。在西方，在資本主義上昇時期，在資本原始積累過程中，那裡的農民也紛紛丟掉了自己的土地，他們流落到城市，成為一無所有的產業工人，從而使無產階級的隊伍不斷的發展和壯大。這一過程的出現，充滿了骯髒的交易和血腥的鎮壓，以及激烈的暴力反抗，所以馬克思說是資本主義為自己準備了掘墓人。但在中國的情況並非如此，傳統自耕農生活和傳統文化的薰陶，使中國的農民即使在一貧如洗情況之下仍能怡然自得，對於現狀的滿足令他們往往忽視了世事的發展變化。首先，對土地驟失他們沒有任何的心理準備，流離失所就等於要了他們的命根子；其次，城市文明又總是令他們感到深惡痛絕，就連阿 Q 都曾嘲笑城裏人的「條凳」和「做魚放蔥絲」，所以城市化過程就是一種痛苦的心理過程；再次，中國沒有獨立工業或者獨立的資產階級，他們是在外來資本主義侵壓之下才發展起來的，這就有可能對農民的壓榨更急劇和更深重。這在《子夜》、《霜葉紅似二月花》等作品中，茅盾已作了充分的描述。在中國，「資產階級不是一個純一的階級，它的各個組成部分對外國的勢力和侵略的反應是不同的……一方面，大部分新式民族工業都依賴外國人——即使在財政上……另一方面，即令純粹的民族資本確實存在，那也不能認為是民族主義產生的主要條件。在某些情況下，由於中國企業家從與外國人的經濟合作中得到好處，他們自然

就傾向妥協。」〔註13〕由此可見，中國農民失掉土地從而經歷城市化的過程，實在是西方資本主義經濟的入侵過程，這種過程還仍存有大量的中國傳統意識在其中，對於土地的過分留戀，使這一進程相當緩慢。

農村三部曲正是對上述過程的反映。在《春蠶》〔註14〕中，「豐收成災」是顯在的主題，這直接的根源是資本主義的經濟入侵，對此作者有一段象徵式的描述：

> 汽笛叫聲突然從那邊遠遠的河身的彎曲地方穿了來……一條柴油引擎的小輪船很威嚴地從繭廠後駛出來，拖著三條大船，迎面向老通寶來了。滿河平靜的水立刻激起潑剌剌的波浪，一起向兩旁的泥岸卷過來。一條鄉下「赤膊船」趕快攏岸，船上人揪住了泥岸上的樹根，船和人都好像在那裡打秋韆。軋軋軋的輪機聲和洋油臭，飛散在和平的綠的田野。〔註15〕

象徵著資本主義經濟的小火輪，拖著三條中國老式的大船，在河道里橫衝直撞，中國的農村經濟就像那「赤膊船」上的人一樣，已經岌岌可危了。這是當時中國沿海農村的現狀。但作者似乎並未滿足於此，它還要探討的是何以造成這種狀況以及它的發展結局。在《春蠶》中，作者設計了三條矛盾著的同時也是遞進著的線索：老通寶的傳統養蠶方式、四大娘的對洋種的主張以及阿多對前兩者的否定，這是中國農村城市化的過程。到了《秋收》中，農村進一步破敗，老通寶所拼命恪守的農業經濟和中國傳統的文明方式與阿多的「革命」出路（搶大戶）形成了尖銳的對立，最終也以老通寶的失敗而告終。老通寶的死，表明中國農村舊有形態的徹底崩潰，也暗示著新的出路即將來臨。儘管作者在這裡充滿著對老通寶的同情，但可以體會出在這同情裏更多的是批判。在《殘冬》中，徹底破敗的農村面臨著三種選擇，黃道士祈求於真命天子的出現，四大娘遊移於城市和傳統之間，而阿多則直接地參與了暴力的鬥爭。反覆出現的「長毛的大刀」的意向，似乎是讓這些農民們作出一種真正的選擇，暗示了農民和武裝的最終結合。

在這個三部曲中，茅盾突出地強調了時空意識，儘管所有的故事都發生

〔註13〕費正清編：《劍橋中華民國史》，上卷第 861 頁，中國社會科學出版社，1993年。

〔註14〕原載《現代》第 2 卷第 1 期，1932 年 11 月，現收入《茅盾全集》第 8 卷，人民文學出版社，1985 年。

〔註15〕《茅盾全集》，第 8 卷第 315 頁，人民文學出版社，1985 年。

在老通寶所在的農村，但是就空間而言一直是在遠處近處、農村和城市之間轉換著。就時間而言，把整個農村的近代史濃縮在一年的三個季節裏，使作品具有了無限的張力。就作品的底蘊而言，作品也彰顯了一種顯與隱的衝突，一方面是對資本主義經濟入侵的批判，另一方面又傳達出農村資本主義化的必然趨勢。在十幾年後解放區作家趙樹理的作品中類似的情況也出現了。比如在《小二黑結婚》和《李有才板話》中，一方面趙樹理歌頌和讚美了人民政府的民主作風和土地改革的勝利，另一方面也暗含了對在人民政府領導下的農村中壞人當道的不滿。同樣在丁玲的《太陽照在桑乾河上》中也傳達了類似的聲音。如果說用現在的意識傳達出過去的歷史經驗，是一切現實主義作家共同的特徵，而用現在的經驗推演出未來的發展則是茅盾這類作家的獨特之處，因此說茅盾對現代文學的影響是巨大的。

在農村三部曲中，值得注意又一個問題是老通寶形象和阿多形象的出現和歷史演變。在《春蠶》出版不久，又出現了許多相同題材的作品，但較有影響的是葉聖陶的《多收了三五斗》和葉紫的《豐收》，都描寫了在資本主義經濟侵襲之下中國農村「豐收成災」而至破產的故事，在大致相同的年代，不同的作家使用了相同的題材，可見「豐收成災」的事實對當時中國社會的影響是很深刻的。大型文學期刊《現代》第四卷第一期在《告讀者》中說：「近來以農村經濟破產為題材的創作，自茅盾先生的《春蠶》發表以來，屢見不鮮，以去年豐收成災為描寫中心的，更特別的多，在許多文藝刊物上常見發表。本刊近來所收到的這一方面的稿件，雖未曾經過精密的統計，但至少也有二三十篇。」〔註16〕葉聖陶的小說是掃描式的，全篇沒有中心人物，《豐收》則塑造了一組二元對立的人物，即云普叔和立秋，這一點與《春蠶》中的老通寶和阿多是對應的。雲普叔和老通寶都是中國的老式農民，在他們身上既有中國農民的一切優點，勤勞、樸實、本分、堅韌，同時也有中國農民的一切缺點，自私、愚昧、落後、保守，這種形象比魯迅《故鄉》中的閏土要豐滿的多，也深刻的多（魯迅描寫潤土不在這個形象本身，而在其後的文化命題）。而立秋和阿多則是中國新式農民的雛形，敢想敢幹，不為俗套所羈絆，在砸碎舊的鎖鏈同時走上了暴力反抗道路。這一點又是對此前中國文學作品中農民領袖形象的發展。在中國歷史上，大凡農民起義首先是以山大王和土匪面目出現的，而到了立秋和阿多這裡，則變為一種自覺的行為了，也就是

〔註16〕施蟄存、杜衡編：《現代》第 4 卷第 1 期，1933 年 11 月 1 日。

說理想與理智是支撐這類人物的基礎了。這兩組人物的傳統一直影響到了建國後十七年的文學創造。在柳青的《創業史》中,梁三老漢是一個「像土撥鼠一樣悄悄活著」的農民,「既有勞動者勤勞、純樸、正直、善良的美德,又有小生產者的狹隘、保守的自私心理,」〔註17〕而梁生寶則是一個新農民,他已經能站在共產黨的綱領和政策的高度來看待農村的前途和方向。這一形象是阿多的形象的發展。類似的還有《山鄉巨變》中的盛祐亭、劉雨生,《紅旗譜》中的嚴志和、朱老忠,甚至到了八十年代還有《許茂和他的女兒們》中的許茂、金東水等等,可以說茅盾所開創的、對農民形象描寫模式的傳統一直影響到了今天。

諷刺三部曲——無根基時代的自我安慰

創作於 1935 年的三個短篇小說《有志者》、《尚未成功》和《無題》明顯帶有一種反諷性質。所謂反諷,就是在莊嚴的敘事中,將喜劇式的故事嚴肅化,從而達到一種諷刺的目的。通俗地說,就是敘事主體在講故事時始終保持著冷靜的姿態,而讓讀者在這之中看出喜劇的意味。這種結構在於造成一種創作主體和接受主體的衝突,而這種衝突又恰恰是源於對作品中人物形象的共同理解,誇張式的衝突是這種喜劇的基本前提。我們可以看到在茅盾絕大多數的作品中都含有這種因素,而尤以此三篇最為明顯。

在《有志者》〔註18〕中,「他」在優裕的生活之中,實在是想做些什麼。但「他」越要做什麼,就越覺得「他」精神空虛。這種衝突性就表現在這裡。「他」為自己的「創作」尋找到了各種不利的條件,然後再去滿足於這些條件,當這些條件都達到了滿足之後,「他」的「創作」也終是一事無成。在「他」看來,作為一個文學家,必然是拋棄了家庭、孩子,尋找到幽靜的所在,同時要有充裕的供給,但這些都是外在的東西,「他」不知道「他」所缺乏的是生活,是實實在在的感同身受。儘管「他」擁有那麼多的名家創作經驗,但在沒有生活的基礎上這是無論如何也建立不起來的經驗。更深一層來講,這實在是無志的青年對社會的不滿。說其無志也許並不準確,如果說在當時的中國社會狀態中,這種狀況是這類青年知識分子沒有意識到的苦悶

〔註17〕孔範今主編:《二十世紀中國文學史》,下卷第 1056 頁,山東文藝出版社,1996年。

〔註18〕原載《中學生》第 56 號,1935 年 6 月,現收入《茅盾全集》第 9 卷,人民文學出版社,1985 年。

也許是更合適一些。於是「他」成爲了小丑，成爲了一種詼諧的對象。在《尙未成功》〔註19〕中，茅盾進一步嘲諷了這類青年，「他」也沒有物質之憂，但在「創作」上所憎恨的是批評家，「他」以爲是批評家扼殺了「他」尚未創作出來的「創作」，因此在他的頭腦中出現了假想敵，這類似於唐吉訶德向大風車的挑戰，滑稽而又嚴肅。「他」與《有志者》中的「他」所不同的是，「他」認識到了生活對於自己的重要意義，但對於生活的理解發生了偏差，「他」的生活仍是個人圈子裏的情愛，喪失了社會內涵，所以必然也要失敗的。在這裡茅盾似乎立意在三個方面，（1）是一種創作主張，對創作主題而言，現實生活是嚴肅的而且是必不可少的，不能脫離了社會而存在，現實性是創作的基本主題，這秉承了茅盾一貫所主張的現實主義傳統；（2）是一種社會寓言，在當時的社會環境中，青年人知識分子的出路在於參與到社會運動當中，那才是眞正的生活；（3）是對社會的批判，苦悶的社會現實造成青年知識分子的畸變心理，同時沒有人爲他們指出方向和道路。這與《虹》是相連續的，這些人對社會、對自己沒有清醒的認識，因此在飽暖之後便顯得無所事事。《無題》〔註20〕是這個三部曲的最後一篇，但叫做《成功以後》也許並無不當，這樣這三篇就串聯到一起了。在本篇中「他」沉浸在創作之後對妻子朗誦的快意當中，創作過程中的朗誦並無不當，在此，茅盾也是按照創作的一般規律來描述的，只不過是「他」的矯揉造作和令人作嘔的浪漫情調，卻叫人覺得滑稽可笑。在整個的「朗誦式的創作」過程中，他始終處在一種想像當里，再一次令人想起了唐吉訶德的迂腐可笑。但在「他」這裡決不是一種騎士精神，而是一種小知識分子的自我陶醉，在自我陶醉的惶惶中，仍然進行著「第二部」的「創作」。這是一種麻醉了的生活，是對社會的嚴重逃離，所以茅盾仍然是在批判不問世事的現象。

　　與魯迅相比，似乎茅盾的這類創作更爲活躍一些，但他們的基本因子是相同的。在《阿Q正傳》中，魯迅也是採用了詼諧的手法，刻畫了阿Q這個典型個體性格的多面性與複雜性，阿Q形象之所以不朽全賴於此。阿Q雖然不是知識分子，但知識分子作爲人的表現必然在其身上有所體現，同時阿Q對於社會的盲從，對於革命的盲從，對於他人的盲從、對自我像想的陶醉、

〔註19〕原載《申報月刊》第4卷第7期，1935年7月15日，現收入《茅盾全集》第9卷，人民文學出版社，1985年。

〔註20〕原載《文學》第5卷第4號，1935年10月1日，現收入《茅盾全集》第9卷，人民文學出版社，1985年。

對個體生命的輕賤以及他的易衝動善忘記等等都體現了一些小知識分子的特性，這些特性使阿Q變成了社會中的小丑，給人增加笑料，也如孔乙己一般，成了可有可無的存在。茅盾上述三篇小說中的「他」，也正是如此。他們的存在，對社會既無意義，也無負擔，自生自滅而已。在《幸福的家庭》中，魯迅則將這種特定時期知識分子的特性具象化了，「他」所構築的「幸福的家庭」被「他」現實的家庭打碎了。像「他」也陶醉在想像之中，並沒有真正認識到現實的家庭到底是否幸福。到了《傷逝》中，魯迅對此的認識更加深刻了，子君對自由的嚮往被現實生活中的柴米油鹽所羈絆，在彷徨中連生命都犧牲了。茅盾曾說，《幸福的家庭》和《傷逝》「這兩篇塗著戀愛色彩的作品，暗示的部分要比題面大得多。『五四』以後青年的苦悶，在這裡有一個明顯的告白。」〔註21〕這種沉重的主題在茅盾的這三篇作品中是沒有的，或是不明顯的，主人公們絕沒有生活之憂。魯迅的目的是在對知識分子造成雙重的壓迫，即物質的和精神的，在兩者的糾纏和矛盾當中傳達出社會的黑暗和不平等，以及這種社會對青年人的戕害，傳達出了魯迅濃重的悲觀情緒。而茅盾僅就精神層面的內涵對知識分子進行剖析，他試圖說明在那樣一個黑暗的社會中，即使滿足了物質的需求，知識分子就能煥發出一個好的精神狀態嗎？茅盾顯然否定了這種說法。這是茅盾和魯迅在表述上的不同，而實質上是一致的。可以說茅盾是在魯迅的基礎上，進一步對此進行追問。也就是說，在滿足了魯迅所提出的兩個問題（物質和精神）之中的一個根本問題（物質）之後，那個時代的青年仍不免陷彷徨之中。另外，有意思的是，茅盾和魯迅二人在對這類作品描寫中都較多地借鑒了西方的一些例子，如在《幸福的家庭》中，「他」將主人公設計為「西洋留學生」，主人公讀的書是《理想之良人》，使用了「馬克思在女兒的啼哭聲中還能寫《資本論》」的典故，多次使用了英語作為主人公對話的語言等；在茅盾的作品中也多次使用了這樣一些典故：霍普特曼《沉鐘》裏的鍾、拜倫的創作激情、《基督山伯爵》中的爵府、巴爾扎克的創作習慣、托爾斯泰的創作經驗等等，這固然和作者的創作取材和敘事過程有關，但更嚴格的意義在批判性上：（1）西方的並不等於是中國的，盲目的崇拜是錯誤的；（2）任何的書本經驗只是一種假設，這需在實踐中的進一步檢驗，沒有生活，一切經驗也僅僅是停留在經驗的層面，創作尤其如

〔註21〕原載《文學周報》第8卷，1929年7月合訂本，現收入《茅盾全集》第8卷，
人民文學出版社，1985年。

此。魯迅和茅盾一生譯介了非常多的外國文學作品和理論，目的在於學習和借鑒，造成一種思想，而不是照抄照搬；（3）在中外的成功與未成功之間造成強烈對比，增強諷刺效果。

茅盾在諷刺三部曲中又是在說「丑」，這種丑體現在他的現實主義的許多作品中。除了這三部作品中的「他」而外，我們看到胡國光、方羅蘭、孫舞陽、屠維岳、姚紹光等等，在他們的身上都有丑的成分存在，惟其如此，才加深了作品的批判性。這對張天翼的諷刺小說恐怕也不無影響，在華威先生的身上就明顯看到了胡國光的影子。茅盾的「丑」主要有以下的特徵：（1）偏於想像而又游移不定；（2）對現實和他人強烈不滿而加以無端的詛咒；（3）總想有所作為而最終又無所事事。於是在他們的身上就產生了許多滑稽的東西，增加了詼諧的內涵。我們說茅盾是現實主義的大師，但浪漫主義又是他的整個創作中的一種情調，否認這一點是不對的。這正如巴赫金所說：「毫無疑問，詼諧是一種外部保護形式。它是合法的，它（當然，只是在一定程度上）從外部書刊檢查制度，從外部鎮壓，從火刑中解放出來。不能對這個因素估計不足。但把詼諧的全部意義都歸結於它，是完全不能容許的。詼諧不是外部的，而是重要的內部形式，不能替代為嚴肅性，不能消除，也不能歪曲用詼諧所揭示的真理的內容本身。」〔註 22〕所以我們應對茅盾諷刺三部曲中的「丑」有充分的認識。

工商三部曲——現代化進程中的頹敗線

魯迅在《頹敗線的顫動》中作了一個夢，一垂老的婦人年輕時靠出賣自己肉體養活了孩子，年老時子女以其為恥，遭到唾罵。魯迅寫道：「那垂老的女人口角正在痙攣，登時一怔，接著便都平靜，不多時，她冷靜地，骨立的石像似的站起來了。她開開板門，邁步在深夜中走出，遺棄了背後一切的冷罵和毒笑。」〔註 23〕該文作怎樣的解讀並非本節的內容，但這故事卻對本三部曲的理解有著較大的幫助。在二十世紀上半葉，甚至在近代以來，中國人中的一部分官僚和知識分子一直在做著趕上和超越西方從而實現現代化的美夢，而這種現代化的表現形式就是資本主義的確立和發展。但資本主義在中國的緩慢發展過程中卻遭遇了種種障礙。這主要表現在：強大的封建主義勢

〔註22〕 巴赫金：《拉伯雷研究》，第 108 頁，河北教育出版社，1998 年版。
〔註23〕 《魯迅全集》第 6 卷第 205 頁，人民文學出版社，1991 年。

力對它的糾纏和遏制以及封建意識向它的不斷滲入，強權的西方資本主義勢力對它的操縱和傾軋；對民族資本而言，官僚資本又不斷對其進行敲詐和排擠，同時由於資本主義本身的血腥性，也失去了中國廣大民眾的支持。這就像上文的當過妓女老婦人一樣，即對中國的現代化起到了促進作用，也遭到了人們的「冷罵和毒笑」。茅盾的工商三部曲就描述了中國民族資本這種尷尬的境地。

《霜葉紅似二月花》是茅盾大構思中的一部分，「本來打算寫從『五四』到一九二七年這一時期的政治、社會和思想的大變動，想在總的方面指出這時期革命雖遭挫折，反革命雖暫時佔了上風，但革命必然取得最後勝利」〔註24〕，但因故只寫了五四前後的一部分。雖然是寫於 1942 年，但就反映的內容而言，則應放在本三部曲的最前面。在《霜》中，主要描寫了三個人物以及他們所代表的三種勢力，以王伯申為代表的新興資本主義勢力和以趙守義為代表的傳統舊勢力明爭暗鬥，而以錢良才為代表的改良主義者，則斡旋其間做著溫和的改良。表面看來，作者對錢良材著墨較多，但最應引起讀者注意的則是王、趙之間的鬥爭。其焦點是「積善堂」的公款：輪船公司的經理王伯申欲奪到積善堂公款去辦「貧民習藝所」，而地主趙守義除了貪污的目的外，還要用其來辦「敦化會」和提倡孔教。「貧民習藝所」和「敦化會」分別代表了兩種文明，他們的衝突就是現代文明和傳統文明的衝突，這是中國現代化進程中所必然遇到的情況。王伯申創辦「貧民習藝所」表現了新興資本主義的人民性，但他無償佔用學校土地，以及放縱他的輪船在河道中衝撞危及了兩岸的農田並動用警察鎮壓反抗的農民，則表現了他的反人民性和虛偽性。這是資本原始積累時期的資本家形象，貪婪、兇殘和血腥是他們最主要特徵。趙守義是個沒落的地主階級代言人，當資本主義的發展觸動了他利益的時候，他會瘋狂的進行反撲，甚至動用了人民的力量（鼓動農民砸王伯申的輪船和起訴它侵佔公學田產），因此它更具有反動性和隱蔽性。他居住在城市裏，卻遙控著農村，實現他對資本主義的滲透。在這種情況下，王伯申勢單力薄，必然走上了妥協的道路。這就是中國資本主義發展的初始階段。

《子夜》是一部影響巨大的著作，由於他創作於《霜葉紅似二月花》之

〔註24〕《霜葉紅似二月花・新版前記》，《茅盾全集》第 6 卷第 248 頁，人民文學出版社，1985 年。目前學界對茅盾此書的寫作背景意見並不一致，本書傾向同意茅盾本人的意見。

前，因此它成為中國現代文學史上第一部全方位描寫中國社會、尤其是民族資本主義在中國發展的力作。瞿秋白說：「這是中國第一部寫實主義的成功的長篇小說」，作者能夠「應用真正的社會科學，在文藝上表現中國的社會關係和階級關係」〔註25〕。作為文學家和茅盾的朋友，這種評價當然不過分，作為黨的領導者，就奠定了今後《子夜》研究的一個基本的立論基礎。實事求是地說，《子夜》無論是在社會學上的意義，還是在藝術實踐上的意義，同樣都是巨大的。簡單地說，該作品展示了中國民族資本發展的艱難曲折的歷程，尤其是展示了代表著強權資本主義的買辦資本對它的傾軋。作者並不隱諱自己對以吳蓀甫為代表的民族資本的同情，以及對以趙伯韜為代表的買辦資本的痛惡。茅盾對封建制度的必然沒落、對工人罷工、對農村暴動以及對紅軍的戰事都作了符合歷史發展規律的描寫，同時又將資本主義世界的經濟危機作為背景，使動盪的中國社會更具有了國際的意義，因此說它是歷史教科書還是有道理的。《子夜》的藝術實踐意義在於這種大的結構的設置上以及對吳蓀甫這個雙重性格的人物的把握上，可以說在新文學史上，還沒有一個人在這一點上能夠做到茅盾這樣。在《子夜》出版前後一段時期內，有很多作家力圖用自己的作品來反映中國社會的全貌，如巴金的《家》、老舍的《駱駝祥子》、李劼人的《大波》、蔣光慈的《田野的風》、華漢《地泉》三部曲等等，但都沒能超過《子夜》。在現代文學史上，《子夜》是獨一無二的。這種宏大的敘事結構也影響到了建國後十七年的文學創作，拋開周而復的同類題材作品《上海的早晨》，很多長篇的紅色經典也多仿作此類結構，如《紅日》、《紅旗譜》等，就反映歷史和社會的廣度而言，姚雪垠的歷史題材小說《李自成》才堪可相稱。

如果說《子夜》中的吳蓀甫這個民族資本家還在勉勵維持、痛苦掙扎的話，那麼在《多角關係》里中國的民族資本則徹底破敗了。這個發生在 1934 年農曆 12 月 26 日下午三時多到晚上十時以前的故事，地點主要在資本家唐子嘉府上和小商人李惠康的店鋪裏，間或也點綴了城內公園和城外鐵路旅社的場面，人物主要是圍繞著唐子嘉和李惠康而展開。這是一部典型的戲劇結構，是一部戲劇化的小說，不僅結構戲劇化，連內容也都戲劇化了。由於金融恐慌，國外產品的傾入、官僚資本的壟斷以及政府的搜刮，中國整個社會處於破產當中，三角債成了制約所有人的緊箍咒。銀行倒閉，工廠破產，唐

〔註25〕瞿秋白：《〈子夜〉和國貨年》，《申報　自由談》，1933 年 4 月 2 日。

子嘉已無力迴天。他所面臨的是債主的索債、工人的暴動和農民的抗租，以及自己的徹底潰敗。作者也揭露了資本家的本性：虛偽、兇殘和驕奢淫逸，已經沒有了同情色彩。相反茅盾則把更多的愛憐給予了小商人李惠康。小工商業階層是中國工商業發展的末梢神經，它不僅普遍而且靈敏，也正是因為如此，它才更易受到傷害。李惠康就是《林家鋪子》中的林老闆，作者將其重新移到《多角關係》中，使其與資本家有了面對面的接觸，體會大魚、小魚的關係。林老闆作為一個小商人，精明能幹又懦弱自私，既對世事不滿又投機取巧、損人利己。然而不管他如何精明，終在西方資本主義經濟的入侵下、在所謂的政府的盤剝下、在同行之間的傾軋下破產了。他的破產還表明，中國農村整個赤貧化了。

工商三部曲和《林家鋪子》詳盡地描述了中國民族工業的發展道路及衰落過程，從王伯申的原始積累到吳蓀甫的成功與掙扎，再到唐子嘉的破產以至林老闆的最後逃離，每一步都充滿了血腥、艱辛與苦難，成為了中國現代化進程中的一道頹敗的風景線。

茅盾對民族工業的描寫、對一系列資本家以及小商人形象的塑造是對中國現代文學的獨特貢獻。尤其是《子夜》對左翼文學的貢獻是巨大的。《子夜》的出現，不僅標誌著不同於後來延安文學的左翼文學的最終形成，也標誌著左翼文學的地位最終確立，是左翼文學的最大收穫。它和魯迅的作品一道，與以巴金、老舍、沈從文為代表的民主主義文學、以周作人、梁實秋、林語堂為代表的自由主義文學，在那個時代最終形成了三足鼎立的局面。

轉變三部曲——學生時代的苦悶與追求

在這個系列的小說中，如果總稱為「追求」恐怕應是恰如其分的，不過和茅盾早期的《追求》卻是大異其趣的。此者是追求終止於毀滅，而在轉變三部曲中，是指青年學生因了苦悶而去追求，經歷過幾次人生選擇和轉變，都尋到了出路，因此這是光明的，此前的一切陰霾都一掃而光。由於作者的情緒飽滿，表現在行文上也就更流暢質樸了。早期茅盾的關注焦點大都是學生，因為在當時的中國，所謂革命者，除了學生（包括在讀和已經畢業）更無其他人。同時在茅盾《蝕》三部曲中，由於急切和苦悶，作者未來得及將青年的覺醒和鬥爭過程從頭說起，所以一旦有了餘暇和平靜的心情就要重新敘說五四運動。五四在中國現代思想史上的意義自不待言，但假借了五四之

名以行個人苟且的也確實是大有人在，這和魯迅在批評辛亥革命時所遇到的問題是一致的。阿 Q 不識革命，卻能以革命而招搖，假洋鬼子倒識革命，但也正因爲如此，他利用了革命。由此可見，五四運動雖然是一場文化運動，但和辛亥革命還是有相同之處的。

《虹》就總結了上述所屬問題，茅盾說：「當時頗不自量棉薄，欲爲中國近十年之壯劇，留一痕迹。」〔註26〕這是作者寫於 1929 年的話。主人公梅行素從五四至五卅，其間經歷了三次大的人生轉折。第一次是和舊家庭的決裂。已經受過五四新文化運動洗禮的梅，在學校受著教育的同時，愛上了表哥韋玉，但她不能衝破家庭爲她設計的生活，所以和她所討厭的另一位表哥柳遇春結了婚。她試圖依靠個人的力量來掌控柳，但隨著韋玉的死亡，她這種個人主義的企圖也失敗了。所以她衝破了這個令她窒息的家庭，實現了第一次決裂。她到一所學校教書，也希圖通過這種辦法實現她的自立和對社會有所作爲的理想，但是在這個自命爲新式學校的環境中，實施什麼樣的教育還到在其次，而所不能令人容忍的是所謂新式教育無外乎是一種新式的道德墮落，五四新文化運動在這裡似乎成了「性文化運動」。這裡茅盾提出了一個對五四新文化運動進行重新檢視的問題，這正如在五四期間所倡導的對中國傳統文化進行重估一樣。梅也面臨著這樣的問題，所以梅毅然地離開了這個環境，到上海去尋求別樣的發展，從而實現了人生第二次轉變。上海的生活曾令她迷茫和困惑，但強烈的自立要求和個人主義情緒又使她覺得這裡生活對她有一種吸引力，後來在革命者黃因明、梁剛夫的引導和教育下，實現了第三次轉變，即從個人主義向集體主義轉變。這是五四青年一般的轉變過程。與同時期的文學作品中的女性相比，這一形象還是有其獨特的認識價值的，她提供了與「莎菲女士」完全不同類型女性形象，直到二十多年以後，在楊沫的《青春之歌》中才找到了她的姊妹。林道靜的三次決裂和三次重新選擇，最終又走上革命道路，雖然比梅行素更直接、更徹底，但很難說不是在梅的「啓發」下完成的。

《路》也提供了一種與《虹》相類似的轉變，雖然沒有《虹》複雜，但背景卻值得反覆推敲。茅盾說：

　　《路》的時代背景正是中國革命在一九二七年由於蔣介石、汪

〔註26〕參見《虹·跋》，原載《虹》出版本卷末，現收入《茅盾全集》第二卷第271頁，人民文學出版社，1984年。

精衛相繼背叛而使革命經過短時間的低潮而聲勢又復大振的時
期……這是在一九三〇年。那時毛澤東還在摸索中國革命的正確道
路。〔註27〕

不過從作品中的意向來分析，似乎應在此之前。在這篇作品中，主人公火薪
傳也是一個正在求學的學生。由於家境貧寒以及富有的女友蓉對他的猜忌，
加之學校當局的黑暗，使他成爲了一名懷疑主義者。但他能加入「秀才派」，
和「魔王團」分庭抗禮，又使他具有了能夠革命的基礎。在非常短的時間內，
他經歷了三次人生轉變。第一次，他所在的「秀才派」與「魔王團」聯合驅
趕學校的惡勢力代表總務長老荊，結果老荊使用了分化的政策，「魔王團」妥
協，而使「驅荊」運動失敗，「秀才派」的代表炳被以之是共產黨的名義抓走，
於是薪進一步陷入懷疑主義的泥淖，產生了悲觀失敗的心理。不過他雖然與
「魔王團」一起隨波逐流，還是保持了基本的良知，也總在探討自己苦悶的
原因；這時他遇到了革命者老同學雷，在雷的啓發下，他一下子就從悲觀頹
廢的情緒中振作起來，一躍而成爲一個激進主義者，在學潮中成爲了學生的
領袖，這是他的第二次轉變。但這種激進的作風又往往是失敗的因子，所以
在與「魔王團」的鬥爭中，遭到了重創，住進了醫院。在醫院中他對自己重
新進行了思考，認識了「聯合戰線」和「持久戰」的意義了。這是他的第三
次轉變。但僅作如此的理解又過於簡單，在這篇作品的背後似乎還有更深刻
的寓意，對作品中的一些事件和人物，作者自己也說：

這都在書中用少許筆墨暗示。因爲當時蔣政權的書報審查極爲
嚴密，全書只能通過曲折的暗示，使讀者瞭解書的主旨。〔註28〕

這是作者在八十年代所寫的法文版的序，恐怕也未必如此。在作品中，火薪
傳應是黨員中的一類人，他的鬥爭和成長過程，也類似於黨的鬥爭成長過程，
他所屬的「秀才派」是早期中共的縮影，他們在學潮中所遇到的問題和所提
出的問題也是早期中共在革命過程中所要解決的問題，人物間嫻熟的對話都
隱含了政治鬥爭的術語，也符合當時的歷史實際。比如，「秀才派」在歷經了
鬥爭的失敗之後，終於認識到，只有建立自己的「武裝」才能在鬥爭中佔有
主動，所以他們成立了學生糾察隊，以對付「魔王團」的武力；比如在學潮
中，否認了建立「聯合戰線」的倡議以及所出現的左傾冒進傾向，終致鬥爭

〔註27〕《路》法文版序，《茅盾全集》第 2 卷第 384 頁，人民文學出版社，1984 年。
〔註28〕同上，第 385 頁。

遭到重創等，這些都和共產黨要建立自己的武裝以及在發展過程中所出現的左傾傾向相暗合。在「秀才派」、「魔王團」和老荊這三股勢力間鬥爭，也正是共產黨、國民黨和各地軍閥之間的鬥爭，從此角度來理解，這無疑又是一篇政治寓言小說。

《三人行》又提供了另一種樣式的轉變，這種樣式主要表現在兩個向度上。一是三位主人公各自縱向上的轉變，二是作為三種類型的青年知識分子的橫向之間的轉變。關於本篇的立題很顯然是取自「三人行則必有我師焉」之句，但實際上作者並未完全達到這個目的。許的「忍耐和期待」使他成了一位消極主義者，但對光明的追求又使他勇敢地行動起來行俠仗義，用一個人的力量來抵抗舊的醜惡現象，轉變為個人主義者，不過失敗是必然的。惠則自恃富有的家庭出身，對一切採取了冷潮的態度，是一個虛無主義者，但在一系列鬥爭的推動下，也開始發生轉變，看到了新生活的霞光。而雲的轉變則更徹底，他從一個實際主義者轉變為革命主義者，也是他的經歷所致。對於同樣的社會，和對舊制度同樣的憤懣，由於個人所處的環境的不同，而走上了不同的道路，產生了不同的思想，充分說明主觀和客觀的辯證關係，同時也提出在那個舊的時代，對青年的教育和引導已成為一個普遍需要重視的問題。誰做了這樣的工作，誰就佔有了青年。惠和雲最後走上了革命道路，就說明了這個問題。

在這個三部曲中，最有特色的當屬《路》，在人物發展、結構安排、語言運用上，都有獨特之處。但就人物所面臨的矛盾以及作品所反映的社會內容而言，顯然《虹》更勝一籌。

抗戰三部曲──懸置的靈魂與良知

在《第一階段的故事》、《走上崗位》、和《鍛鍊》〔註29〕這個三部曲中，茅盾仍把他所熟悉的資本家作為主要表現人物，與「工商三部曲」不同的是，此者展示了在資本主義經濟入侵的背景下，中國民族資本家的生存困境以及他們掙扎乃至毀滅的過程，而抗戰三部曲則是在帝國主義軍事入侵的背景中展示中國民族資本家在國家利益和個人利益之間所作的生死抉擇，因此作為對比，知識分子、工人也都成了本三部曲的主角。這三部小說的地點都在上

〔註29〕為便於論述的需要，在此三部小說中不考慮茅盾的重寫因素。

海，背景都是上海「八、一三」抗戰的爆發，而且人物也幾乎是相同的系列。
如果說戰爭的最大罪惡在於對人類的屠殺和對生存環境的破壞，那麼它所帶
來的另一面問題就是對人類靈魂的拷問，而且要求每個人必須做出回答。對
於一個遭受了戰爭侵害的國家而言，也就具體到民族的精神、集團的信念、
階層的意識和個人的良知，因此戰爭就把所有的人暴露在炮火之中，而這炮
火也就如同一跟粗大的琴弦，懸繫著所有人的靈魂與良知。茅盾表現的就是
這種靈魂與良知。

在《第》中，表面虛華的大都市掩蓋了即將來臨的災難，而當戰爭一旦
爆發，便將繁榮變成了倉促，也許在這種狀態中更能對一個人的靈魂進行檢
驗。所以茅盾就描寫了各式人的不同狀態。民族資本家何耀先從主張和平到
堅持抗戰，能夠立足本位，為抗戰出力，他這一舉動無疑是對投機商人潘梅
成這類人一個精神上的重創。不但如此，他的家庭也在為抗戰出力。對家庭
的這種正面描寫，表明抗戰已深入人心。抗戰也把陸和通這種只顧自己利益
的商人同何耀先結合起來，同時也是戰爭將陸和通這樣的有良知的中國人教
育改造好，使其在抗戰失敗之後又能轉入長期堅持，並走上了共產黨所領導
的抗戰之路。仲文及何家兄妹等青年學生也是茅盾所著力表現的抗戰主要力
量之一，這一群像的刻畫尤其是他們對北方的嚮往是有深刻寓意的。本篇作
品也是一個素描創作，它報告了戰爭的發生以及在戰爭中各階層在各自崗位
上的所作所為。它的主張可以借用何耀先的話：「我只有一個信念：在抗戰救
國的大目標下，個人做個人本分的事。」〔註30〕因此當茅盾在創作另一部同
類小說的時候，自覺地將其作為了主題，這就是《走上崗位》。《走上崗位》
是在上篇作品的背景當中，描寫了民族資本家阮仲平響應政府號召，積極主
張工廠內遷，堅持生產，以實際行動來積極支持全國抗戰；也描寫了民族資
本家的朱競甫拒絕內遷妄圖賣國的可恥行徑，但作者更多的著墨點放在了工
人身上。如果說《走上崗位》中的阮仲平是《第》中的愛國資本家的同一類
形象，那麼在這裡對工人描寫則是對前一部的有力補充。上海是中國最大的
工業城市，要表現抗戰中的工人，不把視點聚焦於此顯然是不合適的。工人
和資本家是一對對立的矛盾，但愛國的大纛卻使他們走到了一處。為了支持
抗戰，保證生產，工人們冒著彈火和生命危險堅持拆卸機器，以便能順利遷
移出去。這就是他們的崗位，周阿梅、石全生是他們的代表。作者不是在歌

〔註30〕《茅盾全集》第 4 卷第 412～413 頁，人民文學出版社，1984 年。

頌堅決抗戰的態度，而是在讚美因為戰爭所激發出來的潛藏於人內心的良知。在工人這個階層中，也如同在資本家階層內部一樣，也常有不和諧的浪花，徐和亭、李金才就充當了賣國資本家的奴僕。由於資本家在其所屬階級上的特性，他們在面對國難時的轉變也不可能是一帆風順的，所以茅盾在《鍛鍊》中就細緻地描寫了這個轉變過程以及工人和知識分子在這個過程中的作用，並且尤其對此進行了肯定。自左翼文學以來，不僅工人形象沒有得到較好的塑造，而且知識分子形象的塑造也大多流於公式化和形式化，此點在《鍛鍊》中得到了較好的校正。本篇作品相對於前兩篇而言最大的特徵是以工筆手法將筆墨相對集中在資本家的轉變上。為了表現這種轉變，作者設計了諸多的矛盾和鬥爭，包括國民黨官僚嚴伯謙的墮落與虛偽、買辦商人胡清泉的無恥與醜惡、民族資本家的嚴仲元動搖與徘徊、知識分子陳克明、周廣新、唐濟成、嚴季真的苦悶與鬥爭、貧苦工人的堅決與無私以及青年學生的天真與果敢，揭露了國民黨反對抗戰的真實面目。工人和知識分子成為光輝的形象。對國民黨的醜惡嘴臉的揭露更表現在《腐蝕》中，這部小說並不主要表現抗戰內容，而是在抗戰的背景下，表現了國民黨統治的黑暗及其反共、阻礙抗戰的真實面目。在趙惠明身上所表現出來的人性、良知與生存環境的衝突無疑是非常深刻的。在這部作品中，趙惠明和小昭之間愛與恨的衝突，由於小昭「抗日親共」的身份而變得更加具有政治意義了。因此對「抗日」的態度問題，也變成了靈魂和良知問題了。另外，在《腐蝕》中，對國民黨特務組織的描寫以及他們對抗日青年的迫害，也是對三部曲中所描寫的國民黨的行徑的進一步細化，成了《鍛鍊》中，國民黨對蘇辛嘉、嚴潔修迫害的最好注腳，也可以說，《腐蝕》是從這一情節中引伸出來的。

　　這個三部曲從結構上的由大到小，從對戰爭的總體掃描到對局部的細緻刻畫，從線索的單一到矛盾的豐富與複雜，也就是說隨著戰爭的展開，炮火逐漸成為了更為深遠的背景，而炮火中每一個人的命運和靈魂便凸現出來。簡單地說，結構越來越小，情節越來越複雜，思想越來越深刻，批判越來越尖銳。人物和思想不僅有了連續性，而且對人物的發展既關照到整體，也關照到繼承性。雖然這三篇作品創作於不同的時間段，而且每一部都有自己獨立的未完成的構思，〔註31〕但將三者結合到一起未必就不是一個整體，所以

〔註31〕分別參見《第一階段的故事　新版的後記》，《茅盾全集》第 4 卷，《鍛鍊　小序》，《茅盾全集》第 7 卷，人民文學出版社，1984 年。

稱之為抗戰三部曲是當之無愧的。這種對抗站全面和深刻的描寫在當時的中國還是獨一無二的。這個作品表現了五個層面的複雜性：第一，就整個國家而言誰代表了國家利益，是破壞抗戰的民國政府，還是遠在陝北的中共，抑或是不分階層、集團的民眾？第二、就空間而言北方的千里失地值不值上海民眾的奮勇抗擊？第三、就時間而言是速勝或速敗，還是長久抗戰？第四、就抗戰的狀態而言是企望和平還是打出民族的自信心？第五、就民眾的參與形式而言是立足崗位還是不分職責？這些都是抗戰初期所面臨的問題，茅盾以一個現實主義作家名義，在抗戰的大的表象之下都對此作了回答，而且也真正符合了中國的抗戰政策和過程。

抗戰三部曲在小說史上的意義是重大的，這不僅表現在真實地反映了抗戰初期中國人的精神狀態和中國社會的狀態，具有史的價值，而是更在於：第一、是中國現代文學史上國統區文藝民族化、大眾化最主要的最成功的實踐者。在人物形象塑造上、在篇章結構上、在敘述語言上，都影現出傳統古典小說的痕迹，深受大眾的喜愛。在《第》中，毛澤東的《講話》還未發表，但作者的分章方式、語言的組織運用，已經明顯地走上了大眾化的道路，較好的完成了文學的教育作用。這和趙樹理的《小二黑結婚》一樣，是「中國作風、中國氣派」的自覺實踐者。第二，茅盾提供了小說的另一種寫法。在這個三部曲中，無意中使小說在個別篇章上無限延長，一反過去的首尾平行狀態，使小說在結構上出現了明顯的變化，這就是構架越來越小，但伴之而來的則是人物越來越精細，情節越來越複雜，意義越來越深刻。同時，在小說中嘗試使用了其他文體，既有歷史事實又在歷史事實的基礎上，穿插進虛構的人物，所以既是歷史的忠實紀錄，又是文學形象的再創造。這主要體現在作品中不時加進大量的報告文學表現手法，增強了作品的新鮮感和活力。這在文學史上有獨創意義。第三，茅盾使中國民族資本家在現代文學史中的形象最終完成。經過一系列的對資本家的描寫，資本家的類型已經固定化了，而且在整個中國現代史中，資本主義的發展過程，也基本完成，給後來者留下的問題是如何去突破已被茅盾所定型了的形象，這是一道難題。知識分子的形象也日益成熟，除了青年學生外，成熟的知識分子的老道與油滑、正值與齷齪、軟弱與虛飾都被表現的淋漓盡致。比如《第》中的朱懷義的指手畫腳、好為人師以及空談誤國的形象，簡直和《華威先生》中的華威沒有二致，說明了這一形象的典型性。另外在抗戰三部曲中，資本家和知識分子的結合

是一個值得注意的現象，如陳懷義與何耀先，陳克明與嚴仲元等，這將在下文中論述。

第二節　敍述主體與知識分子

　　知識分子形象是茅盾小說創作中一個重要系列。在以往的茅盾小說研究中，人們更多關注了女性形象、資本家形象和農民形象，知識分子並未引起重視。同時在茅盾的作品中，尤其是在早期的小說中，知識分子又常常是和那些時代青年疊合在一起，因此在研究中只注重了作爲革命者的一面，從而忽視了作爲知識分子的另一面。其實，就茅盾本人來說，塑造了一些知識分子形象以及這些知識分子所可能具有的深層意義，應該是自覺的，但後來在作品面世的時候，他又不自覺地附和了或者認從了批評所確定的閾限。在這方面，茅盾並沒有留下文字和說明。但作爲後來的研究者，不能不注意到他的知識分子形象所具有的特殊的意蘊。知識分子形象在茅盾作品中佔有較重要的地位，在前期作品中，知識分子是其中的主要角色，在後期作品中，雖然知識分子形象沒有吳蓀甫、阮仲平、嚴仲平那樣炫赫，但應該看到任何作家都不會在其作品中放置一個可有可無的角色，任何一個形象都有其他形象所無法代替的作用。尤其是茅盾作爲一個理性感很強的作家，在創作之前都會對其作品中的人物、情節等方面作細緻推敲和安排，所以說，茅盾必定會在其作品中的人物身上注入進他的意念。從這個角度來說，我們必須對茅盾作品中知識分子形象給予充分關注。

　　茅盾本身就是一個知識分子，但他又與同時代的人有著很大差異。從小生活在傳統的書香之家，接受了中國傳統知識分子的教育方式和教育內容，但同時也接受了西方的世界地理、生化電氣等現代色彩的薰陶。這種教育不同於對純粹西方文化的接受。在他同時代其他知識分子身上，由傳統觀念向現代觀念的轉變往往是從文化開始的，並且有過國外求學的經歷，如郭沫若、錢鍾書等都是讀了林紓翻譯的小說開始接受西方的。而茅盾在較小的時候就形成了具有具體器物性質的現代化觀念，是在沒有出國留學經歷的情況下形成的（茅盾後來避禍日本時，其世界觀早已形成）。這種體認應該是很深刻的，對他的影響也特別深遠。這主要表現在，在他們同時代文化人中間，胡適、魯迅、周作人等更關注的是中國的文化建設，或者說是通過文化改良和改革

來促進社會進步。茅盾儘管也積極參與文化建設的討論，但在茅盾著作中我們看到茅盾更爲關注的是社會政治變革，並期望以此來促進社會進步和發展，這是對西方介入的方式上的差異。我們說，在知識分子這個問題上，茅盾是具有雙重身份的，即傳統知識分子分子和現代知識分子的二合體。這種情形無疑地反映到了他的創作中。

知識的品格與分化

中國傳統的知識分子由於其自覺地把「格物致之，修身齊家治國平天下」作爲一種自治之理念，所以當他們擁有了知識分子的稱號以後，就肩負起了一種宏大的使命。即便不宏大，那也是爲了光宗耀祖，傳家於錦繡。所以在中國歷史上，藏於深山的大隱往往不顯於當時而流傳於後世。另外由於大隱者是憑藉其所擁有的知識而隱，他之流傳也實在是一種知識的流傳，當政者對之所敬重的也正是這一點，這也充分說明了中國尊重知識的傳統。只不過是幾千年下來，中國的知識以及蘊含其中的惰性則越來越強。因此知識這種文明與另一種文明的對抗性則越來越弱，弱的同時又使知識分子陷入了沉默。當知識與政權分離的時候，大多數知識分子所走的道路，無外乎就是隱匿，並且在隱匿中等待時機。陶淵明的辭官正是這種心理。但在西方文化催生下的新文化運動卻使中國的知識分子異常活躍，這種活躍既有著濃重的傳統優勢蘊含其中，也有著借用西方文化對自己的深刻改造。但不論怎麼說，西方文化畢竟還是一種外在的東西，它所起的是一種喚醒作用，喚醒知識分子本身早已經具有的東西，即知識的品格。現在，西方人常說知識分子是社會的良心，認爲他們是社會基本價值的維護者。所謂的基本價值就是，在西方指理性、自由和公正，在中國則指道義、責任和忠誠。因此這就需要知識分子敢於站出來進行批評、建設和規範，應該說這是知識分子主要職責。上文所述胡適、魯迅對文化建設的關注、茅盾對社會運動的關注都是在盡知識分子的職責。

余英時先生對中國傳統知識分子的道義底蘊梳理得非常清楚，〔註32〕也給我們更多啓示。知識分子就是古代的「士」，他認爲，這個「士」與西方所揭示的的近代知識分子是極其相似的。那麼它的基本內涵是什麼呢？這便是「士志於道」，也就是說從孔子開始便認爲知識分子是社會基本價值的維

〔註32〕參見余英時：《士與中國文化》，上海人民出版社，1987年。

護者。孔子的學生曾參說得更爲明白，「士不可以不弘毅，任重而道遠。仁以爲己任，不亦重乎？死而後已，不亦遠乎？」這種教義對後世知識分子發生了重要的影響，而且越是在「天下無道」的時候就越顯示出它的力量。所以漢末黨錮領袖如李膺，史言其「高自標持，欲以天下風教是非爲己任」，又如陳蕃、范滂則皆「有澄清天下之志」。北宋的范仲淹提倡「先天下之憂而憂，後天下之樂而樂」，激動了多少代讀書人的理想與豪情。晚明東林人物的「國事家事天下事事事關心」的宏願到今天還能振動現代知識分子的心弦。也就是說爲社會盡力盡責對中國知識分子來說有著悠久的歷史，知識分子作爲一個承擔著文化傳承的特殊階層，自始便在中國歷史上發揮著作用。在這一點上，余英時先生認爲西方直到近代才出現。他說：「啓蒙運動以來的西方『知識分子』則顯然代表著一種嶄新的現代精神，和基督教的傳統不同，他們的理想世界在人間而不在天上；和希臘的哲學傳統也不同，他們所關懷的不但是如何『解釋世界』，而且更是如何『改變世界』，從伏爾泰到馬克思都是這一現代精神的體現。」〔註33〕余先生此論雖然是對所有的中國傳統知識分子而言，但我以爲用在了茅盾身上更爲恰當。因爲在茅盾身上，現代性體現的更爲明顯一些。茅盾畢竟不是傳統的知識分子，他所要承擔的「道」也非彼「道」。茅盾具有了先進的世界觀，儘管這種世界觀在他那裡或許並不成熟，但像早期的中國共產黨人那樣，階級間的鬥爭和通過這種鬥爭所要達到的目的卻是明確的，也正是源此，他才能夠參加了上個世紀早期的轟轟烈烈的大革命。他和許多同時代知識分子一樣，用自己的行動去實踐他對「道」的追求。

　　五四的社會環境爲那個時代的知識分子提供了較大的或者說相當寬廣的空間，因此對於新思想、新規範、新觀念的追求也並不完全一樣。比如五四時代的青年追求個性解放和實現自我價值，在很多青年看來這就是性的解放。所以當閱讀五四時期作家的作品時，讀者所感覺到女性在性解放上的要求更甚，有的人也借著這種個性解放的招牌，使殘存在意識中的封建「狎妓」行爲披上了合理的外衣，這就是思想解放運動的複雜性，也是中西結合的必然後果。但新文化運動畢竟是一種覺醒運動，由它所煥發出的知識分子強烈的參與意識，又使知識分子將「齊家治國平天下」的願望燃燒起來，並主動尋求時代的新使命。比如：

〔註33〕同上，第7頁。

　　五四運動期間，學生領袖或出於自己的主動或應孫中山的邀
請，紛紛拜會了孫中山及其幹部，雙方藉此交換了對國事的意見。
當時的學生領袖如許德珩、張國燾、何世楨、程天放、段錫朋、羅
家倫、康白清、何葆仁等都一次或多次與孫中山及其他國民黨要人
會晤過。

　　……

　　五四運動後，孫中山所以能重新贏得新興力量的擁護，上面所
說他在五四運動期間給予的聲援和支持是很有關係的。另一方面與
五四運動後，知識青年日益要求趨向從事實際政治和社會運動的動
向，也有著密切的關係。〔註34〕

由此不難看出新的知識分子的參與意識。特別是在 20 世紀二十年代，中國的
特殊國情使強烈的愛國和反封建意識已經在青年知識分子中形成，文化是這
種意識產生的內在動力，所以有人說：

　　的確，對文化與國家關係的關注，在一些青年和知識分子中重
新確定了對「本土」價值的忠誠。儘管儒家政治體制和教育體制已
不復存在，但關懷人性和美好社會的儒學設想，仍然需要有某種忠
誠。〔註35〕

但中國知識分子在對實際政治和社會運動參與過程中，又在他們內部發生了
分化，這種分化不是信仰與主義的分化，而是知識和人結合之後所產生的知
識分子品格的分化。於是在中國形成了不同立場的知識分子。簡括起來分為
以下三類：其一為獨立的知識分子立場，這可以魯迅位代表。魯迅終其一生
都保持著知識分子的獨立操守，要去捐住黑暗的閘門，為中國闢一條新路。
在這一立場中也包括一些民主主義和自由主義的知識分子，其二為半獨立的
知識分子，說其是半獨立是因為他們有過獨立的要求，但可以審時度勢地被
改造，或者向著時代的發展方向，或者與之相反。在這方面創造社諸君可以
說是具有典型性；其三是反獨立的知識分子立場，這些人原本就沒有什麼獨
立的操守，只不過是利用了知識分子的身份罷了。一旦條件成熟，他們便要

〔註34〕陳萬雄：《五四新文化的源流》，第 68、70 頁，生活・讀書・新知三聯書店，
　　　　1997 年版。

〔註35〕〔美〕傑羅姆・B・格里德爾著，單正平譯：《知識分子與現代中國》，第 238
　　　　頁，南開大學出版社，2002 年版。

規約和限禁知識分子。當然這種分法未必準確，只是為著敘說的方便。這三種類型的知識分子在中國現代史上所起的作用是相當大的，尤其是在中國文化和思想的現代化進程中，都經過了靈魂的掙扎和淘洗，然後又向著各自的方向前進。

堅守、逃離與突圍

知識分子的前進只是相對意義上的運動，尤其是在思想文化領域這種判別也不是一下子就可以搞清楚的。同時意識形態這種知識分子既喜歡又恐懼的政治因素的介入，〔註36〕政治和文化這種既對立又統一的關係，往往也規約了知識分子的發展方向，但真正的知識分子是無論如何也脫離不了政治的。比如現今我們都承認薩特是一位知識分子，但他的聲望是建立在批評非正義的侵略勢力、虛無主義和同美國主義作鬥爭的基礎上的。也就是說，知識分子在一個大混亂和需要重建秩序的時代，並不是需要他用一些專門的知識，在某一領域內謀得一安靜之地，他需要用一種主張和正義來為社會或者大眾謀得利益，這樣就需要他更有文化色彩和政治色彩。「知識分子就是那些運用專業知識，運用接觸專門知識的優勢以及使用符號的能力來為更為廣泛的公眾謀利益的人」，〔註37〕說的就是這個意思。但在討論知識分子問題的時候，我們認為知識分子身份的獲得，首先是因為對文化的獲得。可是進入到現代社會中，文化又有其完全不同於政治的自主性，這樣勢必與政治發生了衝突。傑弗里說：

> 知識分子是促進文化自主這一新生事物的一支力量。文化自主並不是理所當然的事，必須經由知識分子的獨立行動來建立和重新建立。這些活動經常同經濟、政治和文化方面的權利發生衝突。衡量某個現代社會制度性質的重要標準就體現在這種衝突的不同進行方式：有極權主義的專制鎮壓，也有開明政治曠日持久的溫和限制。

〔註36〕傑羅姆‧B‧格里德爾說：中國「在 20 世紀 20 年代當學生的正常要求中滋長了逐漸增強的具有意識形態和行動主義色彩的民族主義思想時，這幅圖景就開始出現了一個更為黑暗的方面。」這句話前半句是對的，但後半句未免令人產生歧義，但其中所蘊含的意義是可以理解的。（同上，第 247 頁）

〔註37〕〔美〕傑弗里‧C‧戈德法布：《「民主」社會中的知識分子》，楊信彰、周恒譯，第 35 頁，遼寧教育出版社，2002 年版。

　　發生衝突時，知識分子往往會走出自己當時所處的社會領域，而面
　　對更廣泛的人民大眾。〔註38〕

上述說法，如果說它具有普適性，那是建立在現代化制度基礎上的。在上個
世紀的 20 年代，中國處在由封建制度向現代制度轉換過程中，在知識分子的
文化和政治取向上，既有如傑弗里所說的特徵，同時也有中國自己的關於知
識分子的內涵在其中，在這一點上顯示了與西方現代知識分子的不同性。當
文化的自主和經濟、政治發生衝突時，中國知識分子自有其「出走」的路向，
這大致表現在以下幾個方面：堅守、逃離和突圍。

　　堅守歷來被認爲是眞正知識分子的優良品質。這些知識分子被認爲是
「神職」人員，他們維護的不是這個世界的眞理和標準，他們的活動本質上
不是追求使用的目的，而是在藝術、科學或形而上的思索中尋求樂趣。在 20
世紀的中國文學作品和文學史中已經給我們提供了很多範例。對知識分子而
言，知識以及知識中所蘊含的精神，是其安身立命之本，但是對於一個非知
識精神的時代，這往往又成爲他們致命的負擔。從耶穌到布魯諾都是如此。
所以堅守是不是一個知識分子的首選倒成爲了一個可疑慮的問題了。知識分
子自身價值的實現，對於世俗社會來說，恐怕只有進行了多次的選擇才能完
成這一目標。堅守本身並沒有錯誤，而問題在於是否已經造成了一個可以堅
守的社會。

　　不能承受堅守失敗的知識分子常常將逃離作爲他們的第二次選擇。一般
而言，逃離有兩種方式，即走向民間和隱逸民間。前者將對眞理的堅守轉化
爲對廣大民眾的一種人文關懷，就像十九世紀的俄國民粹主義者那樣，他們
在啓蒙民眾的同時，期望從那裡獲得道德力量的支持，但這樣做的結果往往
容易導致激進運動。現代文學史上的大眾化運動恐怕多少和此有些關係。而
後者則純粹是一種獨善其身主義。這些人爲了自身或是爲了知識的尊嚴，完
全退回到自己的內心，通過內心的苦修而達到另一種堅守。但他們的消極避
世往往又沾上了民間的污垢，從而喪失了知識所應具有的精神。這一點和傑
弗里所說的「發生衝突時，知識分子往往會走出自己當時所處的社會領域，
面對更廣泛的人民大眾」，即相似也有區別，這種矛盾不知折磨了多少知識分
子。薩義德就非常鄙視這種逃離，他是一位研究知識分子問題的專家，他說：
「在我看來最該指責的就是知識分子的逃避；所謂逃避就是轉離明知是正確

〔註38〕同上，第 34 頁。

的、困難的、有原則的立場，而決定不予採取……」〔註39〕很顯然，薩義德看到了知識分子的骨子裏去了，應該說沒有一個知識分子願意選擇此種途徑，但是選擇此種途徑的人又是太多了。

　　所以知識分子應該為自己尋找一條出路，以不辜負知識所賦予他的實用的價值，也就是說知識分子要走出社會和自己為自己所設定的重圍，並在突圍的過程中實現他的精神再生。這就是知識分子和社會的有原則的結合，葛蘭西曾將這類知識分子稱為有機知識分子。有機知識分子們與政治結合、與經濟結合、與社會生活結合，這樣他們就可以贏得更多的權利，獲取更多的利益，體現出更多的知識價值。對知識分子而言，因為他們擁有了知識以及蘊含其中的精神，他們才獲得了知識分子的身份，若不去表現知識和精神，那麼也就喪失了這種身份。

　　茅盾作為那個時代的知識分子，深切地感受到了五四之後中國社會的氣氛，尤其是當他走上社會之後，首先映入他的視界的是中國當時無論在經濟上還是在文化上都比較發達的大都市——上海。作為較早被意識形態化的知識分子，無論如何對自己的身份還是有所眷戀的，所以在他的革命行程中，尤其是在遭受了巨大的創傷之後（指大革命的失敗），能切身感受到和自己具有同樣身份的知識分子的內心了。當他使用了知識分子的身份進行創作的時候，不可避免地流露出他的感受和思考。但茅盾畢竟是意識形態化的知識分子，他始終能對知識分子的社會選擇做出正確的調整，這一任務是通過他作品中小資產階級知識分子的形象來完成的。

啓蒙派與現代派的承接

　　對知識分子形象的塑造，茅盾是先有了實踐然後才去做論。這一點是茅盾和「革命文學」時期的創造社、太陽社諸君有很大的不同。茅盾提倡過革命文藝，1925 年在《論無產階級藝術》一文中，對此有過非常系統的論述。這一點要比創、太早，但即使在這裏茅盾對小資產階級形象的描寫也未完全持否定的態度。茅盾對自己主張的全面論述是在《從牯嶺到東京》中，認為堅持了革命文學也要考慮到小資產階級。必須說明的一點是，茅盾所說的資產階級從其創作實踐上看，主要是指知識分子。他說：

〔註39〕薩義德著，單德興譯：《知識分子論》，第 92 頁，生活・讀書・新知三聯書店，2002 年版。

　　中國革命是否竟可以拋開小資產階級，也還是一個費人研究的
問題。我就覺得中國革命的前途還不能全然拋開小資產階級……也
是基於這一點，我以爲現在的『新作品』在題材方面太不顧到小資
產階級了。現在差不多有這樣一種傾向：你做一篇小說爲勞苦群眾
的工農訴苦，那就不問如何大家齊聲稱你是革命作家；假如你爲小
資產階級訴苦，便幾乎罪同反革命。這是一種很不合理的事！現在
的小資產階級沒有痛苦嗎？他們不被壓迫麼？如果他們確是有痛
苦，被壓迫，爲什麼革命文藝者要將他們視爲化外之民……幾乎全
國十分之六，是屬於小資產階級的中國。然而它文壇上沒有表現小
資產階級的作品，這不能不說是怪現象罷！〔註40〕

對於茅盾所提出的問題和主張，在毛澤東那裡找到了支持，在《中國社會各
階級分析》中，他將小資產階級分爲左、中、右三個部分，他說：

　　以上所說小資產階級的三部分，對於革命的態度，在平時各不
相同；但到戰時，即到革命潮流高漲，可以看得見勝利的曙光時，
不但小資產傑的左派可以參加革命，中派亦可參加革命。即右派分
子受到了無產階級和小資產階級左派的革命大潮所裹挾，也只得附
和著革命。我們從一九二五年「五卅」運動和各地的農民運動的經
驗看來，這個判斷是不錯的。〔註41〕

此論甚爲精闢，只不過毛澤東在那時並沒有樹立起在中國革命中的權威地
位，所以並不能爲當時的一般所謂革命文藝家所遵從。但這卻大大地幫助了
茅盾，並且是茅盾早期作品中的小資產階級知識分子的序列更爲清晰。不過
左、中、右的劃分方法畢竟是政治家的眼光，並不能完全表達茅盾在文學上
的話語內涵。

　　但我所要討論的問題並不在這裡，小資產階級問題在茅盾作品中僅僅是
一個方面，而知識分子問題又是一個方面。之所以我們要先討論小資產階級
問題是因爲在茅盾的作品中，在那樣一個特殊的時代，知識分子就是小資產
階級，兩者既一致又相互分離。在茅盾的所有小說中，以《子夜》爲界，知
識分子的形象分爲兩個集團，在《子夜》之前（不含《子夜》）的知識分子形
象屬於啓蒙派，以慧女士、孫舞陽、章秋柳、梅等爲代表，從時代的發生順

〔註40〕茅盾：《從牯嶺到東京》。
〔註41〕毛澤東：《中國社會各階級分析》，《毛澤東選集》第 1 卷，第 6 頁。

序上來說，應該將梅置於其他人之前；在《子夜》之後的知識分子形象爲現代派，包括《霜葉紅似二月花》中的錢良材，他們在中國從封建制度向現代化轉變過程中，對現代中國的經濟建設發生過作用。

　　啓蒙派的知識分子經歷過前述的「堅守、逃離和突圍」這個過程，這也是一個批評的過程，對文學創作來說是在執行著文學對社會的批評功能，對知識分子形象來說是眞正知識分子化的過程，這對任何人來說都是具有啓蒙意義的。在探討知識分子問題的時候，我們注意到一個現象，茅盾在第一篇小說《幻滅》題記中引用了屈原的詩：

> 吾令羲和弭節兮，
> 望崦嶫而勿迫；
> 路漫漫其脩遠兮，
> 吾將上下而求索。

這是對全書主旨的概括。屈原是中國古代知識分子的最高典範，也是中國最早的啓蒙主義者，這幾句詩也是歷代身處逆境的中國知識分子念念不忘的座右銘。它的激勵作用遠勝於「先天下之憂而憂，後天下之樂而樂」。如果說後者是知識分子的抱負的話，那麼前者則表現了在抱負未得實現時的歷久彌堅的壯志。作爲一個正直的知識分子，在朝廷中，屈原一方面指斥姦佞，一方面圖求興國，當這種堅守不能實現的時候，他選擇了逃離。當然他的選擇是被動的。在逃離的過程中，他苦悶和徘徊，最終以投江來尋求自己所主張的的「道」的永生，實現了自己內心的突圍。屈原作這種選擇，是因爲儒家的思想和教義並沒有爲其設立另外的出路。他不像後來的儒生那樣，從儒走向了道，也就是說，後來的陶淵明在這一點上要比屈原聰明的多了。但如果都這樣的話，那麼，知識分子心目中所追求的道義又由誰來實現呢？所以儒的尷尬也就在這裡。但我們看到儒家尷尬局面的出現是它更多地依靠了政治的結果，就像夏中義所說：

> 其人格自足（或與歷史、與政治秩序、與天理之間之同一）並不是無條件的，也不取決於儒家的道德自律，而最終取決於現世君主這一現實中介，後者才是決定前者的價值兌現與否的終極依據。
>
> 〔註42〕

〔註42〕夏中義：《新潮學案》第 186 頁，上海三聯書店，1996 年版。

這話說得極是。茅盾將屈原的這幾句詩放在篇首，是不是有過這樣的深層考慮並不重要，重要的是屈原這一意向的出現無疑是對他的作品中的人物，主要是指知識分子的一種比況，也是對自己的一種比況。在這一點上，茅盾是將自己看成是傳統的知識分子。他作品中的知識分子對革命的追求和在革命失敗當中所表現出來的遊移、彷徨和幻滅，以及在這種環境和過程中的無所適從，正是屈原浪迹江邊的傳統。由此我們又想起了另外的一句話：滄浪之水清兮，以濯吾纓；滄浪之水濁兮，以濯吾足。這種儒家的傳統，都在慧女士、孫舞陽、章秋柳等人的身上得以體現。這幾個人物，在革命（政治）、個性解放和自身的追求上出現了嚴重的分離，這種分離並不是由他們個人造成的，是由政治造成的。他們之所以幻滅和動搖以及在追求中所表現出來的絕望，都是因為他們自覺地起來要承擔一種責任的緣故，這種責任就是傳統「道義」。如果把當時中國革命者和他們所面對的封建制度和帝國主義勢力放在一個體系當中，我們明顯可以感覺到這些知識分子在和反動的舊政治進行鬥爭。如果把革命陣營作為一個體系的話，那麼在這個體系內的先進與落後、激進與保守、實幹與鑽營、成熟與幼稚之間也在鬥爭，就是正值之士與姦佞間的鬥爭。當然，他們鬥爭的結果則更多地表現了逃離者的特徵。大概這也是那個時代的特徵。在魯迅的知識分子形象中，魏連殳、呂緯甫、子君等都是逃離者的形象，也是由於時代的原因以及魯迅當時的彷徨狀態，沒有為他們指出應走的方向。不過茅盾也有其豐富性，在《幻滅》《動搖》《追求》《虹》《路》《三人行》等作品中，其所描述的知識分子，大都站在上文所述的三種立場上對社會進行著三種選擇，比如強惟力、雷的堅守，靜女士、方羅蘭、史循、張曼青、王仲昭的逃離，梅女士、薪火傳、雲的突圍。在這些知識分子中，彗女士、孫舞陽、章秋柳的形象則比較複雜，在她們的身上，曾經有過堅守，有過逃離，也有過突圍，這是一組早期小資產階級知識分子的集合體，她們更具有現實性和代表性。

在茅盾小說中，圍繞在吳蓀甫周圍的是李玉亭、范文博（《子夜》），圍繞在何耀先周圍的是朱懷義（《第一階段的故事》），圍繞在阮仲平周圍的是陳克明、唐濟成（《走上崗位》），圍繞在嚴仲平周圍的時陳克明（《鍛鍊》）。這些都是知識分子，都和經濟建設與民族工業化有著千絲萬縷的聯繫，他們所起的作用，不是文化的傳承和對一種信念的專職追求，而是在自己的崗位上發揮著自己的專業優勢。但這種專業優勢也不是一成不變的，當他們脫離了專

業優勢而對社會說話時，他們又變成了另一類，這就是現代派知識分子。

　　現代派知識分子是現代化進程的調節劑和促進者。如果說啓蒙派知識分子主要表現了文化和政治之間緊張關係的話，那麼現代派知識分子則表現了經濟和政治（軍事）之間的緊張關係。在他們的心中，也總有一種心理底線，雖然不像前者那樣明晰和更具文化性、道義性，但中國經濟的現代化則無疑是他們共同的追求，所以，他們的出場和活動更多的是和民族資本家或者官僚資本家在一起的。資本與知識的結合，是現代化的一個根本的保證，至今我們還在做這種提倡。從 20 世紀的實踐上來看，知識與資本的結合已經能夠使社會全面資本化，他們能夠憑藉著自己的專業、教育和特長對社會發生作用，對權威提出批評，甚至影響到社會的進程，這一點是無庸置疑的。在某種程度上說，他們正是啓蒙主義發展的結果。茅盾是否當時已經看到了這個問題，尚未可知。但茅盾將知識與經濟的並置，必然要表現出這種態勢。反映在人物形象上，茅盾將這兩類人物置於緊密的關係中，在他的潛意識當中應該是，這類知識分子是中國工業化的一種保障。這些人不僅提供專業知識，也提供政治理念。儘管他們在政治理念上有著相當的差別，但畢竟都是現代知識分子對社會的看法，對與錯是一回事，參與與否是另一回事。在茅盾筆下的這類知識分子中，他們主要生活在大都市。大都市就是現代化的代稱，對他們的精確描述，也充分反映了茅盾作為一個具有現代意識的知識分子對中國現代化的嚮往。〔註 43〕在這些知識分子的身上，我們也看到了他們的另一面，即前文所說的，當他們脫離了專業優勢後，他們中間的大多數更多地表現了啓蒙主義的色彩。在茅盾的作品中，促使這些知識分子脫離專業優勢的是戰爭。戰爭調動了這些知識分子潛藏於內心的反帝反封建情結，現代化的進程被中斷了，這些知識分子與啓蒙派的知識分子一樣，勢必走向了政治或者革命的追求。我們說，自新文化運動以來，固然有救亡壓倒啓蒙之說，但在救亡的大潮中所激發起來的知識分子的熱情，未嘗不是另一種啓蒙。時代所表現的主題變了，但蘊含於知識分子內心的那種對道義的追求始終是沒有被丟掉。這就是茅盾筆下的知識分子，也是茅盾這位知識分子個人的寫照。

〔註43〕在本書的開頭，我們已經說明，茅盾並不是最先接受西方的文化，而是最先接受西方的生化電氣，這是現代化的具體表現。這種意識應該說影響到了他的創作。

第三節　社會學女性與文學預設

　　回顧 20 世紀的茅盾研究史，對於其作品中女性形象的研究始終伴隨著對其他作品的研究而進行的。在某種程度上說，由於茅盾在其作品尤其是早期作品中始終對女性形象有著一種特別的處理方式，使得人們在感知的時候，往往有意地迴避了，這在早期的茅盾研究中似乎顯得更為明顯。大概說來，對其作品中女性形象的研究遠不及對資本家和農民形象的研究那樣充分。這固然反映了研究者的心理，但更重要的是一種時代的觀念使然。因為在早期的研究中，大多數的研究者似乎只注意到了人物形象類的差別和包容意蘊，而並沒有注意到性別差異對社會生活、政治的影響以及由這種差別影響所帶來的一系列的問題，尤其是沒有注意到在文學作品中，從性別的差異上，即對男性和女性的不同敘述上所窺視到的作者創作心理和社會心理。而這一點又恰恰是尋找作者創作動機的最佳的捷徑。在特定的時代和文學環境中，女性往往是作為一種象徵和隱喻出現；在不同時代的文學作品中，女性形象往往也是解讀那個時代思潮和觀念的社會文本。可以這樣說，自有文字記載的歷史以來，女性的從屬地位似乎是不可動搖的。在這樣的社會中，女性與男性的關係、女性與自身的關係、女性與社會的關係，往往成為社會變革的最為敏感的區域，所以這也是茅盾在尋找文學反映社會政治運動時選擇女性形象的一個最直接的動機。同時這種敏感性我們在五四新文化運動中看的也是再清楚不過了。且不說五四的那些先進分子在理論上是如何闡述和介紹的，僅僅是易卜生的文學劇本《玩偶之家》在中國就產生了諸多的變種，不可謂不敏感。基於這樣一種認識，我們對茅盾作品中女性形象的解讀就會擁有一個更為寬泛的個人心理和社會心理。應該說茅盾對女性形象的集中和著力塑造，正是在這種背景上展開的。一方面茅盾對關於女性社會科學有充分的研究和認識，另一方面他不僅將這種研究和認識結果應用到他創作當中，而且又將女性及其情感表達當作了喻體，從而使其作品更加充滿張力，在這個意義上講，包括茅盾所有的小說在內，似乎就成了社會科學上的科普作品。這絲毫不是對茅盾及其作品的貶低，而是要說明他的創作傾向和流動狀態。在我個人看來，在茅盾所有創作中，尤其在其小說創作上，最成功的、最耐人解讀的、最具有張力的，並不是《子夜》的宏大結構、《春蠶》的鄉村經驗、《林家鋪子》的城鎮破落，而恰恰是其作品中女性形象尤其早期女性形象。因為茅盾的早期創作實屬不經意之作，是內心情感真誠的、自然的流露，儘

管技巧上並不成熟，但對自己沒有任何遮掩，不像後來的創作那樣，先列提綱，按圖索驥，出現了思想大於形象的局面。對於茅盾這樣的作家而言，文學創作上的幼稚有時倒成爲了一種創作上的優勢。中國 20 世紀的作家和西方作家有很大的差異，這種差異主要表現在歐美作家在其作品背後所要傳達的是一種以人爲核心的哲學思考，形而上的色彩更多一些。而中國大多數作家在其背後所要傳達的是一種以利益爲中心的政治思考，形而下的功利目的更強一些；前者使人嚮往自然，後者使人走向異化。在創作上，前者更多的使用了現代主義方法，而後者則極力維護現實主義創作原則。因此在這樣的對比性語境中，如果說茅盾的早期創作是幼稚的，那麼這種幼稚也是好的。這樣說並不是忽略了茅盾早期小說創作中的政治傾向性，這些小說的產生本身就是政治鬥爭的結果。「幼稚」和「好」都是相對而言。若是講作品的深刻性和思辨性，在當時代的中國，還沒有人能夠超越魯迅。就描寫政治鬥爭中的情愛而言，茅盾早期的小說和米蘭‧昆德拉的小說也是不能等量齊觀的。做這樣的定位，就使得我們不至於把茅盾的小說放到了不適當的位置上。

女性與時代關係的誤讀

對茅盾小說中女性形象的關注在茅盾研究史上有兩次高峰期，其一爲《蝕》等小說剛剛誕生的時候。但這次研究所關注的女性形象的原因不是因爲茅盾描寫了女性，而是在茅盾的作品中表現時代青年上大都塑造了女性形象，因此在嚴格的意義上來說，像錢杏邨、辛亦、克興等人，還不是對女性形象的專門研究。在早期對《蝕》研究中，存在著很大的對立意見，簡單地說就是肯定與否定。但值得注意的是，拋開了一切文藝與政治關係背景的岐見，對立的雙方都承認茅盾對知識分子的心理描寫是成功的。這裡潛在的含義是承認了茅盾描寫小資產階級知識分子的合理性，或者說在當時代，小資產階級知識分子問題是任何人也迴避不了的。所有的人都必須承認的問題是，如果否認了此點——小資產階級知識分子問題，那麼在文學創作上就會背離了他們所強調指出的文學和時代緊密關係的主題了。茅盾對這一點是堅信不疑的。遺憾的是，以錢杏邨爲代表的新銳批評家們是不願意承認這一點的。也就是說這次對於女性形象的討論並不成功。另一次對茅盾作品中女性形象研究的高峰是在上個世紀八十年代以後。不僅有了許多的研究文章，而且還有專著問世。應該說這是對茅盾研究新的開拓，並且取得了較多的成

果。〔註44〕在《二十世紀茅盾研究史》這本專著中，作者鍾桂松先生認爲曹
安娜的《〈蝕〉和〈虹〉中的「時代女性」》〔註45〕是這一時期最具有代表性
的研究成果，這自有他的認識標準。但我以爲，這一時期對女性形象的研究
僅僅局限在人物形象和時代的關係上，或者說局限在人物形象和政治的關係
上，而並沒有考慮到同樣是要反映時代和人物形象的關係，爲什麼茅盾卻在
作品中要著力塑造女性形象？這和茅盾的心理以及時代的整體觀念有什麼關
係？這些問題都沒有得到滿意的回答。另外的問題就是，曹安娜的文章中在
女性形象的組合上有著明顯的誤讀，這樣就失去了立論的根據。具體說，《蝕》
中的女性形象都是生活或者活動在 1927 年大革命失敗的前後，而《虹》中的
梅女士卻是活動在五四前後至五卅時期，按照邏輯梅女士在五卅之後的發展
有可能走上惠女士、孫舞陽、章秋柳的道路，前後兩者並不是一種並列的關
係。她說：「梅只在生活道路的前兩段上與《蝕》中三女性屬同一個層次。爲
了便於比較、分析，以便把握類的本質特徵，下文中將只把前兩段的梅歸入
『時代女性』的行列。」〔註46〕這種錯誤是顯而易見的，不過這不是本節所
要討論的內容。

女性形象的多重資源

在前面的論述中，我們已經說過，茅盾是以參與社會活動作爲自己生活或
者奮鬥目標的，走上文學創作道路是這一追求失敗的結果。茅盾對社會問題的
關注不亞於當時所有的社會活動家。我們仍然繼續這樣說，如果不是 1927 年大
革命的失敗，茅盾會像許多人一樣，革命活動會成爲他終生的職業。大革命的
失敗，使像茅盾這樣一些人，甚至包括郭沫若等轉入了另一條戰線繼續從事革
命。在這些人的心理，尤其是在茅盾的心中，我們從他後來的文學創作上，始
終可以看出他那個未泯的渴望從事實際革命鬥爭的焦灼心理。大革命之後文人
隊伍的分化，實際上就是關於政治革命態度的分化，這一點已經被歷史實踐證
明了。因此從這一點上看，早在茅盾從事創作之前，已經積累了豐富的社會知
識。我們考察茅盾在早期的作品中著力塑造女性形象，即要考慮到當時的社會

〔註44〕此處參見鍾桂松著《二十世紀茅盾研究史》第五章相關部分，浙江人民出版
社，2001 年版。
〔註45〕該文參見《茅盾研究論文選集》下冊，全國茅盾研究學會編，湖南人民出版
社，1983 年版。
〔註46〕同上，第 431 頁。

思潮，也要考慮到茅盾的個人心理。

　　從社會思潮上來說，19 世紀末 20 世紀初，是世界歷史上婦女運動高漲的時期，今天我們稱之爲女權運動。女權運動，始發於法國的巴黎，在被稱爲「近代婦女運動的點火者」讓・雅克・盧梭的「人人生而平等」的口號影響下，1789 年 7 月 14 日，巴黎市街上的一群下層的勞動婦女高聲尖叫著，拿起武器，加入了攻打巴士底監獄的大軍，拉開了世界婦女運動的帷幕。在當時法國女權運動中，「中、上層婦女採取舉辦沙龍的形式，宣傳革命思想和女權思想。在各種沙龍中，許多貴族婦女和新型的資產階級女性們熱烈地討論了當前社會的政治、教育等一系列問題。」〔註47〕進入 20 世紀之後，各種國際性婦女運動的組織、各種有關婦女問題的國際會議相繼開展起來，女權運動已經形成了一種國際思潮。這種思潮在中國新文化運動的前後就像其他的文學、文化和社會思潮一樣，湧入中國，爲中國先進的知識分子所接受。李大釗、魯迅、鄧中夏、惲代英等人撰文提倡或者討論，而在這當中，用力最勤的是茅盾。從 1920 年至 1930 年十年間，茅盾共作此類文章近八十篇，占這一時期雜文創作的較大部份。茅盾對婦女問題的探討範圍是很廣的，而且善於在世界範圍內的比較中，向中國讀者層乃至整個社會提供他本人以及別人的觀點，可以說是中國婦女解放運動的積極參與者和鼓動者。他系統地介紹過一些國家的婦女解放運動，如《世界兩大系的婦人運動和中國的婦人運動》、《所謂女性主義的兩極端派》、《遠東與近東的婦女運動》等就是此類文章。在這些著作中，經常牽涉的話題是婚姻、戀愛、家庭、貞操、婦女的社會運動以及婦女參政等。也正因爲如此，1923 年茅盾被選爲中共上海地方兼區執行委員會委員時，又兼任婦女運動委員會的負責人，這種以男性身份擔任婦女工作領導人的傳奇色彩，毫無疑問地成爲了茅盾在今後文學創作中的外緣性資源。但必須看到，雖然茅盾在這一時期已經是一位中共黨員，但這並不代表著他已經是一位徹底的馬克思主義者，他思想轉變正如他的文學觀念轉變一樣是積極而緩慢的。他不僅從社會的現實觀察中說話，也按照自己的內心感受說話。茅盾的女權運動觀，在今天看來更具有激進主義色彩。馬克思主義女權運動觀和激進主義女權運動觀是早就流行的女權運動流派。前者強調了階級鬥爭性，認爲婦女受壓迫的主要原因是資本主義的生產模式，所以婦女解放是與推翻資本主義制度聯繫在一起的。後者強調的是自由，是

〔註47〕李平：《世界婦女史》，第 361 頁，香港書環出版社、海南出版社，1993 年。

擺脫對男人的依賴，使兩性不再作為對立的階級而存在。茅盾這種激進主義的女權傾向不僅表現在他的文章中，在其小說中體現得更為明顯。在尋找茅盾女權觀念的時代背景時，我們注意到茅盾在創作中的一個巧合性問題。在《幻滅》中，慧女士是一位從巴黎歸來的新潮女性，帶著滿身的創傷，要在中國尋找他所要報復的男性。在作品中，茅盾還多次寫到了惠女士在一法國公園中與人約會。巴黎是近代女權運動的發祥地，有世界之都的美譽。將慧女士放在那樣一個外在的潛在資源中，不能不是一種寓言性的設置。除了表明一種世界性的普遍的女權運動思潮外，也表達了茅盾的激進女權運動觀，即女性對男性的控制和對中國女性社會化的渴望。法國成了慧女士的精神意向。

但茅盾女權觀念也受到自己內心感受的強烈干擾。我們必須注意到茅盾在成長和進入社會以後，女性在這一過程中所起的作用，因此情感的曖昧性和理論的明晰性往往造成他在塑造女性形象時有了更大的衝突和矛盾，使他的小說中那種對女性的描寫並不是全部對政治的折射。茅盾九歲喪父，寡母在嘲笑和重壓之中將其兄弟撫養成人，所以他對母性應有更深刻的感受，並由此衍生出對母性的崇拜。（這種情況在浙江籍作家中有一定的代表性，如魯迅、郁達夫都是早年喪父）。在處理與孔德沚的婚姻上，應該說茅盾也是經歷過深刻思考的。孔德沚從一個不識字的傳統女性到成為一名有一定文化水準，並曾在一個學校擔任過教導主任和中國早期婦女運動的參加者和領導者，未嘗不是茅盾關注女權運動的結果，這都和他關於女性觀念相互印證的。還應該看到，在大革命失敗後，茅盾脫離了組織關係，幽閉家中進行創作，一方面在思考著中國剛剛經歷過的革命，一方面內心也遭受著迷茫的困擾，如果不是孔德沚的照料，恐怕也難以度過那痛苦不堪的時日。茅盾是一位相當冷靜的作家和理論家，他很少有感情的直接流露。在現代文學史上，茅盾個人情感在作品中的爆發，只有兩次，一次是創作《蝕》時，另一次是在女兒不幸去世以後，借著悼念的蕭紅之機，表達了自己內心的痛苦和對女兒的思念之情，這就是他創作的《呼蘭河傳·序》。以上各種因素都成為茅盾創作的內在資源。對茅盾的文學創作這個活動來說，因為參與了激烈的政治運動，所以在文學的時代性這一點上他選擇了「革命」這一大的敘事背景，因為對女權運動的強烈關注，加之對周圍女性的真誠感受，使女性成了他作品中主要人物。

但上文所述，僅僅是茅盾創作上的幾種資源，這並不代表茅盾小說的創作本身，因爲在小說的觀念上，自有屬於它自己的一套話語體系，社會觀念還必須轉化爲一種文學意象和意蘊，這樣才能構成小說的環境。在這一點上，茅盾看到了瑞典小說家艾倫凱。艾倫凱關於女性尤其是母性的認識深化了茅盾對女性的理解並傾力向中國讀者介紹。受艾倫凱的影響，茅盾認爲女性的深層意義是母性，母性的本質就是授予、犧牲、撫愛和溫柔。他借著愛倫凱的《母性論》表達了自己的想法，他說：

> 一切靈魂中得表見的，一切指導我們的動作的，刺戟我們的努力的都是意志和感情連合的結果。這連合得見於女子的，便是母性。自從原始人到現代人，母性逐漸發展，已成爲一個至強至剛的力，人類生活中一切衝突的思想都消融爲一，在這母性的中間。靈肉的衝突，利他和利己的衝突……都消融爲一，在這母性之愛的烈焰下。
>
> 〔註 48〕

如果說這段話是一種判斷的話，也僅是一種文化上的判斷，而不是道德上的判斷。茅盾在他的小說中，並不對女性進行道德判斷，之所以如此，除了他對當時革命的理解外，主要由她對女性認識的複雜性所決定的。所以在談到慧女士、孫舞陽、章秋柳的這幾位爲人病訴的女性形象時，他辯護說：她們「也不是革命的女子，然而也不是淺薄的浪漫的女子。」〔註 49〕

女性觀支撐的文學觀

在解讀茅盾早期小說中女性形象時，有兩個問題需要在觀念上予以必要解釋。一是爲什麼塑造了一群小資產階級的革命女性；二是在革命中爲什麼持有那樣一種的戀愛觀。

茅盾主張婦女解放運動的重任主要由中等家庭的智識婦女階層來承擔，這就是小資產階級的女性知識分子。他認爲中國社會的女子可以分爲三種，即闊太太貴小姐、中等家庭的太太小姐和貧苦人家的婦女。在這三個階層中，富貴人家女性因著環境和思想的關係是不可能成爲婦女運動的中堅，他們不

〔註 48〕《愛倫凱的母性論》，《茅盾全集》，第 14 卷第 169 頁，人民文學出版社，1987 年版。

〔註 49〕《從牯嶺到東京》，《茅盾全集》，第 19 卷第 179 頁，人民文學出版社，1991 年版。

會體驗到自身和其他階層女性的苦處，因此婦女解放運動對他們的效果甚低；而貧困人家的女性雖然占的人數最多，但卻是最無實力的。她們每天爲生存奮鬥，沒有時間和金錢受教育，也常因生活的重壓而道德墮落，所以婦女運動靠她們是很難的。他把希望寄託在中等人家的女性，他說：

> 她們不須憂生活，有機會可以受教育，嬌貴的習氣不曾染到，勤勞的本能不曾汩沒，她們是有思想、有道德，有勇氣去做是，有膽去耐勞，婦女運動必須這等婦女作了中堅，那方能有個實在的效果來。〔註50〕

這種觀念顯然是不符合傳統的馬克思主義觀點，現在看來是很有局限性的。但在法國女權運動興起的時候，中產階級以上的女性不正是如此嗎？寫這篇文章的 1920 年，馬克思主義在中國並不普遍，茅盾仍在激進的色彩中摸索前進，所以有人評論這段話時說：「由於缺乏政治觀念與階級分析，他對婦女運動之動力作出了錯誤的論斷。他對婦運成員也作了階級劃分，認爲是由闊太太貴小姐、中等『詩書人家』的太太小姐、和貧苦勞動婦女三部分組成。但他認爲貧苦勞動婦女是『落伍者』，又往往是『道德墮落者』，故不能作婦運的『中堅』，他把中等『詩禮人家』的太太小姐當作『中堅』。這正是囿於愛倫凱的論著、觀點所致」〔註51〕但這種評論顯然是沒有照顧到茅盾所處的時代，超越了時代的要求。而且根據中國 20 世紀初期社會實際狀況來看，茅盾的說法還是有一定合理性的。應該看到，茅盾的主張是這樣的：在中國，初期的婦女運動要靠中產階級的女性來作爲中堅力量，因爲這些人有知識，有經濟基礎，並易於接受新的思想和參加實際婦女運動。在這裡茅盾的潛在的意思是，在中國婦女運動的其他階段，其他的階層也是可以的。所以他說：「不要怕，有你們第三等的姊妹們，可以提起來做個幫手的」〔註52〕。本著這樣一種觀念，茅盾在其文學作品中，塑造了一群中產階級家庭的女性形象，而且這些人積極參與到社會運動當中，儘管有的人幻滅了，有的人動搖了，有的人衝破了烏雲繼續追求自己的理想，但這都是參與社會運動的結果。在這些人中與其說是爲了多麼大的社會理想，毋寧說是爲了自身的自由和解放。靜女士家中有一寡母，資財僅供維持其學業，雖然在求學過程中，

〔註50〕 《怎樣方能使婦女運動有實力》，《茅盾全集》，第 14 卷第 142 頁，人民文學出版社 1987 年。

〔註51〕 丁爾綱：《茅盾：翰墨人生八十秋》第 53 頁，長江文藝出版社，2000 年版。

〔註52〕 同註49。

也並不是對諸事都有著歡樂的感受，但相對於讓其回家去爲人婦，倒不如在外可求得身與心的自由。梅行素的家庭也算幸福，儘管失去了母親，但並未在經濟上有所負擔，她離家出走完全是爲了對表哥韋玉的追求和對舊家庭的厭惡。慧女士、孫舞陽、章秋柳、方太太等莫不是如此。她們之走上政治革命，實在是對追求個人自由的一種寄託，當然革命的目的也是爲了尋得個人解放，這是一個問題的兩個方面。茅盾對這種人物的選擇，是充分認識到了中國女權運動初期的階層性，甚至是階級性。在此作如是說，並不是說第三等級的女性在這個階段沒有表現，但他們的形象是受壓迫的和受同情的。如果說這種描寫也是一種力量的話，那麼這種力量是在於對舊的制度的控訴，而並未造成一種新的運動的產生，比如《祝福》中的祥林嫂、《離婚》中的愛姑、《爲奴隸的母親》中的春寶娘等，當屬此類。有意思的是，茅盾這種女權運動階段論在中國左翼文學作品中不幸言中，或者說儘管茅盾對女性參與社會活動有階層性甚至階級性區分有明顯失誤，但左翼文學在後來的發展中基本上是按照這種思路走下來的。在革命文學時期，不論是丁玲的《韋護》，還是洪靈菲《流亡》，甚至在此之前的「莎菲」和《海濱故人》中的那群女性，哪一個是窮苦人家的女性？到了延安文學時期，第二等級的小資產階級知識分子的形象遭到了排斥，亭子間走出來的女性都被改造了，作爲工農兵一員的第三等級女性形象上昇爲革命運動的主導力量，第一等級中的闊太太小姐則受到了鎮壓。《小二黑結婚》中的小琴爲追求自由戀愛的鬥爭就是一個很好的例證。其他如孫犁的《白洋澱》、丁玲的《桑乾河》和周立波的《暴風驟雨》都是如此。到了十七年文學中，甚至在文革文學中，這種情況愈演愈重，雖然不能說是肇始於茅盾，但不能不說是茅盾的一種理論貢獻。應該說，在某種程度上，茅盾這種關於女權運動的階段性、階級性的說法，在現代文學史上還是起到了某種預設的作用。中國新文學發展史就其主流來說，基本上是和時代的政治運動和革命實踐一同發展的。隨著中國由舊民主主義革命向新民主主義轉變以及新民主主義革命的勝利，文學作品中人物形象的階層性、階級性必然也隨之變化。

在茅盾早期的作品中，女性的形象都是從學校走向社會的，也就是說都是受過教育的女性，這和茅盾在女權運動上的主張是一致的。在婦女解放運動中，所涉及的問題甚多，但茅盾認爲最先解決的是婦女受教育問題，這是解決其他方面問題中最根本的。他爲婦女解放運動，設計了四個階段，依次爲教育、經濟生活、結婚與家庭、社會和國家公共生活。他說：

　　　　婦女運動全部的，也就是最後最大的意義，便是爲謀求社會文
　　化進步，所以不得不把在地下的女子扶起來，一同合作，向前猛進；
　　這說在理論社會學上是有根據的。〔註53〕

所以他反對沒有受過教育的女子參政，認爲這是盲目的追求。教育的內容包
括很多，除了知識以外，也在於男女的同校、平等和公開社交等。爲了表達
他的這種觀念，茅盾所塑造的女性形象，雖然不能說是放蕩不羈，但是她們
的大膽和熱烈，對生活的嚮往、對理想的設計、甚至自我的墮落，都是那麼
自然而平常，並沒有讓人感覺到怪異和荒誕，這在此前的文學作品中是沒有
的。這就是茅盾所理解的「時代女性」：「比平庸之輩進步、優秀；比半解放
者勇敢、超脫；比革命者偏狹、淺薄。」〔註54〕比如孫舞陽處在時代的大潮
中，也同其他男性一起參加了革命，但革命的目的到底是爲了什麼？她未必
見得有更清醒的認識，所以說她被裹挾在革命的大潮中而處於被動地位。她
的被動表現在她試圖通過個人的「色力」來使自己在運動中保持主動。她將
革命與自己的命運連在一起，表現了她的革命性和覺悟性；與方羅蘭、史俊、
李克的周旋，則是她的對自身地位恐懼與把握，當然這種把握必須通過自身
的主動來完成。所以孫舞陽角色是在被動和主動之間轉換著，這種過程也是
女權運動的過程。但茅盾在這裡不是要表現女權運動，而是要說明政治革命
和女性自身解放的合而爲一性。

　　在《蝕》中，慧女士、孫舞陽和章秋柳在戀愛與貞操問題上表現的大膽
和瘋狂常常成爲閱讀中爭論的問題，甚至王詩陶、趙赤珠這些革命的青年爲
了自己的愛人而去賣淫作妓女等等，這都增加了對作品的理解難度。在這些
人物身上固然有那個時代的青年對個性自由的嚮往和追求，使同居和婚前的
性行爲成爲一時的流行，但反映在作品中就包含了創作主體的主觀性在裏
面。所以說，在這一切的表象的背後都有著作者關於戀愛和貞操的觀念在其
中。茅盾是主張自由戀愛的，而且戀愛的次數未必就限定在一次，他說：

　　　　很有些男女在既戀愛後反倒發見出許多兩人不能情投意合之
　　點，在這種狀況裏，戀愛從沸點降到冰點的，乃是常有之事，戀愛

〔註53〕《婦女運動的意義和要求》，《茅盾全集》，第14卷第159頁，人民文學出版
　　　　社，1987年。

〔註54〕曹安娜：《〈蝕〉和〈虹〉中的「時代女性」》，《茅盾研究論文選集》，下冊第
　　　　433頁，全國茅盾研究學會編，湖南人民出版社，1983年。

　　既冷，則各自走開，或碰到了別個男或女而再發生戀愛，自然也是

　　常有之事，不能禁止他們，也不能說他們不應該……〔註55〕

在另一篇文章裏，茅盾還說，一個人有過兩三回的戀愛事，如果都是由眞戀愛自動的，算不得什麼一回事，在女子方面，算不得不名譽的，有傷貞潔的。〔註56〕茅盾認爲，舊的貞操觀念是人類佔有欲望的產物，是男子永久佔有心的產物，也是男子對女性的歧視。貞操和戀愛是聯繫在一起的，如果戀愛是靈肉的一致，貞操便不成問題。因爲貞操之能表見者只是肉體的，不是靈魂的。他說：

　　有戀愛時，貞操不守自在；無戀愛了，雖有貞操以爲制裁，然

　　而這種靈肉異致的戀愛，在我看來，雙方都是不貞已極的。主張男

　　女之間非有貞操不可的，眞是掩耳盜鈴，自欺之至呵。〔註57〕

茅盾讚賞那些「愛」的發狂的女性，相信戀愛是不受什麼禮教信條、社會習慣的束縛，並且要對有這樣「狂」氣的現代女青年表示敬意。〔註58〕另一方面他在抨擊舊的貞操和戀愛觀念時，甚至在字裏行間中暗示了女子可以通過自由戀愛和交往來表達對男權的反抗。這就是爲什麼在他的作品中，戀愛的主動權不僅掌握在女性的手裏，而且男性成爲了女性報復和玩弄的對象。比如彗女士之於抱素，孫舞陽之於方羅蘭，章秋柳之於龍飛等。

　　所以對於茅盾早期小說中女性形象的解讀，應該將其之放在一定時代的社會運動背景當中。茅盾是一位觀念性很強的作家，縱觀他的創作，不是爲了傳達一種藝術理念的目的，往往通過他的藝術文本，表達一種他對社會的矚望和對當下社會的總結。在一定的意義上來說，與其認爲茅盾是一位文學家，毋寧說其是一位社會學家，而正是這種社會學的觀念，往往就是中國現代化進程中的文學創作的主流，而在這一點上是沒有民主主義作家或左翼作家之分的。

〔註55〕《再論男女社交問題》，《茅盾全集》，第 14 卷第 266 頁，人民文學出版社，1987 年。

〔註56〕參見《戀愛與貞潔》，《茅盾全集》，第 14 卷第 333 頁，人民文學出版社，1987 年。

〔註57〕《戀愛與貞操的關係》，《茅盾全集》，第 14 卷第 254 頁，人民文學出版社，1987 年。

〔註58〕參見《解放與戀愛》，《茅盾全集》，第 14 卷第 323 頁，人民文學出版社，1987 年。

「革命＋戀愛」的人類學意義

在《蝕》三部曲，以及茅盾後來的其他小說如《路》《三人行》中，都有一種雙重文本存在。表面看起來，在《幻滅》中，革命和戀愛是並行的，靜女士經歷了與抱素戀愛的幻滅才到武漢去參加革命的，在武漢的革命中，她對諸事都感到無聊，因此一再地調整工作，後來在作看護婦的時候，認識了軍人強惟力，由此又重新煥發出了新的生活熱情。但當強惟力到前線去參加革命的時候，她又再次陷入了幻滅，不過這是一次寄託著希望的幻滅。慧女士由於受到男性的欺騙也經歷了戀愛的失敗，從國外回到了中國，由此對戀愛抱著一種逢場作戲的態度，玩弄了醜惡的抱素。由此我們不難看到支撐著靜女士的生活和革命的一切都是圍繞著「戀愛」所發生的，而慧女士的人生態度也是因戀愛而改變的，這就有必要對「戀愛」進行原型分析。在上文中所述的戀愛僅是一種表層的文本，即「革命與戀愛」，但在其背後的另一個文本就是「革命與動力」（戀愛也是一種革命間的關係，是一種政治隱喻，這在第一節中已經分析過，此處不再重複）。

戀愛和性行為都是一種人類甚至是生物界的本能，是一種對生命的追求。在人類學中，這就是一種生殖崇拜，「生殖崇拜的核心是生命意識，它的產生無疑有著歷史的必然。」〔註59〕因此我們可以看到，茅盾在他的小說中大力渲染的戀愛實在是一種對生命的追求，這種追求也就是當時青年女性要求自我解放的一場革命。尤其是對生命活力的追求和政治革命疊加到一起，成為了政治革命的動力，形成一種雙向循環的局面。生命的衝動促成了政治革命，而政治革命往往又反過來使生命衝動向更高的形式前進。靜女士第一次戀愛失敗是她到南方參加革命的直接動因，在革命當中認識了強惟力，於是革命又促成兩人之間酣暢淋漓的愛戀，尤其我們可以看到「強惟力」這個名字的本身就是一種隱喻和象徵。文本的這種底蘊對茅盾來說是潛意識的，但惟其這種潛意識才使文本更具有了闡釋性。所以我們看到，在革命文學期間的「革命＋戀愛」的小說模式，並非如我們後來所指責的那樣淺薄和公式化，卻是反映了人們對與革命的緊張關係。如《鴨綠江上》、《野祭》《菊芬》《流亡》《韋護》等小說，都是和茅盾的小說在同一背景下發生的，因此說這是一種創作模式，不如說是左翼作家們對革命的一種原始反映。當然茅

〔註59〕易中天：《藝術人類學》，第115頁，上海文藝出版社，1992年。

盾批評過這種模式，且就茅盾小說中所表現出來的革命與戀愛之間的關係上
看，與前者也有著較大的不同。但問題是，爲什麼茅盾所極力反對的東西在
自己的作品中又將革命和戀愛捆綁到了一起呢，這就需要從他們在革命時代
的共同心理上去尋找原因。李歐梵先生說：這種革命與愛情實質上「都是由
相同的感情分母不可分割地聯繫在一起的：戀愛和革命激情都是從一個源泉
裏噴湧出來的，」而這個源泉正是五四時代形成的小資產階級的「個人主義」
和「主觀主義」。〔註60〕這一見解是很深刻的，但我以爲並未說到最根本之處。
因爲主觀主義和個人主義僅僅是一種思潮，雖然也是發自人們的心底追求，
但這一點並不是一定需要用愛情來表現的。魯迅的小說也表現了個人主義的
東西以及小資產階級知識分子在五四之後的落魄，但並沒有訴諸愛情的外
衣。所以深層的原因並不在李先生所說的上面。說到底，之所以他們那一代
的那些作家們不厭其煩地在作品中表現戀愛與革命的關係，就是在不斷地爲
自己的革命尋找一種能夠自圓其說的動力。謝冰瑩在她的《從軍日記》中專
門談到了「革命化的戀愛」。她描述當時流行的一種主要的戀愛觀就是：戀愛
與革命是並行的，因爲戀愛是解決性欲問題，革命是解決人的生活問題。茅
盾和謝冰瑩所表現的是同一時代背景，甚至就是同一個歷史事件。〔註61〕階
級間的壓力，美好前途的召喚不過是一種表面上的革命的催化劑，人們參加
運動或者參與一種鬥爭的本質在於從內心深處發出的一個潛在的欲望。什麼
能誘使人們去行動，恐怕正是在這裡。革命與戀愛之間的衝突正是對這一動
力的尋找過程。從文學的表現形式上看，這是一種公式化的、概念化的創作
模式，是值得批判的，但從生活和創作的底蘊上看，又是可以理解的。茅盾
的高明之處在於他隱含得更巧妙，寓意也就更深刻，也更爲焦慮。在茅盾的
作品中，幾乎所有的戀愛都沒有最終的結果，也就是說沒有新的生命的產
生，即便在方羅蘭、張曼青那裡已有家庭的誕生，尤其是在方羅蘭那裡也有
了新的生命的出現，但是伴隨著這些的是戀愛的失敗和家庭的破碎（張曼青
對新婚的妻子朱女士感到了失望，章秋柳多次表明自己對朱女士的不滿的態
度，方羅蘭和方太太之間貌和神離，孫舞陽對方羅蘭既愛又不愛的情狀）。

〔註60〕參見李歐梵：《中國現代作家的浪漫一代》，轉引自賈植方主編：《中國現代文
　　　　學的主潮》第78～81頁，復旦大學出版社，1990年版。
〔註61〕參見《謝冰瑩代表作》第58～61頁，華夏出版社，1997年。

最具有典型性的是，章秋柳與史循的結合，是冒著生命代價的，她的目的無外乎是要爲史循注入一種動力，使他從頹廢和悲觀中走出，以達到拯救生命的目的。但正如上面所說的那樣，這些都沒有產生結果。這些都反映了作者的一種潛在的矛盾心理和焦慮的情感，這或許就是作者對當時革命的一種認可形式。

第四節　現代性的殘酷與必然

　　如果將茅盾的小說當作社會學文本來閱讀，那會遭到很多茅盾研究專家和茅盾熱愛者的反對。應該說，茅盾在文學創作上，尤其在小說創作上，在中國新文學史上還是獨樹一幟的。他關於小說創作手法以及所要表達的思想內容，反映了茅盾自己的小說觀念，這一點是無庸置疑的。茅盾小說的藝術性，如《子夜》、《林家鋪子》和《春蠶》以及早期的《蝕》三部曲，至今在同類題材創作中也是沒有人能夠超過的，只不過人們過多的解讀和分析，增加了在藝術性上作進一步擴張的困難，所以繞開這些，從另一角度作些分析，或許能達到另一種的閱讀效果。這就是傳統的社會學分析。但傳統的社會學分析，並不是注重思想性和政治理念，而是要通過情節的轉換和人物的變化，從中尋找到社會變遷的蹤迹。從這種角度來說，它更具有文化性質。但如果將茅盾小說當作歷史來閱讀，一定能獲得更多的同情和支持。南帆在他的著作中說：「歷史的現實作用使之擁有巨大的威望，文學的歷史崇拜再度證明了這一點：歷史時常沒入歷史的光圈，暗中分享歷史的威望……許多批評家看來，歷史是作家所能達到的至高境界。」〔註62〕巴爾扎克就是在這樣的境界中成爲舉世無雙的偉大作家的。像米蘭・昆德拉這樣的小說家也從未放棄過小說對歷史的依存關係。他曾明確表達過歷史對於他小說創作的四個原則，這對理解茅盾小說創作會大有幫助的。他說：

　　　　第一，對於所有的歷史背景，我在處理上都盡可能簡練。對待歷史，就像一位舞美專家只用幾件於情節必不可少的東西來安排出一個抽象的舞臺，

　　　　第二個原則：在歷史背景中，我只抓住那些能給我的人物創造一個有揭示意義的存在境況的歷史背景。

〔註62〕南帆：《文學的維度》，第 226 頁，上海三聯書店，1998 年。

第三個原則：歷史編纂只寫社會的歷史，而不是寫人的歷史。
因此，我的小說中所涉及的歷史事件常常被歷史學所遺忘。舉例說：
一九六八年俄國入侵捷克斯洛伐克之後，實行的恐怖是由官方組織
的對狗的屠殺爲先導的。這一次要情節被完全忘記了，它對於一個
史學家、政治學家沒有任何意義。但它具有很高的人類學意義。
　　第四個原則走得更遠：歷史背景不僅應當爲小說的人物創造一
種新的存在境況，而且歷史本身應當作爲存在境況而被理解和分
析。〔註63〕

茅盾小說在這個原則觀照下，也有它的歷史意義，只是二人的差別在於，米
氏更傾向於存在主義色彩，而茅盾更具有歷史唯物主義特點，他們的哲學底
蘊是不一樣的。因此我以爲從社會歷史變遷的角度來理解茅盾的一些小說不
失爲一條較好的途徑。

由共處走向對立

　　「現代化」是中國走向 20 世紀所遭遇到的最大挑戰。「現代化」是全球
性的從傳統社會向現代社會的大變動，它不知不覺地改變了整個人類社會基
本的文化取向及價值系統，這對每一個國家或者民族都是一個不能完全抗拒
的誘惑。因此劉小楓認爲：「現代化」是社會形態、文化取向和價值系統的現
代轉變，不僅是不可抗拒的歷史潮流，而且還是社會一致追求的目標。〔註64〕
這種判斷是準確的，符合茅盾在這類小說中的思維。但茅盾是用形象說話的，
所以他將這種不可抗拒的歷史潮流具化爲個體的人與觀念之間的衝突，在對
立中完成現代化進程。

　　我們將茅盾的一些小說按照下列順序排列，一定會得到一條社會學意義
的線索。《霜葉紅絲二月花》──《子夜》──《林家鋪子》──《春蠶》─
─《殘冬》，在這樣一個發展序列中，錢良材、王伯申和趙守義之間的鬥爭就
是一個發生在原始資本積累過程中的鬥爭。一方面，錢良材作爲一個「住地
地主」〔註65〕，在改良中維護著傳統鄉村經濟方式和文化色彩，企圖作爲一

〔註63〕米蘭·昆德拉著，孟湄譯：《小說的藝術》，第 34～35 頁，三聯書店，1992
　　　　年版。
〔註64〕參見劉小楓《現代行社會理論緒論》，第31頁，上海三聯書店，1998 年。
〔註65〕費孝通語，下文的「離地地主」亦爲其語，參見《費孝通文集》之《江村經
　　　　濟》，群言出版社，1999 年。

名英雄來完成他的善舉，但在資本主義經濟面前只有失敗；趙守義是一名「離地地主」，他的生活方式和對土地的控制過程就是鄉村資本主義的萌發階段。在這一點上，它既有脫離地主身份向資本主義過渡的一面，又有與資本主義鬥爭的一面；而王伯申作為新興資本主義的代表，是現代化的象徵，他向農村突進，是典型的資本原始積累。這是中國現代化初期的徵狀。到了吳蓀甫那裡，中國資本主義制度在大都市中已初步形成，民族資本與買辦資本正在進行著激烈的鬥爭。買辦資本的勝利，使其勢力不斷地突破了大都市的限制向鄉鎮發展，所以衝破了林老闆所固守的傳統小商品經濟，把他們裏挾到了民族工業危機的大潮中。當然林家鋪子倒閉的直接原因是戰爭，但是必須看到，戰爭在這裡僅是一個催化劑，「抵制日貨」不僅是在抵制外國經濟實力的入侵，實際上也是對現代化的一種潛在的拒絕方式。這不能苛責任何一個表現了這種主題的人，實在是一種時代精神使然，而且任何一個有正義感的人都會如此。林老闆逃到鄉下，外國的資本勢力也跟著衝擊到了鄉下。老通寶一家的美好願望就是在這種衝擊中變成了齏粉，不僅失去了土地，代表著傳統鄉村生活模式的老通寶終於死去了。中國傳統鄉村社會開始變遷了，一場激烈的變革已經來臨。如果我們跳出意識形態的和藝術的閱讀視界，很顯然在剛剛描述的這一過程中，充分地表現了中國從辛亥革命前後到 20 世紀 30 年代中期中國社會的歷史變遷過程。也許正是在這樣的層面上，人們說茅盾忠實地記錄了中國歷史。但此說一般情況下是在革命意義上來分析的，人們並沒有注意到它在中國從傳統農業社會向現代社會轉變當中的意義。

在小說創作當中，茅盾的視野在城鄉的空間中不斷地轉換著。這種轉換不僅是一種取材的需要，也不僅是一種為了革命文學創作的需要，換句話說，茅盾不僅僅是作為一名左翼作家在進行寫作，同時也應該看到茅盾是受到過現代性教育和薰陶的知識分子，他應該有更為深刻的關於社會發展的思考和前瞻性眼光。如果不做到這一點，就會流於一般性作家的淺薄，也是在這個意義上，我們稱茅盾為文學大師。對於此，茅盾是否意識到並不重要，重要的是後來者要意識到。受中國傳統文化影響，在茅盾同時代作家中，大多數人都不善於對文學作形而上意義的思考（這一點魯迅可能除外），尤其在激進的左翼陣營中，由於他們常常急於將還未完全沉澱的生活用文學語言反映出來，因此限制了他們對於人和社會關係作進一步追究，所以有可能的問題是，他們意識不到在其創作中已經出現的深層次問題。在茅盾小說中，所謂的深

層次問題就是前文中已經說過的，在表現現代化進程中所出現的城鄉對立與融合。

中國城市的發展雖然具有悠久的歷史，但在發展過程中，一直具有一種自足性。長期以來，它和鄉土社會並列而存，互不干涉。如果說中國鄉村在傳統色彩上具有「雞犬之聲相聞，老死不相往來」特性的話，那麼在城市發展上無疑也秉承了這種傳統。多少年來，它們相安無事。他們都能給對方提供一種文化、精神甚至物質的保障。但到了近現代社會，這種寧靜被打破了。資本主義的產生以及快速發展，尤其是西方資本主義勢力的入侵，在促進中國經濟和文化現代化過程中，使城市在不斷擴張。我們知道歐洲資本原始積累的過程，就是對農村進行掠奪和侵蝕的過程。20 世紀初的中國，在向世界資本主義國家邁進時，毫無例外地也要走入這條道路。這樣在中國造成了沿海經濟發達地區城鄉間的嚴重對立。這種對立的第一個特點是在經濟上機器工業不斷向農村滲透，使傳統勞作方式被迫改變，在提高效率的同時，也摧毀了傳統的思維方式。在《春蠶》中，老通寶所拼命反對的抽水機和化肥就是這種機器工業的產品。這個過程還表現在《子夜》中吳老太爺逃難的經歷上。在吳老太爺舊式思維中，他並沒有認識到城鄉間已經變得對立了，所以當農村出現了農運風潮時，他要尋找另一個避風港。但是我們看到要了他老命的並不是農民的暴動，而是現代都市臃腫的物質欲望和文化狀態。從階級關係上來說，老通寶和吳老太爺是對立的，但在拒絕現代化這一點上，他們又是相同的。第二個特點是表現在政治上，城市的工業資本、金融資本和商業資本通過控制國家機器來加強對鄉村的剝削和壓迫，從而為其原始積累提供保障。警察是資本家在推行其原始積累過程中所經常使用的工具，王伯申、吳蓀甫都看到並利用了這一點。第三個特點是在對立中走向雙向交流，不過這種交流是不平等的。一方面城市資本通過他們的產品實現對農村的掠奪並達到對土地和資源的控制，另一方面失去了土地和資源的農民又流落到城市裏，進一步為其生產在城市資本控制下的現代化產品。這種過程就是城市化的過程。在茅盾的小說中，從顯在的意義上來說，茅盾是批判了買辦資本對民族資本的壓迫，資本主義勢力對鄉村的入侵，但從潛在的意義上說，茅盾也表現了這一過程的必然性，以及在這一過程中人的生存狀態。王伯申的狡猾與殘忍、吳蓀甫的雄心與陰暗、老通寶的抗拒與無奈都是在這一過程中的

自適與反抗。所以茅盾也是在最大的可能性上實現了對人的關照。

日常性中的浪漫與殘酷

但上文所述三點畢竟是潛在的觀念性東西，並不代表著形象本身。文學是靠形象說話的。這個形象不僅包括人，也包括爲人物活動提供場所和舞臺的城市和鄉村，這更多地表現在它的日常性上。

茅盾從出生到離開烏鎮，這是他生活中離農村最近的階段，但烏鎮畢竟不是農村。他說：

> 清朝乾、嘉時代，烏青兩鎮最爲繁盛。市街店肆售同樣物品者
> 集於一處，市街即以是分類得名，例如衣帽街、柴米街之類。此在
> 當時，只有省會或大的府城，才有此規模。當時烏鎮有酒樓及娼妓
> 專區，名甘泉巷。太平天國軍與清兵戰後，就再也恢復不了舊時的
> 面目。然而就其區域之廣，人口之多，商業和手工業繁榮之程度而
> 言，仍然非一般縣城所能及。〔註66〕

可見茅盾從小就薰陶在這種都會式的城鎮當中。後來到北京讀書，再後來到上海工作，仍然都是在大都會裏生活，因此茅盾有著很豐富的城市生活的經驗，在他的大多數的小說中，城市作爲創作背景也正是源於此。

傳統的浪漫都市生活是茅盾在作品中給人印象較深的一種，這是上層社會的眞實寫照，是在傳統文化中薰陶出來的。傳統的浪漫都市生活和傳統知識分子的心態是相呼應的。不論如何，在像茅盾這種早期中國知識分子那裡，士大夫情節依然存在。在士大夫的理想中，既要完成對文化和自身身份的確認，進而實現安邦定國的理想，又要陶醉在高高在上的紳士風度之中，從而使自己擁有一份悠閒的心態，並以此來把玩生活。周作人、林語堂，甚至像成功之後的沈從文均是如此。但茅盾與他們又有所不同，現實主義的創作心態使他的士大夫情結有時轉化爲對這種悠閒狀態的批判。在更多時候是爲了增強作品的張力，僅把這種「士大夫式的場景」作爲一種敘述背景。在《霜葉紅似二月花》中，表現了中國資本主義在上昇時期的野蠻的原始積累過程，這一過程是在與封建主義鬥爭的同時完成的，兩者之間既有鬥爭，也有妥協。爲了連接這兩種狀態，以錢良材爲代表的改良主義者滲入期間，從而使傳統

〔註66〕茅盾：《我走過的道路》，上卷第2頁，人民文學出版社，1997年。

與現代有機結合起來。作為背景，茅盾描寫了傳統的中國城市生活。在第一章中，從瑞姑太太進入張府，回到娘家開始，作者娓娓道來，細緻描寫，通過人物間的對話，寫到了老太太、寫到了恂如的母親、寫到了恂如的妻子，寫到了恂如的姐姐婉小姐，間或穿插了庭院的結構和布局，這是只有在中國城市中才能見到的景象。這非常像《紅樓夢》中的賈府，甚至連人物都能一一對號，如老太太和賈母，婉小姐和王熙鳳等。但這畢竟是一個工商業者的家庭，在他們的身上還有著很多資本的因素。因此說這是一個傳統和現代的復合體，錢良材出現在這個家庭使理所當然的事情。緊接著第二章出現的紳紳們茶館聚會雖然具有了西方現代社會的沙龍性質，但仍然是傳統的社會場所，在中國的古典小說中仍是可以常常見到的。

但大城市的浪漫生活更多地應表現在它的現代性上。所謂現代性淺顯地說就是它提供了一種不同於傳統的生活和交遊方式。這是以現代人，尤其是女性解放作為標誌之一。在茅盾作品中表現有三個方面：一是公共場所的增加以及人們對公共活動的追求；二是交往對象的不斷擴大，女性往往成為交際中的主要角色，並且對社會活動有了參與權；三是上流社會家庭沙龍的出現並成為上流社會最主要的交流場所。在《子夜》中，茅盾多次表現了上層社會沙龍場面，最突出的就是吳老太爺之死所引發大規模的人際交流，這與其說是一個喪葬會，不如說是一個大沙龍。通過這樣一個場面，茅盾交待了作品中幾乎所有應出場的人物（這似乎成了茅盾在構建這類小說的一種慣用手法，在《多角關係》中也是如此）。這種氣氛和氣魄儼然不同於上文所說的《霜葉紅似二月花》中張府的場景。它是資本家、商人、學者的聚會，他們更能代表資本主義，因此也就更具有現代性。茅盾在描寫大城市浪漫生活的時候也將筆墨轉向了大眾，轉向了廣場。但這個廣場卻不是拉伯雷筆下的民間廣場，而是具有一定的官方性質。在這個廣場中，作者提供了一個下層與上層、與政府對話的平臺，是一種雙向的心裏釋放過程。這個過程裏充滿著浪漫情趣。這樣場所主要有兩個，一是學校，一是公共場所。在學校裏，在大劇場中，在公園，青年人既可以享受甜蜜戀愛的幸福，也可以參加某種群情激昂的集會，發泄著滿或不滿的情緒。在茅盾的作品中有很多人就是從這裡走上了人生道路。在《第一階段的故事》中，茅盾詳細地描寫了一個由政府組織的宏大的廣場狂歡場面，這就是慶祝政府成立十週年的焰火盛會：

　　車裏滿滿的，男女老小全有，大部分像工人，卻也夾雜著穿長

衫的。他們中間幾個性急的年青人等不及大跳板就撲撲地跳了下來，呼朋引友地直奔那個蘆席棚的買票處。老太太戰戰兢兢地從車尾的跳板走下來，讚賞那四周大建築上的無數電燈。小孩子們則將那車尾的跳板當作滑梯，騎馬式地坐著滑了下來，乘大人們的一個眼錯就又溜上去再滑一次。〔註67〕

這段描寫的精彩之處是它提供了大量值得闡釋的信息。如巴赫金所說：

這些廣場的日常生活體裁爲民間節日的形式和形象準備了氣氛，拉伯雷正是通過這些形式和形象的語言揭示出他關於世界的新的、歡樂的真理。〔註68〕

人們對於這種狂歡的渴求把人們帶入了抗戰爆發之前最後一次浪漫之旅，也是通過這種廣場對話形式，表明一個城市在戰爭來臨之前毫無準備的懈怠狀態，其中潛藏著作者的批評。

但城市並不總是歡樂和浪漫的。在歡樂背後潛藏著的往往就是巨大的罪惡，這是城市的另一面。在中國現代文學史上的作家中，對城市進行描寫的作品非常多，比如沈從文和曹禺的作品。沈從文在他的作品中嘲笑了城市文明，對之道德上的墮落給予了無情的批判。他試圖建立起新的道德理念以拯救在城市中逐漸失去的傳統道德文化底蘊。在《紳士的太太》、《八駿圖》、《來客》等小說中，一再呈現出一種虛僞、醜陋、缺乏生機與活力的沒落場景。有意思的是在這些作品以及他的鄉土題材作品中，有些場景是類似的，但是由於他將其放在了不同的氛圍之中，便呈現出了不同的意境。比如，同是欲望的描寫，在城市是墮落，而在鄉村則被賦予了勃發了生命力的內涵。由此可以看出，是作家的主觀改變了生活的客觀，這大概就是胡風所說的主觀對客觀的糾纏。在曹禺的戲劇《日出》中，他將城市分成了兩個橫斷面，通過這兩個橫斷面細緻描述，將城市的罪惡暴露無遺。圍繞在陳白露周圍的上層社會是糜爛型的罪惡，而圍繞著「小東西」的下層社會的罪惡是淒慘型的。不過曹禺並不像沈從文那樣對城市失望，在他看來，從日出中所傳來的「夯聲」就是未來的城市，在這一點上他比沈從文要樂觀的多。但在茅盾筆下，城市的另一面則是殘酷。冷漠與相互傾軋伴隨著他的整個城市資本主義的發

〔註67〕《第一階段的故事》，《茅盾全集》，第四卷第227頁，人民文學出版社，1984年。

〔註68〕巴赫金：《拉伯雷研究》，第224頁，河北教育出版社，1998年。

展。這是茅盾現實主義原則的最終目的。如果說在城市的浪漫中還有著虛構的成分，那麼在關於城市的殘酷的描寫上則更多的是歷史紀錄。在上海公債市場裏，茅盾看到了很多的歡歡笑笑，但基於他多年的城市生活經驗，也知道在這背後隱藏了多少的辛酸和血腥。他也把這種辛酸和血腥集於一體，表現了城市的不可捉摸性和多變性。吳蓀甫的殘酷在於對小企業的吞併，在於對工人運動的鎮壓，在於對農民運動的摧殘，唯其如此，他才能成為一個大資本家。但他又富於理想和實幹精神，所以當他遭到了以趙伯韜為代表的買辦資本殘酷圍剿時，茅盾對於「殘酷」又產生了不忍之心。這種矛盾恐怕也非茅盾一人所有，但這也正是城市的殘酷與冷漠之處。在《霜葉紅似二月花》中，王伯申一面要發展資本主義，另一面在發展的同時，就得讓他的小火輪在內河裏衝撞，淹毀田園，甚至草菅人命，資本主義的發展就是以此為代價的。所以茅盾在對城市的描寫中，往往將自己置於城市發展的兩難當中，使他沒有辦法作出最好的選擇，由此城市對他也「殘酷」了。

鄉土文學的地域形態

考察茅盾鄉土小說的日常性，必須將其放在一個較大的鄉土小說環境中進行比較，這樣才能看出它為鄉土小說注入了一種什麼樣的日常形態。日常形態最能反映出作家對現實生活的本質追求和創作心理。

二十世紀上半葉中國鄉土小說比較發達，從最早的鄉土寫實派到後來的解放區文學，有一個很大的傳統。尤其是在解放區文學中，由於作家們並不佔據城市的優勢，加之在意識形態上的人民大眾取向，鄉土題材小說成為了文學創作的主流。中國鄉土寫實小說的傳統是由魯迅開創的，當魯迅在創作《故鄉》《阿Q正傳》《社戲》等小說時，中國文學剛剛進入現代狀態。在魯迅之後，鄉土題材小說開始繁榮。出現了如王魯彥、許欽文、臺靜農、廢名等一批小說家。從理論上看，鄉土小說是文學向「人的文學」、「平民文學」發展的必然結果，作家們對被損害、被侮辱群體的關注也是鄉土文學繁榮的一個動因。從創作實踐上看，伴隨著五四以來「勞工神聖」、「到民間去」的社會要求，作家們的創作也必須面向現實生活，面向生活底層的勞動者，加之這一時期登上文壇的作家們大多是來自農村，農村是他們所最熟悉的，因此他們開始創作鄉土小說。魯迅說：「凡在北京用筆寫出他的胸臆來的人們，無論他自稱為用主觀或客觀，從北京這方面來說，則是僑寓文學的作者。」

〔註69〕由此正式地提出了鄉土文學的概念。

在新文學三十年中，中國鄉土文學雖然豐富多姿，但大致上不外乎兩類，即寫實類和抒情類，反映的地域雖然廣闊，但概括地說，大致集中在江浙、西南、東北和西北，由於作家們在作品中進入農村的方式不同，因此所反映出的農村形態也就大不相同。本節以魯迅、沈從文、蕭紅、趙樹理作爲舉例，對中國現代文學中的鄉村形態略加分析。

魯迅的鄉土小說給人印象最深的是兩個方面，一是文化色彩，二是宗法制度。江南多才子，素有「千山千水千秀才」之稱，在這裡你隨意都可能在與一位文人交談。反映在作品中，就使之充滿著文化氣息。文化是魯迅小說的底蘊，在這種底蘊當中，魯迅使用了批判和嘲諷的筆法，將這種文化的劣性暴露無遺。但魯迅並不是在一味地暴露，在很多的時候也有對鄉土文化的讚歎。比如《社戲》中對所謂「社戲」的描述，即可讓人感覺到魯迅是在一種文化中徜徉。《風波》中「河面駛過文人的酒船」，也是一種文化的徵兆。在《阿Q正傳》，對阿Q的姓名的考證，對阿Q心理活動的描述，都充滿了文化的意蘊。阿Q對女人的遐想一段更可見其功力：

> 中國的男人，本來大半都可以做聖賢，可惜全被女人毀掉了。
>
> 商是妲己鬧亡的；周是褒姒弄壞的；秦……雖然史無明文，我們也
>
> 假定它因爲女人，大約未必十分錯；而董卓可是的確給貂蟬害死了。

〔註70〕

但在魯迅作品中更具文化色彩的是潛藏在宗法制度下的封建文化，這是魯迅一生都在致力於反對的。祥林嫂是死在了夫權、族權、神權等的綜合文化網絡當中；阿Q也是在趙老太爺的神聖的族權的壓榨之下連自己的姓名權都喪失了；活潑天眞的閏土也消失在了上下尊卑的觀念之中；而對孔乙己來說，他的死亡就是由其自身所擁有的文化造成的。《離婚》中的愛姑，雖然有著對家庭舊有的文化的衝撞，但是在面臨著以七大人爲代表的政權文化和族權文化雙重的溫和絞殺中，也徹底退卻了。由此我們可以看到，在魯迅的筆下的鄉村形態完全是一種文化的存在，人與人之間的關係都籠罩在一種文化的模式之中，並在此中顯現出了鄉村的破落與悲哀。

〔註69〕魯迅：《中國新文學大系・小說二集・導言》，《魯迅全集》第6卷第247頁，人民文學出版社。

〔註70〕《阿Q正傳》，《魯迅全集》，第1卷第499頁，人民文學出版社，1991年。

但沈從文卻把對城市的憎惡通過對鄉村美好嚮往表現出來。沈從文經營了一個湘西，他把那裡看成了迥別於城市的世外桃源。在這個桃源之中，有各色的人物，農民、兵士、船夫、水手、鄉紳、甚至土娼，這些人身處邊城，和外界基本無甚聯繫，大有古道遺風。這裡也有兵刃相見，但沒有血腥和殘酷，這裡有地位的高低貴賤，但沒有階級間的壓迫和奴役，這裡有娼妓嫖客，但沒有肉欲的狂歡。平和的生活和人性的纏綿成了沈從文這類小說的主題，到處呈現著一派抒情牧歌的氣息。這類小說主要有《邊城》、《阿黑小史》、《虎雛》、《月下小景》等，代表了沈從文小說創作的主要成就。一方面沈從文把他的人生理想表現在歷史傳說和民間傳奇的重敘當中，而這種重敘又是構置在現實的背景之下，使之和城市文明發生了強烈的對抗，這恐怕是沈從文的小說創作的主要目的。沈從文追求那種沒有經過現代文明浸染的生命形式，因此在他的作品中，他要著力表現自然向上的原始生命意識。像《阿黑小史》、《龍朱》當屬此類。另一方面對當下生活牧歌情狀的描寫，也是沈從文最著力之處。在這類鄉土小說中的代表是《邊城》。在一個特定的山溝裏、小鎮中、小溪旁，秀美的環境孕育了平和善良的「文化」，在這種文化的浸染中，人們順從了命運的力量。雖然在翠翠、儺送和天保之間也出現了矛盾，但這只是一種美好人性的糾纏，雖然在作者的言外之意裏透露出了一種苦澀的惋惜，但人道的寬懷和人性的美好無疑應成爲作者基於其中的最主要目的。由此我們不難體會出沈從文筆下的鄉村形態。

蕭紅是一位來自東北的作家。東北是森林、草原、山川、河流相互交織的地方，不僅野獸出沒，而且盜匪橫行。它不僅荒涼凄切，而且也博大精深，是一個混沌未鑿、粗曠質樸的地方。由此這種荒寒與寂寞景象，使蕭紅筆下的鄉村呈現這另一種狀態。這主要體現在她的小說《生死場》中，蕭紅用女性的細膩和平靜勾勒了東北鄉村的兩大特點，即人性冷漠和暴烈。《生死場》最富感染力的地方是在非人的狀態中敘說著鄉村的故事。在生與死的對比中，揭剝著東北鄉村的形態。全書共十七章，前十章集中描寫了人如動物一般愚昧混沌的生和死，就像山羊、老馬、蚊蟲一樣任人宰割和憑原始本能交配、生殖、死亡，比如：

> 五分鐘後，姑娘仍和小雞一般，被野獸壓在那裡。男人著了瘋了！他的大手敵意一般地捉緊另一塊肉體，想要吞食那一塊肉體，想要破壞那塊熱的肉……

　　他……用腕力攎住病的姑娘，把她壓在牆角的灰堆上，那樣他
不是想接吻她，也不是想要熱情地講些情話，他只是被本能支使著
想要動作一切。

　　……

　　房後的草堆上，狗在那裡生產……

　　暖和的季節，全村忙著生產。大豬帶著成群的小豬喳渣的跑
過……

　　黃昏以後，屋中起著燭光。那女人是快生產了……〔註71〕

這是一種冷漠的生存狀態，充分地體現出了東北荒寒文化的特質。但日本侵
略者的到來，打破了這種近乎原始性的沉寂，同時也使人性從冷漠中復蘇，
進而轉變爲暴烈。在「王道」的壓迫之下，人們走投無路了，想做奴隸而不
得了，所以他們紛紛站立起來，進行了勇敢的反抗。這種反抗是具有原始性
特徵的，就像部族間的征戰。他們用作原始的方式歃血爲盟，聚眾殺敵，連
老人、孩子、寡婦都站了起來，他們的信念是「生是中國人，死是中國鬼，」
這是一種來自大地深處和內心深處的騷動，是埋葬侵略者的喪鐘，惟有這種
暴力的性格才能這樣徹底。這就是蕭紅所描寫的東北鄉村形態。因此，王富
仁先生在論述以蕭紅爲代表的東北作家群的小說創作時便作了如下概括：「東
北作家群各自的思想傾向和文學傾向並不完全相同，但他們的作品卻有一個
共同的特徵，即給人一種荒寒的感覺……這個感覺是他們描寫的東北的這個
文化環境的特點造成的，但也是這些作家精神氣質中的東西。」〔註72〕

　　與前述三人不同的是，趙樹理是一位來自民間最底層的文化人，他出身
於貧民之家，因此這就有可能在最近距離來描述鄉間的一草一木，而且投入
了最大的熱情，這裡沒有任何的隔閡與旁觀。他較早地進入了解放區的氛圍
之中，所以意識形態的特徵在其作品中成爲主要的外在形式。他作品中的鄉
村形態也呈現著兩種主要特徵，即風俗化和階級鬥爭化。由於從小孕育在一
種極富文化魅力的環境中，趙樹理對中國西北的鄉俗瞭如指掌，這與魯迅不
同的是，魯迅筆下的文化是一種宗法文化，顯現著高深和嚴肅的一面，有著
文化上的自覺。而趙是理對鄉村文化的描寫完全是爲了塑造人物的需要，淺

〔註71〕分別見蕭紅《生死場》第二章「菜圃」，第六章「刑罰的日子」。

〔註72〕王富仁：《中國現代短篇小說發展的歷史軌迹》（下），《魯迅研究月刊》1999
　　　　年第 10 期第 44 頁。

顯而又普遍，是一種在迷信基礎上村民對自己的一種規約，它不是掌握在地主或什麼鄉紳的手中，而是在老百姓的日常生活中，所以迷信就轉變爲風俗，並不具有文化上的自覺性。趙樹理興高采烈地描述著和批判著。由於身處解放區，加之對人民政權的熱望和讚美，以及對舊制度的痛恨，所以在作品中經常表現出了兩個階級間的對立，如《李有才板話》就是這樣的作品。但值得注意的是，趙樹理在表現這樣的鄉村形態時，也往往在階級鬥爭這個層面上作了一個模糊的處理，所謂模糊處理就是趙樹理的階級鬥爭往往遮蔽在鄉土人情當中，然後再對鄉土人情的實際內涵進行揭剝，最終達到階級間的眞正鬥爭。《小二黑結婚》中，金旺兄弟混進人民政權中，《李有才板話》裏，閻恒元把持了那麼多年的村政權，這裡除了趙樹理對人民政權的一種深層考慮之外，還有一重要原因就是當地鄉土人情的力量使之然。由於在鄉村中，人情的冷暖往往大與階級的對立，只有階級間在根本利益上發生衝突時，而且又是在階級意識覺醒的情況下，階級間的矛盾才能成爲主要矛盾。所以趙樹理的小說大都表現了這一過程，這也是趙樹理長期的基層生活使然。這就是趙樹理筆下的鄉村形態。

新形態與文化英雄

考察茅盾小說中的鄉村形態及其日常性，還應該將其放在整個中國鄉村社會的大背景中來審視。這樣做不僅有利於對茅盾小說的理解，尋出其中所蘊含的張力，更主要的也是可以將上文中所說的魯迅、沈從文、蕭紅和趙樹理的小說放在一個平面中加以比照，看出在一大文化圈中散落的小文化圈的個性。這樣我們找到了最好的社會學教材費孝通的《鄉土中國》，下面將大段引用。

在一個鄉下生活的人所需記憶的範圍和生活在現代都市的人是不同的。鄉下社會是一生活很安定的社會。我已說過向泥土討生活的人是不能夠移動的。在一個地方出生的，就在這個地方生長下去，一直到死。極端的鄉下社會是老子所理想的社會，「雞犬之聲相聞，老死不相往來」。不但個人不常拋井離鄉，而且每個人常住的地方常是他的父母之邦。「生於斯，死於斯」的結果必是世代的黏著。這種極端的鄉土社會固然不常實現，但是我們的確有歷世不移的企圖，不然爲什麼死在外邊的人，一定要把棺材運回故鄉呢？一生取

於這塊泥土，死了，骨肉還得回入這塊泥土。

　　歷世不移的結果，人不但在熟人中長大，而且在熟悉的地方上
生長大。熟悉的地方可以包括極長時間的人和泥土的混合。祖先們
在這塊地方混熟了，他們的經驗也必然就是子孫們所會得到的經
驗。時間的悠久是從譜繫上說的。從每個人可能得到的經驗說，卻
是同一方式的反覆重演。同一戲臺上演著同一的戲。這個班子裏的
演員所需記得的，也只有一套戲文。他們個別的經驗就等於時代的
經驗。經驗無需不斷積累，只需老是保存。〔註73〕

用這段頗具文采的話來回觀上述四人的鄉土小說創作時，我們可以發現很多
的契合之處。說到底，「故鄉」的寧靜、「邊城」的溫馨、東北的野力和西北
的世俗都是在這個背景中伸展著。如果沒有外力的因素，或許在它們之間就
是「老死不相往來」，中國傳統文化的包容性及排他性也由此可見一斑。但是
進入了 20 世紀的中國，在西方文化衝擊下、在資本主義勢力的侵蝕下、在意
識形態的鬥爭中，這種狀態勢必要被打破。於是辛亥革命進入了魯迅的視野，
日本的入侵引發了東北的強悍，階級鬥爭也在西北的歷時不變的世俗中展
開，只有沈從文還在堅守，但必須看到沈從文的堅守也正是城市文明入侵的
結果。從縱向的描寫農村發展歷程上看，應該按照魯迅、蕭紅、沈從文和趙
樹理這樣一個順序，從橫向上看，只有茅盾的小說可以說與沈從文的創作是
共時的。有意思的是，茅盾無疑走向了沈從文的另一面，他把城市文明引入
了鄉村。

　　茅盾是生長在一個相對繁華的城鎮當中，他沒有更多的來自鄉村的直接
經驗，雖然他所描寫的鄉村生活也是江南的風土人情，但和魯迅筆下的鄉村
形態還是又著較大差異。在上述四種鄉村形態中，魯迅的宗法文化式、沈從
文的田園牧歌式、蕭紅的冷漠荒寒式和趙樹理的階級鬥爭式雖然基本上概括
了中國當時農村各個地域的特徵，但並不十分全面，是茅盾的鄉土小說中對
鄉村形態的描述補充了這一不足。在這裡應該看到時間上的差異和作家對生
活所攝取角度的不同，尤其是創作理念的差異，必然導致作家對於自己所感
受的鄉村在客觀表現上的不同。對茅盾而言，這就是在其作品中著重表現了
中國鄉村資本主義化的過程。

〔註73〕 費孝通：《鄉土中國》，見《費孝通文集》第 5 卷第 330 頁，群言出版社，1999
　　　　年。

　　描寫鄉村資本主義化和對農村赤貧之後的出路進行有深度的探索，在茅盾的創作中是並行的。這種探索在魯迅和沈從文的作品中已露端倪，比如阿Q進城打工，實在就是阿Q這樣的無產者的出路，由此也將城市和鄉村聯繫起來了，但魯迅的側重點不在這裡，所以可能就忽略了對此的進一步闡發。而沈從文完全看到了城市資本主義文明，但是他的拒斥態度使其在鄉村題材的作品中完全驅逐了資本主義的因素，所以也沒能對此有所發揮。而東北和西北由於遠離了城市文明，更看不到現代化的腳步。茅盾則不然，他徹底認清了資本主義經濟的發展對中國農村所造成的破壞力，所以他憑著城市經驗將資本主義經濟引入了鄉村。這種引入是為他的政治理念服務的，目的就是要人們認清中國當時農村的現狀及其必然的發展方向。所以在《關於鄉土文學》中，他說：

> 我以為單有了特殊的風土人情的描寫，只不過像看一幅異域圖畫，雖能引起我們的驚異，然而給我們的，只是好奇心的饜足。因此在特殊的風土人情而外應當還有普遍性與我們共同的對於命運的掙扎。一個只具有遊歷家眼光的作者，往往只能給我們以前者，必須是一個具有一定的世界觀與人生觀的作者方能把後者作為主要的一點而給與了我們。〔註74〕

正是這樣一種主張使他看到了農村的不同樣式。《春蠶》創作於《子夜》之後，很顯然茅盾將城市的經驗帶到了農村。老通寶看著小火輪在內河裏的橫衝直撞，他產生了恐懼的心理，但他參與了桑葉的倒賣倒賣，就像《子夜》中的「公債買賣」一樣，不自覺地置身於資本主義經濟方式其中；他反對放養「洋種」，但又不能完全拒絕四大娘所放養的那一張。他就是在這種土與洋的交織中，完成了向資本主義的過渡。所謂的過渡，無外乎就是鄉村文化狀態和社會結構的變遷，對此費孝通也有非常好的說明。他認為，社會變遷是發生在舊有的社會結構不能應付新環境的時。新的環境發生了，人們最初遭遇到的是舊方法不能獲得有效的結果，生活上發生了困難。人們不會在沒有發覺舊方法不適用之前就把它放棄的。舊的生活方法有習慣的惰性。但是如果它已不能答覆人們的需要，它終必會失去人們對它的信仰，守住一個沒有效力的工具是沒有意義的，會引起生活上的不便，甚至蒙受損失。另一方面新的方法又不是現存的，必須有人發明，或是有人向別種文化去學習，輸

〔註74〕《關於鄉土文學》，《茅盾全集》第21卷第86頁，人民文學出版社。

入，還得經過試驗，才能被人接受，完成社會變遷的過程。在新舊交替之際，都負有一個惶惑、無所適從的時期，在這個時期，心理上充滿著緊張，猶豫和不安。這就需要一個「文化英雄」來改變這種局面。費孝通認為，這個「文化英雄」不是由社會和長老授權，而是由時勢造成的，因此稱之為「時勢權利」。他說：「現代社會又是一個激烈變遷的社會，這種權利也在擡頭了。最有意思的就是一個落後的國家要趕緊現代化的過程，這種權利也表示的最清楚。」〔註75〕可以說，費氏所言與茅盾的「農村三部曲」基本上是可以互換的。如果忽略藝術性的話，茅盾的小說就是上個世紀 30 年代鄉土社會學的文本。從歷史角度上說，他抓住了「一年」這樣一個暫短的區間，表現了從原始積累到鄉村資本主義化的長時間的歷史進程。

茅盾一方面對資本主義制度的入侵給予了無情的批判，另一方面又在無意中對這一過程表示了肯定。他不像沈從文那樣的拒絕，也不像蕭紅那樣的「冷漠」，他有點像趙樹理的鬥爭，也有點類似於魯迅對傳統保守主義的批判，但又是獨具特色的。他在鄉村資本主義化的過程中，他看到了「時勢權利」，也塑造了一些「文化英雄」。阿多就是這種「文化英雄」的代表，當然，從現代性上說，四大娘則更能代表這一「文化英雄」。不過茅盾的囑望是在前者。他為中國農村設計出了三種道路，要麼像阿四的主張去給地主當佃戶，要麼像四大娘的主張進城幫傭，要麼乾脆像阿多那樣起來造反。當時中國農村所面臨的這種選擇正是茅盾所要表現的中國農村形態。這在其他作家的作品中是找不到的，這是茅盾對中國現代文學的貢獻。他和上述作家一起，完成了對中國現代鄉村的平面敘述。從這個角度而言，茅盾本身就是一位「文化英雄」。

〔註75〕《鄉土中國》，參見第 380 頁。

第二章　茅盾與現實主義

第一節　流變中的揚棄與可能

　　對中國 20 世紀上半期來說，現實主義和中國無產階級革命有著很親密的關係。應該看到，從現實主義的本意來說這不是一種必然性，但對中國特殊的國情來說，這又是無法迴避的。在世紀初期，受世界性思潮影響，中國無產階級革命和文學現代化是在同一種思想基礎啟發下開始發展和壯大的，尤其是無產階級革命的特色，注意到了文學和政治的關係，兩者聯繫在一起就是自然而然的事情了。從現實主義的本源上看，固然有其革命色彩，但並不是我們在 20 世紀所遇到的這種革命。況且在席勒第一次提出現實主義這個概念之前，文學上的現實主義已經存在。這種標榜僅是一種發現，而非是一種發明。因此現實主義的起源問題就是十分值得探討的了。況且現實主義的概念提出一個多世紀以來，究竟是什麼樣的一種體式，它的內容到底有多大的涵蓋面，還是不十分明瞭的，所以說，對現實主義的闡釋和標榜以及提倡就變成了一個話語霸權問題了。也就是說，什麼是現實主義，它的內容是什麼，並不是一個最為重要的問題。最重要的是誰在闡釋，這種闡釋有多大的約束力，這才是規定現實主義內容的最重要部分。但即為在普遍意義上為大家認可的一種創作方法，它卻應該有相對固定的內容和精神存在，這是所有現實主義的解釋中所必須遵循的。但我們必須說明，我們在這裡討論的現實主義問題，是站在現實主義之外來看待的。從哲學的角度來說，現實主義畢竟是一種反映論的衍變，和藝術本身還是有差別的。在中國 20 世紀現實主義流變

過程中，現實主義內部的衝突，現實主義和其他創作流派的鬥爭，基本上都可以歸結到對「反映論」不同看法上的鬥爭。在它的身上，合理與不合理都同時存在著。正如路易・阿拉貢所說：「在一個特定的時代裏，在一種特定的社會制度下，批評家用一個民族的語言表達在這個時代和這種制度下的一個民族的思想觀點。這就在使他說的話變的偉大的同時勾勒出它的局限」〔註1〕本節所要討論的是現實主義在中國新文學發展中的揚棄與可能，而價值判斷還在其次。

生成語境和霸權企圖

　　眾所周知，中國 20 世紀現實主義文學發展不是在自己的體系中獨立完成的，這既有傳統的因素，也有外來的影響。因為從顯在情形來看，20 世紀初的中國，外來思潮遠遠大於中國舊有傳統的影響，但傳統影響卻是又是不可忽視的。馮雪峰對此有過專門論述。馮雪峰在總結中國新文學發展道路、論述現實主義的傳統來源時，也就是遵照了現實主義的一些基本內涵來進行的。馮雪峰經歷了中國新文學發展的全過程，而且作為一位理論家，他對新文學發展有著自己的理論探索和創新；同時他又是一位代表著主流意識形態的理論家，因此在闡釋的權威性上是不可質疑的。這種不可質疑性使他的論述有獨尊現實主義的嫌疑。他說：「任何民族的文學，凡是遺留下來的重要的傑作都具有現實主義的精神，就是說，大都是現實主義的或基本上是現實主義的。……晉代的大詩人陶潛在基本上也是現實主義者；唐代的大詩人杜甫和白居易更是有意識的現實主義者。即被現代人稱為浪漫主義者的李白，在他的精神的積極方面也是和現實主義相通的，而且他的有些最著名的詩篇就正是現實主義的。」〔註2〕這種梳理顯然看重的是現實主義的精神，而並沒有對其內涵做細緻分析。這種說法，可以用在現實主義者身上，也可以用在非現實主義者身上，這是模糊的。接著他又補充說：「我們既不可以單純地以現實主義去限制他們的意義，而尤其不可以從表面的特徵和以鄙陋的眼光，去解釋現實主義。」他引用了高爾基的說法，把浪漫主義分成積極的和消極的，認為，積極的浪漫主義傾向和現實主義的精神是相通的，相互滲透的，甚至

〔註1〕 路易・阿拉貢：《論無邊的現實主義　序言》，〔法〕羅傑・加洛蒂：《論無邊的現實主義》第 2 頁，白花文藝出版社，1998 年版。
〔註2〕 馮雪峰：《中國文學中從古典現實主義到社會主義現實主義的發展的一個輪廓》，《雪峰文集》第 2 卷第 419 頁，人民文學出版社，1983 年。

可以把它看作是現實主義的精神和特色之一，而把它概括到現實主義之內去。〔註3〕由此可以看出，馮雪峰只把文學分成了兩類，符合時代的要求，有革命色彩的就是現實主義的，否則就是反現實主義的。我們對馮雪峰觀點的考察，是因爲它具有相當的代表性，反映了那個時代的革命文學家們急於將現實主義樹立爲文學正宗的企圖。這種企圖中還可以看出，通過這種正宗地位的確立，使現實主義成爲權威。這是創作於 1952 年的文章，反映了那個時代的人們對文學服務政治的整體上認識。相對於馮雪峰來說，茅盾在其十年以前的論述中，卻比馮雪峰有技巧，他說：

> 中國新文學二十年來所走的路，是現實主義的路。
>
> ……
>
> 但二十年來的社會經過多少變動。中國經濟發展的不平衡，在這二十年來，加速加劇。社會層的消長起伏，在這二十年來，亦加速加劇。於是各有其文學上的代表——雖然只是浪潮上的浮沫。因此在二十年年來的文壇上，也曾見唯美主義、象徵主義……等等旗號；而且據說也有作品。
>
> 可是不幸，被時代遺忘了。
>
> 現實主義屹然始終爲主潮。〔註4〕

在這段話裏，茅盾一方面對現實主義表示出了自豪感，另一方面用了「據說也有作品」幾個字，對非現實主義文學表示了蔑視。這就是中國現實主義存在的語境。雖然茅盾、馮雪峰、周揚、胡風等人都是現實主義的理論家，但對現實主義的理解都有各自確切含義。

即便如上所述的情況，新文學現實主義在中國的發展還是遭遇過相當多的曲折。這既有著國際背景的對現實主義的認識，也有著本國實際發展中的狀況。

毫無疑問，中國新文學現實主義主張不是在傳統文學影響下出現的，而很大程度是由於進化論的引進。進化論從生物學意義上引到文學上的時候，必然要帶來對舊有文學觀念的革命，這就是新文學的誕生。值得注意的是，在嚴復譯介《天演論》前後，浪漫主義文學作品也被介紹進來，那麼爲什麼

〔註3〕同上。
〔註4〕《現實主義的道路》，原載《新蜀報・蜀道》，1941 年 2 月 1 日。現收入《茅盾全集》第 22 卷第 171 頁，人民文學出版社，1993 年。

浪漫主義文學沒有得到發展呢？這只能到中國的社會狀況中去尋找原因
了。也就是說在新文學即將誕生的時候，中國有走上浪漫主義之途的可能，
但是中國的社會狀況限制了它。這主要表現為，在當時中國文學改良或改革
不是最主要的問題，而社會的改革才是最主要的。而社會改革顯然不是浪漫
主義所能夠解決的。梁啟超大力提倡小說界革命的深層動機是為了改造社
會，所以儘管像魯迅、陳獨秀、胡適這些人雖然也提倡或欣賞過西方的浪漫
主義，但由於離社會的改革太遠，而未能造成浪漫之勢。他們提倡新文學，
注重的是社會意義上的文學，而非消遣娛樂功能，這樣對社會發展有著極大
指導意義的進化論觀點就自然是他們在社會運動中提倡新文學的首選之物
了。另外歐洲的文學發展史對中國新文學的起步也有比照作用。1915 年，陳
獨秀在《新青年》上發表了《現代歐洲文藝史譚》一文，系統地介紹了歐洲
文藝發展的過程——古典主義、浪漫主義、現實主義和自然主義，就使用了
進化論的觀點。認為先進的歐洲文學的發展經過了這樣的階段在中國當然也
不例外。他們把中國的傳統文學定位在古典主義和浪漫主義階段，必然就開
始了從現實主義階段向西方學習的過程（這裡值得注意的問題是，這種對中
國傳統文學的定位和上文所說的馮雪峰對中國傳統文學的論述是相矛盾
的，說明他們對現實主義的理解是不一致的）。所以陳獨秀在 1917 年的《文
學革命論》中，就開始提倡「寫實文學」、「國民文學」和「社會文學」，這
樣就把文學和社會聯繫起來。胡適認為，一個時代有一個時代的文學，和陳
獨秀的主張也都大同小異。周作人也認為日本明治維新以後的小說發展史
「差不多將歐洲文藝復興以來的思想，逐層通過」，才能趕上現代世界的思
潮，而中國當時的文壇，彷彿是明治十七、八年的樣子，因此有必要按照日
本小說進化過程，在中國首先提倡寫實主義。〔註 5〕茅盾也認為中國傳統文
學是屬於古典主義和就浪漫主義的範疇，按照進化的次序，應該把寫實派和
自然派的文藝現介紹進來。〔註 6〕這樣無疑在新文學的開端就奠定了現實主
義的基礎，為以後現實主義的傳播準備了條件。在進化論融進了文學中的時
候，我們也看到了另一種理論進入中國，這就是馬克思主義理論。雖然這個
時期對馬克思主義的介紹還非常淺顯的，但是馬克思主義中的歷史唯物主義
關於歷史發展觀點和進化論的觀點無疑是相符的，這一點又被中國人所選

〔註 5〕周作人：《日本近三十年小說之發達》，《新青年》1918 年底 5 卷第 1 號。
〔註 6〕參見《社會背景與創作》和《小說新潮欄宣言》，《小說月報》1921 年第 12 卷
　　　　第 7 號和 1920 年第 11 卷第 1 號。

擇，加之將中國傳統文學定位在古典和浪漫階段，這樣就使現實主義在新文學的一開始就登上中國文壇成爲必然。

　　現實主義在中國的發展過程已有很多論述，本書不再重複。本書擬在現實主義發展過程中可能出現的轉向進行分析。

文學功利主義的強化

　　如果說進化論爲中國新文學發展提供一種理論起點的話，那麼周作人的「人的文學」理論則爲中國新文學提供一種可以實際操作的內容。「人的文學」從人道主義出發，把反封建主義的文學引向深入，同時也爲「文學爲人生」提供了理論基礎。在這種觀念的指導下，以文學研究會爲主體的人生派才得以形成。周作人的「人的文學」和他後來的「平民文學」由於將作家或者知識分子的注意力轉移到了下層民眾或者普通大眾身上，關心「工廠之男女，人力車夫，內地農家，各處大負販及小店鋪，一切痛苦的情形」，〔註7〕因此就和「勞工神聖」的社會思潮合而爲一了，這種情況就是文學大眾化的先驅。文學大眾化不僅表現在文學爲大眾所接受，更表現在以大眾爲創作對象的文學觀念。雖然在初期的文學革命者那裡，如周作人、胡適等人，並未想造成激烈的大眾革命運動，即後來的無產階級革命運動，但他們在文學上所提供的思路確實和這種思路相吻合。這可證之以巴黎公社的文學和俄國民主革命期間的文學，這種趨勢也說明了中國新文學之走上無產階級革命文學的必然性，這是後話。在周作人提出「人的文學」的同時，魯迅等文學先驅已經在從不同的角度去描述或揭示人生社會，描寫普通人或者下層人的疾苦，尤其是精神上的苦悶，期望通過文藝這種形式，「指出確當的方向，引導社會。」〔註8〕當時在《新潮》和《新青年》的周圍已經集結了一批作家在從事著這種創作。由此可見，文學爲人生已成爲一種共同的追求了。但共同的追求必須有理論上的引導和提倡，這一點，魯迅、周作人、胡適等人是功不可沒的。但此種文學思潮在強調文學爲人生的同時，顯而易見的是只注重了它的社會功利性，而忽視排斥了另一面。比如，在由周作人起草的《文學研究會宣言》中說：

　　　　將文藝當作高興時的遊戲或失意時的消遣的時候，現在已經過

〔註7〕　胡適：《建設的革命文學論》，《新青年》1918年4月第4卷第4號。
〔註8〕　魯迅：《隨感錄四十六》，《魯迅全集》第1卷，第332頁。

去了。我們相信文學是一種工作，而且又是與人生很且要的一種工作；治文學的人也當以這事爲他終身的事業，正同勞農一樣。〔註9〕

茅盾在《現在文學家的責任是什麼》中也說：

> 文學是爲表現人生而作的。文學家所欲表現的人生，決不是一人一家的人生，乃是一社會一民族的人生。
>
> ……
>
> 積極的責任是欲把德謨克拉西充滿在文學界，使文學成爲社會化，掃除貴族文學的面目，放出平民文學的精神。下一個字是爲人類呼籲的，不是供貴族階級賞玩的；是「血」和「淚」寫成的，不是「濃情」和「豔意」做成的，是人類中少不得的文章，不是茶餘飯後消遣的東西！〔註10〕

這樣在當時中國文壇佔有著重要地位的、幾乎左右著新文學文壇的文學研究會就把文學的社會功利性作爲一種文學發展模式確定下來了。

本來按照通常理解，文學的現實性雖然有表現人生的一面，但也有消遣娛樂一面，否則，這種文學是不完整的。本書並不是對此進行價值上的判斷，只是想說明現實主義文學在中國新文學發展過程中，在此失去了一種元素，這對以後文學發展是會產生很大影響的。

在強化文學功利性的過程中，有兩個助推劑對此可以相互印證，這就是問題小說的出現和對俄國文學的譯介。問題小說是發生在五四前後的、由對易卜生劇作的譯介而引起的一股創作思潮。這實際上是一種題材熱，適應了在五四時期那種社會急劇變革的需要。人們不斷提出各種嚴峻的社會或生活問題，逼問著人們去回答，因此使整個社會，尤其是知識界都具有一種非常突出的現實精神，這就是現實主義在文學作品中的反應。比如國難問題、勞工問題、婦女解放問題、教育問題、愛情問題、人生觀問題等等，代表性的作家主要有葉聖陶、冰心、王統照等等。但由於作家們是帶著問題去創作小說或戲劇的，正像茅盾在後來的《從牯嶺到東京》一文所說，是爲了創作而去經歷人生的，甚至根本就沒有這些人生經歷，因此在創作上，一方面要不斷地突出文學的功利目的，另一方面由於沒有實際人生經驗，就出現了概念

〔註9〕《文學研究會宣言》，《小說月報》第 12 卷第 1 起，1921 年 1 月 10 日。

〔註10〕茅盾：《現在文學家的責任是什麼》，原載《東方雜誌》第 17 卷第 1 號，1920 年 1 月 10 日。現收入《茅盾全集》第 18 卷第 8 頁，人民文學出版社，1989 年。

化和公式化的缺點。這一點在以前的研究中是不大引起人們注意的。這樣在問題小說中就為後來出現的「革命文學」創作上的一些缺點留下了尾巴。我們看到在後來的「革命文學」創作中，儘管內容和問題小說大不相同，但在表現的方式上，依然可以看到問題小說的影子。就此一點而言，僅僅說「革命文學」中所出現的那種公式化、概念化的缺點是由於外來的影響是不全面的，這是中國新文學的發展在這個階段上對前期文學的一個繼承，起碼在精神上是一致的，而且概念化、公式化的痕迹更為明顯。但在「革命文學」的論爭中，論爭的雙方發生了變化，一方是以魯迅、茅盾等為代表的現實主義作家們，一方是以創造社後期和太陽社的作家和理論家們。後者表現了更為激進的功利色彩，受蘇聯文學理論的影響，文學被稱為「組織社會生活」的工具。文學在他們的思想中已經成為了「留聲機」，甚至成為了革命能夠取得成功的武器，成為了階級鬥爭的工具。論爭的雙方都是在現實主義領域內進行的，但爭論的焦點不再現實主義的創作方法，而在於文學表現的內容，所以它的功利性已經達到了無以復加的地步，在魯迅這樣的現實主義作家那裡感到了吃驚。

在人生派文學形成過程中，強化文學功利性的另一助推劑是對俄國文學的翻譯和介紹。十月革命的勝利，對急於尋求中國改革的知識分子來說是一個巨大的震動，從文學角度而言，他們就自然地將目光轉向了俄國文學。他們的思路是：革命來源於思想的引導，而思想的傳播有得力於文學創作。所以追根溯源，看到了俄國文學中的現實主義性。比如李大釗就認為托爾斯泰是「為文字皆含血淚，為人道驅馳，為同胞奮鬥，為農民呼籲，彼其眼中無權貴，無俄羅斯之皇帝」，〔註 11〕他說：「數十年來，文豪輩出，各以其人道的社會的文學，與其專擅之宗教制度相搏戰，」〔註 12〕因此「俄國革命全為俄羅斯文學之反響」〔註 13〕。李大釗在當時是很有代表性的，很多人也都表達過類似的思想，如鄭振鐸、謝六逸、茅盾等。事實上在當時所譯介的俄國作家和作品中，很多都不是完全的現實主義的，但在譯介的時候都按照現實主義的功利要求來宣傳，並把功利主義當作了現實主義的最基本的要素，過分強調了它的教化民眾和補救時弊的作用，這樣就妨礙了中國現實主義的先驅們對現實主義的深入理解和整體把握。就像溫儒敏在其著作中所說的：

〔註11〕《李大釗全集》第 2 卷 375 頁，河北教育出版社，1999 年。
〔註12〕《法俄革命之比較觀》，《李大釗全集》第 3 卷第 56 頁。
〔註13〕《俄羅斯文學與革命》，《李大釗全集》第 3 卷第 118 頁。

　　由於過去偏重於強調托爾斯泰以文學作為反抗黑暗的「工
具」，強調了他「絕強的社會意識」功利的文學觀，反而忽略了托爾
斯泰作為俄國革命一面「鏡子」的現實主義基本點，對托爾斯泰現
實主義情感性的這一顯著特徵也注意不夠。托爾斯泰在「五四」時
期也是人們最熟悉最崇拜的外國作家之一，但在實際創作中，卻又
很難找到托爾斯泰那種氣魄宏大而又真實細緻的寫實筆法的影響。
〔註14〕

這種說法是很恰切的。從這個例證中可以看到初期現實主義對功利主義的選
擇的力度和偏向，這在中國恐怕是獨有的，不過魯迅卻是個例外，它的現實
主義創作和理論在當時已經遙遙領先了，此不贅述。後來隨著無產階級革命
文學的誕生，蘇聯無產階級文學也在不斷地引進，終於在中國新文學現實主
義傳統中，將蘇俄文學的現實性承續下來了。這樣在本國的創作實踐上和外
來作品的譯介上完成了現實主義功利性的運作。後來在毛澤東的《在延安文
藝座談會上的講話》中的文學服務於政治的觀點只是在此基礎上的進一步發
展，因為文學的功利性已經成為大多數的現實主義作家們的一種非常自覺的
思維，所差別的僅是色彩的強弱而已。

浪漫色彩的遮蔽

　　上文已經說過，在新文學伊始，新文學先驅們在譯介外國作品的時候，
並非只專注於現實主義的東西，浪漫主義的文學作品也偶有創作和譯介，如
魯迅的《摩羅詩力說》就是傾心於歐洲浪漫主義之作，但中國的現實使他們
在宣傳和實踐上走上了分離之途，對中國傳統文學的古典主義和浪漫主義的
定位，無疑加重了這種分離。茅盾對此的認識就是複雜的。在中國都在大力
提倡自然主義的時候，他認為，自然主義只用分析的方法去觀察人和表現人
生，以至見到的都是罪惡，結果使人失望、悲悶，就像浪漫主義的空虛、虛
無使人失望一樣，不能引導健康的人生，浪漫主義固然有缺點，但自然文學
的缺點更大。但要和世界的發展相一致，就要盡量提倡新浪漫主義了。「能幫
助新思潮的文學該是新浪漫的文學，能引導我們到真確人生觀的文學該是新

〔註14〕溫儒敏：《新文學現實主義的流變》第28頁，北京大學出版社，1988年。本
　　　　節的觀點很多地方借鑒了溫儒敏的成果，並在此基礎上有所發展，在此對溫
　　　　先生表示感謝。

浪漫的文學，不是自然主義的文學，所以今後的新文學運動該是新浪漫主義的文學。」〔註15〕這是茅盾早期的認識，後來的中國現實使他感到雖然新浪漫主義好，但是中國目前切要的工作確是要從自然主義的文學中尋找到客觀寫實的文學傾向。這種觀點爲當時大多數人的意見，是現實主義發展途中第一次對浪漫主義的拋棄。

代表著強烈的浪漫主義文學特點的創造社和文學研究會之間的論爭，是浪漫主義第二次和現實主義接觸，從 1922 年至 1924 年，歷時三年。在這次論爭中，創造社的一些觀點是值得注意的，如郭沫若認爲：「眞正的藝術品，應當是充實了主觀的產品。」但這裡的主觀又不是割斷與現實的聯繫，而是從作家的生活體驗中得來的，否則即使思想觀念再正確，也只是披了件社會主義的外衣，缺少藝術的力量。〔註16〕成仿吾也認爲，文學創作最重要的是作家的情感因素，只有充分發揮作家的主體性作用才能克服創作中的概念性風氣。〔註17〕這些意見都是比較正確的，但都淹沒在雙方的爭吵和攻擊當中。即使正確，也不能令對方接受。比如郁達夫在《藝文私見》中說：「目下中國，青黃未接，新舊文藝鬧作了一團，鬼怪橫行，無奇不有。在這混沌的苦悶時代，若有一個批評大家出來叱吒叱吒，那些惡鬼怕同見了太陽的毒物一般，都要抱頭逃命去呢！」「現在那些在新聞雜誌上支持文藝的假批評家，都要到清水糞坑裏去和蛆蟲爭食物去。那些被他們壓下的天才，都要從地獄裏升到子午羊白宮裏去呢！」〔註18〕郭沫若也說：

> 我們國內的批評家——或許可以說是沒有——也太無聊，黨同伐異的劣等精神，和卑鄙的政客者流不相上下，是自家人的作譯品或出版物，總是極力捧場，簡直視文藝批評爲廣告用具；團體外的作品或與他們偏頗的先入見不相契合的作品，便一概加以冷遇而不理。他們愛以死板的主義規範活體的人心，什麼自然主義啦，人道主義啦，要拿一個主義來整齊天下的作家，簡直可以說是狂妄了。我們可以個人表現一種主義，我們可以批評某某作家的態度是屬於

〔註15〕茅盾：《爲新文學研究者進一解》，原載《改造》第 3 卷第 1 號，1920 年 9 月 15 日。現收入《茅盾全集》第 18 卷第 38 頁，人民文學出版社，1989 年。

〔註16〕郭沫若：《論國內的評壇及我對於創作上的態度》，1922 年 8 月 4 日《時事新報・新燈》。

〔註17〕成仿吾：《詩之防禦戰》，1923 年《創造周報》第 1 號。

〔註18〕郁達夫：《藝文私見》，《創造》季刊創刊號，1922 年 3 月 15 日。

　　何種主義，但是不能以某種主義來繩人，這太蔑視作家的個性，簡
　　直是專擅君主的態度了。〔註19〕

雖然不能說這段話裏沒有合理之處，但是行文的風氣是不能令人接受的，尤
其上文郁達夫的言論，簡直有謾罵之嫌，勢必遭到反擊。從當時的情況看，
主動出擊的都是創造社，而文學研究會的茅盾和鄭振鐸等是被動答辯的。現
在說這場論爭最初的出發點不僅僅是藝術的問題，而更多的是意氣之爭，就
像郭沫若總結說：「那時的無聊的對立只是在封建社會中培養成的舊式的文人
相輕，更具體地說，便是『行幫』意識的表現而已。」〔註20〕那麼從文學研
究會來說，為了保證自己的現實主義的陣地，直到後來恐怕也沒有郭沫若這
樣的認識。這樣現實主義文學中的浪漫因素第二次被遮蔽了。

　　「革命的浪漫蒂克」創作思潮使現實主義文學有可能第三次走上了浪漫
之途，但它卻並非以浪漫主義的姿態出現的，而是以想當然的現實主義面目
登上文壇。在這裡我們看到了這股創作思潮在當時人們思想中，在認識上和
創作上出現了嚴重的分離。一方面這些作家以為以現實主義的態度來描寫社
會，抒發對反動派屠殺政策的不滿，表達革命情緒的高漲就是現實主義。通
俗地說，以為描寫了革命的內容，就是現實主義；另一方面由於缺乏生活和
革命經驗，出現了向壁虛構，主觀臆想的結果。在敘述中，夾進大量的議論
抒情，插入許多標語、口號和詩句，缺少細節的真實性。即便是自身的經歷，
也被寫成主觀色彩特別濃厚的小說，因此，就使這些小說擁有了特別浪漫的
情調。這種小說的不成功之處就在於浪漫的抒情性和革命的現實沒有充分地
融合，結果造成了既非現實主義的作品，也非浪漫主義的創作。這種創作樣
式是完全可以改造的。也就是說，表現無產階級革命的內容並非就一定要寫
成現實主義的作品。不幸的是當時較少有人從這個角度來認識問題而是受蘇
聯和日本的藏原惟人的影響，走上了新寫實主義的道路。提倡客觀、嚴正的
寫實，極力消除文學創作中的主觀色彩，走上了另一種極端。

　　在「革命浪漫蒂克」的創作風潮中，由於自以為是現實主義而實際上是
浪漫主義的創作，曾形成了兩種傾向，並在後來的現實主義發展中有所流
露。一種傾向是，在「革命＋戀愛」的題材中，描寫了在歷史急劇變化的關

〔註19〕郭沫若：《海外歸鴻》，原載《創造》季刊創刊號，1922年3月15日，現收入
　　　　《郭沫若全集》。
〔註20〕郭沫若：《創造十年》，《郭沫若全集》文學編第12卷第140頁，人民文學出
　　　　版社，1992年。

頭，知識分子在革命和戀愛之間所產生的內心衝突以及與這種衝突的鬥爭。這些作品和五四時期在個性解放感召之下所出現的一些描寫愛情故事有關。作者對所描寫的生活有切身的體驗，許多都是自己的親身經歷，如洪靈菲的《流亡》，或是自己最熟悉的人物的故事，如丁玲的《韋護》，作者為了抒發自己被時代所喚起的革命激情，以及這種激情與現實的衝撞與鬥爭，往往摻入了很多的主觀色彩在裏面。應該說這種主觀的摻入是有著現實的基礎的，是來源於生活，只是有時主觀激情過於濃重，淹沒了對客觀現實的真實細緻的描述，給人的感覺是空想多了一些。這種傾向作為一種傳統，在後來胡風的主觀現實主義主張和圍繞在他周圍的七月派創作中可以找到痕迹。雖然不能說胡風受到這種革命浪漫蒂克創作的影響，但作為一種現實主義的表現方法卻是被繼承下來了。當然胡風的現實主義理論和他們的創作要比革命的浪漫蒂克成熟的多和系統的多。另一種傾向是在創作中正面描寫革命鬥爭和工農的覺醒與反抗。如陽翰笙的《地泉》、《暗夜》，樓建南的《鹽場》，戴平萬的《陸阿六》，錢杏邨的《義冢》等。這些作者對這類題材並不十分熟悉，按照自己對革命鬥爭過程的理解進行演繹。基本的模式是：工農受壓迫——不覺醒——覺醒——黨的領導——團結反抗——取得勝利。從作品的描寫上看，由於作者對這一題材的生疏，而又要力圖去描寫，因此概念化、公式化的痕迹相當明顯。由於在作品中注重了對革命的宣傳而又缺乏針對性，所以給人的感覺是大而無當的。他們也力圖反映現實，但由於以上的原因，使其現實成為一種想像中的現實，這樣就充分地表現出了他們的主觀色彩在作品中的支配作用，這實際上是一種理想主義的創作。這種傾向雖然在後來的新寫實的思潮影響下有所改變，但由於作家們的革命激情依然存在，所以其傾向並未完全消失。按照這條線索，我們可以追蹤到三十年代後期，尤其是四十年代以後的以周揚為代表的理想現實主義。這一派現實主義的創作將革命的現實和革命的理想結合起來，在革命現實的基礎上演繹著對未來和對現實的想像，甚至將理想作為了現實的基礎來進行創作，這就是革命的浪漫主義。在這個意義上說，也是對浪漫主義的回歸。當然這一派的形成還有一些其它的重要的因素，比如中國革命的不斷勝利和即將取得的勝利都是它的現實依據。

真實性的不斷虛化

　　按照一般的理解，真實性應該是現實主義的生命，這一點恐怕在新文學

現實主義發展中是沒有人提出異議的。所不同的是，真實的內容是什麼，真實到何種程度，這是在現實主義發展中產生歧義的地方。早在 1920 年前後，中國的新文學先驅們曾在中國大力提倡自然主義，在他們看來，自然主義就是寫實主義，也就是後來所說的現實主義。當時提倡自然主義主要有兩個目的，一為反對鴛鴦蝴蝶派的需要。因為舊有的文學是供消遣娛樂之用，沒有絲毫的現實基礎，是獸性的文學，不能給人生以真實的指導，所以文學先驅們要求對現實進行客觀描寫；二是由於他們將中國的傳統文學定位在古典主義和浪漫主義階段，按照進化論的觀點和西方文學發展的路向，中國也必須經過寫實主義的道路，而當時寫的最好的體現寫實主義風格的創作流派就是自然主義。顯然在這裡自然主義就是現實主義的同義語，西方的現實主義作家就和左拉一樣當作自然主義的作家介紹進來。這在急於向西方尋求文學理論的中國知識分子來說是可以理解的。這兩種目的中很顯然都貫穿著對「真實」的追求，這一點是毫無疑義的。當時在這方面用力最勁的是茅盾、謝六逸和周作人等，曾在《小說月報》第 13 卷第 5 號上闢專欄進行討論。當時的討論也認識到了「專在人間看出獸性的自然派，中國人看了，容易受病」。〔註 21〕茅盾在《文學上的古典主義浪漫主義和寫實主義》一文中認為，客觀描寫的太真，使人沉悶，作者應該加上些主觀的見解在裏面。〔註 22〕但這種觀點並不是要求對真實性的削弱，而是對現實主義的豐富。相反在另一篇文章中說：

> 自然主義的真精神是科學的描寫法。見什麼寫什麼，不想在醜惡的東西上加套子，這是他們共通的精神。我覺得這一點不但毫無可厭，並且有恒久的價值；不論將來藝術界裏要有多少新說出來，這一點終該被敬視的。雖則「將來之主義無窮」，雖則「光明之處與到光明之路都是很多」，然而這一點真精神至少也是文學者的 ABC，走遠路人的一雙腿。〔註 23〕

前一篇文章是寫於 1920 年，後文是寫於 1922 年，這期間雖然對自然主義有

〔註 21〕周作人至沈雁冰信，《小說月報》第 13 卷第 6 號，1922 年。

〔註 22〕參見《文學上的古典主義浪漫主義和寫實主義》，載《學生雜誌》第 7 卷第 9 號，1920 年。

〔註 23〕茅盾：《「左拉主義」的危險性》，原載《時事新報・文學旬刊》第 50 期，1922 年 9 月 21 日。現收入《茅盾全集》第 18 卷第 285 頁，人民文學出版社，1989 年。

些不同的看法，但自然主義之中的客觀寫實手法，也就是「眞精神」是沒有變化的。這是當時很多人的看法，是對現實主義的眞實性的執著追求。當然隨著中國文學的不斷發展，人們對現實主義的認識和追求也在不斷改變，而對這種客觀眞實性的追求堅持下來的恐怕只有茅盾了。

對現實主義這種眞實性追求在很長時間裏，儘管不時有人有異議，但並沒有人力圖去改變它。不過在「社會主義現實主義」這一創作方法被介紹進來的時候卻發生了變化。「社會主義現實主義」是 1932 年由斯大林提出的，1933 年 11 月，由周揚介紹進來，而它的經典定義在 1934 年才產生。這就是蘇聯第一次作家代表大會通過的《蘇聯作家協會章程》中所載：

> 社會主義的現實主義，作爲蘇聯文學與蘇聯文學批評的基本方法，要求藝術家從現實的革命發展中眞實地、歷史地和具體地去描寫現實。同時，藝術描寫的眞實性和歷史具體性必須與用社會主義精神從思想上改造和教育勞動人民的任務結合起來。〔註24〕

在這個定義中我們看到的是對眞實性的強調，是作爲社會主義現實主義首要的因素。但如果我們在分析一下提出的過程，那麼就會對眞實性另行分析。有人回憶，再一次討論會上，談到蘇聯文學創作的口號時：

> 斯大林思考了片刻，然後不慌不忙地、若有所思地說：「共產主義現實主義……共產主義現實主義……也許還爲時尚早……不過如果你同意的話那麼社會主義現實主義應該成爲蘇聯藝術的口號。」據他的理解，他作了這樣的解釋：應該寫眞實。眞實對我們有利。不過眞實不是輕而易舉能得到的。一位眞正的作家看到一幢正在建設的大樓的時候，應該善於通過腳手架將大樓看得一清二楚，即使大樓還沒有竣工，他絕不會到「後院」去東翻西找。〔註25〕

這樣就把斯大林眞正的眞實性表露了出來。事實上這種眞實性是一種理想性的眞實性，我們原來所說的透過現象看本質大概就屬此類。即使就文學創作而言，固然可以通過「腳手架」看到即將建成的「大樓」，但在「大樓」建成之前看到了「腳手架」下的「垃圾」又有什麼不可呢？不許寫「垃圾」就是爲了教育和鼓舞人民，強調了文學的功利性，將眞實性虛化在功利性之中。

〔註24〕轉引自《蘇聯現實主義問題討論集》第 428 頁，外國文學出版社，1981 年。
〔註25〕參見《奧甫恰連柯致格隆斯基的信》，倪蕊琴主編：《論中蘇文學發展進程》第 341 頁，華東師範大學出版社，1991 年。

因此這種眞實性實際上是一種傾向性，強調歌頌光明。且不說這種口號是否適合中國當時的國情，而周揚的天才在於他向中國介紹「社會主義現實主義」的時候，竟然出於和斯大林一樣的考慮。在他的介紹中，也強調了社會主義現實主義眞實性問題，但這是在動態中來理解的眞實性。他說：

> 社會主義的現實主義是動力的（Dynami），換句話說，就是社會主義的現實主義是在發展中，運動中去認識和反映現實的。這是社會主義的現實主義和資產階級的靜的（Static）現實主義的最大分歧點，這也是社會主義的現實主義的最大特徵。〔註26〕

周揚的這種說法顯然是受到了盧納察爾斯基的影響，認爲眞實是發展的、飛躍的，而資產階級的眞實則是靜止的，虛僞的，這樣就和斯大林的說法走到了一處。周揚還可能受到的影響是此前階段在和「自由人」論爭中所表達的觀點。「自由人」是主張文學眞實性的，而周揚認爲，「只有在對於文學作品的階級性的具體分析中，看出它所包含的客觀的眞實之反映的若干要素，這才是對於文學的眞實性之正確理解。」「只有站在階級的立場，把握住唯物辯證法的思想，從萬花繚亂的現象中，找出必然的，本質的東西，即運動的根本法則，才是現實的最正確的認識之路，到文學的眞實性的最高峰之路。」〔註27〕周揚的對眞實性發展過程的論述應該說是沒有錯誤的，但是由於它將眞實性的基礎是建立在對階級和時代的分析上，因此必然忽視了眞實的一些最基本的東西，有時甚至失去了眞實的依據，表現出了強烈的傾向性，走上了理想主義和浪漫主義之路。

發生在抗戰之後的關於「暴露和諷刺」的討論是現實主義眞實性的問題的繼續，這是對魯迅傳統的繼承，有些非常成功的創作流傳了下來，比如《華威先生》、《在其香居茶館》等，但隨著文學意識形態化的不斷加強，這種傳統也被改變了。尤其在解放區，這種方法幾乎被禁止了。1942 年的毛澤東的《在延安文藝座談會上的講話》進一步強化了現實主義文學眞實性的虛化色彩。《講話》無可否認是中國文學發展中一個綱領性文件，是對世界無產階級革命文學的一個貢獻。它提出了很多重要命題，爲中國無產階級革命文學的

〔註26〕 周揚：《關於「社會主義的現實主義與革命的浪漫主義」》，原載《現代》第 4 卷第 1 期，1933 年 11 月 1 日。現收入《周揚文集》第 1 卷第 101 頁，人民文學出版社，1984 年。

〔註27〕 周揚：《文學的眞實性》，原載《現代》第 3 卷第 1 期，1933 年 5 月 1 日。現收入《周揚文集》第 1 卷第 58 頁，人民文學出版社，1984 年。

建設指明了方向。但今天看來，如果作爲階段性的指導方針是毫無疑義的，但作爲長期適用的文藝發展路線，則有些提法是值得商量的。毛澤東提出，文藝從屬於政治、要爲工農兵服務，是對文藝功利性的強調。作家按照此點進行文藝創作，勢必會忽略了文學的審美功能，忽視了藝術性，這是對藝術的一種犧牲。另外關鍵的問題是，在《講話》中，否定了一些創作傾向，突出地強調了文學對光明的歌頌。這一點本來是無可厚非的，尤其是在當時提出這個口號是有著現實針對性的。那時在延安有一些傾向認爲，「從來文藝的任務就在於暴露」、「寫光明與黑暗並重」、「一半對一半」，在此指導下出現的一些作品，有的被國民黨利用作了反共宣傳，給革命造成了損失。從這一點上來說對「寫光明」的提倡是正確的。這些思想和蘇聯的文藝思想是一脈相承的，有人說是受到了周揚的影響，也是很有道理的。毛澤東作爲傑出的無產階級革命家，關於無產階級革命文藝問題會和斯大林等人有著同樣的思考也是正常的。但過分強調就容易出現偏頗。因爲光明不等於眞實，而只是其中的一個部分，這樣容易偏離了現實主義的基本內涵。正如有人所說：

> 但「寫光明爲主」畢竟不是一個現實主義的原則，如果不只是作爲策略上的要求，而是作爲一種創作上的理論，反而可能是現實主義的束縛。因爲現實主義強調正視現實，忠實地反映生活面目，即如社會主義現實主義，也還是眞實地、歷史具體地描寫現實的，如果先入爲主地規定以寫什麼「爲主」，什麼爲「陪襯」，那就等於先圈定了一個框框，安排一種格式。這就從根本上違背了現實主義尊重生活的基本原則。〔註28〕

《講話》在中國新文學發展史上的功績是不可抹煞的。在它的精神指導下，出現了很多成功的作品，並在現當代文學史上得以流傳。但文學上的眞實性至此也發生了變化，從客觀地反映現實終於走到了充滿了理想主義的社會主義現實主義道路。

上文選取了功利性、浪漫性和眞實性三個方面來論述現實主義在中國新文學種的發展變化情況，以及可能和已經出現的轉機，當然是很不全面的，其中涉及到的諸如典型問題、民族化問題都沒有進一步的論述。這樣選取主要是爲下文進一步論述茅盾、周揚、胡風的現實主義理論的異同作環境上的鋪墊，我以爲只有將他們的理論放在這樣一個環境中，才可能梳理的更清楚。

〔註28〕溫儒敏：《新文學現實主義的流變》第 193 頁，北京大學出版社，1988 年。

第二節　從三種傾向到三足鼎立

　　20 世紀上半葉的中國文學發展，就大的範圍來說，始終是在兩種文學觀念和創作思維的鬥爭中發展著，即文學創作是否要用一種觀念來進行先行的指導。承認文學創作要用一種觀念指導或者在文學創作中要遵循著一種觀念的文學創作，必然要和文學的功利性、文學與政治有緊密關係相聯繫。在這種觀念中，不管是左翼創作還是右翼創作，都無例外地承認了文學為政治服務的功能。右翼創作，實際上，在特定條件和環境中，就是在國民黨所統治和控制下的文學創作，或者說創作符合了國民黨的政治理念。這種情況在以往文學史研究中是較少有人進行系統梳理的。為了進行文化統治和反對或者控制共產黨的文化建設，國民黨自有其一套文化駕控體系。比如新生活運動、民族主義文藝運動以及抗戰時期的戰國策派的文學創作，這些都是文藝為國民黨政治服務的生動例證。不承認文學創作要用一種觀念來指導或者在創作中不必遵循一種政治理念的文學創作是文學史發展中相互鬥爭的另一面。這一面在創作中，藝術理念成為其遵循的最高指導原則。它們在 20 世紀上半葉的文學創作中的實績也相當大，並且在經歷了長時間的歷史考驗之後，往往還能獲得持久的藝術生命力。這就涉及到了一個情況，即藝術創做到底是否需要一種政治的或者社會的理念來指導，這種指導對藝術創作的意義是什麼。回答這個問題，必須要將語境置於中國 20 世紀上半葉的特殊環境中。如果這樣做了，那當然就會理解了政治觀念與文藝創作之間的關係，這是從事文學史研究的人都明白的一個簡單道理。問題的另一面是，沒有用一定的社會觀念或者政治理念來指導的創作就不表達一定的政治或社會觀念了嗎？當然從創作實踐上看，也並非如此。因為創作就是要反映社會生活、反映現實的人生，表達作家的情感，而社會與人生無論其如何的雜亂與荒蕪，在經過了創作主體的梳理之後，都會呈現一種意蘊。況且梳理的過程就是創作主體的藝術和社會理念的表達過程，這一點是沒有疑問的，這是一種「賦形」活動。意蘊必然要合於某種信念、某種規律和某種思潮、傾向。比如，巴金、老舍和曹禺是二十世紀公認的文學大家，很顯然在文學觀念上與左翼作家茅盾有相當大的差異。但這種差異不在於他們的文學創作是否傳達了一種社會和政治觀念，而在於這種觀念是置於文學創作之前還是文學創作之後。巴金說：

　　　　我寫小說從來沒有思考過創作方法，表現手法和技巧等等問

題。我想來想去的只是一個問題：怎樣生活得更美好，做一個更好的人，怎樣對讀者有幫助，對社會、對人民有貢獻。〔註29〕

如果說巴金這樣一位民主主義的作家在創作上還能看出遵循一定的社會觀念的話，那麼老舍和曹禺則就有很大的不同了。老舍說：

> 在思想上，那時候（指創作《老張的哲學》的時候——引者注）我覺得自己很高明，所以毫不客氣的叫做「哲學」。哲學！現在我認明白了自己：假如我有點長處的話。必定不在思想上。我的感情老走在理智前面，我能是個熱心的朋友，而不能給人以高明的建議。感情使我的心跳的快，因而不假思索便把最普遍的、膚淺的見解拿過來作為我判斷一切的準則。在一方面這使我的筆下常常帶些感情；在另一方面，我的見解總是平凡。〔註30〕

曹禺說：

> 累次有人問我《雷雨》是怎樣寫的，或者《雷雨》是為什麼寫的，這一類的問題。老實說，關於第一個，連我自己也莫名其妙：第二個呢，有些人已經替我下了注釋，這些注釋有的我可以追認——譬如「暴露大家庭的罪惡」——但是很奇怪，現在回憶起三年前提筆的光景，我以為我不應該用欺騙來炫耀自己的見地，我並沒有明顯地意識著我是要匡正，諷刺或攻擊些什麼。也許寫到末了，隱隱彷彿有一種情感的洶湧的流來推動我，我在發泄著被壓抑的憤懣，譭謗著中國的家庭和社會。〔註31〕

通過上述巴金、老舍和曹禺逐步深入的創作經驗談，可以說明的問題是，儘管他們在當時不是無產階級的革命作家，在創作上沒有用先驗的革命理論或者一種先進的創作方法來指導自己的創作，但誰也不能否認他們創作的現實主義性和由此引發開來的革命性。這樣做的目的在於說明，這三位文學大師的創作也傳達了一種社會的或政治的觀念，只不過這是在創作之後完成的。如此說來，在開篇我們所討論的 20 世紀上半葉文學觀念上的鬥爭就可以簡化為：在文學創作上，社會政治觀念的先行與後行之間的鬥爭。當然文學創作

〔註29〕巴金：《文學生活五十年》，《創作回憶錄》第 10 頁，人民文學出版社，1982年版。

〔註30〕老舍：《我怎樣寫〈老張的哲學〉》，《老舍生活與創作自述》第 5 頁，人民文學出版社，1982 年版。

〔註31〕曹禺：《〈雷雨〉序》，《雷雨》，文化生活出版社，1936 年版。

和發展的複雜性使這種簡化不盡合理，但作爲一種模式的使用還是可以理解的。也就是說在中國特定的社會政治環境中，這種鬥爭是合理的，都是正確的。也只有在這種背景和廣泛的聯繫中，我們討論左翼內部的論爭及其各種流派的發展上，才能有一個合法的依據和寬廣的空間。這正如王瑤先生所說：

> 文學史不僅要評價作品，還要寫出這個作品在文學史上出現的歷史背景，上下左右的聯繫，它給文學史增添了些什麼，做出了什麼樣的貢獻，對後來的文學發展有什麼樣的影響。每一個作家都有他的思想發展道路，也有和他同時代的人、和寫同一題材或體裁的人的相互比較問題，只有這樣才能使人感到作家作品是在一定的歷史條件下出現的，才能看到作家用他們的勞動如何豐富了文學史。
> 〔註32〕

在這裡雖然討論的是作家和作品問題，實際上應適用於文學史研究上的任何一個問題。

方法與立場間的緊張關係

由於社會政治觀念在文學創作中所起作用的先後時間不一致，這樣就將20 世紀上半葉的文學發展分成了兩個陣營，即文學功利性陣營和非功利性陣營。共產黨和國民黨所屬文化戰線屬於前者，其餘爲後者。在功利性陣營中，共產黨所領導的左翼文學在各種文藝思潮中佔有主流地位。但由於中國共產黨在這個時期並沒有取得全國性政權，所以儘管在大的文學理念上都服從於強烈的政治功利目的，但由於對文學的不同理解也就出現了不同的流派，這就是以茅盾、周揚、胡風爲代表的現實主義各方。

我們在以前的論述中已經說明，之所以在20 世紀上半葉或者說在中國現代文學史上，現實主義文學成爲主流，和兩個因素有關，一是以蘇聯爲代表馬克思主義文藝理論，由於突出強調社會功利性，所以反映現實生活的文學創作佔據主要地位；二是與中國早期新文學理論家們依據進化論的觀點，對中國文學發展史的定位有關。在早期的文學進化論者看來，由於歐洲的文學發展經歷了古典主義時期、浪漫主義時期和寫實主義時期，因此中國文學也應有此樣的經歷。他們把五四文學以前的文學定位爲浪漫主義文學，因此自

〔註32〕 王瑤：《關於現代文學研究工作的隨想》，《中國現代文學史論集》第 277 頁，北京大學出版社，1998 年版。

然就把在此之後的文學界定在現實主義範疇之內。儘管這些人後來從進化論進到了階級論，但階級論的內容無疑加大了現實主義的可能性。魯迅、茅盾就是這方面的代表。同時在浪漫主義出現了可能和實踐的情況，浪漫主義的主要代表人如郭沫若等人集體轉向了以階級鬥爭爲主的革命陣營，就與現實主義合成一股強大的潮流，裹挾和改造著其它的文學流派一同向前發展著，到 50 年代的時候，終於成爲獨尊一統的文學道路。直至出現了在後來的文學史研究中，一些理論家和文學史家，都只遵現實主義而剔除了其它的文學思潮和文學創作方法。比如馮雪峰在 1952 年認爲五四新文學運動是無產階級領導的、統一戰線的、人民大眾的反帝反封建的文學運動，一直發展到今天，它的主潮就是現實主義。不僅如此，馮雪峰還認爲中國文學的發展過程就是古典現實主義向社會主義現實主義的發展過程。〔註33〕茅盾也認爲，「中國新文學二十年來所走的路，是現實主義的路。」〔註 34〕甚至在建國後還認爲中國文學的發展史就是現實主義和反現實主義的鬥爭史。〔註 35〕而周揚這樣的理論家就更不用說了。王瑤，作爲一名著名的文學史家，到了 20 世紀 80 年代初的時候也作如是說：

> 正如實事求是是毛澤東思想的精髓一樣，現實主義從來就是文藝創作的基礎，革命氣概或理想必須浸注在現實生活的描繪中，而不能成爲脫離生活基礎的東西。所以當我們考察「五四」以來現代文學創作的前進道路的時候，應該首先看到它是在無產階級領導的人民革命的歷史發展中來具體地反映現實生活的，是隨著革命的步伐一同前進的，這才是「五四」革命現實主義傳統的眞正含義。
> 〔註 36〕

上述諸人的描述固然反映了中國新文學甚至整個中國文學發展的實際，但也見出了現實主義與中國文學間的緊張關係。所謂緊張，是指當一種創作方法被充分意識形態化之後，對一種創作方法的遵從與否往往成爲衡量一個作家

〔註33〕參見馮雪峰：《中國文學從古典現實主義到社會主義現實主義的發展的一個輪廓》，《雪峰文集》第二卷，人民文學出版社，1983 年版。
〔註34〕茅盾：《現實主義的道路》，原載 1941 年 2 月 1 日重慶《新蜀報　蜀道》，現收入《茅盾全集》第 22 卷第 171 頁，人民文學出版社，1993 年版。
〔註35〕參見茅盾：《夜讀偶記》，《茅盾全集》第 25 卷，人民文學出版社，1996 年版。
〔註36〕王瑤：《「五四」新文學前進的道路》，《中國現代文學史論集》第 265 頁，北京大學出版社，1998 年版。

或理論家的政治或階級立場的唯一標準，而且這種標準越簡單則越緊張。當這種標準被簡單到不足以來指導文學創作的時候，這種關係也就最終崩潰了。在新文學現實主義創作方法的內部，分別以茅盾爲代表客觀現實主義、以胡風爲代表的主觀現實主義和以周揚爲代表的理想現實主義等馬克思主義文藝理論在中國的三個流派之間的關係，就是這種緊張關係的最好例證。因爲在他們當中，只能確立一個唯一的現實主義的標準，而不是三個。當然這種緊張關係是在建國之後才看得更爲清楚，只不過已經超出了本書的討論範圍了。

　　一般說來，在文學史上作爲一個流派出現要考察四個因素：一是是否已經擁有了爲本流派所獨有的文學觀念或者創作思潮和創作風格；二是是否已經擁有了能較完整地體現出本流派的文學思想創作實踐；三是這種創作實踐不僅已經較有實績，而且流佈較廣和流傳較遠。所謂流傳較遠是指在時間上具有相對較長的影響；四是是否已經擁有了自己的理論和創作隊伍。比如在新文學的初期，人生派、社會問題派、鄉土文學派都基本上具有這種特點。在四十年代興起的荷花澱派、山藥蛋派等也屬此類。將這種標準用於茅盾、周揚和胡風身上也是完全適用的。我們將茅盾的文學主張稱之爲客觀現實主義，是因爲茅盾自登上文壇以來已經形成了爲其所獨有的創作理念，並且在這種理念的指導下，出現了較多的創作實踐。茅盾作爲小說家、批評家、理論家，甚至是編輯家，集結在其周圍，形成了一個具有廣泛影響的創作隊伍。當然隨著新文學和新政治的發展，這支創作隊伍在建國之後逐漸地分化，影響力也逐漸式微。而胡風作爲主觀現實主義的代表人物，不僅因爲其文學理論與別人迥然不同，也在於形成了圍繞著他而存在的七月派文學創作，更在於這個流派受到了主流意識形態的強有力打擊，而使其影響愈深愈廣。同樣，以周揚爲代表的理想現實主義，是延安文學以後，在中国共產黨所領導的文化陣營中最爲合法的和最有發言權的一個現實主義流派，是在建國以後惟一存在並得到不斷加強和保護的文學流派，不僅創作隊伍龐大，而且理論逐步系統化。應該說這一流派在建國之後的普遍性使它失去了流派的意義，因本書的重點是在討論建國以前的文學發展，故仍以流派視之。需要說明的是，之所以使用了「延安文學」這個名詞，是因爲在筆者看來，延安時期和延安以後的中國文學與左翼文學還是有著較大的差異的，尤其是在探討現實主義流派的時候，這種區分更爲重要。在後面的章節中，筆者將對此作較爲詳細的論述。

三選一的心理與思想底蘊

　　茅盾是在五四前後登上中國文壇的，是在五四之前走入社會，參與社會活動的，對在 30 年代左右登上文壇的周揚和胡風而言，茅盾無疑在文學上是他們的前輩。茅盾文學觀念的形成過程基本上經歷了中國新文學發展的全過程，雖然他最終以現實主義作家而著稱於世，但是在早年的文學經歷中並不是先天地就拒絕了現實主義以外的東西。他即推崇自然主義、寫實主義的東西，也主張過新浪漫主義。但隨著個人理性氣質和社會政治觀念的形成，他最終走向了客觀現實主義。在茅盾的現實主義理論發展過程中，有三種趨勢可供其作進一步的選擇，或者在綜合的基礎上，使其現實主義的理論更加完備。但事實證明，茅盾只發展了其中的一端。

　　第一種趨勢是：對創作主體或創作中的主觀性問題給予充分的重視。在茅盾早年的現實主義理論形成的過程中，他看到了主觀性在創作中的力量。丹納的「時代、種族、環境」的理論曾對茅盾文學觀念的形成有著重要的影響。可以說，茅盾在轉向馬克思主義文藝理論之前，他的現實主義觀念的來源主要是丹納的理論和歐洲批判現實主義理論，但茅盾對此種吸收又有積極的改造。在向中國介紹了「時代、種族、環境」的理論同時，茅盾又強調了作家的人格問題。他看到了丹納理論對創作主體的忽略，他說：「作家的人格，也甚重要。革命的人，一定做革命的文學，愛自然的，一定要把自然融化在他的文學裏，俄國托爾斯泰的人格，堅強特異，也在他的文學裏表現出來。大文學家的作品，哪怕受時代環境的影響，總有他的人格融化在裏頭。」〔註 37〕他說：「眞正的作家必有他自己獨具的風格，在他的作品裏，必能將他的性格精細地透映出來。文學所以能動人，便在這獨具的風格。」〔註 38〕茅盾還特別強調要尊重創作自由和創作個性，他尤其認爲要使自己的創作自由得到尊重，必須得先尊重別人的創作自由。〔註 39〕實際上這應該看作是創作上的不干涉主義。這種主義的最大好處是使作家在最大程度上表現了自己的創作個性。當然這個前提是，作家必須得懂得如何來表現自己的創作個

〔註37〕茅盾：《文學與人生》，原載 1923 年出版的松江《學術演講錄》第 1 期，現收入《茅盾全集》第 18 卷第 270 頁。人民文學出版社，1989 年版。
〔註38〕茅盾：《獨創與因襲》，原載 1922 年 1 月 4 日《時事新報　學燈》，現收入《茅盾全集》第 18 卷第 154 頁，人民文學出版社，1989 年版。
〔註39〕參見茅盾：《自由創作與尊重個性》，《茅盾全集》第 18 卷，人民文學出版社，1989 年版。

性。《蝕》三部曲是充分地融進了茅盾主觀意志的小說創作，最能眞誠地表達茅盾對中國革命和中國現實的認識和感受。在遭到了批評之後，茅盾曾在《讀〈倪煥之〉》中進行了答辯。他說：

> 作家應該覺悟到一點點耳食來的社會科學常識是不夠的，也應該覺悟到僅僅用群眾大會時煽動的熱情的口吻來做小說是不行的。準備獻身於新文藝的人須先準備好一個有組織力，判斷力，能夠觀察分析的頭腦，而不是僅僅準備好一個被動的傳聲的喇叭；他須先的確能夠自己去分析群眾的噪音，靜聆地下泉的滴響，然後組織成小說中人物的意識；他應該刻苦地磨練他的技術，應該撿自己最熟習的事來描寫。〔註40〕

在這段話中，茅盾仍然很重視作家的獨立思考和創作個性問題。當然，「茅盾的所謂獨立思考，還不是後來朱光潛的獨立思考，也不是王實味的獨立思考。因爲朱光潛和王實味的獨立思考是不依傍別人的某種思想發現，是對權威的挑戰和懷疑，是對自我的尊信和維護。而茅盾的獨立思考，則是指在接受了某種思想以後，能夠獨立地運用它解決某些具體而實際的問題的能力之大小。」〔註41〕但即使像這樣的在一定先驗思想指導下的獨立思考茅盾也沒有堅持下來。這在茅盾的《冰心論》中體現的最爲鮮明。茅盾將冰心的創作歷程分爲三部曲，最能體現冰心創作藝術深度的第二部曲，由於主觀體驗過於濃烈，甚至出現了神秘主義的色彩，而被茅盾否定掉了。今天看來這種批判的方法及結果並不正確或者不完全正確，但卻表明了茅盾文學思想發展的軌迹。我們這樣說，並非表明茅盾已經完全排斥掉了現實主義創作中的主觀性問題，只是其強調的重心發生了轉移。比如在四十年代的一篇文章中，他接受了當時出現的「生活三度說」，即廣度、深度和密度。其中的密度，在茅盾看來就是主觀性的發揮問題，用茅盾自己的話來說是這樣的：

> 所以我說：密度是廣度和深度的基礎，而密度也者，在己就是事事認眞，對一切興趣濃厚，對人則是體貼，全心靈和人民擁抱。私生活的事事認眞，對一切興趣盎然，就是他能夠愛人民，全心靈和人民合抱的起點，未有遇事隨便馬虎，對生活的種種常常感到厭倦而能眞正愛人民，關心人民的。〔註42〕

〔註40〕《茅盾全集》第19卷第211頁，人民文學出版社，1991年版。
〔註41〕劉鋒傑：《中國現代六大批評家》，第98頁，安徽文藝出版社，1995年版。
〔註42〕茅盾：《論所謂「生活的三度」》，《茅盾全集》第22卷第442頁，人民文學出

但這種理論並不是茅盾現實主義主張中的主要方面，因此從茅盾的整個理論體系來看，當茅盾在自己的思想體系最終形成時，關於創作主體的主觀性發揮問題已經游離出去了或者被茅盾隱藏起來了〔註43〕。

第二種趨勢是：走向理想主義的文學創作之途。理想主義在文學創作中是一種現實主義的傾向，或者說也是現實主義的一種。通俗地說，在忠於生活的基礎上，對生活進行了一種較高程度的藝術處理。當然按照馬克思主義的文藝觀念，所有文學創作中的生活都是非原生態的，是經過藝術加工的。理想主義的色彩也就體現在這種加工之中。但這種理論發展到了 20 世紀 90 年代以後，受到了挑戰，寫實主義的作品已經將生活的最原始的狀態記錄了下來。這多少有些是對 19 世紀的批判現實主義的回歸。本來現實主義文學的最終成熟並造成巨大影響的是批判現實主義，但在中國 20 世紀上半葉被引進並得到發展的時候，批判的功能已經削弱，歌頌的功能逐漸地增強，到了 1970 年代的時候，已經到了無路可走的境地了。茅盾是中國新文學現實主義理論奠基人之一，在向中國引進和介紹現實主義上是用力最勤的人之一。受西方文學觀念的影響，茅盾認為中國的文學發展應走著一個自然主義（寫實主義）、表象主義、新浪漫主義的過程。他把自己所在的階段確定為寫實主義階段，但經過了一段時間以後，他看到了寫實主義的弊端。他說寫實主義：

> （一）是太重客觀的描寫，（二）是太注重批評而不加主觀的見解。將到藝術方面呢，本來不能專重客觀，也不專重主觀。專重主觀，其弊在不切實；專重客觀，其弊在枯澀而乏輕靈活潑之致。講到批評呢，雖是寫實主義的好處，同時也是寫實主義的缺點。他把社會上各種問題一件一件分析開來看，盡量揭穿它的黑幕，這一番發聾振聵的手段，原子不可菲薄；但是徒事批評而不出主觀的見解，便是讀者感著沉悶煩擾的痛苦，終至失望。〔註44〕

在此之前，茅盾還說：「寫實主義的缺點，使人心灰，使人失望，而且太

版社，1993 年。
〔註43〕我們說現實主義中的主觀傾向被茅盾隱藏起來，這一點從上個世紀四十年代有關「主觀論」的論爭中可以看得出來，茅盾表現得非常遲緩，也就是說在這次論爭中，茅盾並不是很積極，這與以前的歷次論爭中是不一樣的。而且後來在對胡風理論的批評和批判中，也不是非常的激進，與周揚、邵荃麟、何其芳等迥然不同。這既有性格的問題，但更是學理的問題。
〔註44〕茅盾：《文學上的古典主義浪漫主義和寫實主義》，原載 1920 年 8 月《學生雜誌》第 7 卷第 9 期。

刺激人的感情，精神上太無調劑，我們提倡表象，便是想得到調劑的緣故。」
在同一篇文章裏他還說：「我們提倡寫實一年多了，社會的惡根發露盡了，有
什麼反應呢？可知現在的社會人心的迷溺，不是一味藥所可醫好，我們該並
時走幾條路，所以表象該提倡了。」〔註 45〕正是在這種對社會和文學的估計
下，茅盾想用浪漫的理想來激起人們的熱情，以便更好地拯救社會和民眾。
如果按照這種思路向前發展，在茅盾的文藝思想中，一定會出現另外的一番
情形。應該說，在上個世紀的 20 年代的時候，即是茅盾文學思想形成時期，
同時也是一個相對來說比較混亂的時期。在提倡寫實主義、表象主義和浪漫
主義上，茅盾曾經有過一段時間的遊移，但在完全接受了馬克思主義的文學
觀念之後，他終於為自己確定的了一個方向。在 1925 年的時候，他拋棄了上
述的想法，表示了自己的決心：

> 但是文學者決不能離開了現實的人生，專去謳歌去描寫將來的
> 理想世界。我們心中不可不有一個將來社會的理想，而我們的題材
> 卻離不了現實的人生。我們不能拋開現代人的痛苦與需要，不為呼
> 號，而只誇縹緲的空中樓閣，成了空想的浪漫主義者。並且如果我
> 們不能明瞭現代人類的痛苦與需要是什麼，則必不能指示人生到正
> 確的將來的路徑，而心中所懷的將來的社會的理想亦只是一帖不對
> 症的藥罷了。〔註 46〕

後來在重評五四新文學運動的時候，茅盾進一步將浪漫主義打入冷宮，他說：

> 在這樣的「唯天才主義」以及「唯靈感主義」的口號下，又加
> 上一個「情緒之神聖不可侵犯」的口號。這就是說，只要作家的情
> 緒是「真實」的，那麼即使是「犯罪」的，有害於別人的情緒，也
> 應當被原諒；
>
> ……
>
> 熱情奔放的天才的靈感主義的中國浪漫主義文學由創造社發
> 動而且成為「五四」期的最主要的文學現象……不由創造社領導的
> 浪漫主義文學太偏重於靈感主義而且落入了身邊瑣事描寫的泥坑，

〔註 45〕茅盾：《我們現在可以提倡表象主義的文學麼？》，原載 1920 年《小說月報》
第 11 卷第 2 號，現收入《茅盾全集》第 18 卷第 27 頁，人民文學出版社，1989
年版。

〔註 46〕茅盾：《文學者的新使命》，原載 1925 年 9 月 13 日《文學》周報第 190 期，
現收入《茅盾全集》第 18 卷第 539 頁，人民文學出版社，1989 年。

　　因而其結果乃至功過不相抵，流弊很多而並沒有產生偉大的作品。
〔註47〕

　　這樣，包含著浪漫色彩的理想主義的趨勢也被茅盾徹底拋棄了。

　　第三種趨勢是：專注於對客觀現實生活的描寫，這是茅盾經過了仔細的選擇之後而最終確定的一種方向，也是形成了以茅盾位代表的客觀現實主義的最顯著的特色。茅盾的「客觀」，主要含義爲：作家要用客觀的態度從事文學創作，並使用客觀的手法在創作中達到對客觀生活的眞實的再現。「客觀」成了他全部文學理念的核心，在經過了對理想主義和主觀色彩的探索之後，茅盾終於又回到了寫實主義的道路。正如有人所說：「能否達到客觀這一高度，是茅盾文學批評重的最高標準，是他文學觀的內核，也是他區別於其他批評家的基本標識。」〔註48〕這個結論是十分正確的。茅盾的現實主義的「客觀」性，與其他現實主義理論的最大區別在於嚴密的科學理性精神。也就是說這既不同於以周揚爲代表的理想現實主義，也不同於以胡風爲代表的主觀現實主義。至於文學和政治的關係以及文學的功利目的，這是現實主義共有的特徵，而不是茅盾所獨有的。從這個角度來看，茅盾的文學精神和 20 世紀世界文學發展路向還是一致的。在 20 世紀的世界文學史上，文學的發展出現了兩個轉向，一爲科學主義的轉向，一爲人本主義的轉向。在中國 20 世紀早期知識分子那裡，在文化上所標舉的口號是科學和民主，這也暗合了世界文學的發展方向。我們注意到，在早期啓蒙主義的文學知識分子那裡，大多數人是傾心於人本主義的文學傾向，極力倡導人的解放，但這些人並沒有忽略了科學在文學表現上的意義。應該看到科學在這些人身上不僅是一種精神，同時也是一種文學創作的方法。西方現代文學思潮的一個重要的特點，是其創作方法在不同層面上接受近代以來的科學影響，甚至在一定程度上可以說幾種主要文藝思潮的形成，與近代科技傳播及文化交流密不可分。〔註49〕這在新文學早期文學家們的身上是一致的。茅盾作爲人生派的理論家，對此也是積極奔走呼籲。尤其是如果他不主掌和改革《小說月報》，則新文學的發展難以取得那麼大的收穫。但茅盾和其他人生派作家的最大不同在於他始終沒

〔註47〕茅盾：《關於「創作」》，原載 1931 年 9 月 20 日《北斗》創刊號，現收入《茅盾全集》第 19 卷第 262 頁，人民文學出版社，1991 年版。
〔註48〕劉鋒傑：《中國現代六大批評家》，第 105 頁，安徽文藝出版社，1995 年版。
〔註49〕參見劉爲民《科學與現代中國文學》，第 307 頁，安徽教育出版社，2000 年版。

有放棄科學主義精神及其在文學上的運用。這既源於他的家庭教育〔註 50〕，更源於他在從事文學批評和研究之前在商務印書館的工作經歷和工作內容。在到商務印書館的最初幾年，不僅翻譯過《人如何得衣》《人如何得住》和《人如何得食》等「科學性通俗讀物」，也翻譯過《兩月中之建築譚》《三百年後孵化之卵》等科學小說，這些都培養了茅盾的科學理性精神。可以說這些都對茅盾日後客觀現實主義的追求產生了深刻影響。在文學理論上，關於科學精神，茅盾有過一系列論述。他主張，應學自然派的作家把科學上發現的原理應用到小說創作當中，並進而來研究社會問題，也就是說，在茅盾看來，進行小說創作是在進行社會科學研究。〔註 51〕他說：

> 近代西洋的文學是寫實的，就因為近代的時代精神是科學的。科學的精神重在求真，故文藝亦以求真為唯一目的。科學家的態度重客觀的觀察，故文學也重客觀的描寫。因為求真，因為重客觀的描寫，故眼睛裏看見的是怎樣一個樣子，就怎樣寫。〔註 52〕

他還說：

> 我以為文藝創作，有三種功夫，似乎是必不可少的：（一）是觀察，（二）是藝術，（三）是哲理。換句話說，（一）就是用科學的眼光去體察人生的各方面，尋出一個確是存在而大家不覺得的蟥漏；（二）就是用科學方法整理、布局和描寫；（三）是根據科學（廣義）的原理，作這篇文字的背景。〔註 53〕

在 1945 年的時候，他又說：

> 從歷史上看，一種新的文藝運動必然根源於新的思想運動，而同時又為其先驅。中國的新文藝運動也不例外。民主與科學，是新文藝精神之所在，同時，發揚民主與科學也就是新文藝的使命。而民主與科學表現在文藝思潮上的，我們稱之為「現實主義」。〔註 59〕

〔註 50〕 參見茅盾：《我走過的道路》。
〔註 51〕 參見茅盾：《自然主義與中國現代小說》。
〔註 52〕 茅盾：《文學與人生》，同註 37。
〔註 53〕 茅盾：《對於系統的經濟的介紹西洋文學底意見》，原載 1920 年 2 月 4 日《時事新報 學燈》，現收入《茅盾全集》第 18 卷第 23 頁，人民文學出版社，1989年。
〔註 59〕 茅盾：《五十年代是「人民的世紀」》，原載 1945 年 5 月 4 日《抗戰文藝・文協成立七週年並慶祝第一屆文藝節紀念特刊》，現收入《茅盾全集》第 23 卷第 96 頁，人民文學出版社，1996 年版。

這是茅盾試圖用現實主義的創作方法來反映整個中華民族在特定時代的發展和奮進過程。在實踐上，茅盾也基本上實現了這一意圖，支撐他的理論和實踐的就是理性精神。但這種理性精神似乎又和文學產生了一定的距離，所以它的弊端是顯而易見的。它應成爲一種對文學事業的追求精神而不是具體的文學創作方法。羅傑‧加洛蒂說：「以現實主義的名義要求一部作品反映全部現實、描繪一個時代或一個民族的歷史進程，表現其基本的運動和未來的前景，這是一種哲學的而不是美學的要求。」〔註55〕這種說法應該是有一定道理的。

三個方向和三種命運

茅盾的三種現實主義傾向，如果能夠進行充分的綜合，在一定時期和一定範圍內將是一個非常圓滿的現實主義的理論框架。也可以進一步的假設，如果這種框架的眞的形成了，那麼在新文學發展史上關於現實主義的論爭也就不存在了。但事實不是按照假設來發展的。茅盾不是先知，他絕不會看到因爲自己選擇上的偏愛而爲今後的現實主義的發展留下了可爭論的餘地。而且實事求是地講，文學史的發展已經證明，沒有爭論的理論也是一個沒有發展前途的理論。只有爭論才會使文學史顯得豐富多彩，這應該成爲文化發展的本來意義。所以決不能因爲後來胡風的悲劇甚至中國文學的悲劇而否定了爭論存在的價值。在上述三種傾向中，茅盾由於自身的氣質和文學修養，選擇了客觀現實主義的道路，那麼另外的兩個趨勢就被他的兩個後輩所發展了，這就是胡風和周揚。說他們是茅盾的後輩，並不是指它們之間有親緣性的師承關係，而是說，對一種學說和理論而言，他們分別選擇了不同的切入點並延伸下去。就現實主義這個學說而言，在他們理論逐漸成熟過程中，他們共同從蘇聯體系中得到了理論支持。對茅盾來說，他從進化論到階級論，從寫實主義、批判現實主義到社會主義現實主義理論，這個過程可能要複雜一些，而對於胡風和周揚，相對來說，其理論資源就單純一些，因此他們的選擇性就相對小一些。茅盾之於胡風和周揚間的關於現實主義理論的師承關係的現象，在歐洲的文藝史上，特別是在歐洲的哲學發展史上比比皆是。比如，就現象學而論，雖然我們現在基本上都承認胡塞爾是現象學哲學的代表人物，甚至是現代現象學哲學的創始人，但現象學的產生是有其深厚的歷史

〔註55〕羅傑‧加洛蒂：《論無邊的現實主義》第176頁，百花文藝出版社，1998年版。

淵源的。早在古希臘時代，人們就已經注意到了這個問題。在近代哲學中，德國的啓蒙思想家 J.H.拉姆貝特在《新工具》一書中就專門論述了「現象學或關於假象的學說」，後來康德也討論過「一般現象學」的問題，黑格爾的《精神現象學》也在試圖建立一種哲學學科。「康德和黑格爾的現象學對於現代現象學有重要影響，胡塞爾在走向超驗現象學時，越來越接近康德哲學，而法國的現象學家們則將黑格爾當成現象學的眞正先驅」。〔註56〕到了胡塞爾的時代，雖然他是現象學運動的創始人，是這一運動的中心人物，也是它最徹底的代表，但現象學方法的運用在現象學運動也引出了種種不同的傾向。

> 胡塞爾將現象學方法用於對純粹意識的本質結構的研究，企圖建立一種超驗唯心主義現象學體系。海德格爾則將現象學方法運用來研究「存在」的意義如何憑自己的主動性顯示出來，企圖以此建立一種「基礎本體論」。薩特將現象學返回到人的存在的最核心問題上，他所研究的是在具體人存在環境中出現的現象，將現象學變成關於人的存在的現象學。〔註57〕

現象學哲學發展的這種情況雖然不能等同於現實主義在中國的發展過程，但作爲一種理論或者思潮，甚至可以說是現實主義運動，卻有著和現象學運動太多的相似之處。在現代文學當中，在周揚和胡風之前，以魯迅、茅盾、瞿秋白、馮雪峰等人已經充分介紹和發展了現實主義理論，茅盾是他們當中的集大成者。在胡風、周揚登上文壇之後，就形成了茅盾的以「客觀」爲核心的現實主義，胡風的以「主體」爲核心的現實主義和周揚的以「政治」爲中心的現實主義。出現了現實主義內部的三足鼎立局面。

胡風的主觀現實主義就其文學價值判斷來說，既沒有離開過政治這個十分敏感的時代問題，也沒有離開過眞實性、典型性這個現實主義者都遵奉的現實主義基本原則。在這些方面，胡風和茅盾、周揚是沒有區別的。胡風與他們的最大的區別在於，胡風始終沒有離開過對人的關注，如果再用一句話來概括胡風的全部文藝思想的話，那就是「馬克思主義人生派」的現實主義。從這種概括中可以明顯覺出胡風對五四精神的傳承。胡風認爲：「藝術底根底是對於流動不息的人生的認識」。〔註58〕他甚至認爲，現實主義創作方法就是

〔註56〕 〔美〕赫伯特·施皮伯格著，王炳文、張金言譯：《現象學運動》，《譯者序》
　　　　 ii，商務印書館，1995年版。
〔註57〕 同上，《譯者序》vi。
〔註58〕 胡風：《爲初執筆者的創作談》，參見《胡風全集》，湖北人民出版社，1989

以對人生的認識做基礎的，他說：

> 如果說文藝創作爲的是追求人生，在現實的人生大海裏發現所
> 憎所愛，由這創造出能夠照明人類前途的藝術的天地，那麼，文藝
> 批評也當然爲的是追求人生，它在文藝作品底世界和現實人生底世
> 界中間跋涉，探尋，從實際的生活來理解具體的作品，解明一個作
> 家，一篇作品，或一種文藝現象對於現世的人生鬥爭所能給予的意
> 義。〔註59〕

他又說「離開了人生就沒有藝術（文學），離開了歷史（社會）就沒有人生」。
〔註60〕正是胡風本著這樣的對文學與人生的認識，所以才形成了他的主觀現
實主義的鮮明特色，它的核心就是「主觀戰鬥精神」。近幾年來，對胡風的
現實主義文藝觀研究的論著很多，尤其是對「主觀戰鬥精神」有著諸多的闡
釋，本書不承擔此項任務。簡單說來，所謂「主觀戰鬥精神」，就是作家要
用自己的「人格力量」與在歷史生活中形成的「精神奴役底創傷」進行「相
生相剋」的「搏鬥」，然後達到與歷史內容的統一，這才是藝術創作永生不
敗的動力和源泉。胡風看重的不是歷史的事實，而是歷史意蘊對於人的意
義。即充分強調了主體的歷史感受，所以有著強烈的主觀性。這在以下的論
述中是可以清晰地得到說明。

> 作家應該去深入或結合的人民，並不是抽象的概念，而是活生
> 生的感性的存在。那麼，他們底生活欲求或生活鬥爭，雖然體現著
> 歷史的要求，但卻是取著千變萬化的形態和複雜曲折的路徑；他們
> 底精神要求雖然伸向著解放，但隨時隨地都潛伏著或擴展著幾千年
> 的精神奴役底創傷。作家深入他們要不被這種感性存在的海洋所淹
> 沒，就得有和他們底生活內容搏鬥的批判的力量。
> ……
> 舊的人生底衰亡及其在衰亡過程上的掙扎和苦痛，新的人生地
> 生長及其在生長過程上的歡樂和艱辛，從這裡，偉大的民族找到了
> 永生的道路，也從這裡，偉大的文藝找到了創造的源泉。〔註61〕

胡風反對單純地追隨政治，從而喪失了作家的精神內涵。他說如果這樣的話

年，下同。
〔註59〕 胡風：《〈文藝筆談〉序》。
〔註60〕 胡風：《目前爲什麼沒有偉大的作品產生》。
〔註61〕 胡風：《置身在爲民主的鬥爭裏面》。

「就失去了主動精神底養成，獨立負責精神底養成，因而不能猛烈地向赤裸裸的現實人生深處搏鬥，而這樣的搏鬥才是眞的藝術創造底根源。」〔註62〕

上述胡風的文藝主張是其與茅盾的最主要的區別，也是其與周揚的主要區別。但茅盾和周揚之間的區別還不在這裡。周揚小茅盾12歲，當茅盾功成名就，已成爲左聯的主要作家和理論家的時候，周揚才剛剛登上文壇。到目前爲止，我們沒有資料證明周揚受到過茅盾的影響。周揚說：

> 我和他（指茅盾——引者注）長期在一起工作過，但是我深深感覺到，對他的認識還是不夠的。不但對魯迅的認識不夠，對茅盾的認識也是不夠的。儘管天天在一起，有一段時間住得很近，他住在前面，我住在後面，毗鄰而居，但是我也不能很深地認識他。當然也許有人比我認識得更多。我覺得對茅盾同志，一直到他去世的時候，也不能說我完全認識了他。
>
> ……
>
> 最近我又重新翻了一下茅盾寫的幾篇作家論，確實寫得很好，論魯迅，論徐志摩、王魯彥、，論好多人啦，我覺得至今也可以作爲我們文藝批評的典範之一。在那個時候，我們許多左翼作家多少有些教條主義，而茅盾同志卻能寫出這樣的文章，他確實是高明。因爲他又參加了革命，又懂得文學，寫出文章不同凡響。這一點，我當然是認識晚了一些。我覺得好現存在這樣一種認識，就是只把茅盾看成是個大作家，而對作爲編輯、評論家的茅盾的貢獻，研究的比較少，評價不夠。〔註63〕

這段話是多年以後周揚對茅盾的評價，但這裡仍未清楚地說明它是如何來理解茅盾的現實主義的。它提供給我們的信息是周揚對茅盾眞是不太瞭解，因此周揚也不可能從茅盾那裡接受過什麼影響。周揚既沒有胡風那種從人生派到主觀現實主義的轉變，〔註64〕，更沒有經歷過茅盾的從人生派、寫實派到客觀現實主義的轉變。周揚一登上文壇，就確立了「政治——藝術」這一現實主義的批評模式。如果說在他走上文壇之後，對五四以來的新文學有所承

〔註62〕 胡風：《答文藝問題上的若干質疑》。
〔註63〕 茅盾：《在全國茅盾研究學術討論會上的講話》，1983年3月27日，轉引自《茅盾研究論文選集》（上），全國茅盾研究學會編，湖南人民出版社，1983年版。
〔註64〕 此點並非說明胡風參與過早期的人生派的文藝活動，而是說胡風的文學爲人生的理念可能從魯迅那裡獲得了更多的理性認識。

繼的話,那就是對創造社後期和太陽社的「革命文學」理論的發展。這是和他的政治選擇有關。在我們現在看到的周揚最早的文藝論文中,他說:

> 辛克萊便是一位旗幟鮮明的 Propagandist。他說過:「一切的藝術是宣傳,普遍地不可避免地是宣傳;有時是無意的,而大底是故意的宣傳。」我們在他的《林莽》中,便可以看出這種藝術的偉大意義,便可以看出他顯然地是一個大聲疾呼的 Muck_raker,是一個社會主義的 Propagandist。〔註65〕

周揚把這句話置於他批評的開始,表現了在文學上他的強烈的鮮明的傾向性,「從此以後的周揚,基本上就是這句話得注腳」,〔註66〕文藝從屬於政治的觀念從此萌芽。有人說周揚的這種觀念是受毛澤東的影響,我以為並不一定正確,倒是有毛澤東受了周揚的影響的可能,起碼對這一問題的看法,二人是一致的,否則周揚對毛澤東文藝思想的闡釋就不會那麼合情合理和遊刃有餘了。比如真實性是現實主義的一個基本的內涵,但周揚的認識就與茅盾等人迥然不同。他說:

> 文學的真理和政治的真理是一個,其差別,只是前者是通過形象去反映真理的。所以政治的正確就是文學的正確。不能代表政治正確的作品,也就不會有完全的文學的真實。在廣義的意義上講,文學自身就是政治的一定的形式,關於政治和文學的二元論的看法是不能夠存在的。〔註67〕

周揚在向中國介紹蘇聯的「社會主義現實主義」的時候是非常熱烈和積極的,並在這一過程中形成了自己的主導傾向。他的現實主義理論雖然在客觀上看來是一種文學從屬於政治的主張,但在這背後卻是一種理想的浪漫主義情結和心理訴求。這可以從三個方面得到論證。首先,就現實主義這個理論的本身來說就包含了一種浪漫主義的潛質。我們看到社會主義現實主義這個命名本身就不是一個純粹的唯物論意義上的現實主義,因為在它產生的過程中,創始人們已經為其注入了浪漫主義的因素。高爾基在 1933 年初論述社會主義現實主義的時候便說過:「要很好地說明和瞭解過去那些惡毒的、磨難人的卑

〔註65〕周揚:《辛克萊的傑作:〈林莽〉》,《周揚文集》第 1 卷第 1 頁,人民文學出版社,1984 年版。
〔註66〕劉鋒傑:《中國現代六大批評家》,第 276 頁,安徽文藝出版社,1995 年版。
〔註67〕周揚:《文學的真實性》,《周揚文集》第 1 卷第 67 頁,人民文學出版社,1984 年版。

鄙齷齪的事情，就必須發展自己從現在的高處，從未來的偉大的目標的高處注視過去的才能。這種高度的觀點一定會、而且會激發起那種驕傲的、喜悅的熱情，這種熱情會使我國文學具有新的風格，會幫助它創立新的形式，創立我們所必需的新思想——社會主義現實主義，這不用說，只有靠社會主義經驗的事實才能夠創立起來。」〔註68〕日丹諾夫在蘇聯第一次作家代表大會上也說：

> 我們的兩腳在堅實的唯物主義基礎上是不能和浪漫主義絕緣的，但這是新型的浪漫主義，是革命的浪漫主義。我們說社會主義現實主義是蘇聯文學創作和文學批評的基本方法，而這是以下列一點為前提的：革命的浪漫主義應當作為一個組成部分列入文學的創造裏去……〔註69〕

如果說高爾基說的還是比較含蓄的話，那麼日丹諾夫就已經說得非常清楚了。實際上在日丹諾夫的講話裏是著重強調了浪漫主義的問題。這一點對中國尤其是周揚的現實主義理論產生了重要的影響。其次，對周揚的影響主要表現在，1933 年周揚在向中國介紹蘇聯的「社會主義現實主義」的創作方法時，專門拿出一部分來談「革命的浪漫主義問題」。他在蘇聯的語境當中說：「社會主義建設的時代是一個英雄主義的時代。英雄主義，偉業，對革命的不自私的獻身精神，現實的夢想的實現——這一切正是這個時代的非常特徵的本質的特點。社會主義的現實主義是要求作家描寫真實的；革命的浪漫主義不就包含在這個生活的真實裏面嗎？」〔註70〕如果說這種說法是在傳播「耳食」的東西的話，那麼到了 1936 年的《現實主義試論》中，他就自覺地將其內化為自己的主張了。他說：「新的現實主義不但不拒絕，而且需要以浪漫主義為它的本質的一面。」〔註71〕後來到了延安時期，由於強調文學的傾向性和歌頌光明，使現實主義文學的真實性文學進一步走上了浪漫之途。在理想中，逐漸地虛化了現實的針對性，甚至可以說，在強調文學和時代的關係上，

〔註68〕 高爾基：《論社會主義現實主義》，《人民文學》1953 年第 3 期第 76 頁。

〔註69〕 日丹諾夫：《在蘇聯第一文代會上的講話》，《蘇聯文學藝術問題》第 27 頁，人民文學出版社，1953 年版。

〔註70〕 周揚：《關於「社會主義的現實主義」與「革命的浪漫主義」》，《周揚文集》第 1 卷第 113 頁，人民文學出版社，1984 年版。

〔註71〕 周揚：《現實主義試論》，《周揚文集》第 1 卷第 162 頁，人民文學出版社，1984 年版。

出現了相互背離的傾向。再次，我們說社會主義現實主義在一定的程度上出現文學和時代的關係相互背離的傾向，「主要的原因是來自『社會主義』這個非文學因素」。〔註72〕在上文所引高爾基的話中，他已經明確說明，社會主義現實主義「只有靠社會主義經驗的事實才能創立起來」，當時的蘇聯已經是社會主義了，而中國還處在新民主主義革命階段，在此稍後的時候，毛澤東還在有關的論著當中來闡釋中國社會的性質和將要建立的社會制度。無疑這個時期的「社會主義」對所有的中國人來說都是一種政治的「烏托邦」想像，以此為基礎所建立起來的現實主義理論實際上就是一種理想主義。正是在上述三個意義上，我們說，周揚的現實主義是「理想現實主義」。

茅盾的客觀現實主義、胡風的主觀現實主義和周揚的理想現實主義在整個三、四十年代是並存發展著的，周揚在解放區，茅盾和胡風在國統區。儘管也代表著毛澤東文藝觀念的理想現實主義在這個時期極力地向國統區滲透著，但並沒在很大的程度上影響到其餘兩個流派的傳播〔註73〕。三個流派之間也有些論爭甚至是鬥爭，但主要表現在主觀現實主義和理想現實主義之間，一直持續到建國以後，並以胡風為代表的主觀現實主義在政治上的最終「失敗」而告終。以茅盾為代表的客觀現實主義可以說是無疾而終，從客觀現實主義向理想現實主義的轉變是非常輕鬆和不自覺的，因為二者在關於文藝和政治的關係的問題上是沒有根本性的衝突的。但深一層的原因還在於：從政治上說，茅盾擔任了國家主管文化的高層領導人，必須要和黨的意識形態保持一致；從文學實踐上來說，五十年代，一些反映小資產階級生活內容的作品和干預生活、反映生活中的矛盾、暴露陰暗面的作品都相繼受到了批

〔註72〕陳順馨：《社會主義現實主義理論在中國的接受與轉換》，第53頁，安徽教育出版社，2000年。

〔註73〕在毛澤東《在延安文藝座談會上的講話》發表之後，也就是在1943年的時候，何其芳、劉白羽曾代表中共中央到國統區傳大過會議精神和《講話》的落實情況，同時在國統區開展了對胡風的主觀現實主義的批判。茅盾曾參加過兩次這樣的座談會，但到底茅盾在這個會議上說了些什麼，現在很難理清楚。有一點可以肯定，胡風所批判的「客觀主義」和「公式主義」和茅盾是有關係的，所以茅盾在座談會上批評胡風的理論也是極有可能的。胡風在回憶錄中僅說了有限的幾句，但這個部分的回憶錄是梅志所寫，可靠性有多大，是可疑慮的。何其芳在他的文章《回憶周恩來》中，林默涵在《胡風事件的前前後後》中均談到了這兩次座談會，但語焉不詳。但茅盾在第一次文代會上的報告中卻對此提出了嚴屬的批評。

判，也使茅盾無法再堅持自己的文學主張。這樣就使茅盾的客觀現實主義的主張匆匆地結束了自己的歷史使命。我們看到，在上個世紀八十年代以後出版的一些文藝史論著當中，客觀現實主義已經銷聲匿迹了。〔註74〕

關於周揚給茅盾一封信的附錄

周揚是 1937 年離開上海到延安去的，據他本人講主要原因是組織上的決定，同時也是因爲在國防文學的論爭後，在上海已經很難再開展工作。〔註75〕在此之前的周揚雖然是左翼文藝運動的主要負責人，但是仍是一位對文藝很有見地的文藝理論家，這從他早期的文藝著作中是可以看出來的。到了延安很長一段時間以後，周揚的文藝思想開始發生了變化，但這種變化有是矛盾的，這從他給茅盾的一封信中就可以看出來。大約是 1943 年 10 月左右，還在重慶的茅盾收到了在延安的周揚託人帶給他的一部文稿和周揚給他的一封信，茅盾在他的回憶錄中說：「周揚在信中說，他認爲這部小說不錯，但在延安不可能出版，請我幫忙在大後方找一個願意出版的書店。」〔註76〕茅盾收到信之後，閱讀了原稿，並寫序，推薦給了重慶建國書店出版。這本書 1944 年出版，之後，一直到 1980 年才再版，這就是嚴文井的《一個人的煩惱》。

《一個人的煩惱》確實不能在延安出版，因爲它和當時延安的政治和文學創作氛圍極不協調。周揚說在延安不可能出版，也確實是瞭解延安的眞實情況。從這本書的內容來看，主要寫了一個青年知識分子劉明，是個小資產階級出身，由於敏感、多疑，且又自負，在抗戰的前方和後方都沒有找到自己的位置，最後被迫逃離，這似乎有點像「莎菲女士」的追求。茅盾在他的序中說：

> 劉明當然不是一個壞人，本質上他還不失爲一個好人，然而由
> 於他的好像是狷介卻實在是孤僻，尚知自愛卻又不免過於自負的毛
> 病，再加以貌似沉著而實則神經過敏，一方面恥於寄食，看不慣泄
> 泄沓沓的生活，蠅營苟苟的把戲，另一方面又不能眞正吃苦，眞正

〔註74〕主要的著作有：黃曼君主編：《中國近百年文學理論批評史》、李慈健等著《當代中國文藝思想史》、張德祥著《現實主義當代流變史》、陳順馨著《社會主義現實主義理論在中國的接受與轉換》等。

〔註75〕參見趙浩生：《周揚笑談歷史功過》，原載《七十年代》月刊 9 月號，1978 年香港。

〔註76〕茅盾：《我走過的道路》，下卷第 506 頁，人民文學出版社，1997 年版。

對民眾虛心，於是他這本質上還好的人就不能進一步自己鍛鍊成堅
強的戰士……〔註77〕

對小資產階級知識分子的描寫，對茅盾來說，實在是輕車熟路，而且也是以
此見長，因此由茅盾作序也實在是有力度。但這書寫於延安卻是冒著風險，
這正如嚴文井後來所說：

四十多年過去了，現在重新校閱這本書的時候，我為當時的膽
大妄為感到驚訝。我的行為近乎怪誕。我沒有在死亡與生存，黑暗
與光明激烈搏鬥的時刻，反映當時最為所人們關心的巨大鬥爭，讚
美真善美，抨擊假惡醜，而是選擇了這樣一個側面和這樣一個沒有
深刻思想和強烈個性的，不甘心平庸卻又沒有多大作為的小人物來
加以描繪和剖析……固然這些人和事也不失為那個時代的一部分生
活，但到底是灰色的乏味的東西，我到底會給讀者一些什麼樣的感
受，這不能不是一個問題。〔註78〕

這本書是完成於 1940 年，是經過當時延安魯迅藝術學院文學系主任何其芳的
同意。何其芳也是從大後方奔赴延安的小資產階級的知識分子，作為詩人，
他對國統區和延安都有敏銳的感受，但延安的政治和藝術環境並不允許他沉
湎於他的《夜歌》，所以當這他這本詩集出版的時候，不得不改為《夜歌和白
天的歌》，這種騎牆色彩頗有意思。既保持了原來「沉湎於個人的天地」的本
色，又有對延安政治的歌贊。但周揚由於對政治的感受力較強，就絕對沒有
何其芳那樣輕鬆，此時他在延安正擔任著重要的文藝的領導職務。如果嚴文
井的稿子轉輾到他的手裏是在 1942 年「整風」以前，那時延安雖然已有一次
以丁玲為首的「啓蒙運動」，但整風之勢已經來臨，丁玲、艾青、蕭軍等人已
經受到了注意甚至批評，加之嚴文井的另一篇小說《一個釘子》在《解放日
報》發表後，受到了博古的批評，周揚擔任院長的「魯藝」也面臨著一個改
變所謂的「關門提高」的問題，周揚對這些不會沒有清醒的認識。所以對發
表這一作品是相當謹慎的。如果這篇稿子確是在「文藝整風」之後，則就根
本不可能發表，因為這時延安已經徹底滌蕩了小資產階級的習氣。王實味已
被看押。從茅盾所敘述的周揚給他的信來看，應是在這個時間段。《一個人的

〔註77〕茅盾：《一個人的煩惱　序》，《一個人的煩惱》，第 2 頁，中國文藝聯合出版
　　　　公司，1983 年版。
〔註78〕嚴文井：《一個人的煩惱　再版前言》，第 3 頁，中國文藝聯合出版公司，1983
　　　　年版。

煩惱》既不同於丁玲的《在醫院中》，也不同於王實味的《野百合花》，但畢竟它所描寫的內容和延安的大的抗戰氛圍不同，工農兵形象沒有成爲小說的主角，背離了延安文學的發展方向，這一點被毛澤東嚴屬批評。他說：

> 在今天，堅持個人主義的小資產階級立場的作家是不可能眞正
> 地爲革命的工農兵群眾服務的，他們的興趣，主要是放在少數小資
> 產階級知識分子上面……有許多同志比較地注重研究小資產階級知
> 識分子，分析他們的心理，著重地去表現他們……這種研究或描寫
> 如果是站在無產階級立場上的，那是應該的。但他們並不是，或者
> 不完全是。他們是站在小資產階級立場，他們是把自己的作品當作
> 小資產階級的自我表現來創作的，我們在相當多的文學藝術作品中
> 看見這種東西。〔註79〕

毛澤東的這種批評可能眞正說到了嚴文井的心裏去了，但對周揚更起作用。《講話》作爲政治文藝的經典，周揚必須遵從，而且在一九四四年的時候還編輯《馬克思主義與文藝》一書，對《講話》進行闡釋。但作爲懂得藝術規律的文藝領導者，又有著自己對藝術的獨特感受，所以周揚在此遇到了尷尬，在藝術修養上和政治追求上發生了分裂。一方面他要遵從毛澤東所確定的文藝發展方向，另一方面又要遵從自己內心的對藝術的理解，所以他也採取了何其芳的策略，即在延安發展政治，在國統區發展文藝。向茅盾推薦嚴文井的小說正是這種心態的表露，這種情況在當時的延安恐怕並非只有他們二人。

在二十世紀的三十年代末和四十年代初是周揚在文藝和政治之間進行徘徊和轉換的重要時期，因此在他的內心有很多尷尬的東西存在。周揚有一種很強的對權威的崇拜意識，在他的早期的文藝經歷中，甚至在他的整個的生涯中他都不斷地在維護著權威和製造著權威。比如在「國防文學」的論爭上，有三點可以說明他對權威的維護和製造；其一，根據蕭三來信中所說的共產國際的意見解散了「左聯」，而不是根據本國的實際，這是對權威的盲目崇拜；其二，他曾說當時並不知道「民族革命戰爭中的大眾文學」是魯迅提出的，如果知道就不會發生論爭了，可見對魯迅的權威性也是崇拜的（但在後來和趙浩生的談話中改變了這種觀點）；其三，對自己所屬的這一派別的權威性的維護，也是發生論爭的主要原因。所以，對共產國際的遵從以及後來到了延

〔註79〕毛澤東：《在延安文藝座談會上的講話》，《毛澤東選集》第三卷第865頁，人
　　　　民出版社，1991年版。

安對毛澤東文藝思想的闡釋，應該看作是對政治信念的忠誠，這在很多人是
做不到的，以至犧牲了文藝而服從政治，在當時來看，這不能說是錯誤的。
在整風前後，是周揚由文學向政治過渡的關鍵階段，這裡有一條清晰的脈絡。
比如在 1939 年 3 月的《從民族解放運動中來看新文學的發展》一文中，關於
對小資產階級知識分子在民族解放鬥爭中的作用的認識，他說：

> 大革命失敗以後，由於社會內部鬥爭的一種特殊尖銳化的狀
> 態，作家創作的視線大都專注於人民大眾反封建鬥爭的一方面，描
> 寫反帝國主義鬥爭的作品，即使是從側面去描寫的也是比較稀少。
> 這一方面比較卓越的作品，我們可以舉出茅盾的《虹》和葉紹鈞的
> 《倪煥之》，兩篇作品的共同點就在都是反映著在民族的和社會的解
> 放運動中小資產階級知識分子人物的遭際……但無論如何，小資產
> 階級知識分子的人物在中國民族解放鬥爭中所起的作用是不能否認
> 的，因此記錄他們精神的奮鬥和失敗的歷史的作品在新文學中應有
> 它的地位。〔註80〕

在這段話裏，周揚既然肯定了小資產階級的作用，那麼自然也就肯定了對小
資產階級進行描寫的文學作品了，當然也就包含了像《一個人的煩惱》這類
小說，可以說這個時期他還是坦誠地看待了文藝問題。在 1941 年 7 月，關於
作家創作題材的選擇，他又說：

> 自然，過去的題材也是可以而且應該寫的。一定要選取和反映
> 邊區八路軍或至少有關抗戰的題材，這雖是一種可尊重的責任感，
> 卻可以反轉成一種對於創作的限制的。在題材、樣式、手法等等上
> 必須容許最廣泛的範圍。在延安，創作自由的口號應當變成一種實
> 際。〔註81〕

不難看出，在這段話裏，周揚試圖從文藝本體的角度來改變延安的文藝創作
狀況。這個階段也是延安文藝創作比較活躍的時期，不僅周揚在「魯藝」關
門辦學，要提高學員的藝術品位，而且丁玲們也在發起一場新的「啟蒙運動」。
但僅僅十個月之後，延安文藝座談會的召開就打破了他的夢想。毛澤東批判

〔註80〕周揚：《從民族解放運動中來看新文學的發展》，《周揚文集》第一卷第 270 頁，
人民文學出版社，1984 年。

〔註81〕周揚：《文學與生活漫談》，《周揚文集》第一卷第 337 頁，人民文學出版社，
1984 年。

了他和丁玲們文藝理念，丁玲也轉過來狠狠地批判了王實味。這時的周揚並沒有太大的舉動，但又過兩個月，也就是 1942 年 7 月，周揚也開始了對王實味的批判。在批判王實味的文章中，他闡釋了毛澤東的《論持久戰》中「敵人已經將我們過去的文化中心變成文化落後區域，而我們要將過去文化落後區域變爲文化中心」這句話的含義，他說：

> 這裡説的將過去文化落後區域變爲文化中心，並不是將過去大城市中的一套文化原封不動地搬來，而正是要把過去比較地只適於大城市，拘限於小資産階級圈子的文化變爲能適合於廣大的鄉村與廣大戰爭，以工農兵爲主要對象的文化……但是延安的許多同志，包括我在內，在整頓三風和文藝座談會以前，確是在某些根本點上還沒有變化，這是應有的一個起碼的自我批評。〔註82〕

對大致同一個問題，周揚在此作了不同於前兩次的表述。這種表述上的不同以及對批判王實味的遲緩行動，記錄了周揚由文藝向政治過渡的心理過程。而恰在此之後，周揚向茅盾推薦了嚴文井的小說，這只能說明了周揚的內心矛盾和過渡的虛假性。也就是說，從當時的情況來看，周揚的這種過渡到底有多少是出於內心還尚難確定。但自此之後周揚就收縮和隱藏了自己的文藝主張，作起了像批判王實味那樣的官樣的文章了，就像李輝所說的：「實際上，在延安之後的許多時間裏，他的自我已經消失在報告的後面，人們只能從歷史風雲的變化中看出他自己生活的蛛絲馬迹。」〔註83〕由於一貫的「虛假」的文藝闡釋，也使他的「虛假」變成了真實，這也是人們對他誤解最多的地方，此不贅述。但畢竟這是客觀存在的，正如多年以後周揚自己所說：「我覺得歷史是一個客觀存在，歷史上有錯誤應該批判，不能說因爲是歷史上的就不應該批判；但倘若不是他的錯誤，你就是再批判也還不是他的錯誤。」〔註84〕看來周揚的坦誠還真是意味深長。

〔註82〕周揚：《王實味的文藝觀與我們的文藝觀》，《周揚文集》第一卷第 391 頁，人民文學出版社，1984 年。

〔註83〕李輝：《搖蕩的秋韆——關於周揚的隨想》，《憶周揚》第 634 頁，內蒙古人民出版社，1998 年。

〔註84〕趙浩生：《周揚笑談歷史功過》，原載《七十年代》月刊 9 月號，1978 年香港，現收入胡平、曉山編：《名人與冤案》（二），第 317 頁，群眾出版社，1998年。

第三章　茅盾與左翼文學

第一節　左翼源流與茅盾的界定

　　中國左翼文藝思潮濫觴於五四新文化運動，是從思想史開始的。中國新文化運動雖然有著深厚的內在資源，但卻是在西方各種思潮激發下生成的。在 20 世紀初期，激進和饑渴的中國知識分子將西方的各種主義、思想急切地搬演在中國，形成了一種獨特的文化景觀。比如魯迅就把施蒂納、尼采、托爾斯泰和盧梭相提並論，許多青年思想家同時信奉著馬克思、巴枯寧、克魯泡特金、列寧、尼采、羅素、杜威等人的學說。這樣對於一個思想運動或思想家而言，各種異質的思想相併存，必然要喪失各種學說之間在中國的邏輯關係和歷史現實性。也就是說，各種學說在引進和消化的過程中，有些雖然仍被冠以一種主義或者思想，但已經發生了變種，況且這種變種未必就完全適合中國的現實語境。當然這種說法只是後人的事後品評，無論如何也代表不了時人的心理狀態。這些都使五四新文化運動變得歧義紛繁了。正如有人所說：「表面上它是一個強調科學，推崇理性的時代，而實際上卻是一個熱血沸騰、情緒激蕩的時代，表面上『五四』是以西方啟蒙運動主知主義為楷模，而骨子裏它卻帶有強烈的浪漫主義色彩。一方面『五四』知識分子詛咒宗教，反對偶像；另一方面，他們卻急需偶像和信念來滿足他們內心的饑渴；一方面他們主張面對現實，『研究問題』，同時他們又急於找到一種主義，可以給他們一個簡單而『一網打盡』的答案，逃避時代問題的複雜性。」〔註1〕不過

〔註 1〕 張灝：《重訪五四》，現收入許紀霖編：《二十世紀中國思想史論》上卷，第 4

在這複雜性和歧義性當中，還是逐漸析出三個思想陣營，即馬克思主義、自由主義和文化新保守主義。〔註2〕其中，馬克思主義是中國左翼文學思潮的源頭。馬克思主義學說不僅具有強烈的批判色彩，同時在當時中國一些知識分子那裡更具有理想主義的因素，也就是說，馬克思主義具有了兩種功能，不僅能摧毀舊的社會和文化制度，而且更能建立新的政治和文化制度。這種學說適合了那些正在尋求救國救民道路的知識分子的精神追求。馬克思主義是和十月革命的歷史實踐一同傳入中國的，同時馬克思主義學說對民眾的關注也應和了五四時期「人的發現」，這就大大激發了那些急進知識分子的壯志和理想。陳獨秀、李大釗、蕭楚女、惲代英、沈澤民、鄧中夏等就屬此類。而瞿秋白則自願爭取作一名駐莫斯科的記者去親身感受十月革命的魅力。這些人後來又都成為左翼文學的積極倡導者。

深層資源與必然性演進

新文學運動和新思想運動是一同開始的。在文學領域，並不是一種思想或主義就對應了一種文學思潮，但馬克思主義就確實是對應了左翼文藝思潮。在五四大潮中逐漸地形成了兩個文學主流，一是本著啟蒙主義的真正內涵所出現的人文主義文學傳統，另一個就是以馬克思主義為指導的無產階級革命文學，並且這兩種精神到現在還在相互鬥爭和融合中發展著。但這兩者的出現並不在同一時間。五四運動本身所包含的內容是極其廣泛而複雜的，即使像馬克思主義在某種程度上也是作為啟蒙主義的材料來使用的，因為馬克思主義本身也含有人文主義色彩。作為階級意識的工具，尤其是作為文學創作的指導思想是在五四運動以後的事情。

從整個世界歷史發展背景來說，資本主義制度在歐洲的確立，使資產階級和無產階級形成了兩大對立集團。在無產階級反對資產階級的鬥爭中，出現了無產階級革命文學的萌芽，英國憲章派詩歌運動就是這種文學的先驅。它的特點是鮮明的政治傾向性、強烈的戰鬥性、廣泛的群眾性和國際主義精神。及至到了 1871 年巴黎公社的無產階級革命取得勝利時候，已經形成一種浪潮。我們看到巴黎公社文學的特點是作者大多數是工人，是革命運動的直接參加者，當然也有一部分職業的作家；公社文學直接切入現實，反映正在

頁，東方出版中心，2000 年版。
〔註2〕許紀霖語，同上書，序，第 2 頁。

發生變化的革命運動；同時這種文學有著明確的功利性，不爲消遣，不爲愉悅，爲的是打破這種舊的體制和社會。馬克思主義理論直接地參與到了這種文學當中，並起了指導作用，爲後來左翼文學的發展奠定了基礎。在中國，雖然五四運動初期馬克思主義並未直接進入了文學創作領域，但當我們仔細審看早期新文學運動時就會發現，在他們的主張中實際上已經暗含著這種革命文學的色彩了。文學研究會在宣言中說：

　　　　將文藝當作高興時的遊戲或失意時的消遣的時候，現在已經過
　　去了。我們相信文學是一種工作，而且又是與人生很切要的工作；
　　治文學的人也當以這事爲他終身的事業，正同勞農一樣。〔註3〕

民眾戲劇社在宣言中說：

　　　　當看戲是消閒的時代現在已經過去了，戲院在現代社會中確是
　　占著重要的地位，是推動社會前進的一個輪子，又是搜尋社會病根
　　的 X 光鏡。〔註4〕

從這種宣言中不難看出早期世界無產階級文學運動的一些影子，但這又是不自覺的。所以當馬克思主義或者世界無產階級文學一經傳入，即可馬上與中國新文學相結合。有意思的是，在中國最早轉入無產階級文學陣營的卻不是文學研究會諸作家，而是創造社作家，但在後來左翼文學中成爲領軍人物的卻是魯迅、茅盾這樣老資格的文學研究會作家。〔註5〕這說明了創造社的作家們超越了文學發展階段，過程的省略等於自我的毀滅。上舉文學研究會的宣言，只說明了中國產生無產階級文學的一種可能性，對中國的國情而言，如果沒有外力的作用，恐怕這個過程是很緩慢的。但在世界範圍內，無產階級文學的發展速度是相當快的，從巴黎公社開始，經過了大約半個世紀發展，終於在 20 世紀出現了「紅色三十年代」，左翼文學作爲世界文學潮流中的主要思潮登上了歷史舞臺。

　　在世界無產階級革命文學發展過程中，中國的一些共產黨人和作家們也在響應著。在左聯成立以前，馬克思主義在中國文學領域的傳播大約經歷了三個階段：在 1921 年建黨前後，以陳獨秀、李大釗爲首的早期共產黨人曾大

〔註3〕《文學研究會宣言》，《小說月報》第 12 卷第 1 期，1921 年 10 月 1 日。
〔註4〕《民眾戲劇社宣言》，《戲劇》第 1 卷第 1 號，中華書局出版，1921 年 5 月。
〔註5〕魯迅雖然不是文學研究會的掛名作家，這是因爲當時的北洋政府有規定，文
　　　官不得參加這類團體。但文學研究會的很多工作都是魯迅做的，且又是文學
　　　研究會最主要撰稿人，因此應視其爲文學研究會作家。

力向中國介紹了馬克思主義，但這不是應用在文學上，而是用在了政治上。如果說在文學上的反應，大概要算是瞿秋白的《俄鄉紀程》和《赤都心史》，尤其是後者，用另一種心理來看待新的世界，其中蘊含了一種無產階級思維和情感。強烈的抒情性和剖析力，清新綺麗、熱烈奔放是它的最大特色。瞿秋白用新的散文語言全身心地謳歌在困難中奮鬥的新俄羅斯，為的是尋找中華民族求解放的道路。這不僅是中國新文學在散文上的奠基之作，而且也是中國無產階級文學的開山之作。在 1924 年前後，中國出現了一次小範圍內直接探討無產階級文藝的運動，這可看作是第二階段。其時，早期共產黨人李求實、鄧中夏、惲代英、沈澤民、蕭楚女等在中國社會主義青年團的機關刊物上發表了一系列文章來探討中國文學的發展。〔註6〕這些人都不是專門的文學家，但他們在革命運動中看到了文學的作用，而又不滿於當時的文學創作。出於革命運動的需要，希望文學能與革命保持一致，能配合革命。他們認為文學家應該到民間去從事實際的革命運動，這樣寫出的作品才有讀者和社會效果。因此他們他別強調文學的社會功利性，甚至為了功利性可以不要文學性。他們認為文學是鼓吹革命、改造社會的利器，是幫助解決社會問題的工具。新文學若是能激發國民的精神，使他們從事於民族獨立和民主革命運動，自然應當受一般人的尊重，否則，即使文學上有價值，也應該加以反對。在這些論述中較早地提出了革命文學的概念。這個過程可視為中國無產階級文學的潛伏期，因為在文學界響應者寥寥。比較突出的就是蔣光慈，他在《無產階級革命與文化》〔註7〕一文中，呼籲中國要有革命文學家。他認為，無產階級革命，一方面要建立無產階級政權，另一方面要建立無產階級文化，並要創造出無產階級的詩人。在此之後，茅盾於 1925 年寫過《論無產階級藝術》，表達了自己對無產階級文藝的看法。郭沫若寫了《革命與文學》，開始了由藝術向革命的轉變，而郁達夫則在《文學上的階級鬥爭》中與郭沫若唱反調，為其在日後受到了創造社內部的攻擊埋下了種子，在左聯成立時險些被拒之門外和此不無關係。在此階段，雖然又多了一些文章提出無產階級文學的主張，但由於文學家介入較少，同時這個問題並沒有被提上日程（絕大多數左

〔註6〕這些文章主要有：《告研究文學的青年》、《新詩人的棒喝》、《八股？》、《青年與文藝運動》、《貢獻於新詩人之前》、《詩的生活與方程序的生活》、《文學與革命》、《藝術與生活》、《文學與革命的文學》等，這些大都發表在《中國青年》上。

〔註7〕載《新青年》季刊第 3 期，1924 年 8 月 1 日。

傾激進知識分子正在參加第一次大革命，似乎無暇顧及革命文學），所以這並不是眞正的高潮。到了 1928 年的「革命文學」論爭時期在中國才眞正出現了左翼文學的高潮，這是第三個階段。

淩亂的高調色彩與整飭

　　中國左翼文學運動高潮出現在 20 世紀 20 年代末期，是有著很強的國際背景。此時中国共產黨所領導的中國革命雖然剛剛經歷過失敗，但已經成爲國際無產階級革命的重要組成部分。在文學上，一些激進的革命者和青年知識分子自覺地將自己納入到這一陣營當中和國際無產階級文學陣營的領導之下。這些人的理論資源主要來自蘇聯和日本，是馬克思主義文藝理論，但並非馬克思、恩格斯本人的理論，而是馬克思主義者的理論。它們在向中國傳播的過程中，經歷了多次轉傳，因此就有可能出現變形，這是在所難免的。加之這正像在五四初期西方其他文藝理論剛剛進來時那樣，沒有經過進一步消化便承擔了指導中國文學的重任，所以有時是經不起推敲的。在「革命文學」論爭中所出現的一些不正常現象就是由此而引起的。這主要表現在以下幾個方面：

　　　　蘇俄的無產階級文化派是在十月革命以後出現的一種文學思潮，1932 年被宣佈解散。它是伴隨著俄國無產階級革命運動而產生的，代表了無產階級對取得文化知識的強烈渴望和歷史主動性。它試圖在工人群眾中造成一種新的文化，但這種良好的動機由於其理論上錯誤而沒有得到很好實現。這個派別的主要領導人物是波格丹諾夫，他曾說：

　　　　藝術不僅在認識領域，而且也在情感和志向的領域通過生動的形象的手段，組織社會經驗。因此它乃是階級社會中組織集體力量——階級力量的最強有力的工具。

　　　　……無產階級接受舊藝術寶藏時應做出自己的批判說明，自己的新的解釋，通過這種解釋去揭示其隱藏的集體基礎及其組織意義。這時候，他們才是無產階級的珍貴遺產，才是無產階級反對造就他們的那個舊世界的鬥爭武器，才是建立新世界的工具。這種藝術遺產的移交應由無產階級的批評來完成。〔註8〕

〔註8〕A・波格丹諾夫：《無產階級與藝術》，《十月革命前後蘇聯文學流派》上卷，

簡單地說，這一流派就是把文學藝術作為了組織階級力量的工具，同時又對過去的文化遺產採取了全面否定的態度。比如他們說，為了明天要燒掉拉菲爾，拆毀博物館，踩死藝術之花。要向普希金進攻，徹底否定托爾斯泰等等。這種錯誤理論對中國革命文學影響較大；在 1928 年的「革命文學」論爭中，對魯迅、茅盾等人的批判就是徹底否定「舊有」文化的一種表現。

「拉普」是和無產階級文化派幾乎同時登上歷史舞臺的，屬於同一文藝思潮，但與之又有所不同。它是 20 年代初期蘇聯各文學團體的聯合，核心成員中有大批產業工人和工農通訊員，領導著世界左翼文學運動。這一派別的理論對中國左翼文學影響較大的是「辯證唯物主義創作方法」，他們把藝術方法等同於哲學方法，認為唯物主義和唯心主義不僅是一種處世態度和世界觀，而且也是作家們不同的創作方法。另一個對中國左翼文學運動影響較大的就是「同路人」問題，這是由上一個問題引伸出來的。他們把一些不同陣線的人指為同路人，認為無產階級作家的另一項任務就是改造同路人。「拉普」的主要領導人阿維爾巴赫說：

> ……相信無產階級不能不創造而且必將創造出本階級的文學。應當竭盡全力幫助創造這種文學，應當把我們的作家置於注意的中心，應當停止執行依靠同路人的方針，要組織力量對同路人進行徹底的馬克思主義的批評，使他們同無產階級作家建立聯繫並使後者成為對同路人施加影響的基礎。〔註9〕

這些理論是中國激進的左翼知識分子進行鬥爭和建設無產階級文學的主要依據。

日本的福本主義是對後期創造社影響最為深刻的一種左翼文藝思潮。福本主義在日本大為流行的時候，後期創造社的一些青年人正在那裡讀書，作為激進的革命青年，他們全盤地接受了福本理論。這個理論和建黨有著密切的關係，主張「必須在聯合之前，首先徹底地分裂」，也就是說為了一個純粹階級意識的政黨產生，必須先實行內部陣營的分裂。本著這種指導思想在文化上就出現了這樣的主張：在階級分析上，認為無產階級的革命高潮已經到來，革命的鬥爭就是無產階級和資產階級的鬥爭。創造社後期的青年們憑著

第 356 頁，上海譯文出版社，1998 年。

〔註9〕阿維爾巴赫：《關於黨的文學政策》，《十月革命前後蘇聯文學流派》上卷，第500 頁，上海譯文出版社，1998 年。

這種認識忽視了魯迅等人在中國反封建反傳統的意義，而把他們作爲資產階級加以批判。反映在文學上就是對文學中的資產階級和小資產階級意識進行了無情的批判。茅盾之所以參加了「革命文學」的論爭，也正是因爲他的《蝕》三部曲中表現出了小資產階級意識，把小資產階級知識分子作爲了主要描寫對象。

日本的「新寫實主義」是對太陽社產生了決定性影響的文藝思潮。新寫實主義是在福本主義之後流行的一種無產階級文學主張，代表人物是藏原惟人。這種主張認爲，藝術的本質是組織生活的手段，也就是說藝術的主要目的就是宣傳和鼓動。因此爲了達到這種目的，在藝術描寫中就要將眞實性與客觀性放到首要的位置上。但這種描寫必須首先獲得無產階級的意識，要用無產階級先鋒分子的眼光來觀察世界文學，強調辯證唯物主義以及現實主義的創作方法。無疑這種理論較之前述理論有著明顯的進步，也反映了整個無產階級文學的發展過程。但當這種理論傳到中國文學實踐中的時候，就被太陽社簡單粗暴地使用了，表現出來的特徵仍然同創造社對中國新文學運動的評價是一樣的。

上述四種國際文藝思潮雖然在發生時間上略有差異，但在中國發生作用幾乎是同時的，而且在使用過程中也沒有辨別。這些理論不乏有很多合理之處，甚至成爲中國左翼文學的傳統。但它的錯誤也同樣對中國文學的發展造成了很大損失。發生在 1928 年前後的「革命文學」論爭是這些理論在中國相互矛盾、鬥爭和消化的過程，對中國左翼文學的發展的作用是不可低估的，至少表明了中國左翼文學已融入了世界左翼文學當中，與世界文學同步發展。今天我們總結左翼文學的發展，顯然存在著幾點需要汲取的教訓：首先是照抄照搬理論的同時缺乏必要的鑒別，有些理論在學習時已經就是錯誤的，這是在發展中的滯後表現；其次，沒有區分中國、日本、蘇聯的國情和革命的性質，對中國而言有些理論是超越了時代的發展階段性；再次，拋棄了五四的新文學傳統，使中國新文學沒有在五四所形成的文學範式基礎上形成有中國特色的左翼文學潮流。認識到這一點很重要，因爲在以後我們研究茅盾的時候就會發現，受上述思潮的影響，使茅盾對五四新文學運動的評價較低。儘管在這次論爭中茅盾是被批判的對象，但在茅盾意識中，自己仍然是一位左翼文學家，也必須站在左翼立場上說話。「革命文學」論爭在黨的干預和組織下，成立了中國左翼作家自己的組織「中國左翼作家聯盟」，實現了

在隊伍上的團結以及文藝思想上的基本一致。但由於政黨的干預，文藝界的團結不是依靠情感和藝術理念的一致，也必然爲內部的矛盾和衝突留下隱患。在左翼十年中，發生了很多的宗派鬥爭和論爭和此不無關係。

實際上，這種簡單梳理是不足以說明左翼文學在中國的發生、發展的，這是一個複雜的過程。但這非本書專論，以上所述旨在爲茅盾的早期左翼文藝思想的形成和發展提供一個環境，以便考察他和左翼文學的關係。

界定而非倡導的革命文學論

茅盾早期左翼文藝思想是指在 1930 年左聯成立以前關於革命文藝的思想。在此之後茅盾成爲了左聯的領導人，在文藝思想上也發生了一些變化，本節不予討論。艾曉明在《中國左翼文藝思潮探源》〔註 10〕中，將茅盾的文藝批評方式稱爲客觀寫實的批評模式，我以爲是很對的。但批評模式並不代表文藝思想，探討茅盾文藝思想必須看到他的階段性，僅從模式上去說明顯然是不夠的。實際上，我以爲在左聯成立以後，經過 1928 年的「革命文學」論爭，尤其是兩年的在日本流亡生活，茅盾的思想發生了較大變化，最明顯的就是已經擺脫了「大革命」失敗在他頭腦中的影響，這在他在此前後的文學批評中是可以看出來的。但無論如何變化，茅盾在文學創作和批評中的客觀寫實傾向是沒有變化的，所以說艾曉明的概括是準確的。但茅盾對於革命文學的認識是有一個過程的，本書討論的就是其前期的認識，應稱爲本體式革命文藝論。

在五四之後的作家中，身兼批評家和政治活動家的人爲數不多，大概比較突出的就是茅盾和瞿秋白。雖然在黨內茅盾的影響力遠不及瞿秋白，但茅盾一度也曾成爲職業革命活動家，在國共合作期間曾擔任過一定的領導職務。在「革命文學」觀念大規模向中國引進前夕，也就是說在 1925 年末至 1927 年初他在南方專職從事革命活動。就此一點而言，作爲文學家，茅盾會比同行們更多地理解中國無產階級革命，所以他關於革命文學的論述可能就更加接近中國革命的實際，這應成爲討論茅盾早期左翼文藝思想的基本出發點。在 1928 年的論爭中，攻擊茅盾的人恐怕就是忽略了此點。同時也要考慮到茅盾是一位非常冷靜的作家，較少因激動而更改了自己的主張。這正如他在《讀〈倪煥之〉》中所說：「我素來是不護短，也素來是不輕易改變主張

〔註10〕該書爲湖南文藝出版社出版，1991 年。具體內容參見該書第 178 頁。

的。」〔註11〕他不像創造社的作家們，在從「爲藝術而藝術」的轉變到「革命文學」時那麼突兀，中間缺乏了過渡，「去年成仿吾所痛罵的一切，差不多全是當初他自己的過犯，是一種很有意味的新式的懺悔。」但茅盾不是不主張作家的思想轉變的，但轉變的過程必須令人信服。他說：

> 作家們應該覺悟到一點點耳食來的社會科學常識是不夠的，也應該覺悟到僅僅用群眾大會時煽動的熱情的口吻來作小說是不行的。準備獻身於新文藝的人須先準備好一個有組織力，判斷力，能夠觀察分析的頭腦，而不僅僅是準備好一個被動的傳聲的喇叭；他須先的確能夠自己去分析群眾的噪音，靜聆地下泉的滴響，然後組織成小說中人物的意識……〔註12〕

這雖然是在談他對革命文學的認識，但是在也是教導人們如何去進行判斷和思維。這種意識使茅盾在形成自己的文學意識和修正自己的主張過程中，變得比別人緩慢，也就是有人所說的老成，這是一個慢慢的沉澱過程。但惟其是這種沉澱，才更加紮實。

茅盾早期是主張爲人生的藝術，但這種主張和他後來發展的對於左翼文藝的思考是不可能截然分開的，也就是說在其早期文藝主張中已經含有了左翼文藝的成分，《文學研究會宣言》和《民眾戲劇社宣言》就是例證。發表於1925 年的《論無產階級藝術》是茅盾對這一新興文藝的一次集中思考，但在此前後的一些文論中的一些觀點也可以看作是這篇文章的組成部分。歸納起來主要有以下幾個方面：

文藝是時代的反映。他認爲「眞的文學是反映時代的文學」。在這個觀點上，茅盾從古今中外的文學發展史實中找到了例證。他認爲中國文學不發達的原因在於，中國一向只把文學看作是消遣品，而不是爲人生服務的。眞正的文學不論是客觀描寫還是主觀理想，總須以人生爲對象。中國古代部落時代的祈神頌歌是文學，因爲這是代表著人對於神的感謝與祈求，而後世宗廟祭祀的舞曲不是文學是因爲代表帝王一人的感謝與祈求，這種私人化的東西對於表現人生無益。〔註13〕而被壓迫民族的文學總是多表現殘酷怨怒等等病

〔註11〕見《茅盾全集》第 19 卷第 217 頁。

〔註12〕茅盾：《讀〈倪煥之〉》，原載《文學周報》第 8 卷第 20 號，1929 年 5 月 12 日。現收入《茅盾全集》第 19 卷第 211 頁，人民文學出版社，1991 年。

〔註13〕參見《中國文學不發達的原因》，原載《時事新報·文學旬刊》第 1 期，1921 年 5 月 10 日。現收入《茅盾全集》第 18 卷。

理的思想，這是因為社會的背景使然。在這一點上只要看看俄國、匈牙利、波蘭、猶太的現代文學舊可以明白了。他說：

> 匈牙利自受土耳其侵掠以至現代，沒有一天不在他民族侵害之下，保存宗教，保存祖國，是匈牙利人全部精神之所寄，他們的仇敵，只是一個──來征服他們的強民族；他們不像俄國人，要在國內向自己的暴君爭自由，也不像波蘭和猶太，沒有自己的祖國；所以祖國主義的思想，特別佔優勢。這也是從社會背景自然產生的結果，正可作「文學是時代反映」的強硬證據了。〔註14〕

那麼在具體涉及到了無產階級文學的時候，茅盾仍是這樣的觀點。他認為在19世紀的後半期真正描寫無產階級的傑作、表現無產階級的靈魂而又是無產階級喊聲的代表就是高爾基。高爾基是第一個把無產階級所受的痛苦真切地寫出來，第一個把無產階級靈魂的偉大無偽飾無誇張地表現出來，第一個把無產階級所負的巨大的使命明白地指出來給全世界人看。而羅曼‧羅蘭的所謂的「民眾藝術」和高爾基比起來只不過是有產階級知識界的一種烏托邦思想而已。高爾基的作品才是無產階級的藝術。這就是因為高爾基曾作過苦功，對當時代的社會有著充分的理解，他表現了那個時代。〔註15〕在《歡迎〈太陽〉》一文中，他又說：

> 《太陽》旗幟下的文學者，要求光明，要求新的人生；他們努力要創造出表現社會生活的新文藝。……
>
> 我以為我們的文壇所以不能和我們這時代有極親密的關係，除了蔣君所舉的兩點，還有個重大的原因，便是文藝的創造者與時代的創造者沒有極親密的關係。文藝的創造者沒有站到十字街頭去；他們不自覺地形成了文藝者之群，沒有機會插進那掀動天地的活劇，得一些實感。而有實感的人們，雖然也不乏文學者，又苦於沒有時間從容著作。可是我亦並不以為有了實感的人，一定可以寫出代表時代的作品。要寫一篇可看的文藝作品，究竟也須是對於文藝

〔註14〕《社會背景與創作》，原載《小說月報》第12卷7號，1921年7月10日，現收入《茅盾全集》第19卷。

〔註15〕參見《論無產階級藝術》，原文陸續發表在1925年5月2日、17日、31日，12月14日的《文學周報》的第172期、173期、175期和196期，現收入《茅盾全集》第18卷第500頁。

有素養的人們，才能得心應手。〔註16〕

由此我們不難聯想到在「革命文學」論爭時期，僅有標語口號式的吶喊，而沒有創作，這就是因爲作家們沒有生活的實踐，沒有從中國的具體時代性出發，陷入了一種主觀的想像之中，這和茅盾所一貫主張的現實主義是相悖的。現實主義也是主張時代性的。在《讀〈倪煥之〉》中，茅盾對創造社的批評，說他們從藝術而轉向了政治，也非要說他們是投機主義，而是說他們的轉變也是時代的原因使然。那麼怎樣才是文學反映了時代呢？茅盾說：

> 一篇小說之有無時代性，並不能僅以是否描寫到時代空氣爲滿足；連時代空氣都表現不出來的作品，即使寫得很美麗，只不過成爲資產階級的玩意兒。所謂時代性，我以爲，在表現了時代的空氣而外，還應該有兩個要義：一是時代給與人們以怎樣的影響，二是人們的集團的活力又怎樣地將時代推進了新方向，換言之，即是怎樣地催促歷史進入了必然的新時代，再換一句說，即是怎樣地由於人們的集團的活動而及早實現了歷史的必然。在這樣的意義下，方是現代的新寫實派文學所要表現的時代性！〔註17〕

但時代性並不是要求作家們盲目地跟從了時代來旋轉。時代性表現在兩個方面，其一爲時代生活，這是一種感性認識，只有參與其中，才能有所得；其二，時代性也是一種思潮，這種思潮的傳入和演化並不一定是由當時的社會基礎所產生，甚至在起源上可能是一種時代的反應，而傳到了中國則就有可能失去了它的可行性，所以跟從潮流就有可能發生偏頗。任何思潮或主義都是可以借鑑的，但也不是任何思潮或主義都能借鑑。這種思潮或主義的好或壞，要看在實際上的指導作用，既不能拒絕，也不能害怕。「各人需要先認清了那件事物的眞相，然後可以讚美或者詛罵」，「過激的政治思想不必畏，『興妖作怪』的藝術上的新主張亦不足畏」，〔註18〕這才是一種對待時代的態度。這是茅盾關於無產階級文藝的第一個主張。

文學要反映時代性並不是要求文學要作宣傳工具。茅盾是極力主張文學本體性的，也就是說從不因強調了文學的功利目的而忽視或者放棄了文學自

〔註16〕茅盾：《歡迎〈太陽〉》，原載《文學周報》第 5 卷第 23 起，1928 年 1 月 8 日。現收入《茅盾全集》第 19 卷第 163 頁。

〔註17〕《茅盾全集》第 19 卷第 209 頁。

〔註18〕參見《對於文藝上新說應取的態度》，原載《時事新報・文學旬刊》第 63 期，1923 年 2 月 1 日。現收入《茅盾全集》第 18 卷第 343 頁。

身的藝術性。他十分反對文學的不獨立。這一點他從中國傳統文學中找到了
證據。茅盾認為中國文學源遠流長，但是在古代文學與文化都是指的學術，
而我們就不難想像這種學術包含了多少的政論思想在其中。茅盾雖然沒有這
樣明確說明，但其意可現。儘管後來有些純文藝作品出現，但大都被後世者
指為對前世的模仿，因此在文學發展中，在兩個方面失去了獨立性。即夾雜
在政論中，淹沒在對往昔的追懷中。〔註19〕在《從牯嶺到東京》一文中，茅
盾對「標語口號文學」進行了批判，他援引了俄國未來派的例子。俄國未來
派曾製造了大量的標語口號文學，他們說是為了蘇俄無產階級而創造的，但
無產階級和農民不領他們的情，甚至連莫斯科的領袖們對此都感到了厭煩。
雖然這些文學中不缺少革命的熱情，但失去了藝術性。而當時正在中國倡導
的無產階級文學就是犯了這樣的錯誤，有革命的熱情而忽略文藝的本質，把
文藝看作了宣傳的工具，這種革命文學一定是要失敗的。

　　題材問題是茅盾關於革命文學的又一個焦點，也就說寫什麼人和怎樣寫
的問題，此中當然有著創作主體的選擇，這是一個問題的兩個方面，在多篇
文章中茅盾對此都有所表述，但在《論無產階級藝術》中表述的最為清晰。
這篇文論不應視為是對革命文學的倡導，而是在當時的社會條件下，在世界
無產階級革命文學已經旗幟大興的背景中，茅盾試圖要為中國無產階級文學
作些界定。他從文藝家敏銳的觸角出發，為中國即將出現的左翼文學作了一
種預設，但不幸的是，這並沒有引起人們的重視。當 1928 年「革命文學」大
時代到來的時候，人們已全然忘卻茅盾的前提，反而將茅盾作為了批判的對
象。在這篇文章中茅盾談到了無產階級藝術的範疇和內容問題，但突出的問
題就是題材選擇問題。茅盾認為，無產階級藝術僅限於勞動者題材是錯誤的，
應向過去的藝術那樣，以全社會及全自然界的現象為汲取題材之源泉，這是
不容懷疑的。在當時，無產階級的文學之所以不豐富，就是因為內容淺狹，
僅把無產階級藝術的內容限制在「作戰」上了。無產階級的理想不是破壞，
而是要建設全新的社會生活，所以靠單純的「作戰」是達不到目的的。在《歡
迎〈太陽〉》中，他不同意蔣光慈對當時文壇的評價，而認為也能從他們的觀
察上產生新時代的作品，不能說僅描寫「第四階級」的作品才是革命文學，
在革命的後方也有好的作品。這種觀點到了茅盾創作《蝕》時，已經變成了

〔註19〕參見《中國文學不能健全發展之原因》，原載《文學周報》第 4 卷第 1 期，1926
　　　年 11 月 21 日。現收入《茅盾全集》第 19 卷。

實踐。尤其是關於小資產階級的問題，茅盾認爲中國革命竟可以拋開小資產階級那是很大的武斷，小資產階級也有痛苦，也受壓迫，革命文藝也應該描寫他們。中國的十分之六是小資產階級，而文學上沒有描寫他們的作品是一種怪現象。不顧及到這些而盲目追求世界的潮流簡直就是東施效顰。但茅盾並不就是主張創造小資產階級文學，而是說明作家要描寫自己最熟悉的事物。這就涉及到了創作主體的問題，一方面舊作家可以從對現實的觀察上可以產生新的作品，另一方面描寫小資產階級的作家在作品中可能描寫了落伍的小資產階級，但這不是作者的落伍。如果把書中人物的落伍認爲是作家的落伍，那麼描寫強盜的作家就成了強盜了。後來以黨的代表身份出來調停「革命文學」論爭的潘漢年也發表了這種觀點，他說：「與其把我們沒有經驗的生活來作普羅文學的題材，何如憑各自所身受與熟悉一切的事物來做題材呢？至於是不是普羅文學，不應當狹隘的只認定是否以普羅生活爲題材而決定，應當就各種材料的作品所表示的觀念形態是否屬於無產階級來決定。」〔註20〕在《論無產階級藝術》時期茅盾還沒有認識到作家的世界觀的問題，他只是從樸素的願望出發來談及無產階級藝術的問題，但已經是很深刻了。

　　關於世界觀問題，即使在茅盾形成了無產階級的世界觀以後，也仍然對此應用於創作上表現出一種猶豫。在 1936 年寫作的《創作的準備》是爲青年初學寫作者提供的一種創作方法談。他說：

　　　　偉大的作家，不但是一個藝術家，而且同時是思想家——在現
　　　代，並且一定是不倦的戰士。他的作品，不僅反映了現實，而且針
　　　對著他那時代的人生問題和思想問題，他提出了解答。他的作品的
　　　藝術方面，除了他獨創的部分而外，還凝結著他從前時代的文化遺
　　　產中提煉得來的精髓。在偉大的作家，是人類有史以來的全部智慧
　　　作爲他的創作的準備的。〔註21〕

這是茅盾關於什麼是偉大作家的著名的界定。但即使如此，茅盾也沒有強調作家世界觀問題，甚至在這個「創作談」中茅盾根本沒有提及世界觀。後來茅盾自己說：「這本書中沒有專門講作家要樹立一個前進的世界觀的問題，沒有專門談作品要指出光明的前景的問題，也沒有提及作品的社會效果問題。

〔註20〕潘漢年：《文藝通信》，原載《現代小說》第 3 卷第 1 期，本書轉引夏衍《懶尋舊夢錄》，第 140 頁，生活・讀書・新知三聯書店，1985 年。

〔註21〕茅盾：《創作的準備》，《茅盾全集》第 21 卷第 5 頁，人民文學出版社，1991年版。

這些都是我寫作的時候故意『漏掉』的。」〔註22〕在 1950 年以後，茅盾一直沒有同意再印這本書也是因為這個緣故。這一情況不僅可以加深我們對茅盾無產階級文藝觀的認識，可以看出茅盾對無產階級文藝理解的另一面。

茅盾的革命文藝觀也涉及到了閱讀群的問題，正如上文所說，俄國未來派標語口號式的作品之所以遭到人們厭惡就是沒有注意到作品的受眾。革命文學的目的是爲了喚起大眾的革命熱情，但大眾不接受這種所謂的文學作品，那麼也就失去了革命意義，所以充分考慮到閱讀接受問題也就成了革命文學重要組成部分，這是需要用心研究的。在《從牯嶺到東京》一文中，茅盾說，一種新形式新精神的文藝沒有相對的讀者界，那麼這種文藝不是枯萎就只能成爲歷史上的奇迹，而不能成爲推動時代的精神產物。他認爲，爲革命文藝的前途計，一定要使其從青年學生中走出來，也到小資產階級的群眾中，在小資產階級群眾中立穩了腳跟，而要達到此點就應該先把題材轉入到小商人、中小農等的生活，要抓住了小資產階級的生活核心來描寫。可見這樣一些問題上都是互相牽連的。

於是由上，我們看到茅盾在考慮無產階級文學的時候，抓住了四個方面，即作家——時代——題材——讀者，這是至今還在適用的邏輯，涉及到了眾多的批評方式，但也是茅盾一以貫之所要追求的，這是文藝的普遍問題，而非僅僅是革命文學所獨有的。因此說茅盾的革命文藝說還是一種文藝本體問題，恐怕這是文藝家的本性。

另外，除了上述的四個方面之外，茅盾關於無產階級文藝問題，還注意到了以下兩個方面，即無產階級藝術產生的條件和它的形式。茅盾與「革命文學」論爭時期的理論家們不相同的地方是，認爲革命文學首先是一種文學現象，一種文學事實，所以在批評發生之前，首先要看文學作品是否已經存在。在他看來文學作品與批評常常是相生相成的，某一派文學的完成與發展，雖然需要理論爲指導，但也必須是先有了某一派文學作品，然後該派文學批評才能夠建設起來。在《論無產階級藝術》中，茅盾首先列舉了很多蘇聯無產階級作家和作品，這說明他對之首先在感性上是有了一些瞭解，認爲就這些作家作品而言，雖然不能說太少，但實在不能說已經多了。所以既然方今的無產階級文學作品寥寥可數，那麼對無產階級藝術的批評論便不能存在太大的期望，不要企圖希冀無產階級藝術的批評論應經怎樣的豐富圓滿。在這

〔註22〕茅盾：《我走過的道路》，中冊，第 367 頁，人民文學出版社，1984 年版。

基礎上，茅盾提出了在中國無產階級藝術產生的條件：新而活的意向＋自己批評（即個人的選擇）＋社會的選擇＝藝術。這和上面所論述的內容基本上是一致的。這個公式是否準確，尚且不論，但有一點必須注意，就當時中國社會的狀態來說，茅盾認為：

> 在資產階級支配下的社會，其對於文藝的選擇，自然也以資產階級利益為標準；那些不合與資產階級的利益，開放得太早的藝術之花，一定要被資產階級的社會選擇力所制裁，至於萎死；即不萎死，亦僅能生存，決無發榮傳播之可能。無產階級藝術對資產階級——即現有的藝術而言，是一種全新的藝術；新藝術是需要新土地和新空氣來培養。如果不但泥土空氣是陳腐的，甚至還受到壓迫，那麼，這個新的藝術之花難望能茂盛了。資產階級支配一切的社會裏無產階級藝術正處在土地不良、空氣陳腐，而又有壓迫的不利條之下。這便是現今世界惟有蘇聯獨多無產階級文藝的緣故了。

〔註23〕

這段話初看起來類似於托洛茨基的觀點，即認為無產階級的文學只能產生在無產階級全面勝利的社會中。但仔細推敲，茅盾是在說明文藝產生的一種漸進性，因為作為意識形態組成部分的文學藝術，它的產生畢竟要和它的時代相適應。聯繫到茅盾後來在《從牯嶺到東京》、《讀〈倪煥之〉》中的觀點，都是在此可以找到源頭的。前文已經說過，茅盾在《論無產階級藝術》一文中，並不是要提倡無產階級藝術，而是在界定什麼是無產階級藝術，因此就顯得格外的冷靜。在這種背景之下，茅盾確定無產階級藝術的範疇為：並非描寫無產階級生活的藝術；並非即所謂的革命的藝術，對資產階級表示極端之憎恨者未必準是無產階級藝術；也非舊有的社會主義藝術，因為舊有的社會主義藝術是一種個人主義的藝術。那麼論及到形式也就不能脫離舊有的傳統，大可不必完全去獨創，而應從前代藝術形式的創造中尋得遺產。

　　茅盾關於無產階級文學的本體性理論在庸俗的社會學泛濫的途中豎起了一道屏障。雖然茅盾較少涉及到作家世界觀問題，在後來的「革命文學論爭」時期也沒有提出更多的理論主張，但早年的《論無產階級藝術》的理論無疑是支配他後來文藝思想的重要因素，他和魯迅一道有力地鉗制了中國無產階級藝術向極左方向的發展。

〔註23〕《茅盾全集》第 18 卷第 505 頁。

第二節　茅盾對左聯的皈依與超越

　　尋求皈依是左翼文學的集體主義性質對個人的一種要求，也是絕大多數左翼作家一種心理渴望。無產階級文學要求團隊作戰精神，因爲無產階級文學已是一種具有較強列政治功利目的的意識形態。爲著動員和組織廣大民眾對無產階級革命運動的參與，個人主義在這裡顯然已經喪失了被認爲可以動員民眾的可能，這一點在世界範圍內伴隨著無產階級革命而出現的革命文學中是可以得到例證的。這正如同二十年代末三十年代初的中國，左聯作爲一個具有黨團組織性質的作家聯盟也組織作家上街搞飛行集會、貼標語演講等一樣，這是具有普遍現象的事物，應該說這是無產階級革命初期人們對無產階級文學的普遍理解，雖然出現過很多錯誤，但又不斷地被人們意識到的對於這一文學觀念的理解所糾正。比如 1930 年 8 月 4 日左聯執行委員會通過的《無產階級文學運動新的情勢及我們的任務》決議中，曾說明：目前中國無產階級文學運動已經從擊破資產階級文學影響爭取領導權的階段轉入積極的爲蘇維埃政權而鬥爭的組織活動時期。本著這樣的認識，決議要求左聯全體「盟員」到「到工廠到農村到戰線到社會的地下層中去」。提出「要糾正組織上的狹窄觀念」，認爲不能單以爲左聯是一個作家組織，而是一個有著鬥爭綱領的眞正的鬥爭機關。〔註 24〕這種說法反映了人們當時的認識。雖然有許多人對此並不認同，但幾乎沒有人因此而退出左聯。茅盾在回憶中說，魯迅、茅盾、甚至馮雪峰等人對此都表示了反對，但他們仍然成爲了左聯的代表、主要作家和理論家。由此不難看出在左聯時期，這些人對組織和政黨的認同已經大於了對文學本身的認同。文學功利性主張使他們必須首先尋找到組織上的皈依，然後再在這種皈依中實現對文學自身的回歸。

　　中國革命文學從 1928 年論爭到抗戰爆發之前的變化正反映了上述所說的過程。在當時來說，中國無產階級革命出現的時間比較短，而革命文學幾乎與其同步發生，並在中國共產黨所領導的無產階級革命尚未取得政權的情況之下，成爲了中國文學發展的主流，這不能不說中國左翼文學有著強大的發展潛力。這一狀況的出現在很大程度上，有賴於無產階級文學的集體作戰精神。就中國而言，作爲一個政黨，要取得政治上全面勝利，文學藝術是一

〔註24〕參見《無產階級文學運動新的情勢及我們的任務》，原載《文化鬥爭》第 1 卷第 1 期，1930 年 8 月 15 日，現收入《文學運動史料選》第二冊，上海教育出版社，1979 年版。

個必須給予高度重視的問題。當中國無產階級文學在大力發展的時候，國民黨也組織了它自己的力量對之進行了遏制。它的書刊檢查制度和在三十年代初期所掀起的「民族主義文學」運動正是為如此目的而出現的。文化或文學間的鬥爭是階級間政治鬥爭的一種延伸，這是毫無疑問的，當然這裡包含著文學的正義與非正義、革命與反革命的鬥爭。就革命文學者個人而言，依託一個集體也是他們的心理需求，惟其個人的需求和組織的要求結合起來，才能造成無產階級文學之大勢。每一個革命作家都有一種信念和追求，他用他的作品來抨擊舊的社會制度和現行政府的黑暗統治。因為單兵作戰的孤寂，使他需要一種聲援和認可，他需要使他的呼籲得到絕大多數人的理解和有效的接受，這樣自己的信念才能得以實現，這就不能不依靠了集體的力量。當然文學創作本身是需要個性的，但在特殊時期，中國革命作家大多都自覺不自覺地隱藏起了自己的個性，或將這種個性置換為組織上、政黨上、信念上的個性。在五四落潮之後，魯迅雖然還不是一位革命文學家，但從他的信念出發，他認識到了這個問題，所以做詩云：寂寞新文苑，平安舊戰場；兩間餘一卒，荷戟獨彷徨。魯迅深深地感受到了缺乏集體協作所帶來的孤寂與無奈，所以儘管在革命文學論爭時期，受到了很多的攻擊，但仍能和攻擊自己的人站到了一處，為無產階級文學而呼號。當然這在更深層次上說是魯迅走上了馬克思主義的道路，轉變了世界觀，但誰也不能排除魯迅對於集體的渴望，尤其是符合著自己信念的那種集體。由此我們也不難理解在「兩個口號」論爭時，魯迅儘管對當時的左聯的領導人深為不滿，但從未聲明退出左聯，即使在蕭三代表共產國際的來信中要求解散左聯時，魯迅仍堅持左聯存在的必要性，仍然要強調無產階級在「國防文學」中的領導地位，這既是魯迅對中國革命的認識，也是一種心理需求。蔣光慈是一位黨員作家，是無產階級革命文學較早的倡導者和實踐者，他的小說曾風靡一時，屢有盜版現象發生。他對革命文學的功績可謂大矣。他是無產階級革命作家這個集體中的一員，但因創作了「同情」被打倒階級的小說《麗莎的哀怨》，加之沒有經過組織的批准而去日本治病，被開除黨籍。開除黨籍就是宣告將蔣光慈被從無產階級文學隊伍中清理出去，這對蔣是一個巨大的打擊，他因此重病臥床，抑鬱而逝。因此可以看出革命作家個人對集體的心理皈依是多麼重要。

政治皈依和心理補償

　　茅盾就是在上述心理狀態下參加了左聯。左聯無疑對茅盾來說是自己在

脫黨之後的一種心理補償。左聯是黨所領導的一個作家間的組織，不僅組織性強，而且目標一致，它是在 1928 年革命文學論爭時由黨出面調解所成立的組織。茅盾是中國共產黨最早的黨員，又多年從事黨的政治工作，正如他自己所說：「那時候，我的職業使我接近文學，而我的內心的趣味和別的許多朋友——祝福這些朋友的靈魂——則引我接近社會運動」。〔註25〕所以在茅盾的內心政治皈依感要大於文學創作，並且茅盾在從日本回國之後，曾經兩次要求恢復組織關係，雖因各種原因未能如願，但其心可昭。茅盾對左聯的心情是很複雜的。一方面他希望左聯成為一個能夠號召所有進步作家的文學組織，成為在文學戰線上同反動勢力進行鬥爭的堡壘，另一方面又從文學本體的願望出發，期望使之成為一個文學性更強的文學組織。按照我們現在的理解，文學性強並不是為了一種純藝術的東西，而是說政治性要寓於文學性當中，在首先完成了藝術創造之後才從中體味出這種意識形態性。在這樣一種心態下，當 1930 年 4 月，馮乃超勸說茅盾加入左聯的時候，儘管茅盾對左聯的綱領有很多不贊成地方，但還是欣然允諾。他參加左聯之後，對於左聯的活動很少參加。左聯成員當時要求參加示威遊行、飛行集會、寫標語、散傳單，到工廠中作鼓動工作，以及幫工人出牆報、辦夜校等，都沒有參加。即使左聯成員像共產黨那樣編成小組，他也很少參加活動。他說：

> 我不參加這些活動，馮雪峰還替我解釋，說我年紀大，身體弱，不必要求我參加這些活動。身體弱到是事實，年齡大只能是個藉口，那時我不過三十多歲，參加個遊行，夜間去接上貼個標語，是完全能夠辦到的。我不參加的原因是我不贊成這種做法，而這種做法又是黨組織規定下來的，不便反對，所以我就採取了「自由主義」的辦法。〔註26〕

這種超然的態度中可以看出個人對於集體的關係，既要參與進去，又要獨立出來。就連馮雪峰這樣的黨的負責人也只得找出一些理由為茅盾開脫。茅盾在左聯前期，曾參加過兩次左聯大會，但每一次會議之後，都對左聯的過激的做法表示了不滿，因此採取了一個超然的態度。他的感覺是，左聯與其說是一個文學團體不如說更像一個政黨，尤其是他通過《無產階級文學運動新

〔註25〕 《從牯嶺到東京》，原載《小說月報》第 19 卷第 10 號，1928 年 10 月 18 日。
　　　　現收入《茅盾全集》第 19 卷第 177 頁，人民文學出版社，1991 年。
〔註26〕 《我走過的道路》第 437 頁，人民文學出版社，1997 年。

的情勢及我們的任務》這個左聯的決議中看得更爲清楚。這個決議實施的時期正是「立三路線」的全盛時期，因此左的痕迹十分明顯。不提倡作家的創作活動，對作家的創作熱情和願望動輒扣上「作品主義」的帽子，不根據中國的實際情況，硬搬蘇聯「工農通信員」的經驗，並把之極端化，蔑視小資產階級出身的作家，忽視了他們的作用。茅盾對此深有痛感，這種痛感使其在對左聯後期，在瞿秋白、魯迅和他自己的領導下所創造出的成績的評價上都受到了連累。他認爲，在實際上左聯十年並未培養出一個工農作家，卻是培養出了一批優秀的小資產階級出身的青年作家。正是這些作家在魯迅的率領下，取得了勝利，成了中國革命文藝的中堅。他仍然堅持他在《論無產階級藝術》一文中的觀點，認爲大量培養工農作家只有在無產階級取得政權的情況下才能夠實現。但他仍主張作家應到工農群眾中去瞭解和熟悉生活。〔註27〕茅盾對左聯整體評價都比較低，但在建國前後的評價又有差別，這可能就是當局者和旁觀者的問題。在 1935 年時，他曾說：

> 以後在一九三三年春天（二月），我第二次擔任左聯書記，可是到了同年十月，我又因病辭去。在病的原因外，我覺得我不適宜於幹實際的組織工作（因爲那時左聯的主要工作是組織工作，而書記是負左聯全部責任的，所以事務頗爲繁重）。在另一方面來說，左聯的工作應該是文學工作，但中國左聯自始就有一個毛病，即把左聯作爲「政黨」似的辦，因此他不能成爲廣泛的反帝反封建的文學團體；這一點在我擔任書記時是感到的。可是我沒有能力把這毛病補救過來。〔註28〕

茅盾在這裡說的是很實在的。他曾於 1931 年和 1933 年兩度擔任左聯行政書記，但都先後辭職，兩次加在一起只有一年的時間，寫作和生病是他辭職的原因，但他不適應這種或不願意在一種左的思想指導下的作家組織中參與領導工作也是一個重要的原因。他更願意用他的創作來證明左聯存在的必要性和先進性，因此使左聯時期成了他創作的豐收期。也就是說，茅盾一方面通過不擔任左聯實際領導職務來表達對左聯的不滿，另一方面更願意通過創作實績完成對左聯的認同，尋求心理上的皈依。

〔註27〕參見《我做過的道路》上卷第 443 頁。

〔註28〕《關於「左聯」》，「這段文字是茅盾同志應史沫特萊之請，於一九三五年尾寫的一篇沒有發表的《自傳》的一部分。這一部分談到了『左聯』的情形。」現收入《左聯回憶錄》，上冊，第 149 頁，中國社會科學出版社，1980 年。

茅盾特別讚賞瞿秋白對左聯的參與和領導，認爲那是左聯轉變作風的最好時期。他說在 1931 年以後，也就是茅盾所說的左聯後期，由於魯迅與瞿秋白的親密合作，產生了一種奇特的現象：在王明左傾路線在全黨占統治地位的情況下，以上海爲中心的左翼文藝運動，卻高舉了馬列主義的旗幟，在 1932年日益加劇的白色恐怖下，開闢了無產階級革命文學的道路，並取得了輝煌的成績。他將左聯分爲前後兩期，以 1931 年 11 月爲界，此前是左聯從左傾的錯誤路線中逐漸擺脫出來的階段，此後則是它的成熟期，開始了蓬勃發展。但 1932 年以後的左聯仍然存在著關門主義和宗派主義的缺點，否則兩個口號的論爭也不會發生。〔註 29〕但茅盾是將創作實踐和左聯的指導思想分開來進行評價的。在他看來，只有進行了最好的創作，左聯的戰鬥作用才能得以發揮，所以他十分讚賞像魯迅、瞿秋白、馮雪峰、夏衍和丁玲這樣的在文學理論或創作上都取得了較大成績的批評家或作家。他說左聯從主流上來說是正確的，大概就是指這些人而言的。

尷尬處境的調解和維護者

茅盾對左聯來說，還是一個最好的居間調解者，這種角色主要和茅盾溫和的性格有關。茅盾的性格決定了在他那裡團結大於鬥爭。這一點恐怕和瞿秋白有些類似的地方。瞿秋白後來被扣上「調和主義者」的帽子，就是因爲在同立三路線作鬥爭的過程中，沒有堅持李立三的錯誤是路線錯誤，而同意了李立三所說的策略錯誤。茅盾與之相同，大概就是反映了他們這類所謂的小資產階級出身的作家或者革命家性格的一面。在左聯的歷史上，出現過多次的內部衝突和鬥爭，有幾次是發生在魯迅同極端的左聯領導人之間，茅盾雖然每次都是站在魯迅的立場上，堅決地維護魯迅的地位，但他又是雙方都能接受的重要的左聯成員。從這個意義上來說，在某種程度上是茅盾的努力使左聯在團結問題上，一直朝著大的方向發展著。當然，主要還是黨組織在其中起了重要作用。但有些事情就並非如此，比如在兩個口號的論爭中，茅盾的作用就顯得尤爲重要。這是左翼文壇內部關門主義和宗派主義發展到了最嚴重的時候，茅盾說：

〔註 29〕夏衍不同意茅盾的這個分法，同意兩階段說，但時間上有差異，應確定在 1932
年的夏秋之交。參見他的《懶尋舊夢錄》，第 205～209 頁，生活·讀書·新
知三聯書店，1985 年。

　　　　當時我處在一個比較特殊的地位——與雙方都保持著良好的
　　關係。我意識到這種關係的重要性,小心地不使它被破壞,因為保
　　持這種關係,使我還能起到一個調節的作用。〔註30〕

正是茅盾的這種認識和地位,才使他在論爭中基本上被雙方都接受,而馮雪
峰作為黨的代表顯然和茅盾相比退居了次要的地位。但應該說這是馮雪峰個
人的問題而非組織問題。茅盾不僅擔著「腳踩兩隻船」的惡名,參加了雙方
各自組織起來的文藝組織,而且發表了九篇文章,力圖從口號和組織上使雙
方統一起來。綜觀這次論爭的整個過程和茅盾在期前後的言行,我們看到茅
盾處在一個非常尷尬的狀態中,一方面從尊重魯迅的真誠願望出發,雖然對
胡風的言行表示了極大反感,但堅決地維護魯迅意見;另一方面,他又對周
揚等「文委」領導有著很大的不滿,對他們的宗派主義和對魯迅的不尊重進
行過尖銳的批評。當時郭沫若曾有一幅戲聯:魯迅將徐懋庸格殺勿論,弄得
怨聲載道;茅盾向周起應請求自由,未免呼籲失門。較形象地刻畫了當時的
症狀。不過茅盾對「國防文學」的口號也是表示默認的,甚至是贊成的。這
樣在茅盾這裡,他的因政而文的知識分子特性就又流露出來。他既不同於周
揚由於政治上的固執所帶來的極左傾向,顯現了他的溫和主義一面,他也不
同於魯迅作為鬥士的獨立性特點,又要有所依靠。因此他想擁有雙方的長處,
即在政治上有依託,在個人的內心深處又要有獨立性。也正是因為這一點,
他才能成為雙方都能接受的人物。茅盾和雙方的不同點在於他不偏激、不固
執,面對左聯的現狀,他需要尋找到一種新的替代物來實現對左聯的改造,
從而也找到自己的真正皈依之處。在行動上,在抗戰以後,茅盾通過組織《文
藝陣地》來實現自己的統一戰線的主張,而在思想深處直到抗戰勝利以後,
才在一篇探討統一戰線的文章中透露出他對於左聯出路的主張。按照茅盾自
己的說法,這是他關於左聯的最後一篇文章。他說:

　　　　「左聯」成立之時,有一個綱領,這是要求聯盟員非接受不可
　　的,這綱領上一方面承認當時的革命任務還沒有超過資產階級民主
　　革命的階段,但是另一方要求聯盟員在政治上服從無產階級的領
　　導,在思想上須是馬克思主義者。這一綱領,顯然不是站在統一戰
　　線的原則上訂立的。「左聯」的這一個綱領,在那時覺得很自然,並
　　不過火,因為那時政治上還是「蘇維埃運動」時期。和「蘇維埃運

〔註30〕《我走過的道路》下卷第56頁,人民文學出版社,1997年。

動」相比，「左聯」的綱領已經見得很溫和了，然而這仍然不是統一
戰線的。這一個綱領到「一、二八」以後便廢置了。但「一、二八」
以後的「左聯」也還不能視為統一戰線的。……但在「左聯」這樣
全國性的文藝團體存在的時候，和統一戰線總有點格格不入吧？因
此一九三六年「左聯」的自動解散，是必要的，這才為統一戰線鋪
平了道路。〔註31〕

這種低調的評價是茅盾從自己的切身感受中得到的，與魯迅所堅持的左聯不
能解散的意見也相左。這時的茅盾不僅在文學創作上，而且在思想上已經超
越了左聯自身，站在另一個層次來看待問題，這也是對自身的超越。

　　但當建國以後，那些當年年輕的左聯盟員都成為了共和國的文化官員
時，尤其是在新時期以後，歷經了劫難的這些人僥倖地存活下來的時候，回
望年輕時為之奮鬥的事業，他們認識到了左聯存在的意義，這是一種時間的
超越。茅盾在晚年的回憶錄中認為，左聯是有成就的，這在以前基本上未談
及。但左聯成就的取得是經過了鬥爭和犧牲，經過了迂迴曲折的道路，一方
面要擊破國民黨的文化圍剿，另一方面要努力克服自身的錯誤，而這些又都
有賴於魯迅的榜樣作用和統帥作用。他說：

　　　　三十年代的左翼文藝運動在中國現代文學史上有著偉大的功
績。他是中國革命文學的奠基者和播種者。這個運動在共產黨領導
下，以魯迅為旗手，而「左聯」則是它的核心。「左聯」在繼承「五
四」文學革命傳統，創導無產階級革命文學，介紹馬克思主義的文
藝理論，培養了一批堅強的左翼、進步的文藝隊伍等等方面，都做
出了輝煌的成就，有著不可磨滅的功勳。在抗日戰爭中，以「左聯」
為核心的這支隊伍撒向了全國，成為當時解放區和國統區革命文學
運動的中堅……可以說，無視「左聯」的作用，就無法理解中國的
現代和當代文學史。〔註32〕

置身於左聯其中的茅盾，當從中跳出來的時候，他突然發現了左聯的意義，
並且將之貫穿在現當代的文學中，這種理解是相當準確的，提供了一種研究
現代文學的思路。而貫穿在其中的精神，除了魯迅外，無疑還有茅盾自己在

〔註31〕《也是漫談而已》，原載《文聯》第 1 卷第 4 期，1946 年 2 月 25 日。現收入
　　　　《茅盾全集》第 23 卷第 241 頁，人民文學出版社，1996 年。
〔註32〕《我走過的道路》，上卷第 436～437 頁，人民文學出版社，1997 年版。

內。

　　左聯爲茅盾提供了一個可以皈依的組織，實現了他的對社會運動間接參與，同時作爲一個文學家，他又爲左聯提供了豐厚的創作〔註33〕。反過來左聯又因之創作上的成功，也確立了它自己在文學發展史上的主流地位。這種互動使茅盾與左聯融爲一體，不可分割。這一點對茅盾來說就是個人和組織間最好的結合。左聯的主流精神和它的影響無疑就是茅盾的精神和影響，這一點是我們必須認識清楚的。

兩個糾纏的傳統與兩種形態

　　由於茅盾和左聯相互依存關係，更是由於茅盾的成就代表了左翼文學的成就，因此茅盾自然就成了左翼文學的發言人。他的傳統和他的精神在某種程度上來說就是左翼文學的傳統和精神。左翼在其發展過程中所存在的一些缺欠，同樣在茅盾的文學生涯中可以找到。作爲知識分子出身的文學家兼革命政治的追求者，一方面他藝術感覺的獨立性使他在不斷地糾正和克服著左聯可能和已經出現的錯誤，使他的創作回到藝術本身；另一方面他對革命政治的追求又使他在不斷地強化著文學的功利色彩，強調文學的工具作用。這一點在他於左聯時期所寫的作家論中可以看得很清楚，這就是在茅盾的身上所形成的兩個互相糾纏的傳統。而這兩個傳統的核心問題就是它的社會批判性。

　　延安文學是中國共產黨所領導的另一種樣式的文學。在時間上和左翼文學是先後承接的。長征勝利不久，左聯就解散了。抗戰爆發以後，大批的左翼作家，尤其是左聯的成員奔赴到了延安，在他們的身上有左聯的傳統。但

〔註33〕茅盾在左聯期間文藝活動主要包括三個方面：一、文藝理論建設，茅盾試圖總結五四以來的中國文藝的發展，爲左翼文學尋找到源頭和確立今後的發展方向，但由於評價偏低，沒有起到應有的作用；二、文學創作，實際上是指小說創作，這是茅盾對左聯的最大的貢獻，在此之前，左翼文學曾受到譏諷，光有理論而沒有像樣的創作，茅盾小說的出現，使左翼文學在左聯期間的地位得到了確立，從而也奠定了左翼文學的發展方向，如《子夜》、《春蠶》、《林家鋪子》都是這個時期創作的，從這個意義上說，茅盾對左聯是最有發言權的；三、翻譯也是茅盾在左聯時期的最主要的功績之一，這個時期的譯作主要有：俄國作家的丹青柯的長篇《文憑》、多國作家短篇集《桃園》、蘇聯作家鐵霍諾夫的長篇《戰爭》，另外還有兩部研究外國文學的著作《漢譯西洋文學名著》、《世界文學名著講話》等；四、創辦雜誌，開拓左聯陣地，培養新生力量等。因這些將分散在其他章節專門介紹和探討，故此處不再論述。

在「傳統」的傳遞過程中，延安文學對此作了選擇。上述的茅盾傳統中的兩個方面，只是後者被繼承了，前者卻被無意地忽略了。1942 年的毛澤東《在延安文藝座談會上的講話》開創了一個中國文學發展的新紀元，從此確立了延安文學在中國文學史上的地位。但在一些論者的文章中，認爲延安文學就是中國左翼文學，尤其是認爲 20 世紀 50 年代至 70 年代的文學是中國左翼文學的極端發展，這是不對的，是對左翼文學的曲解。實際上，延安文學只繼承了左翼文學的一個方面，比如在文學和政治的關係上，強調了文學的政治性等，但對這種關係的確證又不僅僅是左翼文學的發明。拋開蘇聯、日本左翼文藝思潮的影響不論，這在中國也是有其傳統的。早在 20 世紀初期，梁啓超就曾大聲疾呼過：「欲新一國之民，不可不先新一國之小說。……欲新政治，必新小說……何以故？小說有不可思議之力支配人道故。」〔註34〕所以在這一點上左翼文學是一個中間環節。本節所要討論的是茅盾的傳統與延安文學的差異，當然這涉及到整個左翼文學。

首先左翼文學和延安文學並不是在同一政治形態下生存和發展的。左翼文學之所以被稱爲左翼，因爲它是在當時國民黨文化政策下一種激進的文學觀念，已上昇爲主導內容的反帝、反封建和宣傳階級鬥爭的文學創作是現政權所不允許的。因此左翼文學是強權壓迫下的文學。這當然是和國民黨以及一些文人對蘇聯模式的敵視有關。蘇聯推翻資產階級統治所建立的社會主義模式，已經「直接」的觸動了現政權所代表的利益。所以他們對左翼文學進行了圍剿。這主要表現在兩個方面，其一，對左翼作家進行迫害。爲躲避迫害，魯迅、茅盾、瞿秋白等一些左翼著名人物得經常變換居住地，或者躲到租界，或者隱匿到某處。柔石、胡也頻等「左聯五烈士」事件就是這種迫害最嚴重的後果；其二是查封具有激進傾向的報刊、雜誌。比如《大眾文藝》、《十字街頭》、《文藝研究》、《文藝新聞》、《文學導報》、《文學月報》、《文化鬥爭》、《北斗》等諸多刊物，隨出隨禁，左翼文學創作只能是秘密進行。這樣我們看到左翼文學缺少從容，而更多的是悲壯。現今有人指責左翼文學沒有創作實績，這是不公平的。而在延安則大爲不同。雖然在三十年代中期以後，共產黨所領導的邊區政府並沒有取得全國的政權，仍然作爲在國民黨統轄下的一種異己力量而存在，但相對延安這個地區來說，是取得了局部的人

〔註34〕梁啓超：《論小說與群治關係》，《中國近代文論選》第 157 頁，人民文學出版社，1981 年。

民政權。所以以反帝反封建和宣傳階級鬥爭爲內容的文學創作成爲受鼓勵、受保護的主流文化活動，作家們的創作更直接、更從容。由於此前在南方根據地期間常年征戰並沒有多少文化積累，所以延安文學的創作成果並不十分豐厚。但延安群眾性文藝活動十分活躍，這與作家激情澎湃的生活和愜意的政治環境有關。比如喜歡沉湎於「個人天地」的抒情詩人何其芳就走出了「夢中的天地」，拋棄了「夜歌」而唱起了「我們的生活多廣闊」。所以我們說，不同的政治形態，造成了作家不同的創作心態，因此也就形成了不同的文學意識。在一個高壓政治環境下，需要作家對生活作更深入、更細緻的觀察和理解，並往往將其澱化在藝術表現中，所以在延安文學中較少有超過《八月的鄉村》、《生死場》、《林家鋪子》、《春蠶》等作品，而更不要說《子夜》了。

其次是在左翼文學和延安文學中，文學大眾化運動分別呈現著不同的形態。大眾化運動起源於十八世紀資產階級大革命時期，「天賦人權」的思想充分地調動了廣大處於社會底層的民眾起來推翻了封建專制和宗教統治，爲自己爭得了做人的權利。所以馬克思評價說：「迷信、偏私、特權和壓迫，必將爲永恒的眞理，爲永恒的正義，爲基於自然的平等和不可剝奪的人權所排擠。」〔註35〕這次大革命的直接後果是民眾作爲激進的力量爲社會所認識，並影響到了十九世紀俄國的民粹主義運動。此運動的中心目標是關注社會底層民眾的生存狀態，要求社會公正和社會平等，所以廣大的知識青年紛紛「走向民間」宣傳革命思想，走大眾化道路。這爲資產階級革命和「十月革命」打下了基礎。中國近代史上的知識分子或官僚知識分子並沒有認識到這個問題。洋務運動，維新變法和辛亥革命之所以失敗，就是因爲只注重了技術的和政體的改良，而忽略了由民眾參與的社會革命。這一點在魯迅的《阿 Q 正傳》種作了總結。這說明在 20 世紀初留學歸來的知識分子們，如陳獨秀、胡適、李大釗等已充分認識到了這個問題（如果放在思想史領域論述將更有說服力），所以在啟蒙主義文學運動時期開展了大眾化運動。但這在當時並沒有得到較好的解決。在左翼文學運動時期，大眾化運動是一種「文化大眾化」或形式主義大眾化。在 1930 年之後，以《大眾文藝》《太白》爲代表的一些刊物開展的大眾化討論顯然就具有這種特徵。在三十年代關於大眾化的討論中，魯迅認爲「在現在的教育不平等的社會裏，仍當有種種難易不同的文藝，以應各種層讀的讀者之需。不過應該多有爲大眾設想作家，竭力來做淺顯易

〔註35〕《馬克思恩格斯選集》第 3 卷第 57 頁，人民出版社，1966 年。

解的作品，使大眾能懂，愛看，以擠掉一些陳腐的勞什子。那文字的程度，恐怕也只能到唱本那樣。」〔註 36〕郭沫若強調了「大眾」和「通俗」是文藝大眾化的精神。由於過分強調了「通俗」而出現了忽略藝術性的傾向。瞿秋白在否定了「文言」和「白話」的同時主張建立一種「大眾語」。他的主張遭到了茅盾的強烈反對。周揚主張大眾化可以暫時地利用舊形式，如小調、唱本、說書等，同時也要結合新的形式，如煽動詩、牆頭小說等，但周揚是站在整個無產階級的立場來看待這個問題的。由上述簡短的梳理我們不難看出，左翼文學時期的大眾化討論基本上是著眼於如何用民間形式讓大眾獲得新的文化，所以我們說這是文化的大眾化。

延安文學時期的文藝大眾化是思想大眾化，也稱政治大眾化。延安根據地建立之後，尤其是抗戰爆發以來，大批激進的知識分子奔赴延安，在帶去了先進文化的同時，也帶去了一些為當時的環境所不容的思想，因此對知識分子的思想改造成了當務之急。在延安文藝整風中，毛澤東為文藝知識分子確定了思想改造的起點，這就是：「在教育工農兵的任務之前，就先有一個學習工農兵的任務」，〔註37〕而這思想改造的終點則是「為工農兵服務」。他說：「中國的革命的文學家藝術家，有出息的文學家藝術家，必須到群眾中去，必須長期地無條件地全心全意地到工農兵群眾中去，到唯一的最廣大最豐富的源泉中去……」，〔註38〕這種思想雖然在左聯時期成為號召作家的口號，但並沒有真正實行起來。這實際是要求對知識分子思想的大眾化，已為許多論者論及。這種大眾化的效力是強大的，以至於像趙樹理、柳青、周立波這樣的作家在解放後仍長期生活在農村，繼續完成思想改造的任務。這比前一時期的文化大眾化更深刻、更具有持久的影響力。所以大眾化問題在左翼文學和延安文學間出現了兩種不同的形態，不宜混為一談。

再次，與上述不同的大眾化形態相關，左翼文學和延安文學也呈現著不同的文學主題意識。李澤厚曾認為，「五四」運動演繹著「啓蒙與救亡的雙重變奏」〔註39〕，這同樣也適用於左翼文學。「左聯」雖然是在共產黨領導下的

〔註 36〕魯迅：《文藝的大眾化》，《文學運動史料選》第 2 卷，上海教育出版社，1978年。
〔註 37〕毛澤東：《在延安文藝座談會上的講話》，《毛澤東選集》第 2 卷，人民出版社1991 年。
〔註 38〕同上。
〔註 39〕李澤厚：《啓蒙與救亡的雙重變奏》，見許紀霖編：《二十世紀中國思想史論》

一個左翼文學組織，但由於身居國民黨統治和西方文化大肆傳播的腹地，所以文學創作就在啓蒙主義的觀照下執行著社會批判的功能。這時市民成為最大多數的讀者，讓他們對社會有一個充分的瞭解成為了文學創作的主要目的。這一時期，文學與社會是不合作的，魯迅後期的雜文，茅盾和瞿秋白此一時期的雜文，以及譯介進來的一些激進的作品常常遭到查禁和銷毀便是一個最好的例證。同時在這種文藝運動中，知識分子仍站在主導的立場，扮演著啓蒙社會的精英角色。比如魯迅、茅盾、馮雪峰、瞿秋白、鄭振鐸、葉聖陶、周揚、胡風等，他們主持著當時的左翼文壇，並將他們的理念向四方傳遞著。儘管「左聯」存在著嚴重的「宗派主義」和左傾「關門主義」，但不同文藝理念間的論爭必竟也存在著，這對文藝的發展是有裨益的。

　　但延安文學經過抗戰的洗禮，已由「救亡」上昇為「翻身」，「啓蒙」在這裡已失去了市場。此前由「亭子間」到達解放區的知識分子們，曾帶去了一些具有啓蒙色彩的文學意識，這就是毛澤東在《講話》所列舉的那些：「人性論」、「文藝的基本出發點是愛，是人類之愛」、「從來的文藝作品都是寫光明和黑暗並重，一半對一半」、「從來文藝的任務就在於暴露」、「還是雜文時代」等等，毛澤東說這是糊塗觀念，是缺乏基本的政治常識，所以自然要受到限制。在延安曾發起過一次小規模的啓蒙運動：1941 年前後，在丁玲的「歌頌光明的同時也要揭露黑暗面」的思想影響下，出現了這樣一批文章和文學作品，丁玲的《三八節有感》《在醫院中時》、羅烽的《還是雜文時代》、蕭軍的《論同志之「愛」與「耐」》、王實味的《硬骨頭與軟骨病》《政治家・藝術家》《野百合化》等等，對延安的現實進行了尖銳的批評，王實味的文章甚至被國民黨作為攻擊延安的材料。但這些人立即遭到了嚴厲的批判，王實味甚至被秘密處死。代之而起的是廣大文藝工作者深入到前線，歌頌抗日英雄，歌頌民主根據地。特別是在抗戰勝利以後，歌頌在共產黨領導下窮人的「翻身」運動成為了創作的主題，而且這種意識也主宰了建國之後很長一段時期內的創作。在「翻身」的主題中出現了一些較好的作品，如趙樹理的《小二黑結婚》、李季的《王貴與李香香》、阮章競的《漳河水》、丁玲的《太陽照在桑乾河上》和周立波的《暴風驟雨》等，這是延安文學對中國現代文學的貢獻。

　　上述的差別使左翼文學和延安文學之間呈現出不同的形態，而且各有其

上卷，東方出版中心，2000 年。

獨立性，所以說延安文學並非左翼文學，認識此點，對正確理解和研究 20 世紀的中國文學還是大有幫助的。在延安文學中，茅盾傳統中的社會批判性已消失殆盡，資產階級和小資產階級作爲描寫的客觀對象已被根除。建國以後，茅盾那支寫慣了城市資產階級和小資產階級的掙扎過程的筆，再也無法對他們進行描述了。就文學作品的藝術性而言，十七年文學中看到的茅盾傳統，只是他的結構小說的章法，他的精神，尤其是對待他筆下小資產階級的人物及其心理已經被轟轟烈烈的革命戰爭和階級鬥爭題材所代替。紅色敘事使茅盾的灰色觀照相形見絀，他除了擱筆，保持著內心的獨立外，似乎沒有再作其他的選擇。於是茅盾文學傳統的另一半被悄無聲息地拒絕了。

第四章　茅盾與中國現代文學評論

第一節　茅盾與五四資源及文學史論

　　五四運動發生近一個世紀以來，所有人在評價 20 世紀中國歷史發展的時候，都會從它講起。五四運動常常和新文化運動連在一起，稱之爲五四新文化運動，也稱爲啓蒙主義運動。五四已經儼然成爲一個矗立在 20 世紀開元時刻最爲顯著的標誌。在五四之前的一些歷史發展徵兆似乎都被人們歸入了近代史的範疇，即使有些現代化的因素，也都成爲了史學家們在探討五四時的一個內在的資源，從而喪失了其獨立性。實際上這種看法並非有錯，歷史發展的承繼性總會使我們逐漸地認識這些問題。並且，任何人都承認，五四之所以偉大還在於，它成了在它之後中國歷史發展的資源。一方面人們在探討 20 世紀歷史的時候，不斷地以五四所體現出來的精神內涵作爲對後世的評價標準，即使到了 80 年代的時候，人們還在陶醉於中國文化思想界的對五四的回歸，似乎在中國的發展史上，五四是惟一一個可以作爲歷史進步的參照體系，人們總是喜歡用五四時期知識分子的氣質來觀照當下知識分子的立場。這就如同在西方近代資本主義發展過程中言必稱「文藝復興」一樣，我們也在言必稱「五四」，五四成了一個取之不盡的思想資源、文化資源；另一方面，五四運動的精神內涵到底都是一些什麼，似乎並沒有取得一致意見，人們從不同的立場和角度在進行著各自的言說，都想成爲對這個運動的最權威的發言人。這一點不管是親身參與和組織了運動的人，還是後世對文本的閱讀，都會常常產生較大的差異。但也是這種差異，才使人覺得五四資

源的豐富與複雜。作爲歷史事實，五四運動已經發生了，它的存在如同歷史上任何一件事實一樣，它僅僅是一種文本，但作爲一個具有歷史意義的事件來說，它又有著無限的張力，這樣在事實和意義之間五四被神話了。此處的「神話」並非有貶義色彩，筆者只是想說明它的多面性。但這裡有一個問題是必須清楚的，即神話只能發生在後世而不可能即時就被演繹了。

五四資源和文化派、啓蒙派及政治闡釋

茅盾雖然沒有在北京參加 1919 年 5 月 4 日的學生運動，但誰也不能否認茅盾是從五四運動中走出來的。從新文化角度說，他是五四新文化運動的代表人物應該是沒有疑義的。所以也正是因爲這一點，茅盾在反身回觀五四的時候，才認爲自己最有發言權，才不斷地對五四進行闡釋。儘管他的闡釋對當時的中國來說可能並不具有權威性，但五四一代的革命知識分子的內心追求卻由此可見一斑。由於茅盾是一位文學家，所以在論述茅盾五四觀的時候，我們將他置於他同時代與文學或文化有關的人對五四評價的環境當中，將使我們的考察更加合理。

胡適是新文化運動的代表人物，應該說，不管他站在一個什麼樣的立場上，他的發言都是有價值的。在胡適的理念中，新文化運動和五四運動是兩回事情。就新文化運動而言，那是「中國的文藝復興」，就五四運動而言，那是對「文藝復興」的一種「政治干預」。這種看法可謂獨到。他的有關論述是：

> 新文學之運動，並不是由外國來的，也不是幾個人幾年來提倡出來的，白話文學之趨勢，在兩千年來是在繼續不斷的，我們運動的人，不過是把兩千年來運動之趨勢，把自由變化之路，加上了人工，使得快點而已。〔註1〕

> 如果我們回頭試看一下歐洲的文藝復興，我們就知道，那是從新文學、新文藝、新科學和新宗教開始的。同時歐洲的文藝復興也促使現代歐洲民族國家之形成。因此歐洲文藝復興之規模與當時中國的〔新文化〕運動，實在沒有什麼不同之處。

> ……

> 〔中西方兩個文藝復興運動〕還有一項極其相似之點，那便是

〔註1〕 胡適：《新文學運動之意義》，《胡適文集》第 12 卷第 26 頁，北京大學出版社，1998 年版。

　　對人類（男人和女人）一種解放的要求，把個人從傳統的舊風俗、
　　舊思想和舊行為的束縛中解放出來。歐洲的文藝復興是個真正的大
　　解放時代。個人開始擡起頭來，主宰了他自己的獨立自由的人格；
　　維護了他自己的權利和自由。〔註2〕

從我們所說的「中國文藝復興」這個觀點來看，那場由北京學生所發動的而
為全國人民一致支持的，在 1919 年所發生的「五四運動」，實是這整個文化
運動中的一項歷史性的干擾，它把一個文化運動轉變成一個政治運動。〔註3〕

　　我不憚於多段引用是想從這些論述中尋找到胡適的關於五四新文化運動
的整體思維路向。在這些論述中，胡適建立了這樣一個框架：第一，將新文
化運動放在中國固有的文化傳統中來考察，並指出這種文化發展的必然過
程，也就是說看到了中國新文化發展的內在資源，具有很強的民族主義情結。
儘管胡時曾經聲稱或主張過「全盤西化」，是英美派的自由主義知識分子，但
這只是一種政治上的追求，在文化上他仍然是保守的。他後來埋頭於「國故
整理」也正源於此。按照這種思路，第二，他將新文化運動看成是中國的文
藝復興，也就順理成章了。並且在這種文藝復興中將中國置於現代化的邊緣，
表達了一種建立現代化國家的渴望。第三，文藝復興的目的和直接結果是建
立一個「真正的大解放時代」，要使人們「主宰了他自己的獨立自由的人格」，
「維護了他自己的權利和自由」，這樣就從文化走向了政治；第四，由於使用
了一種文化的定位基點，這樣當具體的五四學生運動的發生便一定會被看成
是一種「政治干擾」，這種取向是在有意地疏離政治。於是胡適就陷入了自己
所設置的矛盾當中，主要表現在：其一、既然是一種「文藝復興」運動，必
然要有「興」可「復」，但中國的歷史上的符合了古希臘、古羅馬的文藝運動
有沒有呢？是在哪一階段呢？誠然，按照這種思路發展下去，新文化運動實
質上就變成了舊文化運動。因為在中國的文藝發展史上找不到古希臘、古羅
馬那一時期；其二、由於強調了這場運動的文化性質而淡化政治，同時又強
調了他的追求自由和個人權利的目的，則必然又走進了政治的怪圈，所以這
種迴避是自相矛盾的。因此說五四運動是對新文化運動的「政治干預」則失

〔註2〕 胡適：《從文學革命到文藝復興》，《胡適文集》第 1 卷第 340 頁，北京大學出
　　　　 版社，1998 年版。
〔註3〕 胡適：《五四運動》，《胡適文集》第 1 卷第 352 頁，北京大學出版社，1998 年
　　　　 版。

去了立論的基礎。實際上胡適的這種思想就像黑格爾所說的「凡是存在的就是合理的，凡是合理的就是存在的」這種迴環的哲學思辨中所包含的本質是一致的。只是胡適本人並未說明這一點。

如果按照胡適的思路繼續追問下去，我們還可以發現他的更大的矛盾，這就是一方面他主張建立一個現代化的國家，另一方面又主張承擔了此項任務的青年放棄此項責任。他總結了五四運動的意義，認爲「五四運動引起了全國學生注意社會及政策的事業」，在此運動中，「學生節的出版物，突然增加。各處學生皆有組織，各個組織皆有一種出版物，申訴他們的意見」，「五四運動更予平民教育以莫大的影響」，「平民教育的前途，爲之增色不少」，同時，勞工運動也到處發生，婦女的地位也增高不少，「中國的婦女，從此遂跨到解放的一條路上去了」，青年學生都被吸引爲政黨工作。這種總結應該是不錯的，而且在一個現代化的國家中，都是一些基本的內容。但由於其中的每一個方面都涉及到了政治，所以胡適得出了結論爲：「年青學生，身體尚未發育完全，學問尚無根底，意志尚未成熟，干預政治，每易走入歧途，故以脫離政治爲妙。」〔註4〕由此可見，胡適並不是不主張政治，而是主張中年以上的人參與政治。這樣胡適始終沒有跳出政治場，只是更加隱秘罷了。也可以說，越是要迴避政治，就越說不清楚。

以上是胡適關於新文化運動的闡釋，我們可以稱之爲文化派，它的最大意義在於看到了新文化運動對傳統文化的繼承性。

毛澤東可以說是政治派闡釋的代表人物。他慣常用無庸置疑的口吻爲新文化運動下結論，並且影響深遠。在新文化運動的高潮期，毛澤東也在北京，可以說正是由於新文化運動而促使毛澤東來到北京。他在北京大學當圖書管理員，不是爲了尋一種職業，而是爲了尋一種救國救民的道路。所以說他對問題的看法往往是從國計民生的高度來立論的，從社會發展和變化的角度來闡述問題的，也就是說，政治的高度始終是他在論述問題是的一個基本點，以此來關照他所面臨的一切。在 1939 年時，毛澤東是這樣來評價五四運動的：

> 二十年前的五四運動，表現中國反帝反封建的資產階級民主革命已經發展到一個新階段。五四運動成爲文化革新運動，不過是中國反帝反封建的資產階級民主革命的一種表現形式。由於那個時期

〔註4〕參見胡適：《五四運動》，同上。

　　　　新的社會力量的生長和發展，使中國的反帝反封建的資產階級民主
　　　革命出現了一個壯大了的陣營，這就是中國的工人階級、學生群眾
　　　和新興的民族資產階級組成的陣營。而在「五四」時期，英勇出現
　　　於運動先頭的則有數十萬的學生，這是「五四」運動比辛亥革命進
　　　了一步的地方。〔註5〕

毛澤東的這段論述爲他以後的進一步論述打下了基礎。與胡適相同的是，毛
澤東承認這是一場文化意義的運動，稱之爲「文化革新運動」，不同的是，毛
澤東是將其納入到政治視野中來考察的，這是胡適所極力要迴避的。毛澤東
認爲這場運動是中國反帝反封建運動發展到了一個新的階段，也就是說此前
中國的反帝反封建運動就一直沒有停止過，這就像胡適所說新文化運動是中
國幾千年來文化運動的自然發展一樣，都看到了這場運動的內在資源。在民
族自尊感上他們找到了契合點，但一個談文化，一個談政治，其差異則大矣。
同時他們的差異還在於，胡適雖然也看到了在五四運動當中學生的力量，但
他卻主張學生從政治中退出，而毛澤東看到了學生的參與是比辛亥革命進步
的地方。應該說這就是文化和政治的區別。毛澤東對五四運動的認識也是發
展的，我們再引一段長文來看一看他的思維特徵：

　　　　在中國文化戰線或思想戰線上，「五四」以前和「五四」以後，
　　　構成了兩個不同的歷史時期。

　　　　在「五四」以前，中國文化戰線上的鬥爭，是資產階級的新文
　　　化和封建階級的舊文化的鬥爭。在「五四」以前，學校與科舉之爭，
　　　新學與舊學之爭，西學與中學之爭，都帶著這種性質。那時所謂的
　　　學校、新學、西學，基本上都是資產階級代表們所炫耀的自然科學
　　　和資產階級的社會政治學說（說基本上，是說那中間還夾雜了許多
　　　中國的封建餘毒在內）。在當時，這種所謂新學的思想，有同中國封
　　　建思想作鬥爭的革命作用，是替舊時期的中國資產階級民主革命服
　　　務的。可是因爲中國資產階級的無力和世界已經進到帝國主義時
　　　代，這種資產階級思想只能上陣打幾個回合就被外國帝國主義的奴
　　　化思想和中國封建主義的復古思想的反動同盟所打退了，被這個思
　　　想上的反動同盟軍稍稍一反攻，所謂新學，就偃旗息鼓，宣告退卻。
　　　失了靈魂，而只剩下它的軀殼了。舊的資產階級民主主義文化，在

〔註5〕毛澤東：《五四運動》。

帝國主義時代，已經腐化，已經無力了，它的失敗是必然的。

「五四」以後則不然。在「五四」以後，中國產生了完全嶄新的文化生力軍，這就是中國共產黨人所領導的共產主義的文化思想，即共產主義的宇宙觀和社會革命論。

……

在「五四」以前，中國的新文化，是舊民主主義性質的文化，屬於世界資產階級的文化革命的一部分。在「五四」以後，中國的新文化，卻是新民主主義的文化，屬於世界無產階級的社會主義的文化革命的一部分。

在「五四」以前，中國的新文化運動，中國的文化革命，是資產階級領導的，他們還有領導作用。在「五四」以後，這個階級的文化思想比較它的政治上的東西還要落後，就絕無領導作用，至多在革命時期在一定程度上充當一個盟員，至於盟長的資格，就不得不落在無產階級文化思想的肩上。這是鐵一般的事實，誰也否認不了的。〔註6〕

這樣長段的引用使我們對毛澤東的思路看得更為清楚。如果說在《五四運動》中，毛澤東還在五四本身上來評價五四的話，那麼在《新民主主義論》中，則已經超越了五四的本身，或者五四本身被忽略了，五四完全成為了一種歷史的符號，標明了歷史的轉換點，從此中國新的歷史就以此為最原始的起點，以後所有的對現代歷史的評價都是依此延伸開來。實際上，從此以後，這就成了中國文化思想界在評論那一段歷史的一個基本的模式，多少年來，人們對此都沒有突破。這種模式有這樣一些內涵：第一、雖然是從文化的角度來論述五四運動的，但無疑是一場階級與階級之間鬥爭的政治表現，具有強烈的政治色彩；第二、正因為如此，從歷史發展的角度來說，五四是一個歷史的終結點或一個歷史的開始點，五四本身的歷史使命已經結束，餘下的使命是由無產階級來承擔的；第三、這樣，在五四前後的中國的文化思想就發生了斷裂，人為地割斷了任何一種歷史現象或者運動所應具有的歷史聯繫。新與舊的對立，實際上就是好與壞的對立，中間絕對沒有過渡地帶，這是「鐵一般的事實」；第四、之所以得出這樣的結論，是因為自覺地將兩種文化納入

〔註6〕毛澤東：《新民主主義論》，《毛澤東選集》第 2 卷第 697～698 頁，人民出版社，1991 年第 2 版。

到了世界的兩種文化陣營當中，即世界資產階級的資本主義文化和世界無產階級的社會主義文化。其時在世界範圍內，這兩種文化所屬的政治陣營正尖銳地對立著。我們看到，這種思維模式的最大功績是賦予了五四運動以崇高的內涵，但它的不足也是相當明顯的，就是割斷了文化上的新舊聯繫，這是政治思維的必然結果，因為一種嶄新的政治意識形態必然要強烈排斥舊的意識形態。

　　魯迅是迄今以來最為堅決和最偉大的啟蒙主義者，他始終將新文化運動以來他所認定的啟蒙主義傳統堅持到生命的最後時刻，在這一點上來說，是誰也否認不了的。所以我們說魯迅是啟蒙派的代表人物。魯迅從不正面談及和評價五四新文化運動，他經常把自己內心真誠的感受投入到他的作品當中，他的很多作品實際上就是一個對於新文化運動的總結提綱，只不過賦予更為生動的形象和藝術手段而已。這方面我們能找出相當的段落來進行論述，但我們很難將其進一步的系統化，這也是魯迅的複雜性所在。在小說集《吶喊》、《彷徨》中，狂人、魏連殳、呂甫緯、涓生、子君等人物形象及其生活的時代背景都代表了魯迅對於新文化運動的一種評價，並且這種評價進一步內化到他的心靈深處，使他產生一種不勝遼遠的荒涼感。這些也都體現在他的散文集《野草》中。如果一定要找出一個恰如其分的評價，那就是在「希望、質疑、絕望與反抗的糾纏」中來尋找和完成五四的任務。對於五四，他遇到了兩難的境地，這從他與錢玄同的對話中就可以體會出來：

　　　　假如一間鐵屋子，是絕無窗戶而萬難破毀的，裏面有許多熟睡的人們，不久都要悶死了，然而是從昏睡入死滅，並不感到就死的悲哀。現在你大嚷起來使這不幸的少數者來受無可挽救的臨終的苦楚，你倒以為對得起他們麼？

　　　　然而幾個人既然起來，你不能說絕沒有毀壞這鐵屋的希望。

　　　　是的，我雖然自有我的確信，然而說到希望，卻是不能抹殺的，因為希望是在於將來，決不能以我之必無的證明，來折服了他之所謂可有，於是我終於答應他也做文章了，這便是最初的一篇《狂人日記》。

　　　　……

　　　　在我自己，本以為現在是已經並非一個切迫而不能已於言的人了，但或者也還未能忘懷當日自己的寂寞的悲哀罷，所以有時候仍

不免吶喊幾聲，聊以慰藉那在寂寞裏奔馳的猛士，使他不憚於前驅。

〔註7〕

在另一篇文章中，魯迅又說：

> 人生多辛苦，而人們有時卻極容易得到安慰，又何必惜一點筆墨，給多嘗些孤獨的悲哀呢？於是除了小說雜感之外，逐漸又有了長長短短的雜文十多篇。其間自然也有為賣錢而作的，這會都混在一處。我的生命的一部分，就這樣地用去了，也就是做了這樣的工作。然而我至今終於不明白我一向是在做什麼。比方做土工的罷，做著做著，而不明白是在築臺呢還在掘坑。所知道的是即使是築臺，也無非要將自己從那上面跌下來或者先是老死；倘是掘坑，那就當然不過是埋掉自己。總之：逝去，逝去，一切一切，和光陰一同早逝去，在逝去，要逝去了。——不過如此，但也為我所十分甘願的。

〔註8〕

對於新文化運動的大本營，魯迅在談別的問題時，又提及「後來《新青年》的團體散掉了，有的高升，有的退隱，有的前進，我又經驗了一回同一戰陣中的夥伴還是會這麼變化，並且落得一個『作家』的頭銜，依然在沙漠中走來走去……」〔註9〕我們無需舉出更多的例子來印證魯迅的看法，歸納起來，簡單地說，魯迅認為，五四新文化運動是失敗了，它沒有完成它的歷史使命，甚至五四的歷史使命是什麼都是值得懷疑的。但他依然在孤獨和絕望中前行，這也是他「所十分甘願的」。這正如馮雪峰在1928年所說：「到了現在，魯迅做的工作是繼續與封建勢力鬥爭，仍然站在向來的立場上，同時他常常反顧人道主義」。〔註10〕

這樣，我們可以對以上的論述進行小結：文化派的代表胡適認為五四新文化運動是一次文藝復興運動，不幸被政治所干擾了，但這種文化革新仍在進行；政治派的代表毛澤東認為，五四僅僅是一個標誌點，它宣告了一個歷

〔註7〕 魯迅「《吶喊 自序》，《魯迅全集》第1卷第419頁，人民文學出版社，1982年版。

〔註8〕 魯迅：《寫在〈墳〉後面》，《魯迅全集》第1卷第283頁，人民文學出版社，1982年版。

〔註9〕 魯迅：《南腔北調集〈自選集〉自序》，《魯迅全集》第

〔註10〕 馮雪峰：《革命與智識階級》，《雪峰文集》第2卷第291頁，人民出版社，1983年版。

史時代的終結和一個新時代的開始，前與後是斷裂的；啓蒙派的代表魯迅認
爲，五四新文化運動已經失敗了，中國啓蒙主義的道路還是任重道遠。在這
樣一個大的背景下，如果我們來討論和考察茅盾的對於五四新文化運動的看
法恐怕更能恰如其分。他們都作爲五四運動的直接或者間接的參加者，由於
所使用的評價事物的方法和所持有的立場上的差異，必然會得出大相徑庭的
結論，同時也只有在這種背景中來討論，才更清晰地考察出茅盾作爲一個作
家的心理發展過程。因爲對於茅盾而言，儘管他是中国共產黨的第一批黨員，
較早地接受了馬克思主義，同時又與魯迅、毛澤東都保持著較爲密切的關係，
但畢竟是一位有著獨立思想的知識分子，他們之間的對於五四新文化運動評
價上的差異和共性，也必然代表著一類知識分子的價值取向，這正是以上不
惜大量浪費筆墨的原因。

魯迅的凸顯和低調性的政治思考

在新中國建國以前，茅盾對五四新文化運動有過十餘次專門評述，這既
有一個認識上的不斷加深和變化的過程，同時也說明了茅盾對於五四新文化
運動的資源性認識。以 1931 年爲界，分爲兩個階段，前一階段也可稱爲政治
思考階段，後階段可以說是文學思考階段。前一階段的文章主要有兩篇，即
《「五四」運動的檢討》和《關於「創作」》。關於這兩篇文章，在多少年以後，
茅盾回憶說：「《『五四』運動的檢討》……現在看來立論就錯了。只有某些具
體問題的分析也許還有點參考價值。但是，這篇報告卻眞實地反映了我當時
的認識水平，雖然這認識在當時還被認爲是溫和的，保守的。」「《關於『創
作』》這篇論文，是我試圖總結『五四』以來文學創作發展道路的一個嘗試，
現在看來，它與《『五四』運動的檢討》一文一樣，有著貶低『五四』新文學
運動成果的缺點……不過魯迅和瞿秋白都支持我的基本觀點。」〔註 11〕在前
一篇文章中，茅盾首先考察了五四運動以前的中國的政治與經濟，並對當時
社會的階級狀況進行了分析，認爲五四作爲一個思潮來看，主要是反對封建
思想，是意識形態領域的鬥爭，但由於在這次鬥爭中摻雜著封建主義、帝國
主義，加之新興的資產階級的動搖和妥協，這樣「就伏著『五四』失敗的根，
也伏著『五四』之所以不能成爲健全的民族解放運動的根源。」他進而認爲，

〔註11〕茅盾：《我走過的道路》，中卷第 76 頁、81 頁，人民文學出版社，1984 年版。

雖然在五四運動中學生火燒了「趙家樓」，表面上看起來這個運動擴展到了全國，實際上是「下火」了，也就是說，這場運動走向了低潮。其次，茅盾也將五四運動和歐洲的文藝復興運動做了比較，與胡適不同的是，他認爲這兩者是有性質上的差別。他說：「作爲文藝復興運動之社會的基礎是漸具勢力之手工業和小商業，反之作爲『五四』之社會的基礎是近代的機械工業和銀行資本了。」〔註12〕這一點的認識較之胡適來說是相當深刻的，但他仍然是從社會背景上來分析的。再次，從思想觀念上來說，五四時期所提出的一些具有觀念革新意義的口號，如試驗主義、反對大家庭、反對貞操觀念、男女社交公開、主張青年權利、擁護思想自由、反對文言舊戲，尤其是將反對日本帝國主義稱爲愛國運動等等，都被茅盾認爲是十足地表現了資產階級的政治觀念，在這個運動中衝鋒在前的小資產階級的知識分子被看作是新興資產階級的代言人。茅盾的這種看法無論如何都是有待商量的。他還是從階級與政治的關係中來分析了具體的文化問題，這是不冷靜和不科學的。最後，基於上述的認識，茅盾基本上否定了除魯迅以外的所有的文學創作，這是從政治理念出發所得出的必然結果。這樣，對資產階級的厭惡和對政治的敏感，按照上述的邏輯，茅盾必然得出以下的結論：「『五四』埋葬在歷史的墳墓裏了」。〔註13〕

在《關於『創作』》中，茅盾具體分析了五四以來的中國文學發展和創作，令人遺憾的是，仍然是除了魯迅的作品以外，他基本上都予以否定。他認爲，陳獨秀和胡適所提出的所謂的「三大主義」和「八事主義」都是「非驢非馬，令人莫解」，「新青年派除了逐漸起分化而終至於破裂外，始終沒有提出明確的新文學的內容來」，文學研究會一些人的主張，並沒有引起什麼影響，「卻只得到了些冷笑和熱潮」，創造社所領導的浪漫主義文學「功過不相抵，流弊很多而並沒有產生偉大的作品」。〔註14〕他的結論是：

> 「五四」期的新興資產階級的「新」文學則因爲階級本身沒有
> 發育的健全，且在發育時期即日益加劇地發展出內部的矛盾而因以

〔註12〕茅盾：《『五四』運動的檢討》，原載 1931 年 8 月 5 日《文學導報》第 1 卷第 5 期，現收入《茅盾全集》第 19 卷第 231 頁，人民文學出版社，1991 年。以上未作注明處，均引自該文。

〔註13〕同上。

〔註14〕參見茅盾：《關於『創作』》，原載 1931 年 9 月 20 日《北斗》創刊號，現收入《茅盾全集》第 19 卷，人民文學出版社，1991 年版。

促成潰滅的速度，所以「新文學」始終沒有健全地發育。〔註15〕
儘管如此，我們仍注意到在他的這兩篇文章中的一個的特點，即始終注意到
了魯迅及其作品在五四新文化運動所具有的啓蒙意義。無論是在對五四新文
化運動的政治分析上，還是對魯迅的個人評判上，與八年以後毛澤東在《新
民主主義論》中的分析都是基本一致的。這也充分地說明了馬克思主義理論
在歷史實踐和文化分析上的普遍適用性。在這一點上也可以說是一種集團性
的思想路向，它必將和已經在一定的時期內左右著集團內部的個性思維。就
茅盾這樣一位個體而言，對五四及新文化運動之所以做出上述的判斷，當然
還有一些個人的原因，這主要表現在：（一）新文化運動的領袖人物陳獨秀和
胡適，一個在政治上走上了右傾的道路，一個「忠實地代表了中國新興資產
階級（茅盾語）」，這不能不令茅盾對他們所領導的文化運動產生懷疑，以至
否定；（二）在1931年的時候，茅盾雖然早已完成《蝕》三部曲和《野薔薇》
的寫作，但心態仍需做進一步的調整，以期重新確立一種戰鬥和創作姿態；
（三）此時茅盾正在醞釀創作《子夜》，而創作的目的就是要回答中國社會的
性質問題，所以他花了大量的氣力來考察中國社會的政治經濟和文化背景，
這必然滲透到他的這兩篇文章寫作當中；（四）此時左聯雖然已經成立，但創
作上並未見成績，所以茅盾急於為普羅文學的發展卸下包袱和掃清道路，也
就是說作以政治和文學上的指導；（五），當然瞿秋白的影響也不可忽略。不
過茅盾畢竟還是一個擅於文學創作和批評的知識分子而不是政治家，所以當
上述的影響和心態消化和消失的時候，他必將會從更為深層的角度上來看待
問題，於是他對五四新文化運動的闡釋就進入了另一階段。

高調回歸與文化──政治──文化模式

與毛澤東寫《五四運動》的時間相同，在1939年的時候，茅盾再次作文
《「五四」運動之檢討》，這次寫作是在新疆。雖然在盛世才統治下，新疆仍
然充滿著種種尖銳的矛盾和鬥爭，但畢竟離中國政治和文化的運動中心稍
遠，這就使茅盾能夠在新疆這樣一個在文化上的「荒蠻」之地，對五四運動
進行冷靜的思考。「荒蠻」的氛圍對茅盾來說應該是十分重要的，能夠使他在
對五四的分析上產生一種還原感。北京雖然是五四運動時期的文化中心，但
封建勢力的強大也是在別處難以找尋的，這一點在二十年後新疆可以說是尋

〔註15〕同上，第280頁。

到了相似之地，因此這就使茅盾重評五四更爲客觀了。另外已響徹全國的抗日怒潮也需要曾經被茅盾所拋棄的資產階級作爲同盟軍而參加，所以就使他對資產階級的態度變得大度起來，他到新疆來幫助盛世才發展文化就是一個很好的證明。不瞭解這種心態，就無法理解他的對五四態度的轉變。我們發現在這次的「檢討」上，雖然仍以政治、經濟以及階級關係作爲背景，但文化的含量明顯增加，尤其是對以陳獨秀、胡適爲代表的「新青年派」給予了高度的評價。他說：「這一個歷史上有名的示威運動，是以小布爾喬亞知識分子的學生爲先鋒的群眾運動，社會運動」，而不再稱之爲資產階級的代言人了。他又說：

> 沒有「新青年派」在「五四」以前所作的思想運動，「五四」這示威運動未必遂能擴大而成爲全國範圍的社會運動；再進一步說，正因爲「五四」示威運動是二三年間的反封建的思想準備的結果，所以「五四」運動擴大成爲全國範圍的社會運動以後，又立即推進了並擴大了反封建的思想運動。這是我們對於「五四」運動首先應有的理解。〔註16〕

這是此文的第一個特點。茅盾將新文化運動的內容概括爲兩個大的方面，即抨擊儒家思想的「反孔」精神和「從新估定價值」的懷疑精神。他認爲「新青年派」的懷疑精神是從晚清的「今文派」的疑古思潮基礎上發展而來的。這一點非常重要。我們都知道五四運動的懷疑精神是從尼采的學說得來的，也就是說在以往的的評價中過多地注重了西方的文化資源，而忽略了本國文化上內在發展繼承性。對五四新文化運動的的內在資源的認識，茅盾絕對不是第一人，胡適遠比他高明。茅盾也能做如此認識，說明他們同樣都用一種常態的心理來看待新文化運動的，這是第二個特點。

　　現在的學者或者研究者在追溯五四源頭的時候，往往走到了明清之際，甚至在此以前，實際上大可不必。任何一種思潮或者運動的產生，如果沒有內在資源的支撐，無論如何也是發展不起來的，外力僅僅是一種促進或者催化作用。因此對於五四新文化運動內在資源探討的過於久遠，就失去了探討的意義，又陷入了「古已有之」的窠臼。我以爲，茅盾將五四運動的內在資源確定在「今文派」還是恰如其分的。今文學派是在清中葉出現的一個疑古

〔註16〕茅盾：《「五四」運動之檢討》，原載 1939 年 7 月新疆學院校刊《新芒》第 1 卷第 1 期，現收入《茅盾全集》第 22 卷第 57 頁，人民文學出版社，1993 年版。

學派，其最初代表人物是莊存與，繼承他的有劉逢祿、龔自珍、魏源、康有
爲和梁啓超，我們看到這些人在近代中國思想史上都佔有一席之地。如果我
們討論中國現代化起源和進程的時候，無論如何也不能忽略他們。梁啓超在
他的名著《清代學術概論》中介紹了這一過程，他說：「今文學啓蒙大師，
則武進莊存與也。存與著《春秋正辭》，刊落訓詁名物之末，專求所謂『微
言大義』者」，「今文學之建者，必推龔、魏。龔、魏之時，清政既見陵夷衰
微矣，舉國方沉醉太平，而彼輩若不勝其憂危，恒相與指天畫地，規天下大
計。考證之學，本非其所好也，而因眾所共習，則以能之；能之而頗欲用以
別關國土，故雖言經學，而其精神與正統派之爲經學而治經學者則既有以
異。」〔註17〕康有爲是這場今文學運動的中心，他所著的《新學僞經考》、《孔
子改制考》和《大同書》曾產生了重大的影響。按梁氏所說是：「第一、清
學正統派之立腳點，根本動搖；第二、一切古書，皆須從新檢查估價。此實
思想界之一大颶風也」。「若以《新學僞經考》比颶風，則此二書者（指後兩
部書——引者注），其火山大噴火也，其大地震也。」〔註18〕而梁啓超又是
這場運動的積極宣傳者，可以說他是中國的新文學運動的最直接先驅者。對
於今文學派，當代學者葛兆光有一個溫和的評價，他說：

> 它（指今文學派——引者注）以新經學反抗舊經學，把本來處
> 於邊緣的一些經典轉到了中心，又把原本處於主流的經典挪移到了
> 邊緣，把曾經是被排斥的與政治比附的經學解釋方式，重新引入了
> 經學，而對清代流行的解經方式加以改造，這使作爲古典知識的經
> 學發生了相當深刻的變化，所以它的詮釋邊界相當開放，一些事先
> 的政治預設被當作詮釋的前提，一些想像和發揮在維護眞理的前提
> 下佔有了合理性。〔註19〕

這種評價和理解顯然看到了在中國傳統民間的東西在今文學派的努力下，進
入了知識分子的視野，並對後來的啓蒙產生了很大的影響，甚至其本身就是
啓蒙。茅盾看到了這一點並在文章中承認它的影響，無論如何也是爲今後的
研究確定了一種方向。

〔註17〕梁啓超：《清代學術概論》，朱維錚導讀，上海古籍出版社，1998 年版第 75～
　　　 76 頁。
〔註18〕同上。
〔註19〕葛兆光：《中國思想史》第 2 卷第 483 頁，復旦大學出版社，2001 年版。

第三個特點是，茅盾在此文中為新文化運動的發展確立了一個「思想文化——實際政治——思想文化」的發展模式，對與錯且不說，但比較符合歷史實際。以 1919 年 5 月 4 日的學生示威遊行為界，在此之前是思想文化的運動，5 月 4 日至 6 月 3 日的運動是政治運動，在此之後仍是更為猛烈的思想文化運動。這個運動的結果是：「近百年來的西歐的各派思想，只要是沒有來過中國的，都被在一年多的時間內，斬首去足，殘缺不全，似是而非地，『介紹進來了』」〔註20〕但茅盾同時又認為，由於這些思想的胡亂引進，結果就使五四以前思想運動上的兩大主題即「抨擊儒家思想」和「懷疑精神」被逼得「功成身退」了，五四沒有完成它的歷史任務。也造成了一些苦悶、矛盾的青年，即「五四型的青年」。這裡的邏輯是這樣的：在中國要想創造和發展一種新型的文化，首先得剔除阻礙了這種文化發展的封建文化，為新文化發展掃清道路。他認可今文學派，並不是今文學派的內容，而是他們的疑古精神。如果不徹底清除掉青年頭腦中的封建意識，而又要在他們的頭腦中塞滿西方的新思想，就必然使他們「盲從、輕信、獨斷、蒙昧」。如果說胡適認為是「五四政治運動」干擾了新文化運動，那麼則可以說，茅盾認為是西方的各種「殘缺不全」的思想干擾了新文化運動。茅盾的這種認識是很深刻的，同時也充滿了矛盾，這一點並沒有為以前的研究者所注意，而且也卻是為今後的研究提供了一種新的思路。如果考慮到茅盾早期的有關論著，仍可以發現這裡還有進化論的影子。比如，在新文學最開始的時候，茅盾雖然認為中國將來的文學應該走新浪漫主義的道路，但由於在西方文學發展史上，走的是古典浪漫主義、自然主義、寫實主義、新浪漫主義的道路，所以中國也須如此。同樣在對五四新文化運動的評判上，他仍然選擇了這樣一種思維，即必須在徹底的反對封建主義帝國主義取得徹底勝利的時候才可以確立另一種主題。但他沒有考慮到，在反帝反封建的同時必須需要一種思想上的武器，即作為工具，來填充在反帝封建的過程中所出現的真空地帶。也許在茅盾的潛意識中，這種思想就是馬克思主義，因為他對五卅以後的革命寄託了無比的期望。當代學者李澤厚在研究五四新文化運動的時候，曾經提出過「啟蒙與救亡雙重變奏說」，有兩個論點影響較大，其一是「啟蒙與救亡的相互促進」，其二是「救亡壓倒啟蒙」，這種說法得到了普遍的認可。「啟蒙與救亡的相互促進」倒是與茅盾的「思想文化——實際政治——思想文化」

〔註20〕同註 16。

模式較爲接近，或者說意思相同。「救亡壓倒啓蒙」說與茅盾大相徑庭，但茅盾的說法也仍然有他的科學性，是值得進一步研究的。茅盾在這篇文章的後面說：「『五四』運動已經走完了它的歷史里程，然而反帝反封建的革命乃是中華民族神聖的歷史的使命，必得完成！」〔註 21〕看來茅盾所堅持的仍是啓蒙與救亡的雙重並舉，這一點比在前一個「檢討」中似乎更爲鮮明了。

　　對這兩個階段茅盾關於五四評價的考察，我們認識到的問題是，五四作爲一種資源的可解讀性以及多解性，尤其是茅盾作爲一種從五四中走出的知識分子，是如何通過對五四的闡釋來評價自己的，更可以看出類似茅盾這樣以革命作家相號召的知識分子的心理歷程，甚至也可以看到，在眾多的關於五四的論述中，關於五四的敘述話語和存在狀態是如何被進一步凝固和神聖化。當然，這裡也有茅盾個人的獨特之處，這就是他綜合了胡適派、毛澤東派和魯迅派的認識，這是他對這些人的超越之處。

政治分期及時間段的巧合

　　探討茅盾的文學史觀是一件出力不討好的事情。必須肯定的是茅盾不是一個文學史家，因此在我看來茅盾並不具有在文學史研究上嚴格的學術體系性。在茅盾早年剛剛進入到商務印書館的時候，曾經有走向學術研究的可能，在這方面也爲商務印書館作出過貢獻。但急劇變化的社會思潮以及剛剛興起的新文化運動又使茅盾將興趣轉移到了另一方面。在早期文學批評和理論著述中，我們還是可以看到他傳統文學批評理論的底蘊，但在後來由於過多的將視野轉向了政治、轉向了現實、轉向了西方，因此他的批評底蘊也發生了轉移，在一定程度上從學術走向了非學術。但這種轉向又絕不是像在他之後一些所謂青年革命文學家的批評觀念那樣任時和任性而爲。茅盾走向非學術只是與經院學者的治學方式相比較而言。但如果眞的把茅盾定位在一個文學史家的位置上，或許也能說出一些道理來。當代學者陳平原曾將主要活動於 1930 年到 1960 年的研究文學史的人稱爲第二代文學史家，並且開列了幾個特點：首先，規範化及專業化的傾向已經相當明顯。雖然缺少上一代人的生氣與博大，但對各種文學史問題的研究，成果相當可觀；第二，學術思路及研究領域大有拓展；第三，關注仍在進行的文學進程，發展出意義深遠的「現代文學」學科，使得文學理論、文學批評與文學史有可能三位一體和

〔註 21〕同上。

良性互動；第四，引進唯物史觀，突出文學研究中的社會學取向，曾經大大改變了以往的「文學史」圖像，等等。〔註22〕這幾個特點在茅盾身上幾乎有同時具備，因此即使不將其定位在文學史家的位置上而來探討他的文學史論也是完全必要的。

應該說，在茅盾關於五四新文學的論述和評價中，其中一個重要目的是要梳理五四以降的中國新文學發展歷史。茅盾沒有寫過專門的中國新文學史，也從來沒有明確表示過要進行這方面的寫作，但在他所留下來的諸多的關於文學史論的文章中，可以明顯感覺到他內心的渴望。他對五四運動的評價，無外乎就是要爲這種文學史寫作確定一種外圍環境。作爲一名成名的作家、文學批評家和理論家，作爲一名從五四的驚濤駭浪中走出的具有強烈精英意識的知識分子，他這種渴望無論如何都是可以理解的。一方面通過總結和史的搜求，標注出文學發展的流向，另一方面又要確立一種方向，以使文學的發展更加適合於自己心中的狀態和樣式。除魯迅外，左翼作家基本上都具有這種特點。到了延安時期，這種特點便發展爲一種更爲急切的召喚。與茅盾相比，延安的作家、理論家們已經走向另一個方向了。在茅盾的思想中，由於一直主張了文學和政治之間具有緊密的關係，所以他對五四以來的文學評價必然隨著他對五四的政治評價而漲落。但是文學家的身份又會使他在政治和文學之間進行互換的時候，保持著一種藝術家對於文學的敏銳思考。所以在這一點上往往又游離於政治之外。而這一切又都是由他所使用的方法與觀念所決定的。

茅盾對新文學運動明顯帶有系統梳理性質的文章是寫於 1939 年的《中國新文學運動》一文，但由於這是一篇演講稿，行文過於簡陋，所以他的文學史觀表現得並不充分。不過在此之前茅盾曾經寫過一個書評，卻能看出他對文學史寫作有過充分的思考，這就是寫於 1934 年的評王哲甫 1933 年出版的《中國新文學運動史》。王哲甫的《中國新文學運動史》（以下簡稱王史）「是第一部具有系統規模的中國新文學史專著」。〔註23〕王史從五四運動寫到 1933 年十五年的時間。由於新文學的發生距離較近，且作者地處山西，不是文化中心，因此在搜集材料和對文學事件及人物、現象的評價上就會出現諸多的

〔註22〕參見陳平原：《文學史的形成與建構》，廣西教育出版社，1999 年版，第 11～12 頁。

〔註23〕黃修己語，參見《中國新文學史編纂史》，北京大學出版社，1995 年版，第 43 頁。

差錯，這是可以理解的。其體例相對完整，既有文學理論介紹、作家評論、文學論爭等，也有文學翻譯、民間資源、整理國故等方面的內容，史料是較為詳細的。所以稱之為第一部具有系統性的文學史論著是正確的。在王史前後，也有幾部史著或大綱出現，它們是胡適的《最近五十年中國之文學》，共十節，但涉及到新文學僅一節，尤其是胡適在介紹文學革命的時候，偏重介紹白話文運動，似乎文學革命就是白話文運動，這是胡適在認識上的一個偏頗。另外趙景深的《中國文學小史》、陳子展的《最近三十年中國文學史》、錢基博的《現代中國文學史》等等，都屬於「附驥式」的新文學史，新文學的敘述僅占相當小的一部分，不足以充分表現新文學的實績。這一時期較有特色的新文學史大綱是朱自清的《中國新文學研究綱要》，雖然是綱要，但已基本成體例，尤其是作者就是文學中人，他的認識和對文學史的理順可能更接近文學史的實際。以上這些作品和王史相比，就對新文學的論述而言，就顯得單薄得多了。前文已經說過，王史不僅史料翔實，而且更為全面。茅盾在他的書評中首先肯定了作者的嚴肅態度，但對於本書的編寫，他基本上持否定態度。他說作者一方面想給五四以來的新文學運動下一論斷，一方面又想多多提供資料，兼有長編的性質，結果兩者做的「實在有點糟」。他提出的問題是：首先，僅過多地羅列史料，不足以說明新文學發展的流向；其次，新文學發展的社會背景沒有充分給予表現，認為新文學運動的原因應在「社會的政治的經濟的變動中求之」，應該看到政治革命影響的深層原因；再次，將五卅運動作為新文學發展的分期，認為「很不妥當」，認為五卅前後的中國文學的主要色彩是悲觀苦悶，不足以代表中國文學的發展方向，這樣做的「結果自然不能把文學運動的潮流分析清楚了」；最後認為希望立刻有一部正確的新文學運動史未免希望太早了，但來一個提要到是未嘗不可的。〔註24〕在這裡實際上已經看出了茅盾的文學史觀。他的重點還是在於文學發生的社會背景以及革命政治對文學的影響。他希望用一個進步的革命的文學發展流向來統籌文學史，這一點應該是沒有疑義的，並且也在他的論述中得到了實踐。茅盾在寫這篇文章的時候，是在對五四「苛評」後不久，明顯帶有那個時期的印記，同時對五卅的文學發展認識不足，過多的用了政治理念來考察文學，這樣就對王史以五卅來分期給予堅決的否定。五卅前後是五四的落潮時期，

〔註24〕 參見茅盾：《中國新文學運動史》，原載 1934 年 10 月 1 日《文學》第 3 卷第 4 號，現收入《茅盾全集》第 20 卷第 241 頁，人民文學出版社，1990年版。

在文學上是低迷時期，在政治上無疑是革命的高漲時期，王史的這種以政治
事件來對文學分期，也自有道理。關於這一點，我們看到了茅盾在梳理文學
史上的矛盾之處。實際上茅盾是主張以政治事件來分期的。此處對王史分期
的不同意見，只能說明此時茅盾對於五卅前後文學發展理解上的偏差所至，
並不代表他的一貫的思想。五卅前後是新文學隊伍的分化和轉化時期，也是
一個文學開始多元發展的時期。新文學陣營中的積極分子們，有的參加了實
際政治運動，有的退回了舊陣營，有的關門做起了學問，有的在文學上走向
了另外道路，比如胡適、周作人、郭沫若等都是各種路向的代表人物，茅盾
此時就幾乎成了職業的革命者了。他對文學的要求就是集體性和革命性，他
不能不對此一時期的文學表示出極大的不滿。但這種不滿是在三十年代初期
他力圖用一種革命思想來規範文壇時做出的，所以在這時他不同意以五卅來
分期就是可以理解的。這裡要注意的問題是，茅盾不同意以五卅作為文學發
展的分期，並不代表他不同意以政治事件來分期。

關於新文學史以政治事件來分期問題，我們有必要再作進一步的探討，
因為這種分期方法對以後文學史寫作曾產生過較大影響。有的學者指出，是
王哲甫最先使用以政治事件作為分期標準的，這個發明權屬於誰，我以為還
是可以商量的，在我看來，茅盾似乎更早一些。從時間上來說，王哲甫的《中
國新文學運動史》的出版時間是在 1933 年的 9 月，1934 年的 7 月，茅盾看
到了這本書，並寫了書評，即上文所討論的。那麼在 1934 年 4 月，茅盾還
沒有看到這本書的時候，有一篇文章《從「五四」說起》，中，明確說：「現
在要是來編一本《近代中國文學史》，無論如何的從『五四』運動說起。從
『五四』到『五卅』，是一個時期；從『五卅』到『一九二八年』，又是一個
時期；以後直到現在，又是一個時期。」〔註 25〕在 1939 年的演講《中國新
文學運動》中，又將新文學的發展分為三個時期，即從五四到五卅為第一個
時期，從五卅到北伐為第二個時期，從北伐到抗戰前為第三個時期（這些顯
然與他對王史的評價存在著很大的矛盾，並可看出茅盾此時的思想波動很
大）。由此可以看出茅盾對文學史的分期基本上是以文學所表現的內容及創
作隊伍的變化為主的，這些都是以政治事件為標誌的，並且隨著對不同的政
治事件的不同認識，在分期上也有些微的調整。這些雖然都是在王哲甫的文
學史專著出版以後的事情，但這絕不是說受了王的影響。因為茅盾自有其對

〔註 25〕茅盾：《從『五四』說起》，原載 1934 年 4 月 1 日《文學》第 2 卷第 4 號，現
收入《茅盾全集》第 22 卷第 51 頁，人民文學出版社，1990 年版。

於文學與政治之間關係的理解。早在王史出版之前，茅盾的這種傾向性意見就已經多次表露出來了，只是後世的文學史研究者們在考察中國新文學史編纂情況時，只注意到了茅盾的《中國新文學大系　小說一集導言》，而忽略了他的其他關於文學史論述。實際上茅盾早就開始用政治事件來界定文學了。比如在 1931 年的《關於「創作」》一文中就說過：「『五卅』運動以後，因了新階級的擡頭與猛烈鬥爭就引起了社會層的加速度的崩潰，而在此崩潰的過程中發展出更複雜畸形的意識形態。這個現象，反映在當時文壇上的是各式各樣不同姿態的文藝小團體之發生與變動。」〔註26〕這種意向甚至還可以追溯到 1929 年，在《讀〈倪煥之〉》一文中就說過：「『五卅』時代以後，或是『第四期的前夜』的新文學，而要有燦爛的成績，必然地須先求內容與外形——即思想與技巧，兩方面之均衡的發展與成熟」〔註27〕。當然這種思想再往前追溯的話也絕不是茅盾的發明，而是在「革命文學」論爭時期青年革命文學家們的首創。茅盾後來對此進行了明確，卻是事實。

　　在文學史分期上的另外一個問題是如何來劃分文學史時間段，這和以政治事件來對文學史分期不同。前者是以時間長度爲標準，以便對一個時期的文學發展進行把握，是一種整體上的要求，這就像我們在研究古代文學時以朝代來標注文學史一樣。這一點和中國現代歷史的發展在時間上出現了重合。後者是以文學所反映的社會生活爲標準的，當然政治在其中起了決定性的作用。實際上，兩者在某種程度上，政治時段的轉換都不約而同地作了參照。在現代文學史三十年的劃分上，起初以十年爲時間段，無外乎就是確立一種時間長度，但中國新文學的開始時間以 1917 年起算，第一個十年止於 1927 年，而 1927 年卻又是大革命失敗和中國共產黨獨立領導中國革命的起點。這樣，每一個十年推演下去，都與中國十分重要的政治或者軍事事件合在一處。這一點是非常有意思的。後來在新文學史的時間段劃分上又有過較多方法，比如有的以 1942 年延安文藝整風爲標準的，王瑤的《中國新文學史稿》就是這樣，還有 1958 年復旦大學中文系學生在特殊的政治環境中集體編寫的《中國現代文學史》也是這樣的。但此兩者在學術性上是沒法相比的。但以十年爲段的文學史分期方法應用比較廣泛，至少在上個世紀「重寫文學史」的口

〔註26〕茅盾：《關於『創作』》，原載 1931 年 9 月 20 日《北斗》創刊號。現收入《茅盾全集》第 19 卷第 262 頁，人民文學出版社，1991 年版。

〔註27〕茅盾：《讀〈倪煥之〉》，《茅盾全集》第 19 卷第 211 頁，人民文學出版社，1991 年版。

號提出以前，得到了廣泛的認可。這種傳統是可以追溯到茅盾這裡的。據茅盾本人回憶，1934 年上海良友畫書公司的編輯趙家璧寫信告訴茅盾有一個編輯《中國新文學大系》的計劃，請求茅盾支持，茅盾覆信表示支持，並就有關問題提出建議，他說：

> 斷代以一九一七到一九二七年大革命爲界較爲妥當，因爲新文學運動從「五四」前兩年就開始醞釀了，到一九一九年「五四」至一九二五年「五卅」這六年，雖然在新文學史上好像很熱鬧，其實作品並不多，「五卅」運動前後開始提出了「革命文學」的口號，但也只是理論上的初步探討，並未產生相應的作品；而一九二七年大革命失敗後，情形就完全不同了，這個階段到現在還沒有結束。如果這樣劃分，新文學運動的第一階段正好十年。〔註28〕

後來又出現了第二個十年的「大系」等，都是以此爲參照的。編輯「大系」的最初動議是趙家璧，但以十年爲一時間段的劃分文學史的方法卻是茅盾留下的。

　　在茅盾整個關於文學史研究和論述上，他始終堅持的是將政治事件和大的時間段相結合文學史分期方法，這在他的另一篇文章中可以得到進一步的印證。1949 年 7 月，即將成立的新中國在北京召開了第一此文代會，在這次會議上，茅盾代表國統區作家報告了國統區文藝發展情況。在這個報告中，將國統區的文藝界定在 1937 年開始的，顯然這是以抗日戰爭的爆發爲起始點的。因爲就國統區這個名稱或地域而言，在抗日戰爭爆發以前就已經存在了，只不過是在抗戰以後，解放區在不斷擴大，國統區漸在縮小而已。接著，茅盾將這個時期的文藝運動分爲如下幾個時期：1937 年 7 月～1938 年底爲第一個時期，武漢陷落；1939 年～1944 年爲第二期，日軍進攻到了湘桂諸省；1944 年下半年至抗戰勝利，爲第三期；抗戰勝利以後爲第四期。可見茅盾都是以政治事件作爲文學分期的關節點的。我們把一階段的分期和他的《中國新文學運動》中分期結合起來，就是一部「中國新文學史綱要」。從1917 年到 1949 年，茅盾選取了五四運動、五卅運動、北伐戰爭、抗戰爆發、武漢陷落、抗戰勝利等幾個重要的歷史政治事件作爲分界點，貫穿了三十年的文學發展實際。這種文學史寫作觀念的最大益處在於可以隨時觀察到文學和政治的互動關係，即是一種動態的文學史寫作方法，不是旁觀和沉思，而

〔註28〕茅盾：《我走過的道路》，中冊，第 280 頁，人民文學出版社，1984 年版。

是積極深入到文學和政治內部當中去。尤其茅盾本身就是文學中人，相比較而言，他更願意置身其中。在茅盾的潛意識當中，在他的《中國新文學運動》和《在反動派壓迫下鬥爭和發展的革命文藝》這兩個文本的深層結構中，實際上他是提出了這樣一種命題：政治影響了文學，反過來文學也影響了政治。比如在討論國統區進步文藝的時候，茅盾就是想說明，進步文藝揭露了國民黨的消極抗戰的態度，結果國民黨實行了嚴格的檢查制度，而越是如此，則進步作家的態度就越堅決和徹底，這樣國民黨就對進步作家實行了政治迫害。在這一點上，國民黨文化政策上的每一次收縮，都是因為文藝的不斷抗爭和進步，也就是說文藝牽動了政治。在任何一個強調文藝從屬於政治的體制當中，政治總想把文藝卵翼在自己的門下，但沒有一種文藝會心甘情願地喪失自己的獨立性，因此在政治和文藝之間就產生了一種緊張的關係。這種緊張的關係實際上就是獨立與反獨立，控制與反控制的鬥爭，這就是文學與政治的互動。上述對茅盾關於文學史分期的論述，不僅讓我們看到了一種研究文學史的方法，實際上毋寧說是他的貫穿於整個文學史研究中的一種指導思想更為妥當，充分反映了文學史研究的時代性和傾向性，同樣在這一點上也和他的現實主義理論主張是一致的。關於指導思想問題不再贅述，下面所引的一段話完全可以為這個問題作一最好的注解：

> 從達爾文主義到馬克思主義，從易卜生到高爾基，從「實驗主義」主義到辯證法，從批判的現實主義到社會主義的現實主義，從無條件地搬演歐洲近代的文藝形式到提出民族形式這一課題——三十年來，這道路是迂迴曲折，但卻不是循環往復而是步步前進，步步在作兩條路線的鬥爭。到今天，「三十年為一世」，馬列主義的中國化，毛澤東思想，正如已在政治軍事上取得偉大的勝利一樣，在文化戰線上也已得到了決定性的勝利了。〔註29〕

同時這也是茅盾對新文學三十年的一個總的概括。

從個人特色到文學史傳統

在《中國新文學大系　小說一集導言》中，茅盾還為以後的文學史寫作提供了另外幾種方法，並且在以後的論著中一再推衍，形成了一種具有茅盾

〔註29〕茅盾：《還須準備長期而堅決的鬥爭》，原載 1949 年 5 月 4 日《人民日報》，現收入《茅盾全集》第 24 卷第 18 頁，人民文學出版社，1996 年版。

特色的對後世影響較大的文學史傳統。其一，對文學作品進行定量分析，從而從中尋找到一個時期文學發展的勢頭和脈絡，「開了對文學史定量分析的頭」。〔註30〕在《導言》中，茅盾不厭其煩地列舉了新文學運動以後十年中所出現的文學社團、文學雜誌及文學創作，這樣就可以從中得到一個時期文學發展的整體情況。對新文學發展初期的這種列舉，意在表明新文學史如何適應了社會和贏得了絕大多數人尤其是青年人的青睞。這種定量分析方法，不僅對文學有意義，而且為其他社會學科研究也提供了大量資料。在這些作品中，不僅有文學觀念的表露，也有社會觀念的呈現，更可因其中所提供的文化信息而對地域文化進行研究。在當下我們看到這種學術風氣又在盛行，很多現代文學專業的專家學者已經重新投入到對一種雜誌、一個社團的在研究當中，以期通過對文本的再閱讀，獲得歷史的真實存在和歷史存在的心理，如近年來對新潮社的研究、對《良友畫報》的研究、對《新青年》的研究等均屬此類，但這個領域有待開拓的地方仍然較多。

其二，正是由於這種定量分析研究，也使得茅盾必須把視野放在新文學發展的不同地域。這種地域性分析是很有意思的工作，不僅可以看到中國新文學發展和分佈狀況，更主要的是通過地域羅列展示出中心與邊緣、進步與落後、沿海與內地等方面的文化對比關係，無疑這是很複雜的。在《導言》中，由於茅盾僅局限在新文學本身，所以並沒有深入進去，蜻蜓點水地列舉了北京、上海、天津、河北、江蘇、浙江、四川、廣東、河南、湖北、江西、安徽及東北等地區的文學發展狀況，對於當時代而言，交通不發達、信息不暢通，能做到這一點實屬不易。同時這種文學史料搜集的全面性，也說明在新文學第一個十年的中國，文化的發展以及新文化運動的普及，已經超出我們的想像。僅這一點就可以看出茅盾治史的實事求是精神，與他一貫所追求的客觀現實主義創作態度也是一致的。現今我們對當代文壇上豫軍、陝軍、湘軍、川軍等創作現象研究也無外乎是此類的進一步深入。

地域性分析也使我們看到了茅盾對文學中心走向性的描述。在新文學史上，文學中心經歷過幾次的大轉移，比如從北京轉移到上海，從上海轉移到武漢，從武漢注意到重慶、昆明、香港，抗戰勝利後在回遷到北京、上海等，每一次的遷徙都和政治中心的轉移是一致的，從這一點上說，文學和政治無論如何也是脫不了干係。關於此，不特是茅盾能看出來，只要關心文學和文

〔註30〕同註23。

化的人都是可以看見的。關鍵是如何來描述這個遷徙的過程並對這個過程進行合理的評價，這並不是所有的人都可以做到的。茅盾十分關係這個過程，這和他時刻關注著文壇的發展與走向密切相關。在整個抗戰期間，與一些大作家不同的是，他的經歷可能更複雜一些，從上海到武漢、到香港、到新疆、到延安、到重慶、到廣州、到桂林等，在輾轉流徙當中，他不斷發動著文學，也不斷地收集著文學信息，因此他有豐富的積累來對文學走向進行描述。比如在《文藝節的感想》，他是這樣論述抗戰之後的文學流向：

> 抗戰初期，武漢撤退以前，我們的文藝運動……由於沿江沿海的大都市相繼淪陷，本來聚集在那裡的文藝工作者分散到內地來了，文藝工作者從大都市裏的亭子間走到了小縣城和鄉鎮，走到了農村。他們更加靠近民眾，他們的視野擴大了，經驗豐富了，而文化落後的內地縣鎮農村開始了前所未有的文藝活動。

在武漢失守以後，他又分析道：

> 由於文藝工作者之不得不集中於城市由於出版及上演等等條件之限制，又由於物價高漲，讀者和觀眾的圈子不斷地在縮小，今天大後方文藝運動所能迴旋的餘地，比起抗戰初期來，實在小得多。

〔註31〕

這樣通過文學流向的對比，反映出文學發展的過程，更深一層的思考還在於對國民黨統治的揭露和批判。

在文學發展區域的論述上，茅盾還注意到了不同意識形態區域中的文學狀況。抗戰以後，中國文學的發展被分割成幾個不同區域，主要是解放區、國統區和淪陷區。但茅盾對淪陷區的關注僅限於上海剛剛陷落的 1938 年，在他的《「孤島」文化最近的陣容》一文中，分析和介紹了上海淪陷之後出現的幾種刊物，應該說這是較早的對淪陷區文學的研究。相比較淪陷區文學而言，茅盾更推崇解放區的文學。在《抗戰文藝運動概略》中，專門用一節來介紹解放區的文學。他以 1941 年（應為 1942 年——筆者注）為界，將解放區的文學發展分為前後兩期，並對之進行比較，認為後期的文藝運動「為今後的民族文藝的健全的進展指出了正確的方向，樹立了輝煌的典範了。」他說：

> 陝北和解放區的此種劃時代的文藝運動，並不是幾個天才作家

〔註31〕上述引文見《茅盾全集》第 23 卷第 103、105 頁，人民文學出版社，1996 年版。

造成功的。這是兩種努力匯流的結果。一方面是和廣大人民生活並且戰鬥在一起的革命的小資產階級作家爲要使文藝眞能變作「民有民享」，毅然決然不以「城裏帶來那一套」爲滿足，而虛心向人民學習，找尋生動樸素的大眾化的表現方式；另一方面是在民主政權下翻了身的人民大眾，他們的創造力被解放而得到新的刺激，他們開始用那「萬古常新」的民間形式（這本來是人民創造的），歌頌他們的新生活，表現他們的獻身於眞理與正義的勇敢與決心。〔註32〕

茅盾的這種認識是非常正確的，但由於茅盾並未生活在解放區，加之國民黨統治的黑暗，所以他不可能對解放區文學作進一步的瞭解和研究。分地域研究文學的方式在茅盾以後的許多文學史論著當中都是如此處理的，尤其是在抗戰文學出現以後幾乎所有的史著，都區分了解放區和國統區。這種分法雖然不能說是茅盾的發明，但畢竟是茅盾較早地使用了，這是沒有疑義的。

其三，對後來文學史寫作及研究影響最大的是題材研究。在現代文學研究史上，尤其是在新中國建國以前的研究上，大多是按照體裁來分類的，這樣做自有其長處。比如通過對小說這種體裁的歸類研究，就可以明瞭小說在新文學發展中所佔的比重及創作趨向和閱讀趨向。這是一種重要的研究方法。但茅盾更關注的是文學與社會生活的關係，尤其是文學在指導社會生活方面的意義，同時更能體現出一個時代的文學創作者們的文化價值取向。所以題材歸類研究，也許對以茅盾爲代表的革命作家們更有意義。在這方面，茅盾是開先河者。早在 1922 年的時候，在《評四、五、六月的創作》〔註33〕中就使用了這種方法。在這篇文章中，他爲當時的文壇勾勒了六類題材，即描寫男女戀愛的、描寫農民生活的、描寫城市勞動者生活的、描寫家庭生活的、描寫學校生活的、描寫一般社會生活的，並通過對每一類題材創作數量的分析，透視出社會的價值取向，這是一種科學的分析方法，也可以看作是五四所追求的科學精神在文學批評中的具體運用。我們曾在前面的文章中論述過的茅盾的科學主義態度，在此再一次得到了印證。比如在這篇文章中，茅盾考察出描寫男女戀愛的作品數量最多，進而再進一步分析到三角戀愛和自由戀愛。通過對六類題材的作品數量考察，茅盾得出的結論是：知識階級中人和城市勞動者，還是隔膜得厲害，一般青年人對社會上各種問題還不能

〔註32〕《茅盾全集》第 23 卷第 364 頁。
〔註33〕參見《茅盾全集》第 18 卷第 131 頁，人民文學出版社，1989 年版。

提起精神注意，人們從傳統的束縛裏解放出來，因爲個人主義的價值追求，有強烈的享樂主義傾向。這樣任何人都會對當時的文壇狀況一目了然，也就是說清晰地表現了那個時代的人普遍的價值取向，爲其他的社會科學研究提供了基礎。應該說，茅盾的這種文學研究方式實際上就是一種社會學的研究。如果說分體裁研究是一種縱向思維習慣的話，那麼分題材研究就是一種橫向思維模式；如果說分體裁研究更多的是關注歷史的話，那麼，分題材研究就是將全部注意力轉移到現實中來；如果說分體裁研究更多的是關注在藝術層面的話，那麼分題材研究則更多關注的是生活層面，甚至在中國的特殊環境中可以說就是政治層面。我們看到在整個新文學發展三十年中，題材問題是最令作家們焦慮的，絕大多數的文學論爭都和題材有關，並一直延續到 70 年代。茅盾將《評四、五、六月的創作》的研究方法，甚至結論直接地應用到了《導言》中，創造了一種文學史的研究體列。

啓蒙立場與兩種主題

如果說上述分析是茅盾梳理文學史的方法和手段，那麼啓蒙與救亡就成爲茅盾在這當中所奉行不悖的主題，這一點是他與許多專門的文學史家一個很大區別。但也應看到隨著歷史發展，在啓蒙和救亡問題上，尤其在啓蒙的內容上也是在不斷豐富和變化的。啓蒙是五四運動的主題，表現在文學創作上，就是文學創作的內容中更多地表現了反封建思想中的個人主義色彩。但在五四之後茅盾的文論中，他是始終反對這一點的。也就是說他所堅持的啓蒙是一種大眾的普遍的覺醒，是一種對封建專制制度的徹底顛覆，他要求的是一種適合於大眾的普遍的民主和自由，他排除了個人化的東西。這種傾向，在那個時期又絕非茅盾一個人，它的形成和茅盾較早地參加了社會活動有關，也就是說在啓蒙問題上，茅盾走向了集體主義。如此看來，在五四之後的啓蒙主義領域內部，是存在著兩種傾向的對立，一種走向了集體主義，一種走向了個人主義，這樣在以後的文學創作中就出現了兩種基本傾向，即藝術主義傾向和革命主義傾向，而且兩者之間又始終存在著尖銳的鬥爭。要追究這種差別，只能從五四啓蒙主義的資源上去尋找原因。我們現今越來越清楚地認識到，新文化運動的發生，主要有兩種資源性的文化支撐。其一爲西方文化，這是在很長時間裏人們對五四新文化運動的一種認識。既然是西方文化的影響，所以在評論五四新文化運動的時候，人們更多地願意從西方文

化中尋找資源和參照物。在這種資源中，西方的民主和科學精神無疑是最爲重要的內容。但西方的民主和科學精神在 19 世紀末 20 世紀初的時候更多地表現爲個人主義色彩，在這一點上，人本主義的影響更大一些。所以在胡適看來這是中國的文藝復興。這種說法正確與否暫且不論，但歐洲文藝復興時期的精神倒可爲我們一鑒，人之價值的重新認識使個人主義成爲那時期最大的追求。其二爲傳統文化。在對傳統文化資源的追尋上，明清之際的學術研究之風越來越引起研究者的注意。茅盾本人就曾主張五四新文化運動的起源性資源是「今文學運動」，這在前文已有所論述。今文學運動在學識研究上所標榜的懷疑精神，現在看來，不僅是一種方法，也是一種內容。也就是說不僅要確立一種經學研究的路向，也要回到經學的本眞內容。所以在後來康有爲、梁啓超要維護孔子的在傳統文化中的地位。表面上看來，後來的新文化運動在繼承今文學派的傳統時，是撿取了方法而丢掉了內容，在反封建內容中拼命反對孔教。但實際上由今文學運動所衍生出的另一種儒家的教義卻被接受了，既新的「文以載道」觀念不自覺地就成爲了那個時代許多知識分子的追求，那個時期的精英意識要求他們必須對社會的發展承擔道義，而這種道義又不是一個人所能完成的。我們已經看到中國知識分子崇奉的眞正詩人屈原，就是在堅持個人主義的道義追求中走向了絕望之路。由於這種潛在的心理，便使馬克思主義理論一經傳入就爲這種道義精神注入了系統的理論常識，所以便自然地發展成爲集體主義的精神了。集體主義必須靠大眾來維持和發展，因此在整個的新文學三十年中，甚至一直持續到現在，大眾化始終成爲主流文學的關注焦點。集體主義傾向在後來的創作和發展中，尤其是在 20 世紀 80 年代以後，曾經遭遇過懷疑和否定，但誰也不能否認它是啓蒙主義運動的結果。茅盾就是這種集體主義傾向的代表，所以儘管茅盾認爲五四運動失敗了，沒有完成它的歷史任務，但他始終還是承認並堅持著五四傳統的。尤其抗戰爆發以後，在國民黨的統治越來越黑暗、共產黨所領導的民主運動取得不斷勝利的情況下，茅盾對此強調的就越突出。比如在 1945 年和 1946年，茅盾曾兩次談及抗戰以來的文學發展情況，認爲雖然國民黨對進步作家進行迫害，用嚴厲的文化政策來禁錮作家的創作，但繼承了五四以來優秀傳統的作家是敢於鬥爭和懂得怎樣去鬥爭的。很顯然，這種五四傳統就是一種反封建的要求民主的色彩，仍然是五四時期民主和科學的主題。茅盾認爲這種主題在整個新文學史發展中演變成兩大方向或者目標，即：反帝反封建和

大眾化。〔註34〕這是一個問題的兩個方面，反帝是救亡，反封建是啓蒙，這兩者任務的完成，都是要靠大眾的積極參與，因此這實際上就是一種集體主義的表現。這種表述在茅盾此後的論述中雖有些微的調整，但總的精神是一直保持未變的，可列舉如下：

> 「五四」以來新文藝發展的方向，一是民族化，二是大眾化；這是配合著中國民族向前發展的總方向的。二十多年來的新文藝歷史證明，凡是不合於這方向的，終必爲時間所淘汰。（《抗戰以來文藝理論的發展》）

> 八年的抗戰是爲了什麼呢？我以爲可用兩句話來說明：對外爲擺脫一切帝國主義——特別是日本帝國主義加於我民族之政治的經濟的軍事的侵略，對內爲解除封建勢力與買辦階級對我人民的壓迫而爭取民主政治……現在抗戰雖已結束，而這兩大目標尚未完全達到，那末，今後我們的文藝活動當然要以這兩大目標繼續作爲總的方針了……在配合人民大眾的政治要求上，今後的文藝的任務依然是對外求掙脫任何帝國主義加於我民族之政治的經濟的軍使的鎖鐐，對內爲爭取民主，除此兩者而外暫時應無其它的任務；（《八年來文藝工作的成果及傾向》）

> 這一時期中的抗戰文藝既然是頌揚多於批判，熱情多於理智，其有缺點，自毋庸諱言，曾有人給它以八字的考語：「轟轟烈烈，空空洞洞。」而在「空空洞洞」之外，尚有一嚴重的錯誤，即忽略了抗戰兩大目標之一——對內的民主要求。

> ……

> 中國抗戰文藝運動實開始於「七七」以前，可是「七七」以後這「老根」派生了兩支，一在大後方，一在邊區和解放區。這兩支所託的土壤不同，所呼吸的空氣也不同，所受的風日雨露霜雪也不同；這就決定了它們的各自的發展也不同。更由於政治上的關係，這一本派生的兩支多少年來就連交換經驗的機會也少得很。然而無論如何，他們總是同根生的。他們的立場是一致的。這就是從屬於民族解放的最大目的（抗戰），從屬於當前最高的政治要求——爭取民主。他們的方向也是一致的。這就是實現那多少年前就已經提出

〔註34〕同註3。

的口號——大眾化。(《抗戰文藝概略》)〔註35〕

在上述論述中，茅盾所強調的民主實際上應該既是反封建的也是大眾化的。
我們看到在抗戰當中茅盾並未因為抗戰的大計而對啓蒙的要求有絲毫的減
弱，所以李澤厚說，五四運動的啓蒙任務沒有完成，是由於抗戰壓倒了啓蒙，
也多少說出了茅盾內心的焦慮。因為這種對啓蒙的強調正是這一主題明顯削
弱的表現。茅盾甚至有這樣的認為，他說：

> 抗戰雖然爆發於九年前的「七七」，但抗戰文藝運動，早兩年
> 已經開始。不過那時既未抗戰，所以文藝上的口號只是「國防文學」
> 或「民族革命戰爭的大眾文學」。這兩個口號當時曾引起了論爭，現
> 在看來，兩個都不見得十全十美，但不論用的是哪一個，內容主張
> 卻無甚差別，並且同樣強調了對外的反抗而忽略了對內的民主。這
> 一個「忽略」恐怕也是有意的，是從屬於當時的最基本的政治要求
> 的，因為要促進「統一戰線」之形成。〔註36〕

這段話，既是闡明了「兩個口號」論爭的缺點，也是對李澤厚說法的一個注
釋，但說李澤厚是對茅盾這一思想的發展也許更為合適，儘管我認為李澤厚
或許就沒有看到茅盾此說。認識到這一點很重要，因為這在左翼文學領域和
創作隊伍當中，為我們重新認識茅盾提供了一條重要的線索。應該說從文學
史論的角度而言，茅盾始終是一位秉有著五四傳統的啓蒙主義者，這在上述
的他所主張的文學史主線中是看得非常清楚的。

陳平原先生曾說，「作為一種成功的文學運動，『五四』新文化人從一開
始便有明確的『文學史』意識」。〔註37〕這用在茅盾身上實在是不謬。在建國
以前，茅盾有過多次的對現代文學進行總結的努力，雖然我們現在看不到有

〔註35〕以上參見《茅盾全集》第 22、23 卷。
〔註36〕茅盾：《抗戰文藝概略》，《茅盾全集》第 23 卷第 352 頁，人民文學出版社，
1996 年版。
〔註37〕同註22，第 68 頁。在這段文字中，陳先生繼續說：這一點，讀讀《新青年》
等報刊上提倡文學革命的論說，很容易理解。比起此前中國歷史上眾多詩文
革新運動，「五四」一代更喜歡在「文學史」框架中討論問題。不管是「破舊」
還是「立新」，講「進化」還是主「演變，」其工作動力及理論預設，均來自
「文學史」的想像。構建一種文學發展模式，在重寫文學史的同時，樹立自
家旗幟；而革命一旦成功，又迅速將自家旗幟寫進新的文學史。從 1922 年胡
適的《五十年來中國之文學》，到 1932 年周作人的《中國新文學的源流》，再
到 1935 年的《中國新文學大系》，僅僅十幾年時間，「五四」新文化人已經完
成了「蓋棺定論」，包括運動的歷史定位以及著作的經典化過程。

茅盾編寫的《中國新文學史》，或類似的專著，但是如果把茅盾在各個時期對文學發展的概括與梳理進行歸類分析的話，明顯可以看出中國新文學發展的歷史脈絡。這些文章主要有《「五四」運動的檢討》、《關於「創作」》、《從「五四」說起》、《中國新文學運動史》、《「孤島」文化最近陣容》、《現實主義的道路》、《中國新文學運動》、《「五四」運動之檢討》、《抗戰期間中國文藝運動的發展》、《還須準備長期而堅決的鬥爭》、《在反動派壓迫下和發展的革命文藝》等。在這些文章中，茅盾站在無產階級革命立場上，從一個作家、批評家和理論家的角度，縱論新文學的發展歷程。其中既有為後世所極力推崇的論點和方法，也有從一種強烈的意識形態角度出發而做出違背了文學藝術本質規律的結論。應該看到，茅盾之所以這樣不厭其煩地對文學史進行這樣的總結，既有現實環境的要求，也有個人的心理欲望。自主掌和改革《小說月報》之後，茅盾儼然已經成了新文壇的執牛耳者。儘管那個時期沒有創作，但卻擁有了很大的理論空間，這樣在一定程度上就可以擁有一大批創作隊伍並形成核心。我們看到在歷次對五四新文學運動的總結過程中，除了魯迅之外，其他的創作和理論都受到了茅盾的嚴厲批評，尤其是早期創造社的文學主張，在茅盾看來都是小資產階級者的無病呻吟，是不可能在文壇上佔據主角位置的。我們還看到在左翼文壇上，也只有茅盾的創作才能成為真正的左翼文學代表。在其早期創作上，如《蝕》等作品，即使也大量地描寫了「革命+戀愛」的問題，但也沒有落入到舊的窠臼中，對於這一點茅盾顯然是充滿了自信的，否則他的《從牯嶺到東京》和《讀〈倪煥之〉》的寫作就無從理解。這樣不論是茅盾本人還是圍繞在他周圍的創作隊伍，都會自覺地將之置於魯迅之下而在其他人之上，在左翼文壇上尤為如此。在文學史上的各種論爭中，茅盾的意見佔有著舉足輕重的地位，這在「兩個口號」的論爭中體顯得更為明顯。在魯迅逝世以後，孔令境曾化名東方曦著文，認為茅盾是在魯迅之後的文壇領袖，儘管茅盾對此予以否認，但多少在左翼文壇上還是有一定的說服力的。郭沫若當時曾著文對此嘲諷奚落，也反映了郭沫若的一種心態。應該說，在茅盾後來的一系列的論著當中，即使在早期的論著裏，常常無意識地以前輩自居，這是他們那個時代的先行者的共同特點，也是一種精英意識的表現。在對文本的閱讀上，讀者常會感到茅盾是在訓誡青年，當然這當中含著無限的善意和期望。對茅盾的這種心理進行發掘和體認，將是很有意思的，也是很困難的，因為茅盾是一位十分理性和客觀的知識分子，他不像大

多數知識分子所具有的在情感上熱烈宣泄的性格，更不是對自己喜歡的事務懷有狂熱傾向的人，他的感情往往掩埋在冷靜的沉思當中，但通過這一點往往又能看出他的執著。上述所有這些都是在說明，不僅在研究者那裡，而且在茅盾自身也都認為有權對文學史作出權威的客觀的評價。

第二節 茅盾與現代文學作家論

在現代文學史上，茅盾寫過很多作家作品論和文藝思潮論，涉及作家甚多。比如在文學史上佔有一定地位的作家就有葉聖陶、臧克家、王統照、吳組緗、夏衍、周作人、康白情、田間、羅烽、曹禺、老舍、蕭紅和趙樹理等。這些人都因文學與茅盾結成了各種關係，他們相互影響、相互鼓勵和相互支持，成為現代文學史上的一道風景。但茅盾對這些作家作品的評論，並不在於結社和相互鼓譟，以成氣勢，而主要在於獎掖和對文學史的沉澱。這個過程是兩個向度上發生著，一是把握文學發展的時代潮流；二是在時代潮流中將作品置換為潮流中的一環，所以我們將之稱為文學史的「沉澱」。在文學史上，不遺餘力地做這項工作的人比比皆是，但能產生巨大影響的、甚至能左右文壇的，茅盾當是其中較為突出的一個。將作品向潮流置換，還涉及到一個置換是否正確的問題。很多批評家的急就之章在文學史上並沒有留下印記，或者即使留下了印記，往往被後人輕輕抹去，成為了文學史上的碎片，這對文學的發展似乎並無太大的裨益。不過這種情況也不能一概而論，我們認為，雖無益處，但也提供了一種經驗和文學的存在狀態，也是不應遺忘的。茅盾也不是在他所有評論中都留有對後世文學發展起著導向作用的批評思想，但應該看到，他的文學批評對文學史建構所起的作用畢竟是大於他的不足。這種說法也許是絕對了，但就其影響而言，不論是在什麼環境中和狀態下，茅盾很多批評方法和批評結果到今天仍在主導著很多人的文學思維，他對作家作品的評論在很多方面仍然是文學史的結論，這是無庸置疑的。

共生環境中的批評模式

如果說茅盾的文學思潮論〔註38〕，是他理論體系主幹的話，那麼作家論或者作品論則成為伸向大自然中的根鬚和枝葉。只不過這種根鬚和枝葉是按

─────────────

〔註38〕茅盾的文學思潮論主要是指對文學史的一些評價，前文已經述及。

照茅盾規範發展的，因此有時不免出現了視域狹窄，忽視個性的缺憾。但也
應看到，茅盾的這種體系的建立也並不是完全按照他自己的個性和感受來建
立的，或者說他也常常將自己的個性和感受延伸爲集團的個性和集團的感
受。這是由於他在充分地重視了文學的藝術性同時，也更注重它的功利目的，
並使功利性在一些情況下掩蓋了藝術性，從而也就忽視了個性在批評中的作
用。這實在也是一種意識形態的要求。茅盾作爲左翼文壇的領軍人物，他的
作用與魯迅並不是完全一致的，在更多的時候他是瞿秋白、周揚、馮雪峰等
人，是有著政治背景的。儘管他因爲大革命的失敗而脫離了黨組織，但這不
是他的主觀意志。他常常自覺地以一名黨員的標準規範自己和其他進步作家
向左翼文學方向發展，因此他的批評體系在很多情況下就成了左翼文學的批
評體系，尤其是在這一點上他對後世的影響更大。作家論是茅盾文學批評中
一個獨特的景觀，是茅盾在建立自己的文藝批評體繫上重要組成部分。溫儒
敏先生在他的《中國現代文學批評史》中，總結了茅盾的作家論模式，即時
代——作家——作品模式，而且領時代之先，這是很準確的，他說：

> 這裡重點評述茅盾的「作家論」並非把他當作這一文體的發
> 明人，但毫無疑問茅盾的「作家論」在同類批評文字中寫的較具水
> 準，在社會——歷史批評這一派中也最有代表性，甚至可以說，正
> 是有了茅盾的「作家論」這樣一批比較有「實力」的批評成果，社
> 會——歷史批評才在 30 年代批評界站穩腳跟，並逐步成爲最有影
> 響的批評流派。如果說馮雪峰、周揚等人更多的是從理論上扶植這
> 一派批評，茅盾則主要在實踐中摸索和發展了這種批評的文體與方
> 法。〔註39〕

以茅盾「作家論」爲代表的社會——歷史批評方法在 20 世紀中國文學史中長
期佔有主導地位，曾一度成爲意識形態的一種延伸。這種文體與方法穩定性
強，而且易於操作，較少含有個人感悟的東西，因此它的影響能長期持續。
以至於在當代文學評論的早期，尤其是現當代的文學史教材中，仍然在使用
這一批評方法，足可見茅盾的這種「作家論」的批評方式影響之大。持有這
一批評武器的其他批評家和理論家們曾長期在中國現代文學史上、尤其是在
當代文學史上的一定時期內佔有十分重要的地位。這些人主要有馮雪峰、周

〔註39〕溫儒敏：《中國現代文學批評史》第 123～124 頁，北京大學出版社，1993 年
　　　版。

揚、何其芳、林默涵、邵荃麟等。但這些人的批評理論由於在對文學的理解
和對文學與政治關係的處理上又不完全一致，因此批評的具體樣式又有很大
差別，所以對茅盾的理解又不能等同於他們。比如就馮雪峰而言，他是馬克
思主義批評在中國傳播和發展的重要代表人物，在他幾十年的文學批評生涯
中，一直致力於反對革命文學陣線中的左傾機械論，但在反對這種「左傾」
的同時，他又不斷地走向「左傾」，這大概和他曾長期參加實際的政治領導工
作有關。在批評上，他更具有務實的作風〔註 40〕，這種作風使他能與激進的
左傾批評家保持一定的距離。他也能夠圍繞著馬克思主義的一些基本命題進
行探討，比如「人民力」與「主觀力」的統一、政治性與藝術性的統一等一
些問題就是他進行理論思考的結果。但與茅盾相比，他不具有茅盾的系統性。
他們最大的區別還是在於對現實主義內容的判別上。這樣我們就能把馮雪峰
和茅盾區別開來。溫儒敏先生對茅盾作家論的研究提供了一種按照一般方法
來理解茅盾的角度，即時代——作家——作品，也就是說這種方法也可以適
用於馮雪峰，這樣就失去了茅盾的獨特性。如果我們換一個立場，或許更能
看清楚茅盾批評思維的發展過程和獨特性以及與中國現代文學的深刻關係。

嚴格地說，茅盾的作家論只有七篇，這就是《魯迅論》、《王魯彥論》、
「丁玲論」、《徐志摩論》、《廬隱論》、《冰心論》、《落花生論》，除此之外還
有一些類似的作品，如《讀〈倪煥之〉》、《論趙樹理的小說》等，但對後者
本書不作討論。這些作家論都寫在 1927 年至 1934 年之間，這個區間不僅是
茅盾個人文學創作和文學批評的逐漸成熟期，而且也是中國左翼文學發展和
成熟期。實際上，如果我們把茅盾視為左翼文學的主要代表人物，那麼茅盾
文學創作和文學批評的成熟就是左翼文學的成熟，這點大概不會有以偏概全
之嫌。這是討論茅盾作家論以及與現代文學關係大的背景。

總結「文研會」的寫作意圖

從批評客體的選擇上看，茅盾是在有意地檢討五四以來作家的創作，試
圖對當時文學發展作以總結。溫儒敏先生認為，20 年代末「革命文學」論爭
直接促成了茅盾「作家論」的寫作。他說，當時創造社、太陽社一些人在國
際無產階級運動中左傾思潮影響下，理論上走極端，對文學的階級性做片面、

〔註40〕 王富仁先生稱馮雪風是魯迅研究中的「務實派」，參見《中國魯迅研究的歷史
　　　　與現狀》，浙江人民出版社，1999 年版。

狹隘的理解，爲急於建造新型文學，而錯誤地徹底拋棄文學遺產，以政治批評代替了文學批評，把五四以來的文學作品都看成是資產階級和小資產階級的文藝，批判了從五四過來的「舊作家」，把他們視作同路人。茅盾對此是大加反對的。溫先生的一個結論是：正是出於這種考慮，茅盾從 1927 年底開始，系統地研究了一批被「革命文學」倡導者視爲「舊作家」或小資產階級作家者，寫了一系列「作家論」。另一個結論是：茅盾的意圖是通過這一工作總結五四新文學的傳統，批評與糾正「革命文學」倡導者否定與割斷新文學的錯誤主張，尋找新文學更切實的發展之路。〔註 41〕溫先生的結論有一部分是對的，但在尋找茅盾寫作作家論的直接原因上卻是不敢苟同的。我們知道，「革命文學」在 1923 年至 1925 年的時候，一些共產黨人，包括茅盾本人曾大力提倡過，但當時並沒有引起足夠的重視。1928 年初的時候，創造社後期的一些青年人和太陽社的作家們從國外歸來，引發了「革命文學」的論爭，而且引起論爭的主要文章都是發表在 1928 年以後的一些雜誌上。如《創造》月刊、《文化批判》和《太陽月刊》等，比較集中地提出了「小資產階級」的問題。茅盾寫作《魯迅論》和《王魯彥論》是在 1927 年 11 月以前，所以他不可能本著研究那些被批評爲「小資產階級作家」的目的去寫「作家論」。茅盾眞正爲「小資產階級作家」進行辯護的文章是《從牯嶺到東京》和《讀〈倪煥之〉》，當然這也是爲自己辯護。所以說此一時期茅盾開始寫作家論是爲著總結五四新文學傳統，尋找新文學更切實發展之路才是正確的。

　　魯迅是中國新文學的開山鼻祖，被稱爲現代文學之父。茅盾將魯迅作爲第一個考察對象，尋找新文學最基本的立足點，這種創作意圖是相當明顯的。當然在回憶錄中茅盾曾說過這是受別人之邀而寫作的，但寫與不寫以及如何評論則是他自己的事情，所以仍可看作是他自覺的行爲。另外在寫作《魯迅論》之前，茅盾主要是從事文學批評活動和政治活動，如何將兩者結合得更好，同時將大革命失敗所壓抑在他內心深處的情緒進行適當的轉移，以便從另一渠道進入到革命的領域，那麼對五四以來的中國新文學進行總結也就成了一條最好的途徑。還要看到，寫作《魯迅論》的時候正是茅盾避禍家中進行小說創作的時候，而小說創作的目的也是爲了總結中國政治革命的得失，可以說這是茅盾對自我和社會進行總結階段。這樣茅盾就從兩個領域出發全

〔註41〕參見溫儒敏：《中國現代文學批評史》，第 112～113 頁，北京大學出版社，1993年版。

面對中國新文化運動以來的社會發展進行總結。如果從這個角度來理解的話，則茅盾的創作意圖就更明顯了。除了魯迅外，其他六位作家在選擇上也基本上是爲這一意圖服務的。但也要看到，茅盾的這些作家論是在七年時間中斷斷續續完成的，其間人事和社會變化使茅盾的這一意圖並沒有得到較好地實現，尤其是茅盾本人的思想變化影響了他對這些作家的整體評價，所以他的作家論寫作在細節上有時並不一致。王魯彥是人生派代表作家，較好地實現了在新文學開創期文學研究會的主張，顯然更爲茅盾所鍾愛。丁玲登上文壇稍晚，但對左翼文學貢獻較大，同時在丁玲身上也確能看出左翼文學發生和發展過程。她的典型意義在於通過丁玲，能將其他的「革命文學」作家諸如蔣光慈、洪靈菲等人聯繫起來，也就是將所謂「革命＋戀愛」創作模式放置在丁玲周圍。儘管在「論」中茅盾並爲直接提及這些人，但丁玲的創作變化確能代表這些人和這種創作模式的改變。徐志摩早年曾加入文學研究會，後來成爲新月派代表作家，在「徐志摩論」中，茅盾一再提及英美自由主義者名號，顯然目的就是以徐來代表了一類人，諸如，胡適、梁實秋等。特別是在寫作徐志摩論的時候，徐因飛機失事已經殞命，需要對他進行一種較爲客觀的評判。盧隱也是新文學開創期的代表作家，但她的早逝使茅盾將其視爲五四之後那些沒有長進的作家代表。通過對這一作家創作歷程的剖析，我們看到五四落潮期一些苦悶青年終於沒能從自己的狹窄天地中走出來。在冰心的創作上，茅盾看到了走出了五四落潮苦悶期的另一類作家的代表，即他們走向了神秘主義，走向超然。但茅盾在她的作品中也看到了現實依據，因此對冰心這類作家給予了期望。但落花生作品中的佛教意識使茅盾看到了人生派作家的另一面。在這一點上落花生是獨樹一幟的，茅盾也希望從多個角度來探討人生目的，所以他給落花生的讚譽更多一些。從上述簡單分析來看，茅盾的作家論寫作基本上盤桓在由文學研究會所領導的人生派作家的創作上。這樣，與其說茅盾是在試圖總結五四以來新文學的發展，毋寧說是爲了總結文學研究會諸作家的創作更爲恰當。恐怕這才是茅盾的真實意圖。有可能在茅盾看來，由文學研究會開創的文學傳統才是新文學發展的主流，而對徐志摩創作的總結在也正符合這一意圖。另外，在茅盾的作家論中，也要注意到性別因素。在這些作家中，因「魯迅論」有專文論述，故不將其計入本書的論述中，其餘六位作家中，正好是男性作家和女性作家各半，這不是因

為這些女性作家的成就很大，而實在是和茅盾早年對女性問題的看法是一致的，表現了茅盾對女性的充分尊重。

主體的自信與規範的可能

　　從批評主體來看，1927 年至 1934 年間，茅盾在創作上取得了巨大的豐收，《蝕》、《子夜》、《春蠶》、《林家鋪子》等作品都在左翼文壇上取得了很大的影響，茅盾作為著名作家在文壇上已享有一席之地，因此他的評論和言說都帶有一定的導向作用。更主要的是，茅盾此時已取得了多重的重要身份。他從編輯家起步，中間經過了五六年的實際政治活動，積累了較為豐富的政治鬥爭經驗，如此再從這一領域轉向文學，使他又具有了作家、評論家和左翼文學運動領導人的身份，這就使得他在文學領域中可以遊刃有餘。茅盾不僅自己願意參與到文學評論當中，也是左翼文壇的希望。這種多重身份的最大益處是從理論走向了實踐，既比單純的理論建設多了些感性實踐，又比單純的創作多了些理論原則，這是在「革命文學」論爭時期那些自詡的馬克思主義文藝理論家所不可比擬的，他的評論更符合中國左翼文學發展的實際。茅盾這種身份在文學史上幾乎是絕無僅有的，像錢杏邨、馮雪峰、周揚、胡風，甚至包括瞿秋白等，雖然他們都有理論朝氣，但缺乏創作。因此在開展評論的時候，就不能切身地從作家本位來考慮問題。這一點或許魯迅是除外的。這種身份也為茅盾的批評開創了一個較大空間，並為中國新文學批評的發展提供了範式。我們還看到在此期間，茅盾本身的創作和批評就是一個發展和成熟過程，所以他的作家論也就面臨著這這樣一個問題，即由不成熟走向成熟。不過實際上的情況有時也略有差異。因為在這個期間，茅盾的創作有一個從注重藝術性到注重政治性的變化過程，那麼在他的作家論中也必然反映了這個過程，也就是說從藝術性走向了政治性，從寬容走向了苛刻，從細膩感受走向了理性思維。當然對茅盾第一部小說《蝕》三部曲的藝術性至今仍有爭議，雖然我以為這是一部藝術性較高的小說。這就涉及如何考察藝術性的問題。我以為藝術性不能單單考慮到作品形式的完整、結構的謹嚴、形象的鮮明、語言的異樣（什克羅夫斯基稱之為「陌生化」）等諸多外部問題，即俄國形式主義代表人物雅各布森所倡導的「文學性」問題，而且作為一部文學作品更應該看到它實質上的內容，即是否從真誠的內心感受出發來表達對現實社會的看法。如果達到了這一點，也應該說其具有了藝術性。所以早年

錢杏邨對《蝕》三部曲藝術性的批評純屬外在批評。他也看到了作品的內容和作者內心感受，但強烈的政治觀念使他將這一點排除在了文學藝術性之外。上文我們說茅盾從藝術性走向了政治性也是指此點而言。對茅盾個人而言是從不成熟走向了成熟，對整個左翼文學而言是走向了更高程度的回歸。茅盾這種批評理念的變化，充分地反映了中國左翼文學批評的發展過程，換句話來說，中國左翼文學或主流文學批評的發展過程是由茅盾、馮雪峰、周揚、胡風等人開創和支撐的，尤其是到了五十年代之後，隨著胡風罹難，茅盾退出他的客觀現實主義陣地，主流文學批評就更加的單純了。在開創期茅盾的功勞是最大的，當然毛澤東的文藝思想在後期起了絕對作用。不過這不是本書要討論的內容。從早期的《魯迅論》和《王魯彥論》來看，正是茅盾寫作《蝕》的時候，從他們的作品中，茅盾感受到了與他們一致的情感，認識到了小資產階級在中國革命中的作用以及這個階級在中國發生深刻變化時的心理歷程，因為他的《蝕》所要描寫的正是這些，所以給予他們以充分的理解，這是這兩篇作家論的特色和最為成功之處。茅盾同情子君（《傷逝》）的遭遇，為魏連殳（《孤獨者》）的死辯解，都是他自己內心真實想法，可謂「夫子自道」。他說：「然而不敢謬託知己，或借為廣告，卻是我敢自信的」〔註42〕。他也非常讚賞王魯彥對鄉村小資產階級的描寫，在他的作品中看到了「工業文明打碎了鄉村經濟時應有的人們的心理狀況」，這無疑對他日後的農村三部曲的創作也是一個啟示，甚至就是他對中國鄉村的認識。他為王魯彥做的結論是：

> 或者有人要不滿意於作者之缺乏積極的精神和中心思想。這個缺陷，自然是顯然的，但我以為正亦不足為病。文藝本來是多方面的，只要是作者忠實於他的工作，努力要創造些新的，能夠放大了他的敏密的感覺，那麼即使像如史伯伯那樣平凡的悲哀，也是我們所願意聽而且同情的。〔註43〕

對魯迅、王魯彥的評論是真正從一種特定的感受出發來完成的，前文已經說過這和他正在創做的《蝕》有關，〔註44〕因此是一種「印象感想」。

〔註42〕參見《魯迅論》，原載《小說月報》第18卷第11號，1927年11月10日。現收入《茅盾全集》第19卷第161頁，人民文學出版社，1991年版。

〔註43〕《王魯彥論》，原載《小說月報》第19卷第1號，1928年1月10號。現收入《茅盾全集》第19卷第175頁，人民文學出版社，1991年版。

〔註44〕根據茅盾在《我走過的道路》中說，《王魯彥論》的寫作在《魯迅論》之前，但後者是先發表的。而且在寫這「兩論」期間，《蝕》尚未完成。

但當茅盾在 1933 年 2 月寫《徐志摩論》〔註45〕和 1933 年 6 月寫《女作家丁玲》〔註 46〕的時候,他已經度過了他生命中的苦悶彷徨時期。《子夜》的發表,已表明茅盾已完全轉變為一個無產階級的革命作家,加之他又是左聯的領導,所以便自覺地從意識形態角度來分析一個作家了,尤其是丁玲被國民黨綁架,更加重了這種意識性。由此開始,茅盾的作家論風格為之一變,由寬容走向了苛刻,由藝術性走向了階級,以至於到了 1936 年寫《談〈賽金花〉》〔註 47〕時,幾乎就是完全從政治的角度來談藝術作品。但在那時茅盾也並非對所有的作品都如許評論,這多少反映了茅盾在文學批評標準上一些內在矛盾。雖然自丁玲之後的作家論中,茅盾已不再談藝術感覺問題,但他的由寬容向苛刻的轉變也不是絕對的,仍然是以對作家的理解為基礎。他討論作家的成長環境和所受的教育,也並不是僅僅為階級分析服務的,想從中找到理解作家的途徑也是動機之一。比如對徐志摩的理解就是非常真誠的。在分析了徐志摩的創作和思想內核之後,他說:「然而他就不幸死了,我們沒有看見『復活』後的他走了怎樣的路。這是一個迷,我們不便亂猜。」「並且志摩的懷疑,也是一種社會現象。近年來的布爾喬亞學者誰不被懷疑的毒蛇咬著心呀?只不過志摩是坦白的天真的熱情的,所以肯放聲大叫罷了!」他又說:「百年來的布爾喬亞文學已經發展到最後一階段,除了光滑的外形和神秘縹緲的內容而外,不能在開出新的花來了!這悲哀不是志摩一個人的!」〔註 48〕這種老朋友間的理解也著實讓讀者感動,所以司馬長風在論述茅盾的《徐志摩論》時說:「茅盾在政治立場上雖是左派作家,但在許

〔註45〕茅盾寫《徐志摩論》的第一稿已毀於戰火,第二稿與第一稿有很大的出入。孔海珠說:「究竟會『出入』在哪裏敘者對研究『左聯』時期的茅盾是很好的文本。然而第一次究竟是怎麼寫的,只有茅盾自己知道,或者鄭振鐸看過,現在是無從查考了。但是當我認真讀了《徐志摩論》之後,它和茅盾在寫作《子夜》時的思考有相通的地方,讀馬克思主義的階段論,反映論,辯證唯物主義等等的運用,和以前大不一樣這是肯定的。」參見《左翼·上海》(1934~1936)第 263 頁。

〔註46〕《女作家丁玲》不是很嚴格的作家論,內容稍嫌空洞,有紀念性質。因為那時丁玲被國民黨綁架了,傳聞已被殺害。茅盾在 1933 年 9 月所寫的《丁玲的〈母親〉》對此是一個補充。

〔註47〕這是一篇劇評,作者夏衍,該文原載《中流》第 1 卷第 8 期,1936 年 12 月 30 日。現收入《茅盾全集》第 21 卷,人民文學出版社,1991 年版。

〔註48〕茅盾:《徐志摩論》,原載《現代》第 2 卷第 4 期,1933 年 2 月 1 日。現收入《茅盾全集》第 19 卷第 394 頁,人民文學出版社,1991 年版。

多場合頗能表現藝術家的良心。」〔註49〕此言不謬。孔海珠說:「它(指《徐志摩論》──引者著)的寫作背景,論述內容,評判立場,藝術標準等等,充分展示出茅盾對詩歌藝術的理解,對不同派系創作的承認,對作家人格的尊重。經他的據理論說,公道點評,反映出他深厚的藝術修養,獨立的思想意識,和自覺的『左聯』立場。」〔註50〕這個評論基本上也是對的。

茅盾這種批評方式的轉變和左翼文學的發展是互動的。一方面左翼文學的發展和中國救亡呼聲的高漲要求茅盾轉變自己的創作和批評模式,從而使其成為了左翼文學的領路人,另一方面領路人的身份又使左翼文學的發展向著茅盾所開創的批評模式發展,這樣就使茅盾深深地融進了左翼文學當中,從而與魯迅等人一道成為了中國主流文學的象徵。

從三段論中看互動關係

從茅盾作家論文本的模式來看,「時代──作家──作品」固然是一種模式,但這只是靜態的,不能反映出作家與時代之間的互動關係,也不能反映出茅盾對現代文學的多層次觀照。實際上茅盾作家論寫作模式的另一種解釋是創作歷程「三段論」,這是對作家創作進行動態考察。所謂三段論,就是茅盾一般地將作家的創作歷程分為三個階段,討論每一個階段的創作成就、不足及特色,然後在三個階段的對比中彰顯作家創作發展變化情況,這種模式是很靈驗的。任何作家在這種分解式的「手術」中,都被拷問得很徹底。這種模式對中國 20 世紀文學批評的影響是非常深遠的。茅盾不是這種模式的首創,但在中國新文學史上,茅盾在這方面的成就突出,影響力較大,所以就形成了茅盾式的作家論傳統。在我們現在所看到的文學史教材中,凡涉及到作家評述之處均如此,它操作簡單,易於掌握,很受歡迎。這是它的優點;但往往也帶來致命的弱點,那就是為了找出作家的變化軌跡,很容易出現牽強附會、曲意為之的情況。用作家的一時一地的情緒波動,掩蓋了作家創作思想的相對穩定性和藝術追求的連續性。也就是說並不是所有的作家都適合這種分析。茅盾在這方面做得非常好,但偶爾也出現敗筆。比如對早逝的作家徐志摩的論述留有餘地,但對同樣早逝廬隱就不是很客氣了。他認為廬隱

〔註49〕 司馬長風:《中國新文學史》中冊,香港昭明出版社有限公司,1976 年出版,1978 年再版。
〔註50〕 孔海珠:《左翼‧上海》(1934～1936),第 254 頁,上海文藝出版社,2003 年。

的死既是一個偶然，也是一個「必然」〔註51〕，當然這個「必然」毫無詛咒之意，因爲茅盾認爲「廬隱」之所以成爲廬隱，完全是五四的產兒，但也僅僅停留在了五四之中，五四的落潮淹沒了廬隱，所以她的創作在後期是沒有成就的，因此「廬隱」的「死亡」也就成了「必然」。這種分析很有道理，但未必就是十分準確。

創作歷程三段論式的分析，使茅盾首先將作家的成長經歷、文化薰陶和時代氛圍結合起來，提供了一個立體的作家全圖，將作家論變得豐滿起來，這實際上就是今天的作家評傳。但作家評傳這種模式是否就肇始於此還待研究，不過茅盾是用的較好的一個。茅盾從自己切身感受出發，充分考慮到了上述三個因素對作家創作的影響，因此剖析起來遊刃有餘。這主要體現在丁玲、廬隱和冰心三個作家論中。在論述丁玲的創作之前，茅盾首先回顧了丁玲的生活經歷，然後在生活經歷中看到了丁玲和時代的緊密關係。他說：「按照中國的習慣，她應該用她父親的姓——蔣；但是她戴了她母親的丁姓，因爲她覺得男女既是平等的，那麼子女們也可以用母族的姓氏。這也是那時候很普遍於青年男女間的一種新思想。」〔註52〕由此推及到她的作品也必然是時代的生動的反應。《莎菲女士的日記》自不待言，「如果《韋護》這小說是丁玲思想前進的第一步，那麼繼續發表的《一九三〇年上海》就是她更有意識地想把握著時代。〔註53〕」他基本上是把丁玲的創作分爲了三個階段，即《莎菲女士的日記》階段、「革命+戀愛」階段和左聯階段，由此看到了丁玲在藝術上和政治上的成熟過程。但在這種三段論式的考察中，茅盾還是最看重作家和時代的關係。也正是因爲此一點，他對廬隱和冰心的論述出現了否定大於肯定的局面，甚至認爲廬隱偶然的死掩蓋不了她由於背離了時代而帶來創作上的死亡。他說：「廬隱，她帶著他們從《海濱故人》到《曼麗》，到《玫瑰的刺》，到《女人的心》，首尾有十三四年之久！在這裡我們就意味著我們所謂『廬隱的停滯』。因爲時代是向前了，所以這『停滯』客觀上就成爲『後退』，雖然廬隱主觀上是掙扎著要向前『追求』的。」〔註54〕他認爲徐志摩的

〔註51〕「必然」一詞非茅盾所用，乃是筆者所加，這種意思在茅盾的文章中可以體會出來，也就說這是潛臺詞。

〔註52〕茅盾：《女作家丁玲》，原載《中國論壇》第 2 卷第 7 期，1933 年 6 月 19 日，現收入《茅盾全集》第 19 卷第 432 頁。

〔註53〕同上，第 435 頁。

〔註54〕茅盾：《廬隱論》，原載《文學》1934 年 7 月第 3 卷，現收入《茅盾全集》第 20 卷第 109 頁，人民文學出版社，1990 年版。

「才情枯竭」和「生活的狹窄」也都是背離了時代的原因。對於冰心，茅盾
按照三部曲的結構，分析了她的創作歷程。因爲冰心「誤解」了時代，故其
創作並沒有跟上時代的大潮。他寄希望於冰心的第三部曲，引用冰心早年的
詩作寄語：「先驅者！前途認定了／切莫回頭！一回頭——靈魂裏潛藏的怯
弱，要你停留。」對落花生的評論始終是個例外。茅盾既肯定了其早期蘊含
著佛教思想的人生態度，又對其在《春桃》之後的轉向寄予期望。他希望落
花生走出在前兩個階段創作中的定式，創作出一個比「春桃」更堅強的「秋
菊」來。他也通過梳理落花生的創作反映其人生追求。他說：

> 別的不知道，有一點是顯而易見的。他的小說裏的人物都是很
> 能「奮鬥」的，不過和鸞（《換巢鸞鳳》）惜官（《商人婦》）尚潔（《綴
> 網撈蛛》）她們都是隨著「命運」播弄的，而她們在被播弄的途中發
> 明了她們自慰的哲學，他們對生活又沒有一定的目標。最近他的《女
> 兒心》卻寫了個不肯給「命運」播弄的麟趾，而且麟趾是有一個目
> 標的。到了《春桃》，那簡直是要用自己的意志去支配「命運」了！

〔註55〕

整體來說，三段論式分析往往著眼的是大框架，力圖從作家的整個創作生涯
中總結出歷史的意蘊，也就是說茅盾總是喜歡將作家的創作鑲嵌到歷史當
中，並從中總結出歷史的發展趨向，這和他在創作上對史詩結構的追求是有
關係的。

茅盾的作家論在很長一段時間內都是相當成功的批評文本和批評模式，
所涉結論也是文學史上的定性分析。在文學批評上，除了上述的作家專論外，
他的文學批評觸覺延伸到了眾多作家身上、眾多作品當中和各種文學形態裏
面，對中國的現代文學產生了深刻而廣泛的影響。應該說這些成績的取得，
除了茅盾的個人的才情外，是當時代爲其提供了廣泛施展自己文學和政治才
華的空間。但茅盾也在極力地爭取這個空間，並不斷對之拓展和延伸，使其
包容了一個甚至多個時代的文學創作。

茅盾還是中國文學批評由近代向現代轉換的集大成者，在 20 世紀 20 年
代後期，他完成了現代批評模式的建構，並確立了獨具特色的個人批評風格。
以小說而言，中國傳統的文學批評都是感悟式和點評式的。這種批評方式產

〔註55〕茅盾：《落花生論》，原載《文學》1934 年 10 月第 3 卷第 4 號，現收入《茅盾
全集》第 20 卷第 235 頁，人民文學出版社，1990 年版。

生於中國古典小說發展的高峰時期。在明代，小說批評分爲文言小說批評和
白話小說批評。雖然此時文言小說極爲盛行，但由於人們對小說的特徵認識
不足，因此在批評上表現出了淺顯和粗糙。在當時，白話小說被視爲難登大
雅之堂的低賤的市井通俗文學。但在明中葉以後，不僅出現了大批優秀的白
話小說，而且主要是出現了一批像李贄、袁宏道等產生了較大影響的進步思
想家和文學家，由於他們的大力提倡和實踐，白話小說理論批評也很快地發
展起來了。明清小說理論的發展主要是圍繞著《三國演義》《水滸傳》《西遊
記》《金瓶梅》這四部長篇和白話短篇彙編「三言二拍」而展開的。這些批評
歸納起來，不外乎三種類型，即對作品的評點，這是主要的方式；爲小說寫
序或跋；在筆記中夾雜著片斷的記載和評論，應該說幾乎沒有長篇的系統的
理論分析。主要的代表人物有李贄、金聖歎、毛宗崗、張道深及脂硯齋等，
他們創造了中國古代小說批評的高峰，同時也終結了這種批評模式。進入近
代，隨著西方文化的引進和傳播，中國出現了一批開始用一種全新的思維方
式來看待中國文學的知識分子，主要的代表人物有龔自珍、魏源、黃遵憲，
尤其是梁啓超，在中國近代的文學發展中做出了相當多的有價值的探索。梁
啓超是中國文學批評近代化的最卓有成效的代表人物，在他的批評理論中，
已經昭示了現代批評的萌芽。而使這種萌芽進一步發展並確立了它開端的人
則是王國維。他所貢獻給這現代性文學批評開端的實踐就是《〈紅樓夢〉評論》
和《屈子文學之精神》。在這兩個文本中，雖然王氏出現了諸多的誤讀現象，
但他用哲學來研究文學，用康德和叔本華的美學思想來解釋文學的功能和內
容，初次形成了文學批評的體系性，所以人們評價說：「對於幾千年的中國文
學批評來講，王國維的出現是一個嶄新的理論景觀，向中國的傳統的文學思
想裏注進了一劑迥異傳統的理論血液。」〔註56〕「王國維1904年發表了《〈紅
樓夢〉評論》，破天荒借用西方批評理論和方法來評價一部中國古典文學傑
作，這其實就是現代批評的開篇。」〔註57〕遺憾的是，王國維並沒有在人們
的期待視野中走下去，繼此之後，他又走回了傳統的詩論當中。中國文學現
代性的眞正開始是在五四前後。胡適、陳獨秀等人均爲此做出過巨大的努力。
他們所倡導的理論批評模式爲周作人所發掘和延伸。周作人在《人的文學》、
《平民文學》中，首倡「人」的主題，這是歐洲自文藝復興以來所一直高舉

〔註56〕劉鋒傑《中國現代六大批評家》，安徽文藝出版社，1995年版，第5頁。
〔註57〕溫儒敏《中國現代文學批評史》，北京大學出版社，1993年版，第1頁。

的旗幟，也是西方社會現代化進程中表現在精神領域的首要問題。周作人在其理論中爲中國文學批評所確立的兩個切入點，即人和文學無疑使他成爲了中國文學批評現代化的重要標誌。但由於缺乏實踐，周作人也在其理論之後陷於黯淡。於是茅盾成了現代文學批評視野中最大的實踐者。茅盾的文學批評主要表現在兩個方面，一方面他不斷進行文學理論的總結和引進，他從進化論出發，不斷地將自然主義、寫實主義和新浪漫主義等納入到自己的視野當中，形成了斑駁複雜的理論框架，以期完成對文學現代化的規範和指導；另一方面，他又不斷地對文學作品進行批評實踐。上述所討論的茅盾的作家論就是茅盾文學批評成熟期的代表。在此之前，茅盾曾和他的許多前輩一樣，處在對這種問題的探索當中，這一過程大致在 1923 年完成。在 1923 年以前，茅盾寫過很多作品的「附注」或者「附記」，比如《葉紹鈞小說〈母親〉附注》、《冰心小說〈超人〉附注》等，這些是典型的點評式批評。及至到了 1923 年，茅盾寫作了《讀〈吶喊〉》一文，正式具有了現代批評的風格。在這一時期，茅盾文學理論上的探索和具體的文學批評實踐是相分離的。出現這一狀況的原因主要有兩個，其一爲新進文學者們主要忙於理論自身的建設，期望通過理論來指導創作，過分看重了在理論和創作之間的理論的作用；其二，當時可供批評之用的新文學創作並沒有提供足夠的文本，批評家們還不能從中檢視出堅實的實踐以供批評。這種狀況直到魯迅的《吶喊》之後才得以改善，而茅盾正是抓住了這種契機。和同時代的批評家相比，成仿吾、鄭振鐸等人雖然早期也致力於這種批評，但無疑從後來的實踐上看，他們又遠遠落後於茅盾的努力。1925 年茅盾發表《人物的研究》一文，以西方文學作品爲例，對文學作品中的人物進行了歸類研究，開啓了專題性研究的先河。與此同時，茅盾還注重作品的思想研究、藝術研究、時代性研究和題材研究，早在 1921 年他就說過：「文學批評者不但要對文學有徹底的研究，廣博的知識，還需瞭解時代思潮。」〔註 58〕截止到 1927 年的《魯迅論》，茅盾文學批評的現代性品格已全面形成。在此後的批評生涯中，茅盾不斷寫出頗具影響的作家論和作品論，與王國維等人相比，顯然是另一個時代和層次上的文學評論。這一點，從審視中國近代文學批評到現代文學批評轉換的角度來說，還是沒有人能與之相比的。

〔註 58〕茅盾：《文學批評的效力》，《茅盾全集》第 18 卷，人民文學出版社，1989 年，第 125 頁。

第五章　茅盾與中國現代作家

第一節　茅盾與魯迅

　　茅盾在自己晚年的回憶錄中說：

> 　　魯迅與秋白的親密合作，產生了這樣一種奇特的現象：在王明左傾路線在全黨占統治的情況下，以上海爲中心的左翼文藝運動，卻高舉了馬列主義的旗幟，在日益嚴重的白色恐怖下（一九三二年以後上海的白色恐怖，比之三〇、三一年更是猖獗了），開闢了無產階級革命文學的道路，並取得了輝煌的成就！〔註1〕

這段話是在說魯迅和瞿秋白，實際上也實在說自己，也正因爲如此，更顯示了茅盾的襟懷。瞿秋白在上海的時間比較短，而左聯就存在了將近十年，因此說茅盾和魯迅合作的時間更長，取得的成就也更大。茅盾與魯迅相交整整十年，這十年是中國左翼文學的大發展時期，歷盡了重重的遏制，仍然在號召著全國左翼文學的發展，這不能不說是他們二人的共同貢獻。茅盾與魯迅相交始於 1926 年，這年魯迅應邀途經上海到廈門，在上海與茅盾有了短暫的會晤。茅盾回憶說：「第一次見面是一年前他去廈門大學路過上海的時候，鄭振鐸在『消閒別墅』請魯迅吃飯，我是陪客之一，當時只寒暄了幾句」。〔註2〕1927 年，避禍家中進行寫作的茅盾在家中接受了魯迅兄弟的探望，這是他們的第二次見面，由此開始了他們眞正面對面的友誼。這樣說是因爲在新文學

〔註 1〕茅盾：《我走過的道路》，上卷第 476 頁，人民文學出版社，1997 年。
〔註 2〕茅盾：《我走過的道路》，中卷第 8 頁，人民文學出版社，1984 年版。

運動期間，二人一個在北京一個在上海，已有神交。在這友誼的背後，有三個原因是我們今天必須考慮的：其一，他們都是文學同道，尤其是左翼文學的領軍人物，相同的政治追求和文學理念使他們聯繫在一起。馮雪峰在「文革」期間回憶關於「兩個口號論爭」的文章裏也說過魯迅一向都願意與茅盾合作〔註3〕。其二，二人都在中國新文學領域有較大的影響。雖然不能說茅盾與魯迅不相上下，但魯迅之外，舉國文學者中沒有幾人能比，尤其是在魯迅逝世之後，茅盾顯然成了中國左翼文學的象徵。王若飛在祝茅盾五十大壽文中說他是中國文化界的一位巨人，中國民族與中國人民中最優秀的知識分子，「茅盾所走的方向，為中國民族解放與中國人民大眾解放服務的方向，是一切中國優秀的知識分子應走的方向」，認為茅盾是「中國文化界的光榮，中國知識分子的光榮」，〔註4〕因此說茅盾是左翼文學大師並不為過。但在這種背景下，兩人相交並不影響他們與其他人的團結以及對青年的提攜。其三，他們在上海是多年的鄰居，這對於從事秘密的左聯工作尤為重要，並對他們後來關係的發展產生過重要影響。

左右文壇的四次重大合作

　　魯迅與茅盾之間的合作是大師與同道間的精神協作。茅盾與魯迅之間有過四次重大的合作，對左右當時中國文壇尤其是左翼文壇很有意義。第一次合作時兩人並為謀面，時值五四落潮，整個文壇蕭條苦悶，正如魯迅所說「寂寞新文苑，平安舊戰場。兩間餘一卒，荷戟獨彷徨」。舊日的雜文家大都轉向了，而只有少數幾個人仍在戰鬥。這時魯迅寫了幾個雜文集子，《墳》《華蓋集》《華蓋集續編》，繼續抨擊舊的制度，發揮雜文的「匕首、投槍」作用。而這時在南方的上海，茅盾卻更多地使用了雜文這個武器，寫了《做官的秘訣》、《豬仔與妓女》、《擒……縱……》等一些大為尖銳的文章，無情地鞭撻了帝國主義和封建軍閥的罪惡。反帝反封建是他雜文的主要內容，策應了魯迅在北方的進一步深入，應該說使魯迅尋找到了同道，增強了信心。後來魯

〔註3〕 參見馮雪峰：《有關一九三六年周揚等人的行動以及魯迅提出「民族革命戰爭的大眾文學」口號的經過》，《新文學史料》1978年第2輯。

〔註4〕 王若飛：《中國文化界的光榮　中國知識分子的光榮》，原載1945年6月24日《新華日報》，現參見孫中田、查國華編：《茅盾研究資料》上卷，中國社會科學出版社，1983年版。

迅和茅盾能夠有很好的默契，不能不說受到這個影響。這期間兩人雜文的貢獻更在於，通過這種形式，使南北方在發揮文藝的戰鬥作用上聯在一起，並使南北聯合陣線再次形成（從魯迅、茅盾二人的範圍內而言，《小說月報》時期是第一次聯合）。1932 年 12 月 1 日，素有鴛鴦蝴蝶派巢穴之稱的《申報‧自由談》由剛從法國歸來的黎烈文接編改革，約請了魯迅、茅盾為之撰稿，同時也約請了郁達夫、張資平、葉聖陶、施存蟄等人。為了左翼作家能在當時上海第一大報、著名保守勢力《申報》上佔有一席之地，茅盾和魯迅商量給予支持。因此彼此呼應，紛紛著文，抨擊時政，潑辣尖銳，成一時之風，號稱《自由談》上兩大臺柱。當然其他作家也有大量文章發表，如瞿秋白等，但以此二人為最。於是在《自由談》時期，不僅使魯、茅二人聯繫更加密切，而且還推動了雜文的發展，造就了一大批雜文作家。就此而言，黎烈文是有其功績的，但魯、茅二人的精誠合作無疑使黎烈文所提供的陣地更像一個陣地。晚年茅盾對此評價說：

> 魯迅從二十年代起就能純熟地運用這種文體進行戰鬥，然而一九三三～三四年他在《自由談》上寫的雜文，卻是數量最多最集中，影響最廣的。而且在魯迅的帶動下，當時寫雜文蔚然成風，……《申報‧自由談》的革新，引來了雜文的全盛時期。〔註5〕

茅盾的謙虛並沒有使人們忘記他的貢獻。可以試想，如果沒有茅盾的參與，未必就有如此聲勢。在《自由談》時期，魯迅共發表雜文 108 篇，其中，有幾篇是瞿秋白以魯迅的名義發表的，分別結集為《偽自由書》《準風月談》，茅盾共發表雜文 62 篇，當時未曾結集。其中的一些名篇成了雜文史上的經典之作。這是他們的第二次合作。

　　圍繞著《太白》雜誌創刊前後所發生的關於大眾語的論爭是茅盾和魯迅之間的第三次合作。《太白》雜誌是陳望道 1934 年 9 月創辦的，有編輯委員 11 人，特約撰稿人 68 位，但茅盾和魯迅考慮到當時的身份，沒有應邀參加編委。《太白》創刊後的第一件事情就是參加了大眾語問題的討論。創刊號的第一篇文章就是魯迅的《不知肉味和不知水味》，第二篇文章是茅盾的《「買辦心理」與「歐化」》，這是為了呼應魯迅文章中關於大眾語觀點而寫，由此開始了《太白》合作時期。不過關於大眾化問題在左聯成立之後已有過論爭，而且茅盾和魯迅的文章即使在《太白》創刊以後也未完全發表於此，「《太白》

〔註5〕茅盾：《我走過的道路》，上卷第 592 頁，人民文學出版社，1997 年。

時期」只是一個借用。在這一時期，二人在一些問題上往往是先商量好了再寫文章。茅盾說：

> 那時候，我和魯迅在寫文章上的相互配合，在觀點上的相互支
> 持是比較緊密的，這有一個「地利」之便：那就是我們都住在大陸
> 新村，中間只隔了一排樓房，差不多天天可以見面，對許多問題的
> 看法，我們都交換過意見。〔註6〕

拉丁化和大眾語問題的論爭在當時影響很大，吸引了很多知識分子參與，表現了進步文人對中國文化的關注和對中國進一步發展的拳拳之心，是很令人感動的。但在大眾語討論中出現了一種用大眾語取代白話文的傾向是不好的。在此前的大眾化討論中，魯迅提出了他的著名的論點：「應該有多為大眾設想的作家，竭力來做淺顯易解的作品，使大家能懂，愛看，以擠掉一些陳腐的勞什子。」他認為，多做一些大眾化的文藝固然是當務之急，但「若是大規模的設施，就必須政治之力的幫助，一條腿走路是不成的，許多動聽的話，不過是文人的聊以自慰罷了。」〔註7〕在1934年的大眾語討論中，魯迅又提醒道：「還有一層，是文言的保護者，現在也有打了大眾語的旗子的了，他一方面是立論極高，使大眾語懸空，做不得；另一方面，藉此攻擊他當面的大敵——白話。這一點也須注意的。要不然我們就會自己繳了自己的械。〔註8〕」茅盾則接著說：

> 接著是大眾語問題鑼鼓喧天來了。你一拳，我一腳，把白話文
> 抨擊得只配丟在廁所裏；這中間自然大多數是趕忙為了大眾語作先
> 鋒，但也有不少是在那裡替文言幹那借刀殺人的勾當。〔註9〕

兩人的立論是一致的，配合是相當默契的。雖然此時離《太白》創刊尚有幾天，但為即將創刊的《太白》創造了良好的氛圍，而且《太白》之所以取這個名字，以及此時創刊的目的就是為了大眾語問題服務的。所以我們稱之為《太白》時期。《太白》半月刊從1934年9月至1935年9月存在一年，茅盾和魯迅始終是積極的支持者，兩人共發表文章近50篇，有力地配合了大眾化

〔註6〕 茅盾：《我走過的道路》上卷，1997年版，第559頁。
〔註7〕 魯迅：《文藝的大眾化》，《大眾文藝》，第2卷第3期，現收入《魯迅全集》第7卷，人民文學出版社，1991年版。
〔註8〕 魯迅：《答曹聚仁先生信》，1934年8月《社會月報》第1卷第3期。現收入《魯迅全集》第6卷，人民文學出版社，1991年版。
〔註9〕 茅盾：《不要閹割的大眾語》，原載《申報·自由談》，1934年8月24日。現收入《茅盾全集》第21卷，人民文學出版社，1991年。

問題的討論。試想如果沒有二人的參與與合作，這場討論或許就走上了另外一個方向。

上述的合作是兩位大師在精神上、思想上的契合，由此他們成了左翼文學戰線的領袖〔註10〕，這種說法並不爲過。正如司馬長風說：「在左聯時期，他（指茅盾——引者注）和魯迅是左聯的靠山和輸血管。」能夠「左右文壇的視聽，導引創作的方向」。〔註11〕

魯迅和茅盾還通過創辦刊物和向外介紹左翼作家來提升中國左翼文學的地位和聲望，這就是他們共同創辦《譯文》雜誌和選編《草鞋腳》作品集，這是第四次合作，他們成了同事。1934 年被稱爲中國的雜誌年，但對於翻譯界而言，並沒有太多的值得慶賀的雜誌出現，最主要是此時中國作家對翻譯外國作品已失去了五四之後的那種熱情，譯品質量也在降低。在此種情況下，由魯迅動議，茅盾、黎烈文、黃源等於 1934 年 8 月創辦了《譯文》雜誌，因爲此雜誌前幾期沒有稿酬，所以主要翻譯任務就落在了魯迅和茅盾身上。這份雜誌在社會上還是較有影響的，在第一期發行之後就有來信詢問是否徵收外稿的。但由於當時承辦發行工作的生活書店過多地考慮了經濟問題，加之在主編問題上不同意魯迅推薦的黃源承擔，因此一年多以後也就是 1935 年 9 月就停刊了。《譯文》是我國歷史上較爲嚴肅認眞地翻譯和介紹外國文學的專門雜誌，在三十年代中期，爲中外文化交流做出了貢獻。在創辦初期，從翻譯到編輯，以及選刊圖片，都由魯迅精心計劃，甚至親自簽訂出版合同。茅盾是發起人和組織者，在第一卷中，每期都有他的譯作，有時甚至兩篇，他和魯迅共同支持了這個雜誌的存在。在創辦和支撐《譯文》雜誌的同時，魯迅和茅盾還應美國人伊羅生的請求，爲之編選一本英譯本的中國現代短篇小說集《草鞋腳》。茅、魯二人將此事看作是向世界介紹中國進步作家的好機會，因此認眞編選，曾以兩人的共同名義，與在北京的伊羅生多次通信交流編輯想法，表現出了二人對中國進步文學的眞誠態度和對中外文化交流的渴望。儘管他們這種傳播文化的動機在三十多年以後才得以實現，〔註12〕但大師情懷卻得以彰顯。

〔註10〕 1936 年中國紅軍長征勝利到達陝北，在史沫特萊的建議下，魯迅、茅盾二人曾致電祝賀，這應視爲代表了上海的左翼作家。

〔註11〕 司馬長風：《中國新文學史》，中卷第 257 頁，昭明出版社有限公司，1978 年11 月。

〔註12〕 因此事在下文將詳細分析。故此處從略。

　　魯迅和茅盾作爲私人間的朋友，也有眾多讓人感懷之事。比如魯迅幫助茅盾校過譯文，曾爲茅盾的文章抄寫過留存的底稿，曾爲茅盾的內弟想方設法保釋出獄。這些都讓茅盾留下了終身難忘的感激。但兩人之間似乎也有不能理解之處。據馮雪峰回憶，晚年魯迅曾說過對茅盾不滿的話。馮雪峰說：

　　　　當時茅盾同魯迅的關係表面上是好的。但魯迅談話中幾次提到茅盾，說：「近年來，茅盾對我也疏遠起來了。他沒有搬家前，我們同住在一個里弄，有事當面一談就可以解決，可就不當面商量。」

　　　　魯迅又說過這樣的話：「凡有外國人要見中國作家，我總是推薦茅盾去，請他代表中國左翼作家。」〔註13〕

在此文中，馮雪峰繼續說，魯迅在談話中最不滿茅盾等人的是以「吃講茶」的方式要求撤換《譯文》編輯黃源。茅盾對此撰文指出：〔註14〕出現這種情況，可能有兩個原因，一是住的相互離的較遠，較少溝通；二是茅盾曾經對魯迅說過對胡風的不滿，尤其是從陳望道、鄭振鐸處聽來和周揚說的一樣的關於胡風的事情，可能引起魯迅的不快。但沒有住在一處，遇事無人商量，倒可能是魯迅憂鬱的原因。這反倒說明魯迅和茅盾之間的感情非同一般。關於撤換《譯文》編輯黃源的「吃講茶」事件，茅盾在其回憶中已經詳細說明，認爲這是一場誤會，而且魯迅主要是對鄭振鐸不滿。〔註15〕在魯迅逝世之後，尤其是在建國以後，茅盾寫了很多關於魯迅的作品和精神問題的文章，但較少甚至沒有涉及他和魯迅之間的具體交往問題，直到寫回憶錄時才多有涉及，這是值得探討的。另外在關於「兩個口號」的論爭中，茅盾到底是什麼樣的態度以及態度的變化過程，還是值的進一步考察的。一般說來，茅盾是首先站在周揚的立場，後來又屈就於魯迅的意見。如果這樣還倒顯得茅盾對魯迅的尊重之誠。在魯迅逝世之後，茅盾雖然未能親自參加葬禮，但積極籌備「魯迅先生紀念委員會」〔註16〕，親自致信給法國左派作家協會，呼

〔註13〕　參見馮雪峰《有關一九三六年周揚等人的行動醫及魯迅提出「民族革命戰爭的大眾文學」口號的經過》。

〔註14〕　指茅盾的《需要澄清一些事實》，載《新文學史料》，1978 年第 2 輯。

〔註15〕　參見茅盾：《我走過的道路》中「一九三五年記事」部分，人民文學出版社，1984 年版。

〔註16〕　茅盾曾撰寫三個「魯迅先生紀念委員會籌備會公告」，一、二號曾發表在 1936 年 11 月 20 日的《中流》第 1 卷第 6 期，第三號位曾發表。現收入《茅盾全集》第 21 卷，人民文學出版社，1991 年。

籲援助紀念魯迅,「盡一切力量把紀念魯迅的活動推向全世界」。〔註 17〕更
為主要的是,在魯迅逝世之後,茅盾自覺地承擔起了建設進步文學的重任,
成為了左翼文學的又一面旗幟。

從心靈契合到精神闡釋

從魯迅作品中不斷闡釋魯迅精神是茅盾的一個工作重點。

茅盾和魯迅在他們藝術成長過程中,都經歷過從「為人生的藝術」到現
實主義的轉變,尤其是在這個轉變過程中,曾傾心過現代派,因此在文學理
念上他們是相通的。由是,當茅盾在觀照魯迅作品的時候,更多地尋找到了
蘊含在作品中的氣質,並從這氣質當中去發掘魯迅的精神內核。在分析魯迅
小說的時候,他能從魯迅的雜文中尋找到支持,這在當時是與眾不同的。不
僅如此,當茅盾在論述其他作家的時候,也並不根據了自己的政治理念和藝
術信念而隨意臧否,總能從藝術目的出發,還原到藝術與人、與社會的關係
上,這是茅盾作為文學大師所常用的批評方法。

在現代文學史上,茅盾論述魯迅的單篇文章共有 12 篇,而且對具體作品
分析較少,大多側重於對魯迅精神的總結,這在新文學史上是較為獨特的。
從對作品的分析而言,茅盾寫過《讀〈吶喊〉》、《論魯迅的小說》等,在這些
論文中,茅盾提出了一些與其他論者迥然不同的關於小說的見解。茅盾看到
了《狂人日記》的革命性意義,認為讀了這樣的小說「只覺得受著一種痛快
的刺激,猶如久處黑暗的人們驟然看見了絢麗的陽光」,〔註 18〕他讚賞《阿 Q
正傳》、《故鄉》等小說,認為除了作品的思想性以外,作者的另一最大貢獻
在於是創造新形式的先鋒,《吶喊》裏面的每一篇作品幾乎都是新的形式,而
且也必將影響新近的文學創作。茅盾也認為魯迅是帶著一種悲觀主義的色彩
在創作,但這不等於作品就是在宣傳了悲觀主義,作者的目的只是在刻畫「隱
伏」在中華民族骨髓裏的不長進的性質,也就是阿 Q 相。鑒於魯迅在整個小
說中的批判和反省態度,茅盾認為《狂人日記》是魯迅整個小說的總序言,
這是他看到了魯迅小說的真髓。茅盾把魯迅思想的發展以 1927 年為界,分為

〔註 17〕 此信最初以法文刊載法國《歐羅巴》雜誌,由宋慶齡、茅盾、蔡元培共同簽
署。1982 年 12 月 30 日,《文學報》登載了戴君華的中譯文。現收入《茅盾全
集》第 21 卷。

〔註 18〕 《讀〈吶喊〉》,原載《文學》周報,第 91 期,1923 年 10 月 8 日。現收入《茅
盾全集》第 18 卷第 394 頁,人民文學出版社,1989 年。

前後兩期，他說：「魯迅的小說百分之九十九是在前期完成的，而《狂人日記》有點像他的小說作品的總序言。〔註19〕」他甚至說：

> 《狂人日記》是寓言式的短篇。惟其是寓言式，故形象之美爲警句所掩蓋；但是因此也使得主題絕不含糊而戰鬥性異常強烈。在這一點上，即使說《狂人日記》是中國革命文學進軍的宣言或者也不算怎樣過分吧？〔註20〕

這種振聾發聵的精闢見解在當時除了茅盾之外是沒有的。正是本著這樣的認識，茅盾對魯迅小說中的人物作了與眾不同的分析。比如對於子君，他認爲比涓生更爲可愛，子君溫婉、忍耐、勇敢、堅決，這是涓生不能理解的，這也是男性對女性的不能理解。由此我們就能進一步明白，爲什麼茅盾在《從牯領到東京》一文中一再爲他筆下的女性辯解，這是他與魯迅心理相通之處。他從別人對魏連殳的「幻滅」的評價中，看到了魏連殳的勝利。魏連殳以毀滅自己來進行「復仇」，通過毀滅自己來暴露許多人的醜相，這種醜相當然也包括奴性十足的「老傢夥（大良們的祖母）」。茅盾並不像一般人那樣去看待愛姑的弱點，他認爲在愛姑的身上還是有人民力量存在的，但愛姑之所以失敗是因爲對於自己的不自信。他認爲這是魯迅在自己的小說中指出的主題：敵人之所以還有力量，由於人民之尚信它有力且對於自己的力量無信心。因而茅盾自然地就將魯迅的深刻性發掘了出來。

茅盾充分理解魯迅創作《彷徨》時的心態，認爲這是對《吶喊》的發展，表現了魯迅更爲積極的探索。他滿含深情地評論道：

> 《彷徨》呢，則是作者在目擊了「新文化運動」的「主將們」的「分化」，一方面畢露了妥協性，又一方面正在「轉變」，革命的力量需要有人領導，然而曾被「新文化運動」所喚醒的青年知識分子則又如何呢？——在這樣的追問下，產生了《彷徨》。在這方面，主要地表現了那些從黑暗中覺醒，滿肚子不平，憎憤，然而腦子裏空空洞洞，成日價只以不平與牢騷喂哺自己的靈魂，但同時背上又負荷著舊時代的負擔，偏見，愚昧，固執，虛無思想，冒險主義，短視，卑怯，——這樣的人們。這樣的人們，也是革命的力量麼？當然是！而且他們將是革命的工作者，組織者。〔註21〕

〔註19〕《論魯迅的小說》，原載《小說》月刊第 1 卷第 4 期，1948 年 10 月 1 日。
〔註20〕《論魯迅的小說》。
〔註21〕《關於〈吶喊〉和〈彷徨〉》，原載《大眾文藝》第 2 卷第 1 期，1940 年 10

這完全是一種夫子自道。當年茅盾創作《蝕》三部曲的時候，也遭到了人的誤解，十餘年後，茅盾對此仍耿耿於懷。這不是因為茅盾的心胸不夠寬大，而確實是因為大師們在他們的精神深處潛伏著別人所理解不了的苦惱。茅盾通過對魯迅小說的閱讀，找到了兩人之間的精神契合點。因此說是能真正瞭解魯迅的內心，恐怕非茅盾莫屬。

　　魯迅在小說中表現出來的冷峻和深刻曾被當時一些所謂的批評家們視為「沉默的旁觀」，但茅盾卻從冷峻中看到了「一顆質樸的心，熱而且跳的心」，認為魯迅感到了自己的「小」，這表現在《一件小事》和《端午節》中。茅盾說：

> 他不是一個站在雲端的「超人」，嘴角上掛著莊嚴的冷笑，來指斥世人的愚笨卑劣的；他不是這樣的「聖哲」！他是實實在在地生根在我們這愚笨卑劣的人間世，忍住了悲憫的熱淚，用冷諷的微笑，一遍一遍不憚煩地向我們解釋人類是如何脆弱，世事是多麼矛盾！他絕不忘記自己也分有這本性上的脆弱和潛伏的矛盾。〔註22〕

茅盾承認魯迅的冷峻，但並不認為僅此而已。他也認為魯迅是專門「看出人家的壞處來」，特別要「挖爛瘡」，然而這樣做就是因為魯迅有一顆比什麼都「熱蓬蓬」的心，「就因為他深愛自己這民族，並且因為他有至大至剛的愛民族的心，所以他有不屈不撓的精神，和有百折不回的勇氣和毅力！」〔註23〕這樣茅盾通過「冷與熱」的對比，挖掘到了魯迅的心靈深處。如果說這是茅盾通過小說來看人的話，那麼茅盾也重視通過魯迅的雜文來看待小說，這種主張茅盾在多篇論文中都強調過，而在《魯迅論》中尤為明顯。魯迅的雜文給茅盾以深刻的印象，在寫《魯迅論》之前，作為一南一北的兩位作家，在未曾莫面的時候就曾積極地配合過，這在前文已經論述過了。通過雜文來分析魯迅的小說是當時茅盾在文學批評上的一種新創的方法，他並不把小說局限在小說本身，為小說批評開創了空間。他說：「在他的小說創作裏有反面的解時，在他的雜感和雜文裏就有正面的說明。但讀了魯迅的創作小說，未必能夠完全明白他的用意，必須也讀了他的雜感集。」〔註24〕所以茅盾往往把

月 15 日。現收入《茅盾全集》第 22 卷第 157 頁，人民文學出版社，1993 年。

〔註22〕　《魯迅論》，原載《小說月報》第 18 卷第 11 號，1927 年 11 月 10 日。現收入《茅盾全集》第 19 卷 137 頁。人民文學出版社，1991 年。

〔註23〕　《在抗戰中紀念魯迅先生》，原載《反帝戰線》第 3 卷第 2 期，1939 年 11 月 1 日。現收入《茅盾全集》第 22 卷第 73 頁，人民文學出版社，1993 年。

〔註24〕　《關於〈吶喊〉和〈彷徨〉》。

魯迅的雜文作為他的小說批評的背景，並以此來開拓小說的深度。

但作為一位現實主義的大師，茅盾對魯迅更注重的是其精神內涵，而這首先是通過比較性的分析來完成的。在早期魯迅研究中這也是獨樹一幟的。這比馮雪峰所寫的《魯迅和俄羅斯文學的關係及魯迅創作的獨立特色》要早一年，當然馮雪峰的論述更深刻、更全面。茅盾是在和舊現實主義的對比中討論了魯迅作品的現實批判性，他說：

> 魯迅的《吶喊》和《彷徨》雖僅止於批判現實，而他和巴爾扎克，狄更斯，托爾斯泰的批判的現實主義仍有本質上的不同。巴爾扎克它們是據過去以批判現實，他們所神往的理想已不存在；巴爾扎克所嚮往的是王政，狄更斯是產業革命以前自給自足的農村生活，托爾斯泰的則是原始基督精神的教區治下農民的生活。魯迅對於過去是一無所取。他對於產業革命以後的西歐的政治經濟社會制度亦無幻想，因為他生當半殖民地的封建軍閥與地主買辦階級政權之下，而且正當資本主義社會開始崩潰，地球的六分之一成了社會主義世界的時代。〔註25〕

茅盾也分析了傳統文化在魯迅思想中的影響，但這並沒有影響他對社會的批判，所以茅盾說：

> 我們有理由說：《吶喊》與《彷徨》即使沒有顯明地指示未來，而只是批判現在，但他們和西歐的「批判的現實主義」文學還是有本質上的不同的。它是比巴爾扎克他們的「批判的現實主義」更富於戰鬥性，更富於啟示性。〔註26〕

茅盾認為，魯迅的人道主義和高爾基的人道主義是一樣的，這不同於西歐的舊人道主義，更不同於流俗的所謂的人道主義。魯迅的「改革國民性」，也就是高爾基不止一次說過的「舊社會制度在人性上留下的污點」。尤其是在像「愛姑」這樣的人物身上，看到了人民的力量——雖然人民對此還不自信，這不是舊的批判現實主義所有的，因此茅盾認為魯迅既是批判現實主義者，又是中國社會主義現實主義文學的先驅。茅盾多次強調《離婚》是魯迅早期小說中的最後一篇也是為此目的服務的小說。

〔註25〕《論魯迅的小說》。
〔註26〕《論魯迅的小說》。

　　茅盾特別讚賞瞿秋白對魯迅的評價，認為魯迅是他所屬階級的貳子逆臣，認為是反抗舊制度的鬥士。他提醒那些研究魯迅的人，不要把魯迅當作偶像，把魯迅的學說當作死的教條，而是主張把魯迅當作戰士來研究，這樣才能對之進行發展，才是學習魯迅。〔註27〕而這些對魯迅精神特質的概括歸結起來就是一點，即「一口咬住了不放」，這就是戰鬥的、韌的精神。他說：「我們知道魯迅先生一生創作，整理國故，翻譯，無論是那方面，都從極徹底的研究，達到極深刻的理解，然後發為卓越不朽的著述，這是『一口咬住了不放』的精神。我們又知道魯迅先生一生與傳統思想鬥爭，反抗種種惡勢力，堅決實行除惡務盡的古訓，『叭兒狗非打它落水又從而打之不可』，對於敵人，沒有寬容，這也是『一口咬住了不放』的精神！」〔註28〕茅盾這種思想幾乎貫穿在他所有關於魯迅的論著當中。對於魯迅這種精神，毛澤東在1937年曾有過一個權威性的評價。毛澤東認為魯迅精神有三個特點，即政治遠見、鬥爭精神和犧牲精神。〔註29〕而茅盾在此基礎上更有發展，看到了魯迅在文化上的戰鬥性，並由此而上昇到政治上的戰鬥性。這可能就是政治家和文學家的區別。由於茅盾看到了魯迅在整理國故、翻譯等關涉人類文化方面的戰士精神，所以他也把魯迅作為文化遺產來研究，這也是開風氣之先的。茅盾是在同西方大師的比較中來闡述魯迅作品的文化思想價值。他認為《唐・吉訶德》是因為塞萬提斯所提出的問題激發了「人類優秀的兒子」的熱情，《浮士德》之所以萬古常新是因為浮士德是人類智慧的集大成者，歌德所提出的問題到今天還是新鮮的。魯迅的作品也是這樣的。不僅在今天，而且將在此後的長時間都能成為文化思想者所不可或缺的遺產。因為魯迅的作品是中國文化思想大變動時代的「分析鏡」，是民族文化繼往開來的著作。茅盾的這種預言是準確的，到了21世紀的今天，魯迅所留傳下來文化遺產仍是文化思想者們取之不盡的資源。

〔註27〕　參見《研究・學習・並且發展他》，原載《大眾生活》，新23期，1941年10月18日。現收入《茅盾全集》第22卷，人民文學出版社，1993年。

〔註28〕　《以實踐「魯迅精神」來紀念魯迅先生》，原載香港《立報・言林》，1938年10月19日。現收入《茅盾全集》第21卷第537～538頁，人民文學出版社，1991年。

〔註29〕　參見毛澤東：《論魯迅——在「陝公」紀念大會上演辭》，現收入《毛澤東選集》第二卷，人民出版社，1991年6月第二版。

第二節　茅盾與瞿秋白

　　作爲普遍規律，任何一個作家的成長都離不開他所生活的時代和所處的人文環境。尤其是在 20 世紀上半葉的中國，劇烈變化的社會以及爲適應這種社會所湧進的各種主義和思潮使所有中國作家都必須爲自己的發展確定一種方向，或者在首先確立了一種方向之後自願爲自己確立一個寫作的職業。如果說在文學領域中還有第三種情況來概括作家的生成，那就是被迫走上了寫作之路的。凡此種種都會折射出寫作者的一種心態，這些心態有時會相互影響的，並經過了多次淘洗才最終被沉澱下來。在現代文學史上，如果說很多青年作家是在茅盾呵護下成長起來的，而茅盾創作態勢的形成則是同代人相互激勵和影響的結果，當然這裡包含著重要的時代性因素，這是一種多重關係。我們將茅盾和瞿秋白進行比較研究就是要探求這種關係。在茅、瞿之間，在文學史上有許多必須給予注意之處。這不僅能表現文學與革命間的關係問題，更主要是通過這種關係來透視和梳理知識分子與革命者的結合與分裂。茅盾和瞿秋白相交近十年左右，準確地說，他們從 1923 年相識，中間除去大約兩年的茅盾亡命日本、瞿秋白夫婦去蘇聯，到 1934 年秋白奉命到蘇區，他們一直戰鬥在一起，同魯迅一道，爲中國左翼文學的發展做出了卓越的貢獻。正如有的研究者所說：「瞿秋白和魯迅、茅盾的親密友誼和共同戰鬥，有力地推動了無產階級文化和文藝運動的發展，在中國文學史上譜寫了光輝的新篇章。」〔註30〕

政治同盟與文學同道

　　在 1927 年以前，茅盾和瞿秋白之間的交往，政治因素要多於文學因素。雖然這時瞿秋白也以文學而名〔註 31〕，但他們在一起討論文學的機會並不多，相反在黨內瞿秋白作爲茅盾的上級，曾給茅盾較多政治上指導。有意思的是，瞿秋白晚於茅盾兩年入黨，但由於他曾常駐無產階級革命的故鄉，〔註32〕所以他自然就成了茅盾的上級。1930 年到 1934 年，是茅盾和瞿秋白

〔註30〕丁守和：《瞿秋白思想研究》，第 522 頁，四川人民出版社，1985 年版。

〔註31〕在 1921 年，瞿秋白在旅蘇期間所寫的《俄鄉紀程》和《赤都心史》是中國較早的報告文學集，此時茅盾正在商務印書館工作，是文學研究會的重要成員。瞿的兩本書則被編爲文學研究會叢書。

〔註32〕1920 年秋，瞿秋白應北京《晨報》的聘請，以該報特派記者的身份駐莫斯科

交往的第二個階段。在這個階段中，瞿秋白雖然不再是黨的領導者，但仍然是中央委員，更為主要的是由於他的威望，自然成為了左聯實際上的領導。所以茅盾說，由於瞿秋白對左聯工作的參與，在他和魯迅的共同努力下，在國民黨的壓迫最為嚴重的情況下，左聯的工作卻取得了更為顯著的成績。這一時期也是茅盾在文學創作上取得成功的關鍵階段，尤其是《子夜》的出版，不僅奠定了茅盾在文學史上的地位，而且也是左翼文學成功和成熟的重要標誌，這一成就的取得是和瞿秋白的努力分不開的。在這一時期，茅盾和瞿秋白之間的交往更多的是文學上的交往。我們說如果瞿秋白不是直接地參加了政治運動，而是專心地致力於文學翻譯、批評甚至創作，一定也會成為一個文學大師的。就今天瞿秋白所留下的十幾卷的著作來看，在那個時代，在那個年齡，在那樣繁忙的政治活動中，是幾乎無人可以與之相比的。因此我們相信他完全有成為大師的可能性。與此同時，瞿秋白也不斷地向外轉移他的天賦，他成功地幫助了茅盾。比如，茅盾在寫《路》時，原是寫中學生的生活和鬥爭，在寫作過程中，瞿秋白看了開頭的幾章，就建議改成大學生，也建議刪去書中過多的戀愛描寫，茅盾尊重了瞿秋白的意見，這就是我們今天看到的《路》，應該說這個建議還是十分正確的。《子夜》的成功，則瞿秋白佔有很重要的成分。瞿秋白不僅為之提供創作背景，亦即工農運動情況，更為重要的是，瞿秋白的一些建議使《子夜》在細節真實上達到了一定的高度。比如改趙、吳兩大集團握手言和為一敗一勝，突出了中國民族工業在買辦資本的壓榨下也喪失了出路；建議描寫資本家吳蓀甫的獸性發作和生活奢靡，表現人物複雜晦暗的內心，這些都是《子夜》這部巨著得以成功的重要保證。從另一個方面來看，由於茅盾缺乏生活體驗，沒有聽從瞿秋白關於農民暴動和紅軍活動的描寫，因而此處也成為了《子夜》的敗筆。我們在討論茅盾與現代作家的關係時，這樣說並不是要喧賓奪主地將茅盾置於一種何樣的地位，而是要說明茅盾在深入到中國現代文學的時候，在與現代文學發生關係的時候，是一個複雜的過程。這個過程既要表現出茅盾對現代文學的貢獻，也就說他是如何躋身於現代文學，另一方面也要看到現代文學給予茅盾以何樣的資源和力量，一個成功的文學大師更應從中汲取些什麼。瞿秋白就是這種資源和力量。

採訪。1922 年 2 月正式參加中国共產黨，同年 12 月，應陳獨秀之約回國參加革命活動。

　　瞿秋白曾寫過三篇文章評論了茅盾的兩部作品，這就是《談談〈三人行〉》、《〈子夜〉和國貨年》、《讀〈子夜〉》。在第一篇作品中，瞿秋白嚴厲地批評了茅盾在《三人行》創作上的失敗，他認為這篇小說是作者斷斷續續地湊合起來的，結構上的散漫，簡直沒有辦法展開對於新起來的反對帝國主義高潮描寫的可能，它的題材本來是舊社會的渣滓，而不是革命的主動部隊。他說，「三人行而無我師焉」。他看到了這部作品在藝術上的缺欠：

> 這是《三人行》作者的立場，作者是從這個立場上企圖去批判
> 他所描寫的三個人。這是革命的立場，但是，這僅僅是政治上的立
> 場。這固然和作者以前的三部曲（幻滅、動搖、追求）的立場不同
> 了，——所以說《三人行》是三部曲的繼續或者延長——是不確的。
> 然而僅僅有革命的政治立場是不夠的，我們要看這種立場在藝術上
> 的表現是怎樣？〔註33〕

可以看出，瞿秋白並不是由於其作為一個政治家而忽略了文學的藝術性，在這一點上更能說明瞿秋白作為藝術家的氣質。瞿秋白與其他的批評家不同的是，他在對一個作品進行批評的時候，往往能看到另一面，他也看到了《三人行》的價值，他說：

> 如果這篇作品可以在某種意義之下算作小資產階級革命文學
> 的收穫，那麼也只在於它提出了幾個重要問題，並且在它的錯誤上
> 更加提醒普洛文學的某些任務，例如新現實主義的創作方法必須正
> 確的運用起來，去對付敵人的虛無主義的迷魂陣。再則，就只有零
> 碎的片段——揭穿了那些紳士教育家等等的假面具了。如果《三人
> 行》的作者從此能夠用極大的努力，去取得普洛的唯物辯證法的宇
> 宙觀和創作方法，那麼，《三人行》將要是他的很有益處的失敗，並
> 且，這是對於一般革命的作家的教訓〔註34〕。

這種看法是相當獨到的，既是對茅盾的批評，更是對茅盾的激勵，而這樣的批評也只有瞿秋白這樣的批評家才能寫作出來。但對於茅盾成功的作品，瞿秋白又是異樣的欣喜而極力鼓吹。對於《子夜》他就寫了兩篇文章。他認為這是中國第一部寫實主義的成功的長篇小說，雖然還有些不足，但卻是應用

〔註33〕瞿秋白：《談談〈三人行〉》，原載《現代》月刊，第 1 卷第 1 期，1932 年 5
　　　　月 1 日。現收入《瞿秋白文集》文學編第 3 卷，人民文學出版社，1986 年版
〔註34〕瞿秋白《談談〈三人行〉》。

真正的社會科學在文藝上表現社會關係和階級關係。他還斷言：「一九三三年在將來的文學史上，沒有疑問的要記錄《子夜》的出版。」〔註35〕在另一篇文章中，他說：

> 在中國，從文學革命後，就沒有產生過表現社會的長篇小說，《子夜》可算第一部；他不但描寫著企業家、買辦階級、投機分子、土豪、工人、共產黨、帝國主義、軍閥混戰等等，它更提出許多問題，……從文學是時代的反映上來看，《子夜》的確是中國文壇上的新收穫，這可以說是值得誇耀的一件事。
>
> ……
>
> 人家把作者比作美國的辛克萊，這在大規模表現社會方面是相同的；然其作風……我們可以看出兩個截然不同點來，一個使用排山倒海的宣傳家的方法，一個卻是用娓娓動人敘述者的態度。〔註36〕

瞿秋白對於《子夜》的出版不僅感到喜悅，而且也頗自豪。在三十年代，瞿秋白是第一個運用馬克思主義的觀點給予《子夜》以科學的評價，最早肯定了它的價值以及在文學史上的地位，這一直影響到今天的評價。在他的評論中所提出的一些命題至今有人仍在研究。〔註37〕

茅盾和瞿秋白之間有過多次的重要的合作，在論述魯迅與茅盾是已有所涉及。在三十年代前期，瞿秋白、魯迅、茅盾成為左聯的重要領導，為擴大左聯的文藝運動，克服關門主義和宗派主義做出了貢獻。在反對「民族主義文學」運動中，三人都寫了戰鬥性很強的文章，比如魯迅的《「民族主義文學」的任務和命運》、《對於戰爭的祈禱》，瞿秋白寫了《菲洲鬼話》、《狗樣的英雄》和《民族的靈魂》，茅盾寫了《「民族主義文藝」的現行》、《〈黃人之血〉及其他》和《評所謂「文藝救國」的新現象》，這些文章語言犀利，批判深刻，揭露了「民族主義文學」在文學發展上的反人民性和反時代性，這是反「民族主義文學」最主要的文章。另外茅盾在現代文學史上是較早一位對五四以來中國新文學進行總結和反思的作家和文學史家。在 1931 年，

〔註35〕　參見瞿秋白：《〈子夜〉與國貨年》，原載《申報·自由談》，1933 年 4 月 2、3 日。現收入《瞿秋白文集》文學編第 3 卷。人民文學出版社，1986 年版。

〔註36〕　瞿秋白：《讀〈子夜〉》，原載《中華日報·小貢獻》欄，1933 年 8 月 13、14 日。現收入《瞿秋白文集》文學編第 3 卷，人民文學出版社，1986 年版。

〔註37〕　比如在瞿秋白的文章中提出《子夜》受到了左拉的《金錢》的影響，邵伯周先生就曾對此加以比較研究。文章為《兩部成就不同的現實主義小說——〈子夜〉與〈金錢〉比較研究》，現收入《茅盾研究論文選集》，湖南人民出版社，1983 年。

茅盾發表了《五四運動的檢討》、《關於「創作」》兩文，對五四以來的文學
運動和 1928 年以來的普羅文學進行了總結。這是在瞿秋白的建議之下，並
且在寫作之前與之也充分交換了意見，可以說也代表了瞿的意見。不論是從
當時看來，還是從今天看來，他們的評價都是偏低的，尤其是對五四運動的
成績估計不足，這裡除了他們在認識上的局限外，還表現出了他們對無產階
級革命文學過分激動的渴望。但更為重要的是，他們提供了一種試圖總結新
文學運動的樣本，對後來新文學運動梳理工作無疑產生了重大影響。不過他
們的真誠合作並不表明他們之間沒有論爭，而且往往是很激烈的。在 1931
年冬至 1932 年，左聯開展了第二次文藝大眾化討論，應該說這次討論最激
烈的和最主要的是發生在瞿、茅之間。1932 年 4 月，瞿秋白在《文學》半
月刊上發表了《普洛大眾文藝的現實問題》，6 月在《文學月報》上又發表
了《大眾文藝的問題》，提出了自己關於文藝大眾化的觀點，茅盾則以止敬
的名義在《文學月報》上載文《問題中的大眾文藝》，進行了嚴肅的反駁和
質疑，後來瞿秋白又寫了答辯文章《再論大眾文藝答止敬》。他們在文章中
涉及的問題很多，內容很豐富。但他們之間論爭的焦點集中在文藝大眾化的
語言問題和藝術技巧問題。但是按照茅盾的說法，由於他們爭論的前提不一
樣，所以沒有在爭論下去。〔註 38〕這場爭論的意義暫且不論，但爭論的過
程和在爭論過程中所表現出的風範卻應是後來者楷模。這在現代文學史上，
甚至是在當代文學史上也是不多見的。

　　1949 年，在瞿秋白遇難十四年以後，茅盾第一次正面論述了瞿秋白在文
學上的貢獻。雖然簡略概括，但也還有獨到、準確之處。在這篇文章中，茅
盾既描繪了瞿秋白對於新文學發展的激進情狀，更總結了他在現代文學史上
的貢獻。不過實事求是地說，茅盾這次總結是不全面的和不深刻的，尤其是
這種總結來的也比較遲。對於茅盾這樣的文學家應該及時敏銳地看到曾經和
自己戰鬥在一處的文學家的貢獻，恐怕是抗戰後茅盾長期生活在國統區不便
表達吧。但建國以後，茅盾卻給予了瞿秋白以深刻的全面的正確的評價，彌
補了前期的不足，這是另話。

兩種文本和一種心態

　　在左翼文學發展史上，如果要尋找所謂小資產階級知識分子進行自我解

〔註 38〕參見茅盾：《我走過的道路》，上卷第 553 頁，人民文學出版社，1997 年。

剖的經典文本，恐怕要算《從牯嶺到東京》〔註39〕和《多餘的話》了。《多餘的話》是瞿秋白在 1935 年就義前對自己內心的剖白，很難說它算作一種什麼樣的文章。長久以來，思想家們、政治家們對之進行了無數次的闡釋，但較少有人將其作爲一種知識分子的心靈辯護和在文學領域當中作爲一種文獻來解讀，這實在是一種遺憾。應該這樣認識《多餘的話》，他和茅盾的《從牯嶺到東京》，就像魯迅的《對於左翼作家聯盟的意見》和毛澤東《在延安文藝座談會上的講話》在文學史上的地位一樣重要〔註40〕，反映了中國新文學運動在發展史上兩個不同階段文學主體的變化過程。儘管《多》的產生時間要晚於《從》多年，但這正好說明新文學運動發展變化的複雜性和多元性，以及知識分子心態的文化性。

　　將這兩篇文章聯繫在一起，既是一種偶然，也是一種必然。說其偶然是因爲茅盾和瞿秋白作爲中國左翼文學的主要領導者不僅相識而且相知，對中國現代文學的發展都起到了重要作用。說其必然是因爲他們都有著從純眞的小資產階級知識分子向複雜的政治領導者轉換的經歷，對於中國歷史和社會革命都產生過相同的感受，而這兩篇文章就是要表現這個主題的。晚年的茅盾在回憶錄中說：

　　　　《多餘的話》中所表述的不正是他那「犬耕」的心情嗎？這不
　　　是叛徒的心情，這是一個認識到自己的「力不勝任」給中國革命帶
　　　來了重大損失的共產黨員出自內心深處的懺悔。這是一個眞正的不
　　　考慮個人得失的無私無畏的共產黨員，一個雖有弱點卻使人永遠崇
　　　敬的共產黨員。〔註41〕

「犬耕」就是以犬耕田，瞿秋白以此比喻自己對政治工作，尤其是政治領袖不能勝任，瞿秋白多次用其作筆名。茅盾對《多》的理解，正像他多年以前對《彷徨》的理解一樣，完全是發自內心的眞實感受，雖然不見得十分深刻和入微。表現在這兩個文本中，我們也看到了他們相互需求和理解之情。在《從》中，茅盾曾這樣表達自己的心情：在寫《追求》時，「所以不能進行得快，就是因爲我那時發生精神上的苦悶，我的思想在片刻之間會有好幾次的

〔註39〕在本書中，《從牯嶺到東京》一文有時也包括《蝕》三部曲，因爲此文的寫作
　　　主要是答辯對《蝕》三部曲的批評，故可將它們視爲一體。
〔註40〕參見拙文《論魯迅〈意見〉和毛澤東〈講話〉的同一性》，開封教育學院學報，
　　　2003 年第 1 期。
〔註41〕茅盾：《我走過的道路》下卷第 30 頁，人民文學出版社，1997 年版。

往復衝突，我的情緒忽而高亢灼熱，忽而跌下去，冰一般冷。這是因爲我在那時會見了幾個舊友，知道了一些痛心的事，——你不爲威武所屈的人也許會因親愛者的乖張使你失望而發狂。這些事將來也許會有人知道。這使得我的作品有一層極厚的悲觀色彩，並且使我的作品有纏綿幽怨和激昂奮發的調子同時存在」〔註42〕，在這段話中，「親愛者的乖張」就是指瞿秋白的「左傾」盲動主義（從《蝕》三部曲的意象來說，未嘗就不是指共產國際），對於此點，茅盾無比矛盾（此時取此筆名正是此意），一方面對親愛者表示同情，另一方面又對親愛者的錯誤表示痛心，正是在這種尷尬情境中，茅盾表現出了苦悶。可以說這種苦悶既是對革命發展前途的苦悶，也是在對親人理解了之後的苦悶與無奈。但茅盾並沒有消沉，而是從中透出「激昂奮發」的調子，正像在這篇文章的結尾所說：

> 我已經這麼做了，我希望以後能夠振作，不再頹唐；我相信我是一定能的，我看見北歐命運女神中間的一個很莊嚴地在我面前，督促我引導我向前！她的永遠奮鬥的精神將我吸引著向前！〔註43〕

茅盾的這種表白是他對中國現實尤其是政治上的一個繼續刻意追求的信念，當然這也是作爲一個從所謂小資產階級陣營當中沖決而出並成爲一個戰士後對自己內心的剖白和砥礪，他不僅看到光明而且可以繼續追求光明。但對於瞿秋白則完全不同了。他可以有希望，可以預見光明，但他已沒有權利和機會繼續追求了，他所求得的只是對自己比茅盾更爲徹底和嚴厲的自責。面臨既定的去期，一方面表現出了對於死的慷慨與豁達，另一方面也表現出了對生活的渴望。他在《多》的結尾也說：

> 俄國高爾基的《四十年——克里摩·薩摩京的生活》，屠格涅夫的《魯定》，托爾斯泰的《安娜·卡里寧娜》，中國魯迅的《阿Q正傳》，茅盾的《動搖》，曹雪芹的《紅樓夢》，都很可以再讀一讀。
>
> 中國的豆腐也是很好吃的東西，世界第一。〔註44〕

這是一段非常平靜的表述。身陷囹圄的對生的渴望也只有如此，儘管在身份暴露之前曾託魯迅保釋。但本書要說的問題在於，瞿秋白在臨死之前還想讀

〔註42〕茅盾：《從牯嶺到東京》，原載《小說月報》第19卷第10號，1928年10月18日。現收入《茅盾全集》第19卷第176頁，人民文學出版社，1991年。

〔註43〕茅盾：《從牯嶺到東京》。

〔註44〕瞿秋白：《多餘的話》，《瞿秋白全集》政治理論編第7卷，第723頁，人民出版社，1991年。

茅盾的《動搖》而不是他最推崇的《子夜》，絕不是信手寫來，這是他內心最真誠的表達，是「與吾心有戚戚焉」。在離開這個世界之前，瞿秋白終於找到了或是說出了自己的知音。（我們看到在此之前對茅盾的《三人行》、《子夜》的批評都是服從了他的政治觀念，而不是服從了他的知識分子心裏。）《動搖》代表的是整個《蝕》三部曲。茅盾的這部作品既是對中國革命過程的記錄，更是為知識分子提供一份活的心理歷程檔案，這正是瞿秋白所需要的。在這中間，我們不僅看到了瞿秋白的坦蕩，更看到了瞿秋白、茅盾這樣的知識分子在革命過程中的心理苦難。他們二人是將此苦難說了出來，而沒有說出來又何止千千萬，所以我們不能僅僅將茅盾的《從》當作一般的表現和辯解苦悶與彷徨的隨筆來讀。茅盾在其作品中刻意地對小資產階級知識分子的描寫也不是僅僅因為他對這一題材熟悉，而應有更為深刻的原因，只是他自己不願意說罷了。

在瞿秋白、茅盾這兩個知識分子身上，在他們從事革命運動的過程中，有很多相似的地方，這是在解讀這兩篇文章的寫作心態上必須要考慮的問題。

首先，他們都是出身於舊的紳士或商人家庭，這一點在茅盾身上可能更為複雜一些，但無論如何他們應屬同類。即便不是這種出身，但在他們受到教育接觸了社會後，自然也就進入了那個時代知識者的行列，這一點是不能否認的。在他們接受了馬克思主義以後，也很難說在習氣和心理上就完全脫離舊的陣營。瞿秋白說「因為我始終不能克服自己的紳士意識，我終究不能成為無產階級戰士。」〔註45〕茅盾也多次申明在中國當時的社會條件下，小資產階級應該成為作品的描寫對象，儘管茅盾並沒有說在自己的身上還留有舊階級的痕跡，但他的作品和他的一些辯解已經說明了這個問題。所以在初期在他們身上還保有著一些舊時代的性格，也就是說仍然具有傳統知識分子的人文理想。當他們帶著這種屬性來分析問題的時候，從一種切身的立場出發，所提供出來的問題往往更真實、更細緻，更符合中國當時的社會實際，所以在《讀〈倪煥之〉》這篇文章中，茅盾反覆闡述了他的對小資產階級的立場，並對不切合實際的所謂的「革命文學」中的一些理論進行了批評。應該說這篇文章就是《從牯嶺到東京》的續篇，是茅盾通過葉聖陶的作品《倪煥之》來說為自己的小說《蝕》加注解。

其次，這兩篇文章都是在一種「絕望」心態下對世事的真誠思考。這種

「絕望」是指他們在自己思想中存在了一種難以解索的情緒。瞿秋白表現的是對生命過程的探索和總結。他尤爲認眞地考慮了自己在參加革命之後十五年的革命歷程與自身的關係，所以他的眞誠就更加眞實。原來有人說他是叛徒，但在我看來，叛徒是難以達到這種程度的。茅盾則是對自己的信念表示出了不可理喻，因爲他所經歷的革命過程和他的想像相去甚遠。在其作品中，他通過隱喻的方式對共產國際表示出了不可理解，甚至對自己的親密戰友瞿秋白表示出了不可理解，所以他的彷徨中透著眞誠的詢問。在第一次大革命失敗以後，在革命知識分子中，茅盾較早地對這次革命進行了反思，並有意地探討了共產國際在這次中國革命中的作用，因此《蝕》三部曲的很多意象都和共產國際有關。尤其是《動搖》中孫舞陽的戀愛和對待革命的態度幾乎就是一種政治隱喻。當然作爲文藝作品和以及現實環境的要求，也不可能令茅盾說得更爲清楚。也只有這樣才使他的作品更具文學性。在這一點上，瞿秋白與茅盾是基本一樣的。略有差別的是，茅盾僅親身經歷過一次革命的失敗，而這一次又是由瞿秋白參與領導的。而瞿秋白除此之外，他還經歷了在此之後的由王明領導的共產黨在政治和軍事上的失敗，這都和共產國際對中國革命的直接參與有關。瞿秋白在意識到自己將被殺時，總結這段歷史是完全有必要的，正如他自己所說：「心上有不能自己的衝動和需要」。但在敵人的監獄中，又不能談黨內鬥爭、談中央和共產國際的錯誤，「於是他就只能談自己，總結和批判自己，過頭地責怪和否定自己。」〔註46〕同樣巧合的是，在《幻滅》的題辭上，茅盾引用了屈原的「吾令羲和弭節兮，望崦嵫而勿迫；路漫漫其修遠兮，吾將上下而求索」；瞿秋白則在《多》的開頭引用了《詩經》的句子：「知我者，謂我心憂；不知我者，謂我何求」。當面臨著重大思考或生命的轉折關頭，他們都不約而同地從中國傳統的文化經典中尋找到了精神支柱，表明了他們一種共同的知識分子心態。

再次，他們都有被「拋棄」的經歷，而在瞿秋白身上尤甚。因爲在黨內負總責期間，瞿秋白犯了左傾冒險主義的錯誤，在四屆六中全會上被開除出了政治局，一度沒有工作。本著自己對文學的愛好和對黨的負責精神，在上海參加了左聯工作，並在無形中成爲了左聯的領導，而在實際上，這不是黨組織的安排，所以應該說，他有被拋棄的感覺。在長征之前，又被留在蘇區打游擊，帶病的身軀根本不適宜那個環境，但當時的中央領導卻這樣做了。

〔註46〕丁守和：《瞿秋白思想研究》，第 569 頁，四川人民出版社，1985 年版。

有研究者激憤地說：「讓瞿秋白這樣的人在如此惡劣的環境下『打游擊』，真可謂滑稽之至。當然，『打游擊』是假，『甩包袱』是真，『借刀殺人』是真。從蘇聯時期起，『黨內同志』就一次次地想置瞿秋白於死地，待到 1935 年 2 月瞿秋白以『共黨首領』的身份被國民黨軍抓獲，他們也就如願以償了。對這一切，瞿秋白當然是心知肚明的。」〔註 47〕據回憶，瞿秋白當得知自己被留下來的時候，情緒異常激動，喝了很多的酒，悲戚地說：「你們走了，我只能聽候命運的擺佈了，不知以後怎樣……我無論怎樣遭遇，無論碰到怎樣逆境，此心可表天日。」〔註 48〕這幾句話既是一種絕望的表示，也是一種對信念的執著。但無論如何卻有一種失家的孤獨感，因此也就更容易感傷。所以說，《多餘的話》也是一篇感傷之作。在這篇文章中，瞿秋白多次說明自己想徹底休息，因為休息實在是一種解脫。王實味在他的小說《休息》中，曾經塑造了黃秋涵這樣一個人物形象，也是一個進步的知識青年，但是一個貧苦出身。他有很多追求，但都未能實現，連在家侍奉老母都不可能，最後只能在結束自己的生命中求得最好的休息。這是一個多餘人的形象，我們看到這和瞿秋白又是多麼的相像。在《多餘的話》中，瞿氏確有一種多餘人的感覺，這是在他不斷的懺悔式的自責中表露的。茅盾的被「拋棄」是指不僅一度和黨組織失去了聯繫，而且在避禍上海的時候，只能獨居家中，甚至連正常的朋友間的拜訪都很困難，因此他是孤獨的。在孤獨當中回想著剛剛經歷過的一些事情，感傷之情也不禁油然而生。他說：

> 八月底回到上海，妻又病了，然而我在伴妻的時候，寫好了《幻滅》的前半部，以後，妻的病好了，我獨自住在三層樓，自己禁閉起來，這結果是完成了《幻滅》和其後的兩篇——《動搖》和《追求》。前後十個月，我沒有出過自家的大門；尤其是寫《幻滅》和《動搖》的時候，來訪的朋友也幾乎沒有；那時除了四五個家裏人，我和世間是完全隔絕的。〔註 49〕

這種「隔絕」和瞿秋白在福建長汀的心情是一致的，所以必然也會引起心靈上的共鳴。

　　當我們確定了茅盾、瞿秋白上述寫作心態之後，就可以發現在他們的文

〔註 47〕 王彬彬：《從瞿秋白到韋君宜》，《文藝爭鳴》2003 年第 1 期，第 17 頁。

〔註 48〕 轉引自王志明：《關於〈多餘的話〉的話》，北京科技大學學報（社會科學版），1999 年第 3 期。

〔註 49〕 茅盾：《我走過的道路》下卷第 179 頁，人民文學出版社，1997 年版。

章中，都表現了在知識分子和革命家之間雙重角色價值認同的衝突。這一點既是他們之間的相同點，也是他們之間的最大區別。近代中國的情境使中國知識分子面臨著極其艱難的現實抉擇：是進而匡時濟世，抑或退而守身立命？這是在茅盾和瞿秋白之間都出現的問題。瞿秋白的家學淵源加上自己的才情，使他完全有可能成為一代文豪，因此在他的身上有著強烈的「本位意識」。但是由於「歷史的誤會」，卻使他肩負了政治領袖的任務，他的內心不斷地發生著為文與從政的衝突，並困苦不已。那種「紳士」的特性又使他不可能在這兩種中間找到一個平衡的支點。在離開了領導崗位後，在上海，他也許可以找到這種平衡點，但由於對左翼文學的關心又使他無意之中成了左翼文學的領導者，所以儘管有人認為這一時期是他的「本位意識」的回歸時期，但顯而易見的是他仍沒有逸出這種內心的衝突，尤其是當他再次被調往蘇區，主管當時的教育時，他那種「紳士」意識徹底的破滅了。在《多餘的話》中，他反覆對自己的角色衝突進行表白，特別是在擔任黨的主要領導者期間，由於自己的錯誤，曾使黨的事業遭到了巨大損失。他深刻的自責和反思更加重了自己的角色衝突，這必然使《多餘的話》蒙上濃重悲觀和消極色彩。他願意為後人提供這種解剖材料，他的坦誠無疑應成為共產黨人的學習榜樣。他完全可以說些堂而皇之的話，以贏了烈士英名，他也認識到了這一點，但卻說了真話，在臨死之前，作了一個徹底的真正的知識分子，〔註50〕所以說瞿秋白是偉大的。茅盾也是一個知識分子出身，他在早年並未刻意要走文學道路，只是為了謀生的工作使然；同樣，他也並未要追求政治革命卻也走上了政治革命的道路。文人與政治間的角色衝突在他的身上也明顯地存在著。他的小說《蝕》三部曲中表現了各種各樣的衝突，但文人與政治之間的衝突是一個重要內容。實際上他在討論的就是知識分子和政治的關係，即知識分子在革命中如何確立自己的角色以及這種角色對革命的影響。只不過他沒有擔任主要的政治領導職務，所以他的感受可能更感性和更他人化。比如，他可以感受到「親愛者的乖張」（指瞿秋白），但沒有理由對自己進行自責。所以在他的意識中，角色的衝突是指整體而言，是個人對整體的感受，來勢洶湧，

〔註50〕 薩義德在《知識分子論》中說：「根據我的定義，知識分子既不是調節者，也不是建立共識者，而是這樣一個人：他或她全身投入批評意識，不願接受簡單的處方、現成的陳腔濫調，或迎合討好、與人方便地肯定權勢者或傳統者的說法或做法。不只是被動地不願意，而是主動地願意在公眾場合這麼說。」用此點來對照瞿秋白，可以說確得其神。

並不可能像瞿秋白那樣娓娓道來。但在這裡他還有一個與瞿秋白的最大不同就是這種角色衝突的重心不一樣。瞿秋白是想當文人，結果走上了政治之途。茅盾是想當政治家，結果作了文人。他說：

> 在過去的六七年中，人家看我自然是一個研究文學的人，而且是自然主義的信徒；但我真誠地自白：我對於文學並不是那樣的忠心不貳。那時候，我的職業使我接近文學，而我的內心的趣味和別的許多朋友——祝福這些朋友的靈魂（指在大革命中犧牲的朋友——引者注）——則引我接近社會運動。我在兩方面都沒有專心；我那時並沒想起要做小說，，更其不曾想到要做文藝批評家。〔註51〕

由這段話不難看出茅盾並未在意識中排斥政治，相反在其思想深處，可能認為政治比文學來的更為重要。在從日本流亡歸來以後，曾多次要求恢復組織關係，直到去世以後才實現了這種願望。〔註52〕茅盾最先向瞿秋白提出要求，瞿後來告訴他上級組織沒有答覆，自己正在受王明路線的排擠，勸他安心從事文學創作。這對瞿秋白和茅盾來說都是意味深長的事情。茅盾還曾對瞿秋白說：「自日本回國後，一直過著地下生活，不可能也不想找到公開職業，只好當專業作家了。」〔註53〕這些都表明，茅盾選擇文學創作實在是一種無奈之舉。但從另一個角度說，左翼文學也是政治的一種轉化，尤其到了延安文學中，這種轉化更為明顯。茅盾後來在現代文學史上，矢志不逾地從事左翼文學寫作，善於勾勒中國社會的變遷和複雜的社會鬥爭，這是政治追求的延續，和他早年的政治情結是分不開的。應該說，瞿秋白在臨死之前對《動搖》的選擇，並不是看重茅盾的這一點，即因追求政治不得而從事文學創作，而是看重「動搖」本身所反映出的知識分子與革命間的關係，或者在更深一層上看到了茅盾對中國革命進行總結的寓意，以便為自己的《多餘的話》尋找到知音。

茅盾和瞿秋白是現代史上兩個具有典型意義的知識分子和寫作者，尤其他們的《從牯嶺到東京》和《多餘的話》是我們今天分析當時知識分子心態的經典文本，應該引起高度重視的。

〔註51〕茅盾：《從牯嶺到東京》，《茅盾全集》第 19 卷第 177 頁。

〔註52〕茅盾是 1981 年 3 月 14 日向中共中央提出恢復黨籍的申請，1981 年 3 月 27 日逝世，中共中央於 1981 年 3 月 31 日做出決定，同意恢復茅盾的黨籍，黨齡從 1921 年算起。

〔註53〕茅盾：《我走過的道路》中冊，第 60 頁，人民文學出版社，1984 年版。

第三節　茅盾與鄭振鐸

　　在緒論中已經說過，在現代文學史上，茅盾不僅是一位「文化借勢者」，也是一位「文化造勢者」，而所謂的「借勢」和「造勢」必然要有依賴和接受對象。從文化角度而言，茅盾要想達此目的，不僅要依賴於已經存在的文化客體，而且更要依賴於承載著這種文化的主體。只有具備了這些條件，茅盾才能完成自己的文化創造任務。在 20 世紀初的中國，胡適被公認爲是中國新文化的創造者，他所提倡的白話文運動在當時的文化界所具有的意義，今天無論如何來評價都是不過分的。但必須看到，僅僅依靠胡適一個人的力量，是無論如何也完不成這種文化造勢運動的。試想，在那時如果缺少了《新青年》這個輿論陣地，如果沒有北京大學這個教育、學術機構，如果沒有陳獨秀、李大釗、魯迅、周作人、劉半農等一大批文化先驅者的鼎立支撐，胡適大概也僅僅停留在一個普通留洋博士的狀態中。更深一層而言，胡適的時代本來就處在一個文化的新舊轉換期。從鴉片戰爭以來，中國傳統文化在近半個世紀的外來文化的強行浸泡中，已漸變酥變軟即將溶化。傳統文化自身所具有的那種頑固秉性，儘管在個別領域中仍在頑強地生存著，但它已經出現了諸多的鬆動和罅隙，並被西方文化所填充和佔領，它所期待的就是能夠有人振臂一呼，來對自己重新進行認識。這種機會，被胡適、陳獨秀等人及時地抓住了，於是新文化運動應運而生。在這樣一個過程中，文化的「借勢」與「造勢」顯得是那樣的清晰和明瞭，以至於人們認識到，如果不借助於一個集團，造成一種勢力，是萬難完成文化改造的任務。《新青年》集團是這樣的、《新潮》集團是這樣的，北京大學更是如此。於是在 20 世紀的前二十年中，除了胡適、李大釗、陳獨秀、魯迅、周作人、傅斯年、錢玄同、劉半農等人之外，仍有諸多的青年人進入我們的視野，他們就是瞿秋白、茅盾、鄭振鐸、葉聖陶、王統照等。上述諸人在五四落潮後短短的幾年時間裏迅速分化，並且不斷重新組合。在文學領域，胡適即白話文學運動之後轉而搞起中國文化研究，陳獨秀、李大釗等人則轉而從事政治運動，只有魯迅帶領了一批年輕人繼續奮鬥在新文學的潮頭，並且使中國新文學迅速地建立起來。而在這當中最耀眼的一對年輕人就是茅盾和鄭振鐸。

　　茅盾與魯迅之間是後學與大師的關係，茅盾對魯迅所擁有的是景仰；茅盾與瞿秋白之間則是文學同道和政治同盟的關係，茅盾對瞿秋白所擁有的是敬重。而茅盾與鄭振鐸之間則是相互傾心和藉重的關係，茅盾對鄭振鐸所擁

有的是信任和佩服。所謂「藉重」可以這樣解釋，圍繞著「文學研究會」和《小說月報》，如果沒有鄭振鐸就沒有茅盾，反之亦然。所謂「信任」也可以從國民黨那裡得到明證。1937 年 6 月，蔣介石為了顯示自己廣開言路、禮賢下士和真心抗日，在盧山舉辦談話會，邀請各界知名人士「共商國是」，其發給茅盾的邀請信和電報都是通過鄭振鐸轉交的。〔註 54〕茅盾和鄭振鐸在 20 世紀 40 年代以前的文學經歷中有很多相似的地方。他們都出生在浙江，有著相同的地域文化特徵；基本上都是先在北京求學，後到上海工作，早年喪父，靠寡母支撐；都沒有出國留學的經歷，但又都因為大革命的失敗而出國避難。這些都為他們的交往和友誼奠定了基礎。鄭振鐸出生於 1898 年，小茅盾兩歲。當 1918 年鄭振鐸到北京讀書的時候，茅盾已經在商務印書館工作了兩年，已經積累了豐富的社會經驗和寫作經驗，從一個編輯的角度已經對社會和文化的發展有了一個清醒認識。雖然由於這一點，使茅盾沒有趕上在北京爆發的五四新文化運動，但卻是五四新文化運動使他和鄭振鐸走到了一起，並且建立了深厚的友誼。正如茅盾在鄭振鐸在 1958 年不幸遇難後在一篇紀念文章中所說：「和鄭副部長認識大概有四十年了。從開始我們就在新文學運動的合作中建立了友誼；其後，又在反帝反封建的運動中鞏固和加強了友誼。」〔註 55〕隨後，茅盾又作兩首詩以示悼念，其一曰：驚聞星隕值高秋，凍雨飄風未解愁。為有直腸愛藏否，豈無白眼看沉浮？買書貪得長傾篋，下筆渾如不繫舟。天吝留年與補過，九京料應恨悠悠！〔註 56〕詩中不僅情深意長，而且對鄭振鐸作了高度的評價。茅盾是一位感情不外露的作家，他常把自己內心真實感受寄寓於字裏行間的弦外之音中，但對鄭振鐸的悼念卻是一個例外。

　　本節主要論述 40 年代以前的兩者之間的關係，大約以「大革命」失敗後為界，又分為前後兩個時期。前者以主要文學研究會和《小說月報》為中心，後者主要圍繞著幾個文學刊物展開。

起勢：從北京到上海

　　茅盾和鄭振鐸之間的最親密的合作和他們共同對新文學的貢獻首先在於

〔註 54〕參見茅盾：《我走過的道路》（下），人民文學出版社，1997 年，第 130 頁。
〔註 55〕茅盾：《悼鄭振鐸副部長》，載《新文化報》，1958 年 11 月 1 日。
〔註 56〕茅盾：《詩刊》，1958 年第 11 期。

創立文學研究會和相繼執掌《小說月報》，這成為 20 世紀 20 年代最偉大的文化事件之一。

　　1919 年五四新文化運動在北京爆發，當時作為北京鐵路管理學校學生的鄭振鐸幾乎參加了除火燒趙家樓之外的所有學生活動，這是他積極參與社會活動的開始，也奠定了日後成為中國新文學界核心人物的基礎。在文學研究會成立以前，鄭振鐸和他的同道們曾為此作過長時間的精心準備和積累。在北京鐵路管理學校讀書期間，鄭振鐸經常到北京基督教青年會圖書館讀書，在那裡結識了瞿秋白、瞿世英、耿濟之。他們又通過創辦《新社會》雜誌，結識了陳獨秀、周作人、蔣百里、許地山、王統照、郭紹虞、孫伏園等諸人。在《新社會》的發刊詞中，鄭振鐸說：「中國舊社會的黑暗，是到了極點了！它應該改造，是大家知道的了！……我們改造的目的就是想創造德謨克拉西的新社會——自由平等，沒有一切階級一切戰爭的和平幸福的新社會。」〔註 57〕《新社會》後來由於其激進色彩，遭到了查封。隨之他們又辦起了《人道》，儘管《人道》的壽命也並不長，但在創辦這兩種刊物時所擁有的思想及編輯方針，卻是他們日後成立文學研究會的重要思想基礎。而且我們還可以看到，在圍繞著《新社會》、《人道》這兩份雜誌周圍的知識分子除了瞿秋白去了蘇聯、陳獨秀南下之外，幾乎都成為文學研究會的發起人。而這當中鄭振鐸就是核心。文學研究會的成立，得源於一個機會，即上海商務印書館的張元濟要革新他的印書館，與高夢旦進京訪賢，適遇鄭振鐸，於是一個新的文學組織就在這個過程中醞釀成熟。張元濟在京期間，鄭振鐸曾兩次拜訪他，想藉重商務印書館發起創辦一個文學雜誌，但當時並未成功。不過卻由於這個「未成功」造就了茅盾和他主編的《小說月報》。在《文學研究會會務報告》中，鄭振鐸記載了這個過程：

　　　　一九二〇年十一月間，由本會的幾個發起人，相信文學的重要，想發起出版一個文學雜誌：以灌輸文學常識，介紹世界文學，整理中國舊文學並發表個人創作。徵求了好些人的同意。但因經濟的關係，不能自己出版雜誌。因想同上海各書局接洽，由我們編輯，歸他們出版。當時商務印書館的經理張菊生君和編輯主任高夢旦君適在京，我們遂同他們商議了一兩次，要他們替我們出版這個雜誌。

〔註 57〕原載《新社會》第 1 號，1919 年 11 月 1 日。現收入《鄭振鐸選集》，福建人民出版社，1983 年。第 1065 頁。

他們以文學雜誌與《小說月報》性質有些相似，只答應可以把《小
說月報》改組，而沒有允擔任文學雜誌的出版。我們自然不能贊成。
當時就有幾個人提議，不如先辦一個文學會，由這個會出版這個雜
誌，一來可以基礎更為穩固，二來同各書局也容易接洽。大家都非
常贊成。於是本會遂有發起的動機。〔註58〕

文學研究會和《小說月報》聯姻的直接原因是由茅盾向王統照索稿引起的。
在茅盾編輯《小說月報》「小說新潮」欄目之時，曾發表過王統照的作品，而
且蔣百里、郭紹虞也認識他，所以當張元濟到北京訪賢時，他們就推薦了茅
盾，認為他是一個難得的新文學人才。所以張元濟回到上海後，提升茅盾為
《小說月報》的主編，並從1921年起對《小說月報》全面改革。當茅盾為改
革《小說月報》向王統照求援時，看到此信的鄭振鐸抓住了這次機會。他和
王統照研究了茅盾的信，認為這是好事，應該予以支持。他們還認為，即將
成立的文學研究會暫時也出不了刊物，倒不如利用改革後的《小說月報》作
為代用會刊。於是鄭振鐸給茅盾寫了一封信，詳細說明了成立文學研究會經
過、宗旨，並熱情邀請茅盾作為發起人參加，同時答應立即籌稿子寄到上海，
全力支持《小說月報》。於是中國新文學運動以來最大的文學團體和影響最大
的新文學雜誌便誕生了。鄭振鐸和茅盾同時成為了這以過程的最為核心的人
物。茅盾成為《小說月報》主編的背後動因可能當時他並未認識到，但在今
天看來，如果沒有當時張、高進京訪賢，沒有蔣百里、鄭振鐸等人的推薦，
他可能不會主編《小說月報》；反過來，文學研究會如果沒有茅盾的參與或者
單純地說沒有茅盾向王統照約稿，文學研究會或許就找不到自己的陣地。在
這樣一個過程中，他們是相互依存和相互補充的。這是茅盾和鄭振鐸相互交
往並執掌當時中國文壇的開端。在這個過程中，如果說這完全是一種歷史的
機緣恐怕也未必全面。我們常說，機會總是傾心於那些有準備的人。沈、鄭
二人能夠走到一起更主要的還在於他們對社會進步運動的普遍關注和對新文
學持久的渴望。

　　茅盾在主編《小說月報》以前，廣泛關注社會問題，發表了大量的有關
婦女解放、社會改革和政治運動的文章，已經參加了上海的共產主義小組。
除此之外對兒童文學、翻譯文學和文藝理論建設都有大量的著述，這為他與

〔註58〕參見賈植芳編：《文學研究會資料》，河南人民出版社，1985年。

鄭振鐸的合作打下了良好的基礎。在這一點上，他與鄭振鐸是一致的。比如鄭振鐸在 1919 年發表的長文《中國婦女解放問題》，是他的第一篇社會學論文，同時也是中國婦女解放運動史上的早期重要文獻之一。他的論文《我們今後的社會改造運動》在《新社會》發表之後，又被《民國日報‧覺悟》轉載。鄭振鐸對兒童文學也情有獨鍾，曾在《學燈》上開闢「兒童文學」專欄。在他到商務印書館工作之後，他創辦了中國第一份兒童雜誌《兒童世界》，他不僅自己創作，而且還引進和改寫了很多外國兒童文學作品。他和茅盾一起，成為中國兒童文學的開山人。他更傾心於翻譯文學。在翻譯文學中，有一點和茅盾是十分一致的，即非常重視對俄羅斯文學的翻譯和引進。他和茅盾都不懂俄文，他們的翻譯都是從英文轉譯的，但這並不影響他們對俄羅斯文學的接受。茅盾在回憶鄭振鐸的文章中說過這些事情，他說：「三十多年前的我們，看到泰納的學說，就驚為新奇，千方百計要找馬列主義的書籍而不可得，——不但沒有中文譯本，也找不到英文譯本，我們幾個人就曾為此擠時間自學俄文和德文。」〔註 59〕早從 1915 年起，鄭振鐸就開始關注俄羅斯文學，曾對俄羅斯文學給予了很高的評價，認為俄羅斯文學體現了世界的、近代的「文學真價值」。在 20 年代初，他先後發表了一系列關於俄國文學的論文，主要有《俄羅斯文學底特質與其史略》、《寫實主義時代之俄羅斯文學》、《俄國文學發達的原因與影響》、《托爾斯泰〈藝術論〉序言》、《俄國文學中的翻譯家》、《俄國文學的啓源時代》等等，這在當時的中國是首屈一指的，所以有人說：「他因此竟實際成為我國最早、最系統地研究俄國文學史和文學理論的專家。」〔註 60〕茅盾在俄羅斯文學的研究上也有獨特貢獻，他說他從 1919 年起，就開始注意俄國文學並搜集這方面的書，〔註 61〕茅盾的主要文章有《托爾斯泰於今日之俄羅斯》、《近代戲劇家傳》、《托爾斯泰的文學》、《俄羅斯文學錄》等文章，翻譯了契訶夫等人多篇作品。這些都是他們走向左翼文學之路的必經階段。

　　文學研究會的成立和《小說月報》的全面改革使中國新文學發展的面貌為之一新，由此隨著鄭振鐸在 1921 年 3 月由北京來到上海，繼而在茅盾的推薦下來到商務印書館工作，使中國新文學發展中心終於又轉到了上海來

〔註 59〕茅盾：《我走過的道路》（中）。
〔註 60〕陳福康：《鄭振鐸傳》，上海人民出版社，1996 年，第 25 頁。
〔註 61〕參見茅盾：《我走過的道路》（上），人民文學出版社，1981 年，第 131 頁。

了，而這中心裏的核心就是茅盾和鄭振鐸。文學研究會以《小說月報》爲陣地（後來他們又創立了《文學旬刊》爲會刊），茅盾編輯，鄭振鐸組稿〔註62〕，他們很快就建立起來了一支一百多人的創作隊伍，包括魯迅和周作人這兩位新文化重鎮。文學研究會在很多地方建立了分會，《小說月報》的銷量也有二千餘份上昇到萬餘份。可見其影響之大。這種影響還可以從茅盾和鄭振鐸的一次演講經歷中看得出來。1922 年 7 月 30 日，他們二人應「四明夏期教育講習會」之邀到寧波講演。茅盾的講演題目是《文學上的各種新派的興起的原因》，鄭振鐸的講演題目是《兒童文學教授法》。在 1921 年 5 月，茅盾、鄭振鐸與其他人一起還發起成立了一個戲劇組織——民眾戲劇社。對於這件事的起因，茅盾說：「大概有了這個虛名（按，指文學研究會的成立和《小說月報》改革），因此招來了一件意外之事，成爲我那時複雜忙碌生活中又一插曲（指成立民眾戲劇社）。」〔註63〕上文中的「虛名」實際上就是指茅、鄭二人當時的影響而言的。陳福康在《鄭振鐸論》中說：「一九二一年五月，他與沈雁冰等參加發起了『民眾戲劇社』。該社雖不是由他具體負責，單其宣言中認爲『戲劇在現代社會中確實占著重要的地位，是推動社會使其前進的一個輪子，由是搜尋社會病根的 x 光鏡，』這是完全符合鄭、沈的文學觀點和文學研究會的指導思想的。」〔註64〕以他們二人的影響，他們還共同救助過一位因窮困潦倒將要自殺的青年顧仲起，這在很多文章中都有記載。這個經常給《小說月報》投稿的青年，在茅盾的推薦下，參加了北伐軍，成爲茅盾小說《幻滅》中強連長的原型。但這些必經僅僅是他們在個人生活中或者是文學歷程中的一些小的插曲，他們其他的重大的合作遠比此要重要的多。

　　文學研究會和《小說月報》的勝利和影響之巨，不僅在舊的文學堡壘中打開缺口，同時也是在新文學陣營中獨樹一幟，因此必然遭到來自各新舊兩

〔註62〕 茅盾在回憶錄中說：「鄭振鐸之進商務編譯所減輕了我的負擔。他那時雖不是《小說月報》的編輯，卻在拉稿方面出了最大的力。」參見《我走過的道路》（上）第 181 頁。

〔註63〕 茅盾：《我走過的道路》（上），第 182 頁。

〔註64〕 陳福康：《鄭振鐸論》，商務印書館，1991 年，第 409 頁。在陳福康的《鄭振鐸年譜》中說：本月（指 5 月）與沈雁冰、陳大悲、歐陽予倩、汪仲賢、徐半梅、張聿光、柯一岑、陸冰心、沈冰血、滕若渠、熊佛西、張靜廬等共 13 人發起組織「民眾戲劇社」，並寫有宣言，於 5 月 31 日創刊《戲劇》月刊，這是我國新文學運動中第一個戲劇專刊。但茅盾在回憶錄中談到「民眾戲劇社」的時候，沒有談到鄭振鐸。

個方面的反對。正如茅盾所說：

> 大家都知道，一九二二年，我和其他文學研究會在上海的成員
> （其中主要是鄭振鐸──原注），不得不應付三方面論戰。此所謂三
> 方面：一是鴛鴦蝴蝶派，這原是意料中的事；二是創造社，這卻是
> 十二分的意外，是我及當時在上海的文學研究會的同人所極不願意
> 的，是被迫而應戰的；三是南京的學衡派，這也是意外，但我以及
> 文學研究會在上海的同人都認為這些留學歐美的東南大學的教授們
> 向新文學的進攻，必須予以堅決的還擊。〔註65〕

面對這種局勢，對茅盾和鄭振鐸來說只有並肩戰鬥，才是最好的選擇。而且
對新文學戰場的開拓早已將他們聯繫在一起了。在應對這三個方面的進攻
上，沈、鄭二人在很多問題上相互商量，共同撰文進行還擊，這是他們取得
勝利的根本保證。這一段歷史很容易讓人想起了在30年代圍繞《申報·自由
談》茅盾與魯迅之間的相互配合的佳話。在茅盾接編《小說月報》以前，該
雜誌是鴛鴦蝴蝶派的重要陣地，茅盾接編後不僅對他們的作品棄置不用，而
且對於他們關於文學功能的理論進行批判，這自然引起鴛鴦蝴蝶派的不滿，
於是他們復刊《禮拜六》，創辦《紅雜誌》、《半月》、《快活》等雜誌與新文學
抗衡。在這場論爭中，鄭振鐸的主要文章有：《新舊文學果可調和麼？》、《血
和淚的文學》、《悲觀》、《讀者社會的改造》。在這些文章中，鄭振鐸系統地闡
釋了自己以及文學研究會的文學觀，尤其是提出了「血和淚的文學」命題，
對後來文學發展產生了很大的影響。茅盾文章雖然不及鄭振鐸多，但其影響
力相對來說要大得多。在《自然主義與中國現代小說》一文中，茅盾系統梳
理和總結了舊派小說的錯誤，指出指導這種小說創作的思想就是遊戲的消遣
的金錢主義的文學觀念，擊中了鴛鴦蝴蝶派的要害。在這場論爭中，魯迅、
周作人、郭沫若以及文學研究會的其他成員都有不同程度的參與。今天看來
這場論爭是一種文學的一元和多元之間的論爭，是文學功能論上的論爭，在
當時來說涉及到新生的文學能否生存的問題，因此引起人們格外注意。「經過
了始而就事的辯論，繼而認識到只有徹底改造社會才能改變舊小說作者，最
後提出要從理論上建設新文學觀，要求新文學努力提高自己的過程。可見，
論爭是一步步深入發展的，促進了新文學的日益成熟。」〔註66〕

〔註65〕茅盾：《我走過的道路》（上），人民文學出版社，1981年，第180頁。
〔註66〕廖超慧：《中國現代文學思潮論爭史》，武漢出版社，1997年，第505頁。

　　文學研究會與鴛鴦蝴蝶派論爭，雖然以文學研究會的勝利而告終，但商務印書館迫於壓力同意茅盾辭去了《小說月報》主編一職，而接編的正是鄭振鐸，因此可以說，由於他們兩個人在文學主張上的一致性以及個人友誼上的可靠性，使《小說月報》仍然成爲文學研究會的主要陣地。而茅盾在《小說月報》中所創辦的一些特色也仍被保留了下來。比如《小說月報》中「海外文壇消息」一欄，是茅盾主編時設立，在鄭主編時，不僅仍然保留，而且仍由茅盾負責編寫，深受讀者歡迎。〔註67〕可見茅盾與鄭振鐸之間的友誼是建立在志同道合的文學追求上的。

　　新文學家和學衡派之間的論爭是在魯迅、茅盾、鄭振鐸和學衡派諸代表人物之間進行的。學衡派的代表人物們是一些留學歐美的大學教授，主要有梅光迪、吳宓、胡先驌，這樁歷史公案早爲世人所知。這些教授們在他們的文章中所提出的觀點主要是以反對文學進化論的觀點來反對新文化運動，代表性的文章主要有《評提倡新文化者》、《評〈嘗試集〉》、《評今人提倡學術之方法》、《新寫實主義之流弊》，由於他們的批評爲新文學發展設置了眾多的障礙，自然遭到了新文學陣營的反駁。魯迅的《估〈學衡〉》是一篇最爲著名的反駁文章。除了魯迅之外，茅盾和鄭振鐸是這場論爭主要力量。茅盾的文章主要有：《評梅光迪之所評》、《近代文明與近代文學》、《駁反對白話詩者》、《新寫實主義之流弊？》等，鄭振鐸的主要文章有《新與舊》、《雜談》等。應該說，在這場論爭中，茅盾是最爲重要的主力，而鄭振鐸在這場論爭種主要是通過自己所主編的《文學旬刊》爲論戰提供陣地。他們的這種合作方法，正如同在當初文學研究會和《小說月報》之間的關係一樣，配合默契，這是取得這場論爭勝利的一個基本的保證。陳福康在《鄭振鐸論》中總結道：「確實，二十年代初鄭振鐸、沈雁冰等人對『鴛鴦蝴蝶派』文學的批判、對復古主義『學衡派』的反擊以及對創造社宣傳唯美主義的主張的批評等等，主要都是在該刊上進行的。」〔註68〕

　　與創造社之間的論爭是茅盾和鄭振鐸意想不到的、發生在新文學領域內

〔註67〕近來有人重新研究了《小說月報》主編更替之事，認爲在編輯方針上，商務方面以爲茅盾走得太遠，而且銷量也沒有達到預期的指數，同時在讀者中出現了曲高和寡的局面。所以商務才會同意茅盾辭職，而起用相對溫和的鄭振鐸。此說有一定的道理。參見董麗敏《〈小說月報〉1923：被遮蔽的另一種現代性建構》，載《當代作家評論》2002年第6期。

〔註68〕陳福康《鄭振鐸論》，第462頁。

部、由於文學觀念的差異而上昇爲宗派主義的論爭，而且這次論爭對雙方所造成的影響在很長時間裏都沒有消失，甚至成了後來左翼文學內部宗派鬥爭的傳統。至於這場論爭的過程幾乎已爲所有的文學史研究者所熟知，茲不贅述。需要說明的是文學研究會和創造社的關係以及在這場論爭中茅盾、鄭振鐸的態度和論爭的後果。當年鄭振鐸在北京準備發起成立文學研究會的時候，曾寫信到日本給田漢並希望通過他轉告郭沫若，邀請他們參加文學研究會，但未得到答覆。1921 年 5 月，鄭振鐸、茅盾等人在上海的半淞園宴請從日本回到上海的郭沫若，邀請參加文學研究會，也遭到了郭的委婉拒絕。在鄭振鐸主編《學燈》和《文學旬刊》期間經常發表郭沫若、郁達夫作品，茅盾曾撰文對他們的作品大加讚揚。他們同屬於新文學陣營，所不同的是，兩者在文學主張上有著較大的差別，一個主張爲藝術的藝術，一個主張爲人生的藝術。或許就是這種主張上的差別，加之文學研究會過分強調了文藝的社會功能，而最終導致了創造社的不滿。但對創造社來說，如何看待新文學文壇領軍人物的一種說不清楚的心理無疑起了重要作用，或者說他們有一種想當文壇盟主的心理。這種心理一直延續到魯迅去世之後，由孔令境的一篇題爲《文壇「明星」主義》的文章所引起的一場論爭的「餘波」，〔註69〕說到底是關涉到在魯迅逝世之後誰是「文壇重心」問題，在這一點上創造社作家們的表現仍是不大度的。在文學研究會與創造社論爭的過程中，是創造社首先發難，茅盾、鄭振鐸被動應戰，而且到後來也是由茅盾和鄭振鐸首先宣佈休戰。在 1924 年 7 月 21 日，茅盾和鄭振鐸共同撰文《答郭沫若》，強調：「郭君及成君等如以學理相質，我們自當執筆周旋，但仍舊羌無佐證謾罵快意，我們敬謝不敏，不再回答。」〔註70〕對於這場論戰，茅盾後來總結說：

> 文學研究會和創造社論戰的原因，主要是對文學與社會的關係有不同的看法。換言之，我們所爭的是：作品是作家主觀思想意識的表現呢，還是社會生活的反應？創作是無目的的無功力的，還是要爲人生爲社會服務？我們認爲，文學研究會和創造社是一條路上走的人，應當互相扶助，互相容忍；但是，創造社卻先說文學研究會「壟斷文壇」，以打擂臺的姿勢出現，文學研究會在上海的會

〔註69〕參見茅盾：《我走過的道路》（下），人民文學出版社，1997 年，第 90～94 頁。

〔註70〕參見《茅盾全集》第十八卷，人民文學出版社，1992 年。

員（主要是鄭振鐸和我）也就被迫而應戰。〔註71〕

茅盾和鄭振鐸在這次論戰中雖然贏得了主動，但很難說就是取得了勝利。但作爲論戰中共同的當事人無疑使他們之間的友誼得到了進一步的加深。從另一方面來看，創造社諸君後來基本上都轉入了無產階級文學的陣營，而文學研究會仍然恪守著他們的爲人生主張，因此在後來的革命文學論戰中他們又處於了被動的地位。甚至在左聯成立時，除了魯迅等個別人之外，絕大多數的文學研究會的作家都被排除在外了，這是文壇宗派主義和關門主義傾向的進一步發展。

造勢：從上海到北京

中國 20 世紀最初的二三十年文壇上的關係相當複雜，除了表現爲新舊兩個文化陣營之間的鬥爭外，就正如上文所說，新文化陣營之間也常有些爭論甚至是敵意。作家隊伍從最初的白話文運動到後來的各種論爭以至到左聯成立，不斷地在進行著重新組合，逐漸地在當時的文壇上形成了幾個核心，其中魯迅、茅盾、郭沫若等時其中最傑出的代表，這是從文學創作角度而言的。若從作家隊伍的組織與領導以及文學刊物的創辦和編輯角度而言，無疑茅盾和鄭振鐸就是另一種核心，而這種核心又始終是和魯迅站在一起的，於是形成了在二、三十年代中國文壇上以魯迅、茅盾和鄭振鐸爲代表的集創作、組織與編輯出版爲一體的戰鬥群體的獨特景觀。這一景觀的出現對中國今後的文學發展產生了深遠的影響。圍繞著這一群體的作家們們在建國以後要麼成爲國家文化領域的各級領導人，要麼就是享有盛譽的著名作家，而在這一點上兩者又是統一的，都成爲共產黨領導下的黨的幹部。除了魯迅得早逝外，比如茅盾和鄭振鐸就是新中國最高文化機構的正副部長。

鄭振鐸與魯迅的交往始於在北京發起成立文學研究會之時，在二十年代末期和三十年代中期，兩個人的友誼達到了高峰，這從兩個人頻繁的交往與合作中就可以看得出來。儘管兩人在後來因編輯雜誌之時出現一些誤會，但這只是白玉微瑕，並沒有對鄭振鐸對魯迅的尊重與景仰造成任何傷害。茅盾與魯迅的交往始於大革命失敗以後，同樣自此之後，魯迅與他的友誼保持終身。此點在前文已述。1927 年，大革命失敗以後，鄭振鐸遠走歐洲，茅盾避禍日本，這個時候，魯迅由於對南方革命的失望，由廣州經香港來到了上海。

〔註71〕茅盾：《我走過的道路》（上），人民文學出版社，1981 年版，第 218 頁。

當 1928 年 10 月鄭振鐸由巴黎回到上海、茅盾於 1930 年 4 月由日本回到上海後，三個人終於面對面地站在了一起，自此一直到魯迅逝世，茅盾與鄭振鐸相互配合，始終爲維護魯迅和左翼文學盡著自己的力量。這是茅盾和鄭振鐸相交往的第二個段。茅盾始終是關心鄭振鐸的，尤其是在左聯沒有吸收他參加這個問題上，茅盾始終對左聯存在著想法。陳福康在《鄭振鐸年譜》中說：（一九三○年）四月五日　茅盾由日本抵上海。不久，即參加左聯，對左聯不吸收鄭振鐸等人參加感到納悶，並表示不贊成這種「關門」的做法。茅盾在回憶錄中說：「我剛參加『左聯』，就發現鄭振鐸、葉聖陶沒有參加，心中納悶。後來問雪峰，他說，因爲多數人不贊成，郁達夫是魯迅介紹的，所以大家才同意；又說，葉聖陶我已經作過解釋工作，免得他多心。我表示不贊成這種『關門』的做法。雪峰說，魯迅也反對這樣做的。」〔註 72〕不過參加左聯與否，並不影響鄭振鐸與左聯的關係，相反他與魯迅、茅盾等人所作的工作在某種程度上來說卻代表了三十年代左翼文學活動的最高成就。下面將擇要論述。

　　20 世紀 30 年代初期，國民黨加大了對左翼文化的控制。在左聯成立以後，雖然先後出版過《萌芽》、《文學導報》、《北斗》、《文學月報》等刊物，但都相繼被查封。在那個時代，左聯的文藝刊物要想公開地、長期地出版已經不可能，尋找新的出版途徑已勢在必行。同時在「一二、八」事變之後，商務印書館編譯所被日軍炸毀，商務所辦的一些雜誌如《東方雜誌》、《小說月報》都不得不停刊。但在事變之後，商務當局先後恢復了原來所出版的各種刊物，唯獨《小說月報》不予復刊。據黃源回憶，商務印書館不復刊《小說月報》主要的原因是鄭振鐸等人與商務當局王雲五等有矛盾。他認爲，茅盾、鄭振鐸、胡愈之他們三位與王雲五的鬥爭，不僅是編輯者與資方的鬥爭，而且是政治鬥爭。〔註 73〕這樣，在當時的中國，主要是上海就缺少了一份爲左翼作家和進步文學家提供創作陣地的刊物。不過這件事情首先由鄭振鐸想到了。1933 年 4 月初，已應聘到北京在燕京大學和清華大學任教的鄭振鐸回到上海，與茅盾商討創辦大型文學刊物《文學》月刊。《鄭振鐸年譜》上說：（一九三四年）四月六日　由周建人陪同去魯迅家訪問，並邀請魯迅同去會賓樓晚餐，同席還有茅盾、胡愈之、葉聖陶、陳望道、郁達夫、洪深、

〔註72〕茅盾：《我走過的道路》（中），人民文學出版社，1981 年版，第 55 頁。
〔註73〕參見黃源：《黃源回憶錄》

傅動華、徐調孚、夏沔尊、謝六逸等共 15 人。席上，決定創辦《文學》月刊，決定編委會名單共九人，即鄭振鐸、茅盾、葉聖陶、胡愈之、郁達夫、陳望道、洪深、徐調孚、傅東華，魯迅不公開具名。該刊是鄭振鐸鑒於《小說月報》被毀後國內文學界亟需這樣一個刊物，因而提議創辦，得到茅盾、胡愈之的支持，魯迅和左聯的贊助，後於 7 月 1 日創刊。〔註 74〕關於這一過程茅盾在回憶錄中說得更爲詳細。他說 1933 年春節前後，鄭振鐸從北京回到上海，找他商量要在繼《小說月報》之後，創辦一個文學雜誌，請茅盾來當主編。茅盾對此相當支持，但因國民黨對茅盾相當注意，故不適合擔任主編，於是他們商量請傅東華擔任，並初步商量了編委會的參加人，商量之後，他們分頭進行籌備，於是在 4 月 6 日晚在會賓樓進行了聚餐。決定《文學》月刊由鄭振鐸、傅東華主編。在聚餐之後，由於鄭振鐸回到北京教書，所以創刊之事後來主要由茅盾考慮了。《文學》創刊號一出現，便一鳴驚人，顯示了不凡的戰鬥姿態。當時的一些小報稱魯迅、茅盾、鄭振鐸是其臺柱，實非謬言。〔註 75〕在以茅盾和鄭振鐸爲主共同支撐這份刊物的過程中，由於他們的相互配合，共同努力，不僅躲過了慘遭查封的危險，而且影響日大，爲三十年中國文學的發展做出了突出的貢獻。比如刊物面臨查封的關頭，茅盾邀鄭振鐸緊急回滬商量對策，最終以出專號的方式度過危機。再比如在內部團結上，魯迅因傅東華的《休士在中國》一文誤傷了魯迅，導致魯迅終止了對《文學》的投稿。最後是茅盾邀請鄭振鐸一起去拜訪魯迅，作解釋工作，消除了誤解。對於這份刊物，茅盾後來總結說：「《文學》創刊於一九三三年七月，至一九三七年十一月上海淪陷後停刊，前後持續了四年多的時間，它算得上是三十年代上海大型文藝刊物中壽命最長，影響也最大的一份刊物。《文學》不屬左聯領導，表面上看它是『商業性』刊物，實際上是左翼作家、進步作家馳騁的陣地。」〔註 76〕

在三十年代，鄭振鐸和茅盾共同參與編輯的雜誌還有陳望道主編的《太白》，只不過鄭振鐸被明確列在編委當中，而茅盾限於當時的身份只能是幕後支持。在這個刊物上，魯迅、茅盾、鄭振鐸也是相互配合，曾在一段時間裏創造了《太白》的輝煌。此點在論述茅盾與魯迅的關係時已經說明。

〔註 74〕陳福康：《鄭振鐸年譜》，書目文獻出版社，1988 年，第 189 頁。
〔註 75〕參見 1933 年 5 月 6 日《社會新聞》，轉引自陳福康《鄭振鐸論》第 469 頁。
〔註 76〕茅盾：《我走過的道路》（中），人民文學出版社，1981 年版。

　　鄭振鐸在上海與茅盾等人發起創辦了《文學》月刊之後，又於 1934 年 1月在北京與章靳以共同主編創辦了《文學季刊》雜誌。該雜誌於 1935 年 12月終刊。在其存在過程中，得到了茅盾的大力支持和鼓勵。《文學季刊》剛剛創刊，茅盾就在《文學》第二卷第二號上發表書評《〈文學季刊〉創刊號》，肯定了刊物的宗旨，認爲它是以忠實誠懇的態度爲新文學的建設努力著。他讚揚了在這期雜誌上發表的冰心的《多兒姑娘》、沈櫻的《舊雨》、余一的《將軍》和吳組湘的《一千八百擔》。在《文學季刊》第二期上，發表散文《上海大年夜》；在《文學》第三卷第一號上發表文章《〈文學季刊〉第二期內的創作》，重點分析了歐陽鏡蓉（按，指鄭振鐸）的《龍眼花開的時候》、吳組湘的《樊家鋪》、張天翼的《奇遇》、何谷天的《分》的成功之處和缺點。鄭振鐸在編輯《世界文庫》之前，最早也是把想法說給魯迅和茅盾聽的，也得到了茅盾、魯迅的大力支持，茅盾和魯迅的翻譯作品都曾被收進文庫當中。對於這套文庫，茅盾評價說在中國「確實是空前的壯舉。」但也因爲這套文庫以及生活書店通過「吃講茶」的方式與《譯文》發生了矛盾〔註 77〕，茅盾和鄭振鐸幾次從中調節未果，並且魯迅認爲這是鄭振鐸從中搞鬼，他們之間發生了誤會。這是鄭振鐸與魯迅交往中發生的一個小插曲。在這件事情中，茅盾並不爲賢者諱，是站在鄭振鐸的立場上的。他認爲鄭振鐸是個熱心腸的人，又好當和事佬，與魯迅有二十年的友誼，不可能反過來暗算魯迅的。這充分說明了茅盾對鄭振鐸的信任。

　　在三十年代前半期，鄭振鐸和茅盾廣泛地參與了在北京和上海所出版的各種進步文學雜誌，他們與魯迅一起形成了一種獨特的人文景觀。關於這一點，陳福康在《鄭振鐸論》中的評價還是比較經典的。他認爲，當時由於鄭振鐸在北平工作，很自然成爲當時北方進步文學界的中心人物，並與上海的魯迅、茅盾保持著密切的聯繫，鄭參與了上海的《文學》月刊和《太白》的編輯大計。同樣，魯迅和茅盾也非常關心北平的刊物。《文學》月刊和《文學季刊》，南北兩個刊物，大小配套，各自互相調劑和照應。這些刊物在魯迅、茅盾、鄭振鐸等人的指導下，幾乎將全國所有進步作家（包括中間作家）都吸引、團結了過來，從而使國民黨的文藝統管者一籌莫展。他們進退有據、

〔註77〕　《譯文》爲魯迅、茅盾、黃源等人在 1935 年創辦，由生活書店出版，前三期　　　　　署名魯迅主編，後署黃源主編。一年以後，生活書店人事變更，在一次聚餐　　　　　會上，生活書店向魯迅提出不同意黃源主編，魯迅認爲這是「吃講茶」的方　　　　　式，拂袖而去。

南北呼應，共同演出了三十年代文藝運動史上最令人激動、最令人懷想的一幕。〔註78〕

編輯瞿秋白遺作《海上述林》和《魯迅全集》是茅盾和鄭振鐸雜三十年代的最後兩次合作。1935 年當瞿秋白因叛徒告密在福建長汀犧牲的消息傳到上海後，魯迅便召集茅盾和鄭振鐸在鄭振鐸家商議出版秋白遺作之事，共同的使命感和責任感以及對朋友的情誼使他們再次走到一起。在此鄭振鐸並不因與魯迅之間的誤會而稍有懈怠。在當時出版秋白遺作是相當困難的，最主要的問題就是經費和出版印刷問題，而這主要是由鄭振鐸來解決的。在整個出版過程中，魯迅盡力最多，其次是鄭振鐸，茅盾雖不擔任具體的責任，但從中也作了大量的協助和促進工作。《海上述林》終於在 1936 年出版，遺憾的是魯迅終於沒有看到它的下卷。出版《魯迅全集》是茅盾和鄭振鐸在三十年代的最後一次合作。抗戰爆發後，茅盾遠走西南，鄭振鐸留在淪陷區。但在編輯《魯迅全集》這件事情上，兩人前赴後繼，共舉此事。在魯迅逝世之後，茅盾等人就與許廣平商量出版事宜，組成了一個小型的編委會，成員主要由蔡元培、周作人、茅盾、徐壽裳、臺靜農、沈兼士等人，並由許廣平總其成。約定由商務印書館出版。但抗戰爆發後，商務印書館南遷，編輯之事也被迫停頓。後來留在上海的進步作家們在鄭振鐸和許廣平的組織下繼續編輯，終於在 1938 年完成。這個編輯計劃主要是由許廣平、鄭振鐸和王任叔起草的，而且許廣平後來也說，在編輯《魯迅全集》的過程中，鄭振鐸、王任叔出力最多。1938 年在香港，茅盾得知《魯迅全集》已編輯完成，便請蔡元培為之作序，並多次到商務印書館聯繫出版印刷事宜，未果。最後在鄭振鐸和胡愈之的努力下，由胡愈之主持的復社（鄭振鐸是復社的發起人之一）承擔了印刷出版和發行工作。茅盾則在香港要求許廣平撰寫《魯迅全集發刊緣起》和《全集總目提要》並在自己主編的《文藝陣地》上發表，以擴大宣傳，並且還刊登了出版《魯迅全集》的整版廣告。《緣起》開頭就說：「魯迅先生離開我們已經一年半了，魯迅先生紀念委員會早就決定進行刊印全集的工作。中間因種種人事的波折和意外的困難，直到目前才整理完畢付刊。」這就是指上述過程。在同期的廣告上說，《全集》的出版是「文化界的偉大成就，新文學最大寶庫，出版界空前巨業。」〔註79〕《魯迅全集》20 卷的出版，是

〔註78〕參見《鄭振鐸論》第 475～476 頁。
〔註79〕見《文藝陣地》第一卷第三期，1938 年 5 月 16 日出版，第 95 頁和廣告頁。

當時中國出版界的一件盛事，在這一編輯和出版過程中，茅盾和鄭振鐸起到了不可替代的作用。而且我們還可以看到，在編輯和出版《魯迅全集》的過程，正如同當年茅盾和鄭振鐸相繼主持《小說月報》時的情形是一樣的，不管是誰做編輯和主持，另一個人總會全力以赴，鼎立相助。這是共同的精神追求才把他們聯繫在一起的，他們之間的交往以及在此中所結成的友誼應該成爲彪炳千古的範本。

第六章 茅盾與中外文化淵源

第一節 中國文化的資源性積澱

　　毫無疑問，當我們在探討 20 世紀中國文化發展的時候，茅盾總會進入視野，因為茅盾在 20 世紀文化史上的角色與地位已經遠遠超出了他作為文學家、作家的範疇。在他一生中，他將文化觸覺伸向了社會生活的各個角落，並在所有方面都發揮了他的影響。在幾十年的文化活動中，茅盾依據對社會和人生的實際看法，形成了自己獨特的關於文化闡釋上和實踐上的特徵。也正是因為這一點，使茅盾與其他偉大的文化工作者相區別，並在發展著的文化實踐中流佈著自己的傳統。必須看到，茅盾這種文化傳統的形成，是立足於一定的文化背景。不論他在文化上的創新是如何激烈和高超，他總是帶有他那個時代的文化痕迹，是這些文化塑造了他的秉性、氣質、習慣和職業愛好，更主要的是這些文化資源規範了他的價值取向和在社會上的呈現狀態。茅盾之成為茅盾，「淵源於他深厚的文化積累、豐富的社會經歷和廣納博取的開闊的知識面，」〔註 1〕丹納說：「藝術家本身，連同他所產生的全部作品，也不是孤立的。有一個包括藝術家在內的總體，比藝術家更廣大，就是他所隸屬的同時同地的藝術宗派或藝術家家族」。「這個藝術家庭本身還包括在一個更廣大的總體之內，就是在他周圍而趣味和他一致的社會。因為風俗習慣於時代精神對於群眾和對於藝術家是相同的；藝術家不是孤立的人。我們隔

〔註 1〕 王嘉良主編：《茅盾與 20 世紀中國文化》，天津人民出版社，1997 年版，第 10 頁。

了幾個世紀只聽到藝術家的聲音；但在傳到我們耳邊來的響亮的聲音之下，
還能辨別出群眾的複雜而無窮無盡的歌聲，像一大片低沉的嗡嗡聲一樣，在
藝術家四周齊聲合唱。因爲有了這一片和聲，藝術家才成其爲偉大。」〔註2〕
如果用這段話來描述茅盾與文化間的關係也是再恰當不過的了。可以說，是
文化塑造了茅盾。

地域文化與品格養成

　　一個人文化性格的養成，總是首先處在一個特定的文化狀態中，而這種
文化狀態又首先表現在它的地域色彩上，所以丹納在考察藝術產生的時候，
他就說明了種族、環境和時代與藝術的關係。他說：「我們一開始就可以說，
作品的產生取決於時代精神和周圍的風俗」，「我們要分析所謂時代精神與風
俗概況；要根據人性的一般規則，研究某種情況對群眾與藝術家的影響，也
就是對藝術品的影響。」「的確，有一種『精神』氣候，就是風俗習慣與時代
精神和自然界的氣候起著同樣的作用。」〔註3〕雖然丹納是在討論藝術品的產
生，但對於我們研究地域文化對茅盾的影響是同樣適用的。在丹納那裡，可
以這樣說，所謂的風俗習慣就是地域文化的一種顯現，因此我們在考察茅盾
的文化淵源時，不能不首先從地域文化著手。同時我們還必須看到，人與文
化之間的關係是相互制約和相互促進的。因爲文化是由人來創造的，即使自
然文化，只有上昇到人的視界和意識中，才能被人所認識和賞識，人們通過
長期不斷的實踐積累，逐漸將人類自身的行動和思考結果轉化爲一種物質或
者精神性的存在，這就是文化。反過來人們又受制於這種文化，是這種文化
指示人們的進一步的實踐活動，同時人們也只有在這種文化基礎上才能進一
步實現文化創新目的，也就是說，人是文化中的人。

　　茅盾是在吳越文化環境中成長起來的，在他以烏鎮爲中心而活動的青少
年時期，他還不具備文化創造的能力，因此在對這種文化的被動接受中，吳
越文化裏面的敦厚與理性特質使他終身受用，並奠定了他一生的品格趨向。

　　茅盾出生地烏鎮是浙北的一個水鄉重鎮，歷史上是江浙兩省和嘉興、湖
州、蘇州三府及七縣的錯壤之地，由於其地處水路要衝，爲歷代兵家和文人
所矚目，並逐漸成爲繁榮之地。明朝的《烏青鎮志》上說：「吾烏青當吳越

〔註2〕　傅雷譯，丹納著：《藝術哲學》，安徽文藝出版社，1998 年版，第 44、45 頁。
〔註3〕　傅雷譯，丹納著：《藝術哲學》，安徽文藝出版社，1998 年版，第 70、72 頁。

之交，民物之所萃，賢哲之所生，遠方行旅之所趨，闤闠鱗次，宛若巨邑。」
清朝的《桐鄉縣志》說：烏鎮「幅員四達，百貨駢集，人文日起，甲於一邑。」
足見這個吳越重鎮的富庶與優越。茅盾自己說：「清朝乾、嘉時代，烏青兩
鎮最爲繁盛。市街店肆售同樣物品者集於一處，市街即以是分類得名……此
在當時，只有省會或大的府城，才有此規模。……太平天國軍與清兵攻佔後，
就再也恢復不了舊時面目。然而就其區域之廣，人口之多，商業和手工業繁
榮之程度而言，仍然非一般縣城所能及。」〔註4〕在這樣一個優裕的環境中，
必然有兩種特徵呈現於人們的面前，那就是文化發達、商業興旺。對於烏鎮，
這兩者又是緊緊聯繫在一起的。香市是烏鎮每年農曆三月初一至十二日所舉
行的一種民間風俗活動。在這個集市期間，四鄉農民雲集烏鎮，除了買賣各
種農具和日用品外，人們還要祈神賜福，保祐蠶事順利和豐收。同時江浙一
帶的一些戲班子也來此演出，造成了文化繁榮的局面，茅盾受此薰染很多。
他在 1933 年時說：「趕『香市』的群眾，主要是農民。『香市』的地點在社
廟。從前農村還是『桃源』的時候，這『香市』就是農村的『狂歡節』。」「我
幼時所見的『香市』，就是這樣熱鬧的。在這『香市』中，我不但賞鑒了所
謂『國技』，我還認識了老虎，豹，猴子，穿山甲。所以『香市』也是兒童
們的狂歡節。」〔註5〕這種文化氛圍給童年的茅盾留下了深刻的印象。在當
地流行於茶肆之間的還有一種文藝形式是評彈。這種文藝形式由於靈活簡
便、藝術性強，深受當地人們的喜愛。除此之外，灘簧也是在當地一種較有
影響的文藝形式，極富地方特色。後來在抗戰期間，在關於大眾化問題上，
茅盾還談到了這個問題。他說：「我又知道鼓詞在北方民間的勢力很大，相
當於太湖流域民間流行的灘簧，——我並不偏袒灘簧，我以爲他還不大適於
表現悲壯激昂的情緒，雖然從前灘簧名家林步青曾在雄壯方面也有相當成
功。」〔註6〕但眞正對茅盾文化品格養成產生深刻影響的還是流溢期間的人
文氛圍。烏鎮在歷史上曾寄寓過不少文化名人，主要有梁昭明太子，他後來
所組織選編的《昭明文選》對後來的文人產生了深刻的影響，此書茅盾曾通
讀兩遍。宋朝南遷後，烏鎮也曾吸引不少文人雅士聚居於此，這其中最有名

〔註4〕茅盾：《我走過的道路》（上冊），人民文學出版社，1981 年版，第 2 頁。
〔註5〕茅盾：《香市》，《茅盾全集》第 11 卷，人民文學出版社，1986 年版，第 168、
　　　169 頁。
〔註6〕茅盾：《關於鼓詞》，《茅盾全集》第 21 卷，人民文學出版社，1991 年版，第
　　　361 頁。

的就是南宋著名的詩人陳與義。他曾在烏鎮築室讀書，並於當地賢人高繪大、葉天經、圓洪智過從甚密，後來留下了「三友亭」成為歷史的見證，為小鎮平添儒雅之風。進入清代，烏鎮又有兩位賢人傳世，一是立志書院的創辦人嚴辰。他因仕途不得志，辭歸鄉里，創辦學堂，行善濟貧，撰修縣志，為家鄉的文化事業做出了一定貢獻。後來茅盾在自己的回憶錄中提到過這個書院，當時已經改名為立志小學。另一個人就是鮑廷博。鮑氏力好古學，喜收秘籍，將自己的藏書樓命名為「知不足齋」。乾隆年間，朝廷開「四庫全書館」，鮑氏一家為此獻書數百種，為全國私人獻書之首，受到乾隆褒獎。「烏鎮出了這麼一個大藏書家，使這一帶的文化氛圍不斷強化，在當時及後人的心目中留下一種美好的文化因子，成為當地人民的驕傲。」〔註7〕在這種文化氛圍的滋養下，在茅盾的父輩中，也出現了多位鄉間縉紳名流，如徐冠南，是名震江南的實業家，後來在烏鎮創辦敦本初級小學、資助植材小學，促進了家鄉的教育事業的發達。沈和甫，比茅盾父親僅大三歲的富有遠見和思想的實業家和教育家。他創辦烏鎮中西學堂（後來改為植材小學），首創西學，為培養後人不遺餘力，深為當地人所愛戴。在茅盾的父輩中，對茅盾產生過直接影響的知識分子還有沈聽蕉、盧學溥、徐梅晴以及父親沈永錫。尤其是盧學溥曾在茅盾後來的人生道路上有過相當大的幫助，比如《子夜》創作成功，他是功不可沒的。茅盾後來讀中學，轉輾於湖州、嘉興、杭州，所接觸到的教師都是在當地較有影響的知識分子，比如沈琴譜、錢念劬、朱希祖、馬裕藻、朱蓬仙、朱仲璋、張獻之等人，在這些人身上所具有的學識和品格，應該說都對茅盾產生了較大的影響。

上述諸人的思想及地域文化對茅盾的影響，主要表現在兩個方面，同時又使這兩個方面疊印在一起，從而養成了茅盾的敦厚、溫和的性格。一個方面是傳統文化的浸淫對茅盾的品格的形成起到了重要的影響或者說決定性的作用；另一方面維新思想和文化又使茅盾在文化品格形成過程中不至於復古保守。一方面是傳統的中庸之道，一方面是激進變革傾向，兩者相疊加，就使得茅盾在整個人生道路上，包括在文學創作上，始終處在一種中和狀態中。這種狀態使茅盾在新文學發展過程中的很多關鍵時期或者鬥爭中多次處於調解者位置上，對新文學正常發展起到了規範作用。據茅盾自己回憶，在

〔註7〕 鍾桂松：《吳越文化氛圍中成長的茅盾》，引自論文集《茅盾與中外文化》，南京大學出版社，1993 年版，第 126 頁。上文所及嚴辰、鮑廷博資料也據此文。

小學時期，茅盾學習了《論語》、《孟子》、《速通虛字法》、《論說入門》等，尤其是後者，使茅盾學會了作文。到了中學以後，茅盾先後學習了《古詩十九首》、《莊子》、《墨子》、《荀子》、《韓非子》、《魏晉六朝三百家集》、《昭明文選》、《世說新語》以及詩經、楚辭、漢賦、六朝駢文、唐詩、宋詞、元雜劇、明前後七子的復古運動、明傳奇，直到桐城派和晚清的江西詩派。這些是中國傳統文化的主幹部分，是茅盾日後從事文學活動和社會活動的重要基礎。難怪在茅盾進入商務印書館之始，可以大言不慚地說：

> 我從中學到北京大學，耳所熟聞者，是「書不讀秦漢以下，文章以駢體爲正宗。涉獵所及有十三經注疏，先秦諸子，四史（即《史記》、《漢書》、《後漢書》、《三國志》），《漢魏六朝三百家集》，《昭明文選》，《資治通鑑》，《昭明文選》曾讀兩遍。至於《九通》，二十四史中其他各史，歷代名家詩文集，只是偶爾抽閱其中若干章段而已。」

〔註8〕

可見，茅盾的主要的傳統文化的根底是在中學以前就已經積累起來了。這些都使得他在商務印書館中編輯《中國寓言初編》和協助編輯《四部叢刊》時，能夠得心應手。

但有意思的是，這些並沒有使茅盾成爲古文大家，或者傳統文化的捍衛者，相反他卻成爲了新文化的締造者，而且也是以他爲主要代表的新文化先驅者們首先向以鴛鴦蝴蝶派爲代表的舊派文學展開了激烈的鬥爭，並最終取得了勝利。這得源於茅盾所處的時代。茅盾出生在 1896 年，成長於 19 世紀末 20 世紀初，截止到他到上海商務印書館作編輯爲止，這是一個中西文化交匯和撞擊的激烈的變革時代。一方面外來文化不斷輸入和引進，大批留學生外出尋求別樣人生，維新變法在中國已經發生，中國正處於新舊交替的最爲關鍵時期；另一方面，受傳統文化影響，封建的保守的文化本位主義也在大行其道，維新人物和思想受到了強烈的攻擊。在烏鎮這樣一個商賈交匯、文人雅士咸集之處，不可能不受其影響。具體到茅盾自身，其父沈永錫就受這種思潮的影響，反對茅盾從小就進私塾，學那些四書五經的東西，爲幼小的茅盾的心靈上注入了新學的種子。這通過茅盾的母親爲悼念亡夫所寫的一付輓聯上就可以看得出來：「幼誦孔孟之言，長學聲光化電，憂國憂家，斯人斯疾，奈何長才未展，死不瞑目；良人亦即良師，十年互勉互勵，霜碎春紅，

百身莫贖，從今誓守遺言，管教雙雛。」沈永錫的遺言就是要使一雙幼子走實業救國之路。有人總結了茅盾在讀小學時期幾位教師的思想特點，從他們身上也可以看到茅盾所受到的教育以及茅盾父親的期盼。

> 首先他們都是知識分子，是思想敏捷，學識淵博的青年，盧學溥、嚴槐林是舉人，沈永錫、徐晴梅、沈鳴謙等都是秀才，因此他們無論是在文字方面，還是在學識方面，都有較高修養。其次，是思想傾向於維新，在北京維新運動的影響下，他們都有很大抱負……可以說這些有志的烏鎮維新青年的抱負趨向，都與時代影響緊密相關。其三都是實幹家，並不是空頭維新派。……19世紀末、20世紀初的水鄉小鎮烏鎮上的維新人物，卻不僅倡導維新，響應維新思想，而且身體力行，實踐維新思想。〔註9〕

這些特點對茅盾的影響是很明顯的。比如在五四新文化運動爆發以後，上海也有所波及，茅盾能夠迅速融入其中，參與發起文學研究會和改革《小說月報》，支持和倡導一切進步的符合社會發展潮流的社會運動，而且還身體力行地參與到了中國共產黨的建設當中，成為中共第一批黨員。雖然茅盾沒有實現父親的遺願，學習理工，走實業救國之路，但茅盾卻在他的文學作品中，苦心經營了多個企業，塑造了很多的實業家形象，如吳蓀甫、林永清等，這未嘗不是對父親遺願的一種補償。而且尤其讓人注意到的問題是，茅盾在塑造這些人物是總是將他們放到了民族資本家的位置上，其間不乏同情和讚美。此點最能顯現出茅盾的深層心理動機和心理資源。

地域文化中的工商文化特色也深刻地影響了茅盾後來的文學創作。烏鎮這個地方由於水系發達，地理位置重要，成為周圍方圓百里內的交通要衝，這在前文已有論述。這種地理位置除了文人雅集之外，也必然帶來商業上的繁盛。主要表現在絲織業和煙業上，每日的種植、加工和交易過程，幾乎深入到了所有人的內心。茅盾自家的祖上就是開紙店做生意的。商業上的競爭規則，除了誠實、肯做、辛勞之外，就是技巧和他的基本操作過程。這些後來在茅盾的作品中都有所反映，甚至影響到了茅盾的創作構思。茅盾後來在談到《農村三部曲》、《林家鋪子》和《子夜》的創作時說：

> 我在幼年，因為祖母接連三年養過蠶，對於養蠶，我有較豐富

〔註9〕鍾桂松：《吳越文化氛圍中成長的茅盾》，引自論文集《茅盾與中外文化》，南京大學出版社，1993年版，第126頁。

的感性認識。在鎮上(指烏鎮——引者注),每年蠶季有所謂「葉市」,
這是一種投機市場,專門操縱桑葉的價格來剝削蠶農的。而我的親
戚世交中,就有人是這種「葉市」的要角。鎮上還有繭行,他們結
成集團,資本雄厚,以地區劃分勢力範圍,並溝通官府,操縱每年
繭價的漲落。……我幼年時,雖還不懂這些剝削的奧秘,但一年一
度因桑葉、繭子價格的漲落而造成的緊張悲樂,我是耳聞目?的。〔註
10〕

中國桑蠶業的發達以及在桑蠶交易過程中所出現的一些技巧和手段,在茅盾
內心中留下了深刻的印迹。爲了寫《子夜》,茅盾還專門研究過中國繭絲業因
受日本壓迫而破產的過程以及絲廠主和蠶商對市場的操縱。除了上述小說之
外,茅盾將自己的創作題材和視角始終聚焦在中國的工商業發展上以及城市
經濟進程上,成功地刻畫那些資本家以及圍繞在他們周圍的那些人,包括知
識分子在內,這和茅盾青少年時所受的工商業文化的薰陶不無關係,這些也
成爲了茅盾著力於反映中國經濟發展進程的又一最重要的佐證。對於這種文
化現象的傾心,從後來茅盾的創作上看已經成爲其性格中的一個組成部分了。

傳統文化與文學道路

　　文化對人的影響,不僅表現在人要按照既有文化的規則行事和思維,而
更表現在人要善於利用這些文化規則爲自己服務。當人們在這樣做的時候,
他必然要遵照一定文化價值觀,這將成爲他的主導思維取向,這就是蘊含於
文化中的意識形態因素。一般認爲,意識形態包括兩個因素,一是它的實踐
因素,二是它的政治因素。學者和理論家們一般都是在這個意義上使用「意
識形態」這個術語的。馬克思主義經典作家在使用這個術語時雖然有所取捨
並有所發展,但並沒有改變其原意。由於「意識形態」包含了實踐因素和政
治因素,所以在意識形態對人的支配著一點上,便具有了傾向性和目的性。
同時文化作爲建立在經濟基礎之上的意識形態的一種,也便具有了目的性和
傾向性。但必須認識到,人對於文化而言,文化的目的性、傾向性的實現是
通過人的理性選擇來完成的,這一點對於研究茅盾的文化淵源很重要。

　　馬克思和恩格斯都論述過意識形態的作用,但馬克思主義的經典作家盧
卡奇或許說得更爲透徹和易於理解。他說:

〔註10〕茅盾:《我走過的道路》(中),人民文學出版社,1981年版,第129、130頁。

　　意識形態的東西最終規定著哲學和藝術的形成過程以及他們的持久影響，它作爲先導，作爲切實其支配作用的因素，既不是從外部被輸入到整體當中去的，也不是由某種它物在這個整體之內『造成』的『原因』，意識形態的東西乃是爲促使在一定情況下產生的整體形成此時此地的定在而發生的推動。意識形態的東西的内容是由世界向人類提出的問題構成的，而哲學家和藝術家則都在尋找這些問題的答案，他們各用自己獨特的手段，力求盡量完整，盡量恰當地描繪一幅人的合類性的世界圖像，並且探明和獲知存在的本質。〔註11〕

盧卡奇認爲，完整的哲學或藝術作品，就是對人類世界的這種意識形態的、同時也是對實踐的靜觀的態度中產生出來的，並且對人類的存在獲得本質性的把握。

　　那麼對於茅盾而言，在吳越文化氛圍中成長起來，他不但承接著中國傳統文化，而且同時也接收著西方的新式教育和文化薰陶，尤其是自北京而上海之後，他整個都處在一個波瀾壯闊的西方文化的撞擊之中。他曾作爲主要代表人物迎戰傳統文化發起挑戰，比如對鴛鴦蝴蝶派的鬥爭、對甲寅派的鬥爭、學衡派的鬥爭以及對民族主義的鬥爭等等。但當我們仔細研究茅盾的人生歷程後，就會發現，實際上支撐茅盾整個生命歷程的文化底蘊仍是中國傳統文化，尤其突出的是中國儒家文化。於是儒家文化就成了茅盾所有文化選擇中的意識形態因素，並在其文化實踐中起到了支配性作用。正如有的學者所看到的：「傳統文化特別是傳統文化中的儒學文化，其核心内容是經世致用，是講究修身齊家治國平天下，這無疑對茅盾成年以後形成強烈的社會參與意識，自覺承負起崇高的歷史使命感和社會責任感，產生潛在的深刻的影響。」〔註12〕

　　憂患意識和現實使命感是儒家文化在茅盾身上最爲突出的表現。憂患意識本身意味著歷史主體對歷史存在的深切關懷，這樣便把個人和現實緊密聯繫在一起，並企圖通過個人的努力實現對現實的最大把握和改變。憂患意識首先產生於危機四伏的時代，是中國知識分子千百年來不絕如縷的承傳。茅

〔註11〕盧卡奇：《關於社會存在的本體論》下卷，重慶出版社，1995年，第593頁。
〔註12〕汪嘉良主編：《茅盾與20世紀中國文化》，天津人民出版社，1997年版，第23頁。

盾的童少年時期，處在變革中的中國是茅盾產生這種憂患意識的根源。儘管這時以茅盾的能力對此或許並無清醒的認識和把握，但傳統的意識性教育已使他有能力進入到這一憂患系統中。茅盾少年時期的作文很能說明這個問題。《家人利女貞說》是批判男尊女卑的封建傳統觀念的，但卻筆鋒轉到了：「唯女正而後可以治家」，「家正而後可以治國平天下」，「國之先正官帷，而後天下治」，這樣層層深入地闡明了儒學所張揚的修身齊家治國平天下的道理。在《武侯治蜀王猛治秦論》中，點明「大丈夫懷抱大氣，當擇主輔之」。在《論陸靜山蹈海事》中說：「大丈夫抱濟世之才，處有為之時當待時而進。」在《祖逖聞雞起舞論》中則說：「欲立非常之功，必待非常之人；既有非常之人矣，而無時勢之可乘，不得建非常之功；雖然時勢至矣，而無重權展其雄才大略，亦不得建非常之功。」〔註13〕充分表達了小作者的渴望以及對時勢的擔憂，應該說這是茅盾走上社會的思想起點。中國古代文人的憂患意識和現實建功立業的願望常常是聯繫在一起的。《周易》說：「亢龍有悔」，「盈不可久也」；《左傳》說：「社稷無常奉，君臣無常位，自古以然」；《詩經》說：「瞻彼日月，悠悠我思」；孔子說：「逝者如斯夫，不捨晝夜。」《繫辭下》說：「危者，安其位者也；亡者，保其存者也；亂者，有其治者也。是故君子安而不忘危，存而不忘亡，治而不忘亂。是以身安而國家可保也。」這裡雖然有辯證式的關於社會和自然界的思考，但更多地反映了儒家思想中對人生和時勢的憂慮。正是這樣一種思想，儒家才主張積極入世，通過對現實的干預來實現自己的人生抱負。范仲淹的「先天下之憂而憂，後天下之樂而樂，」就是這一思想的集中體現。茅盾秉承了這種意識，並以此來指導自己的人生。比如在上個世紀初的中國，受西方文化影響，各種主義在中國暢行，但唯有馬克思主義被茅盾選來作為救世濟困的良方，加入了中國共產黨。在大革命失敗後雖然一度脫黨，但上進之心一直未能泯滅，曾先後兩次向黨的高級領導人瞿秋白和張聞天要求恢復黨籍，甚至到了生命的最後一刻也念念不忘。由於對現實的深切關懷而產生的使命感還典型地體現在茅盾小說的創作當中和其他寫作中。在作於上海早期的兩篇文章《學生與社會》、《一九一八年之學生》中已經旗幟鮮明地表達了青年人的使命意識。在他的第一篇小說中就引用了屈原《離騷》中的詩句：吾令羲和弭節兮，望崦嵫而勿迫；路漫漫其

〔註13〕參見《茅盾少年時代作文》，光明日報出版社，1984年版。現收入《茅盾全集》
　　　　第14卷。

瀟遠兮，吾將上下而求索。屈原是傳統知識分子的典範，茅盾用此，足可明
志。《子夜》也是在一種使命感的驅使下完成的力作。1930年夏秋之間，在中
國掀起了關於中國社會性質的論戰，中國向何處去，成爲當時很多具有正義
感和使命感的中國知識分子所考慮的問題，茅盾決定用文學形象來作回答。
他說：

> 我寫這部小說，就是想用形象的表現來回答托派和資産階級學
> 者：中國沒有走向資本主義發展的道路，中國在帝國主義、封建勢
> 力和官僚買辦階級的壓迫下，是更加半封建半殖民地化了。〔註14〕

後來茅盾寫作其他的作品，如《霜葉紅似二月花》、《鍛鍊》、《第一階段的故
事》、《走上崗位》以及《農村三部曲》等都是現實關懷的產物，甚至他的現
實主義創作論都更大程度上源於深厚的儒家文化傳統。

　　民本意識和尚群觀念是儒家文化傳統注入在茅盾身上的另一種資源。這
是兩個緊密聯繫在一起的概念。在中國古代，君主和民眾是兩個相對立的集
團，而其中君主所在的集團僅是一人或者數人，儒家文化爲了維護這個集團
統治的長久，必然要照顧到支撐這個集團的民眾。他們從歷史的興衰中看到
了民眾的力量和意義。他們期望通過「仁」、「愛民」等一系列主張，勸導君
主「貴民」，進而實現自己的政治理想和抱負。從實踐上看，不管這些儒者出
於一種什麼樣的動機來倡導「仁者愛人」的理念，但民本思想卻成爲儒家的
一種文化傳統流傳後世。或者從積極意義上來講，民本思想本來就應成爲一
種客觀存在的規律，只不過是被儒家所發現和倡導。《尚書》說：民之所欲，
天必從之。《論語》強調：寬則得眾。要求對百姓應庶之、富之、教之。《孟
子》發展了孔子的思想，主張民貴君輕，認爲：得天下有道，得民斯得天下
矣。他舉例說：桀紂之失天下者，失其民也；失其民者，失其心也。《荀子》
雖然是儒家中的另類，但也強調民心所向的問題，它說：天之生民，非爲君
也；天之立君，以爲民也。天下歸之謂王，天下失之爲亡。黃宗羲在《明夷
待訪錄》中說君主的使命是：爲天下，非爲君也；爲萬民，非爲一姓也。天
子之所是，未必是；天子之所非，未必非。從《尚書》到《名夷待訪錄》，所
談的民貴君輕思想，囿於時代的局限，只能將其限定在君民之間，還不是眞
正意義上的民本思想。但屈原的「長太息以掩涕兮，哀民生之多艱」慨歎卻
多少表達了古代士大夫的情懷，難怪茅盾早年對屈原的自殺表示了極大的惋

〔註14〕茅盾：《我走過的道路》（中），人民文學出版社，1981年版，第92頁。

惜。他說：「楚屈原以不用，而赴湘水以死，千古悲之。夫以屈原之才，而使斂怨世之思，而從事於國事，則天下雖濁，猶可冀其少清也。自沉湘水，固何所益？」〔註15〕此說雖出於少年時代，但從中所流露出來的信息則可用來評判茅盾對儒家學說所持的基本看法和另一種發展。在茅盾的青年時代，將目光投射在下層民眾身上的民粹主義是一種思潮。這種思潮有西方的資源，但對於茅盾來說，我以為更多的是傳統因素，尤其是受「慈訓」影響較大。李大釗、陳獨秀、胡適、魯迅、周作人等在民粹主義方面都做過相當的探索和實踐，但在文學作品中，表現得最為急切的，茅盾當屬其中之一。當胡適、魯迅對傳統文化表現了義無反顧的批判之時，茅盾卻表現得更為溫和和理性。這實在是源於他對儒學親和態度。在他的寫作和文學創作中，一再地表現了這種傾向。

關於民本問題，在一篇文章中，茅盾說：

這火車的進程自然可和人類的進程相比，人類進程中也只不過有幾個人露臉罷了，不曾露臉的正有恒河沙數；然人類的進步卻絕不僅是這幾個露臉者的功勞。許許多多不露臉者的功勞，也正未可一筆抹煞。〔註16〕

關心社會、關心民眾、關心青年是茅盾一踏入社會，用文字表達自己思想情感得最主要方式。在這些存在對象中，茅盾的焦點很多是落在了婦女和學生問題上。尤其是婦女，作為社會的弱勢群體，深得茅盾的同情。他不僅著文倡議婦女解放運動，而且還身體力行地參加了婦女解放的各項具體活動。他在加入了共產黨之後，還曾經作過婦女組織的領導人。茅盾在農村題材的作品中，對農村的普遍衰敗和農民的普遍貧窮表示了痛苦，並積極為他們尋找出路；對小工商業者也表示了深切的同情，他對「林家鋪子」的倒閉也感到無可奈何。他尤其看到了正在成長中的工人階級的力量，在《第一階段的故事》、《鍛鍊》、《走上崗位》等作品中給予他們以很高的讚揚。民本意識還突出地表現在譯介外國文藝作品上，注意搜求那些弱小民族的文學精華，以期獲得對被壓迫民族的普遍關注。這將為另文所述。

由於這種深入內心的民本意識，使茅盾必然表現出了一種較為強烈的尚群觀念，亦即對集體主義的追求。「先天下之後而憂、後天下之樂而樂」也是

〔註15〕茅盾：《論陸靜山蹈海事》，《茅盾全集》第14卷。
〔註16〕茅盾：《活動的方向》，《茅盾全集》第14卷，第221頁。

這種古代集體主義精神的集中體現。中國古代的文化傳統，以至文學傳統，它突出表現的不是個體情感的追求，而是強烈的參與意識和民族、社會集體意志。與上個世紀初的那些文化先驅者們相比，應該說，茅盾幾乎沒有主張過個人主義或者個性主義的，這是他與胡適、魯迅等人的最大不同，也是符合儒家教義傳統的。在借寫作《讀〈倪煥之〉》一文中，茅盾評論了五四以後的中國文學創作狀況。他認為，當時的資產階級的「玩意兒」把文壇推到了這樣一局面：感情主義、個人主義、享樂主義，唯美主義的小說充滿了出版界，這些作品所反映的是個人極狹小的環境，官能的刺激，浮動的感情，這些都是非集團主義的，文藝沒有了時代性，更沒有了社會化。他還認為，創造社的轉變雖然沒有發表過什麼樣的宣言，但這一點卻可讓人瞭解到從個人主義、英雄主義、唯心主義轉變到集團主義、唯物主義是不容易的。接下來他界定了時代性，他說：

> 所謂時代性，我以為，在表現了時代空氣而外，還應該有兩個要義：一是時代給於人們以怎樣的影響，二是人們的集團的活力又怎樣地將時代推進了新方向，換言之，即是怎樣地催促歷史進入了必然的新時代，在換一句說，即是怎樣地由於人們的集團的活動而及早實現了歷史的必然。〔註17〕

在這裡，茅盾看到了集團的活力和歷史的必然之間的關係，看到了人民群眾是歷史的推動者這一必然規律，是符合馬克思主義唯物歷史觀的，但也是茅盾受儒家文化影響的尚群觀念的一種充分表現。從內心本質上來說，茅盾並沒有準備從事文學創作，他渴望著社會活動。而社會活動又是和個人主義相對立的。茅盾從上海到廣州再到武漢，都是他追求集體主義的一種人生路線。大革命的失敗在茅盾的內心留下了深刻的印象，在創作了《蝕》三部曲之後，亡命日本。脫黨就是脫離了集體，所以他用了一生來實現對集體的回歸。這種回歸還表現在他對左聯的皈依。從作為一個作家的角度來說，茅盾並不贊成左聯的綱領，但作為一種觀念性的東西來說，他又必須依靠進去。不僅如此，當左聯內部發生了矛盾或者衝突的時候，他又是一位積極的調解者，在「兩個口號」論爭之時表現得尤為明顯。他調停過魯迅和傅東華之間的誤解、調停過魯迅和鄭振鐸之間的誤解，也調停過魯迅和周揚等人之間的矛盾。應該說在從日本歸來後，茅盾除了創作之外，還是一位維護左聯團結的最主要

〔註17〕茅盾：《讀〈倪煥之〉》，《茅盾全集》第 19 卷，第 209、210 頁。

的代表人物，這都是集體主義精神使然，同時也是儒家所崇尚的中庸之道的必然表現，昭示了茅盾深厚的儒家精神淵源。

史詩性品格是茅盾小說中表現出來的最主要的特性之一。比如《霜葉紅似二月花》反映的是辛亥革命到五四前夕的社會景象，《虹》反映的是五四到五卅這一歷史進程中的「壯劇」，《蝕》三部曲概括地描述了大革命時期的社會心理和社會變動，《子夜》則從更爲廣闊的背景上提供了第二次國內革命戰爭時期的複雜的社會矛盾和鬥爭，《林家鋪子》和《農村三部曲》是這一題材的重要補充，《第一階段的故事》《鍛鍊》等是中國抗戰時期的鬥爭和生活圖譜，《腐蝕》是對抗戰勝利前夕國民黨的黑暗統治的揭露。應該說，在一定程度上，茅盾爲整個自辛亥革命以來的中國革命作了忠實的紀錄。如果說，托爾斯泰是俄國革命的一面鏡子，那麼茅盾無疑也是中國革命的一面鏡子。從社會學角度上出發，茅盾總能爲中國歷史研究，尤其是中國現代的政治經濟研究提供彌足珍貴的史料。他的創作歷來以科學的理性爲指導，總是要從變動不羈的社會生活中反映出時代的趨勢、歷史動向和社會本質。他要求說：

> 一個作家不但對於社會科學應有全部透徹的知識，並且眞能夠懂得，並且運用那社會科學的生命素——唯物辯證法；並且以這辯證法爲工具，去從繁複的社會現象中分析出它的動律和動向；並且最後，要用形象的語言、藝術的手腕來表現社會生活的各方面，從這些現象中指示出未來的途徑。〔註18〕

茅盾還結合自己的創作來論述他的這種史詩觀。他認爲，在 1928 年以前，震動全世界、全中國的幾次大的事件，都是親身經歷的比較熟悉的，但在文藝作品上還沒有得到強有力的表現。而自己在《蝕》中進完成了其中的一部分。他說：

> 我以爲那些「歷史事件」須得裝在十萬字以上的長篇裏這才能夠書寫個淋漓透徹。而我那是的精神不許我寫長篇。最後一個原因是我那時候對於那些「舊題材」的從新估定價值還沒有把握。〔註19〕

由於沒有把握，所以茅盾對那時的題材沒有進行進一步的創作，表現了他對歷史的審慎的態度。從上述的兩則引文及茅盾的創作中，我們看到茅盾的史詩性品格是由多種因素綜合而成的。馬克思主義的唯物史觀及現實主義原則

〔註18〕茅盾：《〈地泉〉讀後感》，《茅盾全集》第 19 卷，第 331、332 頁。
〔註19〕茅盾：《我的回顧》，《茅盾全集》第 19 卷，第 408 頁。

是他把握歷史的最基本的方法和工具，左拉和托爾斯泰的「長河意識」似乎也有明顯的體現。但我們不難看到，前者是一種觀念性的東西，而後者則純粹是一種技巧性的學習（這些將在後文中進一步論述），而最爲重要的是，中國傳統文化爲其提供了一種「求實近史」的文化底蘊。如果沒有這種底蘊，任何觀念和技巧都將流於空泛。

「求實近史」源於中國儒家文化中的注重實用、切近現實、合於道德的思維特點。中國最早的敘事文學不是西方脫胎於神話的史詩和源於宗教儀式的戲劇，而是中國史官所創造的歷史散文和歷史傳記。「以人倫日用爲目標的這種史官文化強調『辨眞僞，明是非，定猶豫』，提倡秉筆直書，據事實錄，其精神滲透於文學，不僅史傳，且使後來的小說戲劇等敘事文學多取材於歷史故事，帶有明顯的歷史化傾向。」〔註20〕中國古代的各種史傳著作，大都被後世當做文學作品來研究和借鑒，不僅其中所充溢的務實求眞的精神影響深遠，而且其筆法也傳承不絕。茅盾仔細研讀過中國歷史，《史記》、《漢書》《後漢書》、《三國志》是精讀，二十四史中的其他諸史也都有所涉獵，這必然對他史傳觀的形成有著深刻的影響。茅盾不斷在他的論述中強調要在紛繁的社會現象中看出歷史的動向，進而指示出未來的方向，這與司馬遷的「究天人之際，通古今之變」的史傳觀是多麼的切合。

正是傳統文化對茅盾的上述影響，使茅盾在文學創作的具體技巧上也呈現出了絕對中國化和民族化的特徵。與同時代諸多作家相比，茅盾很少有歐化的傾向，這已爲很多的論者所述及。中國古典文學作品，已經成爲他小說創作的重要參考資源。雖然他曾批判過舊文學中的落後因素，但同時他也肯定了在這些作品中所蘊含的中國人的智慧和其他美好的東西。針對向中國介紹新派小說問題，他說：「最新的不就是最美的最好的。凡是一個新的，都是帶著時代的色彩，在某時代便是新；唯獨『美』、『好』不然。『美』、『好』是眞實（reality）。眞實的價值不因時代而改變。舊文學也含有『美』、『好』的，不可以該抹煞。所以我們對於新舊文學並不歧視；我們相信現在創造中國的新文藝時，西洋文學和中國的舊文學都有幾分幫助。」〔註21〕他特別推崇《紅樓夢》、《水滸傳》、《儒林外史》。1924 年，有人寫信稱《紅樓夢》爲性欲小說，《水滸》爲盜賊小說，《儒林外史》是科舉小說，對此茅盾表現出了極大的義

〔註20〕秦志希：《傳統精神的疊印及形態演化》，引自論文集《茅盾與中外文化》。
〔註21〕茅盾：《「小說新潮」欄宣言》，《茅盾全集》第 18 卷，第 13 頁。

憤。他反駁道：

> 一件文藝作品是超乎善惡道德問題的，凡讀一本小説，是欣賞
> 這本小説的藝術，並不是把它當作倫理教科書讀……況且《紅樓夢》
> 只不過多描寫些男女戀愛，何嘗是提倡性欲？《水滸》是描寫「官
> 逼民反」，何嘗是提倡盜賊？《儒林外史》是極力反對科舉的，何嘗
> 是提倡科舉？三書具在，天下凡生眼睛的人都看得出來；然而曹慕
> 管獨以三書是性欲的，盜賊的，科舉的，正足以證明曹慕管非但沒
> 有文學上的常識，連看小説的能力也沒有；眞是笑話！〔註22〕

這種嚴詞利語即使在茅盾的後來都少有。不僅如此，茅盾還極力推介它們。
1933 年施蟄存著文，希望青年學生們多讀點《莊子》《文選》等，一則可以擴
大詞彙，二則可以參悟作文的方法。茅盾對此發議論說：

> 誠然，「每一個文學者必須要有所借助於他上代的文學」，可是
> 也要看此一代的所需和上一代的所供究竟有無本質上的差異。唐宋
> 的文學者「必須要有所借助於」漢魏的詞賦，可是，《紅樓夢》與《儒
> 林外史》的作者卻別有所借助。現代的我們作者如果一定要有所借
> 助於上一代，則亦應該是施耐庵等輩。爲青年們「對症發藥」計，
> 應該希望他們多讀《水滸》等書；這雖然已成爲老生常談，並不出
> 奇，然而於青年們倒是有實益的。〔註23〕

1935 年，茅盾借爲《紅樓夢》（潔本）寫序言之機，再一次對《紅樓夢》和《水
滸》進行了評論，尤其比較了在人物描寫上的各自特點。認爲《紅樓夢》的
技巧後來沒有被發揚光大，《水滸》則後來走向了呆板。事實上，茅盾的小説
在語言、結構和人物形象的刻畫上，都和上述古典小説有著千絲萬縷的聯繫，
比如在《子夜》《霜葉紅似二月花》及《春蠶》中就體現的相當明顯。這些我
們在分析茅盾作品的時候已有所論述。

第二節　外來文化的改造性建構

條分縷析地探討茅盾身上的中外文化淵源，無疑是肢解了茅盾對於文化
建構的整體性，但不如此又不會使人們對茅盾的文化淵源看得更爲清楚。文

〔註22〕茅盾：《〈紅樓夢〉〈水滸〉〈儒林外史〉的奇辱！》，《茅盾全集》第 18 卷，第
422 頁。
〔註23〕茅盾：《文學青年如何修養》，《茅盾全集》第 19 卷，第 535 頁。

化之於人的影響，不僅是緩慢和隱形的，而且更多的時候是潛在的和並置的。
也就是說文化的綜合性因素比較強，這反映在茅盾身上或許是更爲明顯的。
因爲和他的前輩們相比，在茅盾習得中國傳統文化的同時，西學就已經滲透
到其文化體系當中，並且時刻糾正著他的文化傳統性的偏差，甚至也造成了
在傳統文化和西學之間的矛盾性性格和思維特點。比如他極力反對傳統的包
辦婚姻，主張自由戀愛，曾在日本時期獲得過暫短的個性上的解放，與人同
居，但後來又始終如一地守候在髮妻身旁。在文學理論上，他曾積極地參與
了對傳統文學中「文以載道」思想的強烈批判，同時卻主張「文學爲人生」
以至爲社會，高度重視文學的現實主義的功利性。在世界範圍內，在文明發
達地區，可以說人們關於對世界的認識、對自然的認識以及對人類自身的認
識，儘管在思維和表述方式不盡一致，但都能達到在那個時代所能有的高度，
或許對一些事物的理解就達到了一致。比如影響深廣的世界三大宗教，都在
強調人與神的關係，這就是在這三個地區人們解釋社會的一致性。他們都強
調神的「保祐」，佛祖、眞主和上帝或許在現實所具有的功能並不一致，但人
們向他們祈福的願望卻是一致的。此例是想說明，在 19 世紀末 20 世紀初，
當中西文化間進行廣泛交流的時候，實際上交流中眞正要起作用的是一種思
維方式，而文化的物態本身卻不是最爲重要的。林紓一生翻譯了一百八十餘
部外國小說，從文化的物態傳承來看，其貢獻可謂大矣。但由於其思維方式
仍然是中國傳統式的，故在新文化運動中受到了強烈的衝擊。所以考察一位
現代作家與西方文化之間的關係以及西方文化對他的資源性供給，首先要強
調的是文化的觀念和文學的技巧。這表現在茅盾身上往往又是與傳統文化相
互疊印的。

　　茅盾對西方文化的全面涉獵和接受是到了商務印書館做編輯以後的事
情。在此以前，從小學到中學再到北大預科，茅盾所接受的教育是不中不西、
亦中亦西，但主要是以傳統文化爲主。到了上海，接觸了商務印書館的「涵
棻樓」的藏書，這一狀況才有所改變。商務印書館的編輯工作對茅盾的一生
有著決定性的意義。1936 年，茅盾應史沫特萊的邀請，用第三人稱寫了一篇
小傳。他說在學校時除了學得中國文字的使用法，以及一些零星的關於中國
舊文學的知識而外，什麼思想也沒受到。他進了商務印書館編譯所時，本沒
有久住的意思，但商務印書館的圖書館卻對他產生了幫助。在那裡他對中國
文學又有進一步的研究。後來《新青年》提倡「文學革命」影響了他。他開

始搜求西文書，也就是從這時開始，他讀了一些英文文學書以及北歐作家的英文譯本，同時也讀一些新思潮的社會科學的英文書，並開始寫文章投稿了。〔註24〕西方文化對茅盾的影響也就是從這時真正開始了。

西方文化的方法性補充

　　和同時代許多文化先行者一樣，較早進入茅盾視野的並且對他的人生及思想產生較大影響的西學就是進化論。自達爾文創立進化學說以來，當時世界上許多思想體系都發生了重大的變化，馬克思主義就吸收了其理論精華，當然也出現了諸多變種的社會達爾文主義。在某種程度上，進化論之傳入中國並在中國產生影響是中國由近代社會向現代社會轉變的重要標誌之一，這一點始於嚴復翻譯的《天演論》，並被其後世不斷闡釋和吸收。

　　茅盾的進化論思想在 1917 年的《學生與社會》已露端倪。在這篇文章中，作者分三個部分討論了學生與社會的關係、學生在社會中的地位以及學生對社會的心理。他強調了學生對社會的改造性責任，他說：「蓋處不良社會之下，正惟不合時宜，為眾所棄，而後真我乃見；一合時宜，則我之為我，已非故我，而不能自反矣。且一己之偏見，縱不無偏誤，要尚較勝外界之惡俗。嘗聞昆蟲學家之言曰：凡毒蟲豸之存在者，必其力足以抵抗天然之淘汰力。吾則曰：凡惡習慣之存在者，以且足以避法網而奪道德心也。」他採用了尼采的學說，將道德分為兩類，一是貴族道德，二是奴隸道德。貴族道德是「有獨立心而勇敢者」，所以他期望學生在社會中「必求自主，微論一己求學之方針，不可因外界而轉移。即其行事抱負，務必超然而不受羈絆，斯可爾。」〔註25〕這是茅盾第一篇政論性的文章，也是第一次向社會發佈自己的主張。帶有明顯的社會達爾文主義傾向。他第二篇文章仍然站在這樣一種立場，而且和上一篇比較起來更為清晰和急切。在《一九一八年之學生》中開篇就寫道：「二十世紀之時代，一文明進化之時代也。全世界之民族，莫不隨文明潮流而急轉。」〔註26〕他認為，20 世紀的國家如果仍然「陳舊腐敗」，成為文明潮流的障礙，必不能立於世界；20 世紀的人民如果仍然抱殘守缺，

〔註24〕　參見李岫編：《茅盾研究在國外》，湖南人民出版社，1984 年版，第 52、53 頁。
〔註25〕　茅盾：《學生與社會》，《茅盾全集》第 14 卷，第 3 頁。
〔註26〕　茅盾：《一九一八年之學生》，《茅盾全集》第 14 卷，第 9 頁。

「不謀急進」，那就是甘於劣敗的地位。所以他要求學生要「革新思想」、「創造文明」、「奮鬥主義」。他希望我們的民族能夠奮起直追趕上世界的大潮。實際上通過上述引文我們可以看到，茅盾一踏上社會，對社會進行觀察和分析的時候，就是用了進化論的觀點，應該說，進化論觀點是他成年以後進入社會的第一個工具。茅盾的進化論觀點中，包含了明顯的尼采哲學的色彩，並為其提供了深刻的批判性思維。在 1920 年 1 月，他發表了《尼采的學說》長篇論文，分六個部分對尼采學說進行介紹和評價。他非常讚賞尼采的「把哲學上一切學說，社會上一切信條，一切人生觀、道德觀，從新稱量過，從新把它們的價值估定」的態度。但他對尼采的以強吞弱的社會進步觀並不完全贊同。他認為，尼采誤人的地方不在他的理想，而在他要達到理想的方案。對道德的批判是對的，但對道德的斷語是錯的。故茅盾對作為進化論者的尼采學說是有選擇的加以吸收的。他解釋了尼采所極力稱頌的「戰」字，認為這不是甲國侵略乙國，不是軍國主義國家主義的戰，而是指勇敢有為的氣象和昏沉黑暗的勢力戰。這是茅盾對前兩篇文章的進一步發展。他認為「超人論」是尼采進化論的核心，對於適者生存這個口號，讚賞尼采的「不應該屈膝在環境之前，改變自己的物質結構，以求生存」的說法，這於中國當時處於由傳統社會向現代社會轉變的普遍性要求是相一致的。茅盾雖然不完全贊成尼采的「權力意志說」，但他把此說轉變成為人類反抗壓迫的意志卻是一種創造性的利用。茅盾說「惟其人類是有這『向權利的意志』，所以不願做奴隸來苟活，要不怕強權去奮鬥，要求解放，要求自決，都是從這裡發出；倘然只是求生，則豬和狗的生活一樣也是求生的生活，我們要求什麼改良生活呢？」對尼采的學說，茅盾認為應該用公平的眼光去看待，而且更要明白這不過是一種學說、一種工具，幫助改良生活、求得真理，不要把它當作神聖的東西，合用則用，不合用則丟掉。〔註27〕應該說，這種辯證的眼光已經超出了其同時代的許多人。但茅盾對進化論學說的接受和發展還不止於此。1924 年發表的《少年國際運動》則是運用馬克思主義理論，站在階級分析的立場上對進化論的另一種闡釋。在這篇文章中，將個人的生命和歷史發展的邏輯緊密地聯繫在一起，從進化論的角度出發，深刻闡述了青年在社會進步中的作用以及無產階級戰勝資產階級的必然性。這篇文章標誌著在進化論的

〔註27〕參見《尼采的學說》，《茅盾全集》第 32 卷，第 58～105 頁。

影響下，通過對馬克思主義理論的學習，茅盾的辯證歷史觀已經成熟。

　　但進化論對茅盾影響最典型的還是表現在其早期文藝理論觀的形成與建構上。從 1920 年 1 月到 1922 年 8 月，根據進化論的觀點，他先後寫下了數篇較有影響的文學論文，對世界文學進化的過程和階段、文學自身發展的要素以及與此相對照的中國文學的發展定位，進行了全面的追本溯源式的理論探討，拉進了中國文學與世界文學的距離，確定了中國文學的發展方向。在上世紀剛剛進入 20 年代時，很多外國文藝作品被翻譯了進來，茅盾對此認爲雖然有人介紹和翻譯，但卻稍嫌有些雜亂。多譯研究問題的作品固然對現社會是對症的，但只撿新的，「卻未免忽略了文學進化的痕迹。」西洋文學從古典主義到浪漫主義到自然主義到新表象主義一直到新浪漫主義，「這期間進化的次序不是一步可以登天的。」（《我對於介紹西洋文學的意見》）他認爲新文學就是進化的文學，而進化的文學要有三個要素：一是要有普遍的性質，所以要用「語體」來做；二是有表現人生、指導人生的能力，因此注重思想而不注重格式；三是爲平民的，故要有人道主義精神和光明活潑的氣象。同時他還認爲，拿「進化」來解釋「新」時，關鍵的不是在時代而是在精神。（《新舊文學評議之評議》）從這裡我們看到了茅盾文學現實主義的主張已初露端倪。茅盾還從人和文學的關係角度來論述文學的進化問題。他認爲世界文學發展到今天經歷了三個大的階段：個人的（太古）——帝王貴閥的（中世）——民眾的（現代）。在太古階段，文學是個人的，表現了個人的主觀情感。到了中世紀，文學被王公貴族所壟斷，文學成了少數人的文學，其個人性質並沒有改變。只有到了現代，文學才回到了民間，才眞正屬於民眾。（《文學和人的關係及中國古來對與文學者身份的誤認》）這一點論述是符合世界文學發展的總流向的。他說西洋文學在古典、浪漫、寫實、新浪漫這樣一連串的變遷中，每進一步，文學和人生的關係便緊密了一些，文學的使命也就發生了變化。這種一步步的變化無非就是要使文學更能表現當代全體人類的生活和情感，傾訴全體人類的痛苦與期望，更能代替全體人類向不可知的命運作抗爭。（《新文學研究者的責任與努力》）茅盾進而分析了中國文學的發展史，認爲中國古來的文學只曉得有「古哲聖賢」的遺訓，不曉得有人類共同的情感，只曉得有主觀，不曉得有客觀。所以這種文學和人類是隔絕的。在這樣一種基礎上，依據世界文學發展的大流向，中國文學也應經過這樣一個過程，並把當時中國文學的發展定位在寫實主義階段，要創造現代中國國民文學。

茅盾的這種主張實際上也是他的客觀現實主義理論的一種表現，應該說，進
化論成爲茅盾現實主義主張的一個重要的資源。

如果說儒家文化底蘊爲茅盾的現實主義理論提供了潛在的資源，進化論
爲其文學發展論提供了定位的坐標，那麼自然主義則是茅盾現實主義理論形
成的顯在資源（當然茅盾現實主義理論的形成遠非如此簡單）。茅盾對自然主
義的選擇首先是源於他的文學功利性目的，即要用文學來鼓吹新思想，達到
爲人生、爲社會的目的。他期望通過文學對社會眞實的客觀的反映，來實現
對社會進行改造的任務。實際上，茅盾對自然主義的提倡，也是源於他對寫
實主義的理解。他認爲，國內文學界「寫實主義之眞精神與寫實主義之眞傑
作實未嘗有其一二，」所以「寫實主義尙有且是介紹之必要。」〔註28〕他還
認爲，「中國的新文學一定要加入世界文學的路上——那麼，西洋文學進化途
中所已演過的主義，我們也有演一過之必要；特別是自然主義猶有演一過之
必要，因爲他的時期雖短，他的影響於文藝界全體卻非常之大。」〔註29〕那
麼如何看待自然主義和寫實主義之間的關係呢？在茅盾的那個時代，很多人
是將兩者等同的。比如謝六逸在《西洋小說發達史》中、孫席珍在《近代文
學思潮》中，都將二者視同一致。茅盾在 1922 年說「文學上的自然主義與寫
實主義實爲一物」。〔註30〕在 1930 年出版的《西洋文學通論》中，他將福樓
拜爾、左拉、都德、龔古爾兄弟、屠格涅夫、狄更斯、薩克雷、岡察洛夫、
契可夫等列到自然主義一章進行論述。可見在自然主義和現實主義這一點當
時是沒有區別的。在這樣一種理解的基礎上，茅盾曾寫過很多文章對自然主
義進行評述和推介，他尤爲推崇和重點介紹的就是左拉的自然主義。實際上，
左拉的自然主義和寫實主義有很多相一致的地方。左拉除了小說創作之外，
主要的理論文章有《論小說》、《試驗小說》、《戲劇上的自然主義》以及他爲
《盧貢・馬卡爾家族》寫的序言。他的主要論點是主張寫眞實，同時要有虛
構和典型化，要求作家要有個人特色、個人風格。這些和寫實主義都基本上
是一樣的。所不同的是他在「試驗小說」中主張要將研究生物的實驗方法應
用於文學寫作，用實證醫學和遺傳學的觀點來觀察人和描寫人，尤其是遺傳對

〔註28〕茅盾：《〈小說月報〉改革宣言》，《茅盾全集》第 18 卷，第 56 頁。
〔註29〕茅盾：《文學作品有主義與無主義的討論》，《茅盾全集》第 18 卷，第 157、158
　　　　頁。
〔註30〕茅盾：《自然主義的懷疑與解答》，《茅盾全集》第 18 卷，第 211 頁。

人的道德的決定性作用。從茅盾後來的理論建構和創作實踐上看，他對自然主義尤其是左拉的文學主張有繼承也有批判。應該說客觀地描寫現實生活、創造典型性人物和要形成個人特色這三點是茅盾現實主義主張的基本內容，這是對自然主義的繼承，其餘的則被茅盾所揚棄了。這集中體現在《自然主義與中國現代小說》和《「左拉主義」的危險性》兩文中。在前一篇文章中，茅盾對中國舊派小說進行了詳細的分析，指出了他們所共同存在的兩個錯誤，認爲舊派小說是以「記賬式」的敘述法來作小說，給現代敏感的人看了是「味同嚼蠟」；這種小說不知客觀觀察，只知主觀「向壁虛造」，滿紙是虛僞做作的氣味；這種小說思想上最大的錯誤就是「遊戲的消遣的金錢主義的文學觀念。」而新派小說雖然以爲文學是表現人生的，但也不能客觀描寫。新派小說雖然注意社會問題、同情第四階級、愛「被損害者與被侮辱者」，但由於對這些不熟悉，也出現了不能客觀描寫的情況。而這一任務只有自然主義能夠完成。因爲自然主義的最大目標是「眞」，而且「事事必先實地觀察」，也注重心理描寫。自然主義是經過近代科學洗禮的，它的描寫法、題材以及思想都和近代科學有關。茅盾同意對自然派「所迷信的機械的物質的命運論不是健全的思想」的批評，但同時又指出，這僅僅是自然派裏所含的一種思想，不能代表自然主義。「自然主義是一回事，自然主義作品內所含的思想又是一回事。」〔註31〕在後一篇文章中，茅盾不同意認爲左拉「專在人間看出獸性」的偏見，再一次指出，「自然主義的眞精神是科學的描寫方法，」這一點是「有恒久的價值」，不論將來藝術界裏出現多少新說，「這一點終該被敬視的。」〔註32〕由此不難看出，茅盾對自然主義的選擇是技巧性和方法性的，而非題材和內容上的。

　　在創作實踐上，茅盾受自然主義影響是一個見仁見智的問題。《子夜》出版不久，瞿秋白就著文認爲這部小說帶有明顯的左拉的《金錢》痕迹，後來茅盾曾於六十年代和八十年代兩次否認這種說法，於是邵伯周對《子夜》和《金錢》作了比較性研究。他認爲這是兩部成就不同的現實主義小說，兩部小說中的某些類似之處，是由於生活本身有著某些類似之處和藝術創作中某些共同規律所造成的，他們的藝術成就和藝術風格有著顯著的不同。〔註33〕

〔註31〕參見茅盾：《自然主義與中國現代小說》，《茅盾全集》第 18 卷，第 225～243
　　　　頁。
〔註32〕參見茅盾：《「左拉主義」的危險性》，《茅盾全集》第 18 卷，第 285～286 頁。
〔註33〕參見邵伯周：《兩部不同成就的現實主義小說——〈子夜〉與〈金錢〉的比較

我以爲這是可信的。也有人比較了茅盾筆下的女性形象和左拉作品中的女性形象，認爲也是受了左拉的影響。〔註34〕實際上，研讀過茅盾早期的社會論文就可知道，茅盾的女性形象的塑造除了受其母親影響之外，更多的是源於對當時婦女解放運動的認識，尤其是艾倫凱的影響可能更爲明顯一些。

象徵主義是茅盾在文學創作中，除了現實主義之外所經常使用的另一種手法。如果說現實主義是他觀察社會、表現人生的基本手段的話，那麼象徵主義則使這種手段更加多姿和富有意蘊了。儘管茅盾在自然主義或寫實主義的影響下極力倡導現實主義，但基於對文化進化論的認識，認爲新浪漫主義的出現也是必然的事情，而象徵主義正包含在其所指的新浪漫主義當中。他曾將他早年所極力推崇的羅曼·羅蘭認定爲新浪漫主義的代表。他甚至用新浪漫主義來調整寫實主義的某些不足，他說：「寫實文學的缺點，使人心灰，使人失望，而且太刺戟人的感情，精神上太無調劑，我們提倡表象，便是想得到調劑的緣故。況且新浪漫派的聲勢日盛，它們的確有可以指人到正路，使人不失望的能力。」〔註35〕綜觀茅盾的全部理論和文學實踐，象徵主義對其發生較大影響的原因主要還在於文學翻譯上。從1919年起，茅盾陸續翻譯了梅特林克的《丁泰琪之死》、《室內》、斯特林堡的《情敵》、拉格洛夫的《聖誕節的客人》、唐珊南的《遺帽》、葉芝的《沙漏》、愛倫·坡的《心聲》等數種作品。他十分推崇這些作者，寫過《梅特林克評傳》，多次提及梅氏的代表作《青鳥》。當這部戲劇在中國上演後，他寫了《看了中西女塾的〈翠鳥〉以後》進行評價，並期望梅氏的其他劇作也能在中國上演。而這些確實在茅盾的文學實踐中留有深刻的印記。茅盾使用象徵主義手法主要有兩個目的，其一爲豐富現實主義的表現手段，通過表現自我、表現主觀來擴大現實主義的內涵；其二爲用以平衡和外界的政治關係，通過這種手法的使用傳達對社會和政治的看法，而且後者往往佔有很大的比重。茅盾的第一部小說就是有著很強的象徵主義成分的。通過周定慧、孫舞陽、章秋柳對於愛情的幻滅、動搖和追求，表達了作者對於國共合作以及與第三國際間關係的思考。戀愛是他爲這些小說套上的合法外衣，他的第一部短篇小說集《野薔薇》就是要達

研究》，《茅盾研究論文集》（下），湖南人民出版社，1983年版。

〔註34〕參見張啓東：《從女性形象的塑造看茅盾與左拉》，載論文集《茅盾與中外文化》，南京大學出版社，1993年版。

〔註35〕茅盾：《我們現在可以提倡表象主義的文學麼？》，《茅盾全集》第18卷，第28頁。

到這個目的。其中的五個短篇幾乎就可以說是象徵主義之作，表達了作者在流亡期間的苦悶及孤獨之感。與一般的象徵主義作品不同的是，茅盾象徵手法的使用，並不是通過扭曲和變形來實現的，而是緊緊和客觀描寫相結合。這非常典型地體現在《春蠶》中開頭一段景物描寫上。一艘小火輪橫衝直撞地沿著官河駛進了寧靜的鄉村，河中激起的波浪向兩岸卷去，鄉下的「赤膊船」和船上的人就像在打秋韆，暗示了資本主義經濟的入侵以及給中國鄉村所造成的毀滅性的打擊。這種寫法在《子夜》中也有所體現。散文是茅盾文學創作的重要一翼，也是茅盾象徵主義手法的主要承載者，但與小說相比，茅盾早期的散文卻是朦朧和晦澀的，這是內心沉重的一種昭示，正如魯迅論及《野草》時說的那樣，因為難以直說，所以措辭就含糊了。這樣的作品有《雲少爺與草帽》、《牯嶺的臭蟲》、《嚴霜下的夢》、《叩門》、《賣豆腐的哨子》、《霧》、《虹》、《速寫一》《速寫二》、《黃昏》、《沙灘上的腳迹》等等。但到了四十年代，茅盾散文中的象徵主義色彩就豁然開朗起來，這與他當時心境有關，傳世的作品是《白楊禮讚》和《風景談》，此不贅述。

俄國文化的觀念性內置

俄國文化在茅盾的文化傳承中佔有特殊的地位。在世紀之交逐漸覺醒了的中國人那裡，在文學上引進西方文化的時候，他們所看到的是兩幅景象，一是以英美法為代表的歐洲文學的豐富性和自主性，強調了文學發展的階段性和創新性，社會達爾文主義、尼采的重估價值論、易卜生的寫實主義、左拉的自然主義以及其他浪漫主義思潮等成為這個時期的共同的主題，中國文學的現代性轉變因此而呈現出前所未有的局面。另一幅景象就是俄羅斯文學。近代以來才崛起的俄羅斯文學以其卓然迥異於歐洲其他文學的姿態進入中國視野的並不是其文學的文學性，而是其文學的社會性，儘管俄國文學也是在西歐文學影響下所發生。這種社會性不僅與俄羅斯的社會革命息息相關，而且也由於國情上的關係，成為中國社會革命的深刻資源。這一點首先被李大釗捕捉到了。早在 1913 年，他從日本人那裡翻譯了《托爾斯泰之綱領》，介紹了這位文豪的言行錄，1916 年介紹了作為哲人的托爾斯泰，認為他是舉世敬仰的理想人物。生於專制的國度中，懷有滿腔的激情，倡導博愛，扶弱摧強，以勞動為神聖。1917 年著文《日本之托爾斯太熱》，借日本對托爾斯泰的研究，慨歎民族興亡的大事。同年三月，李大釗又著文《俄國革命

之遠因近因》，認爲革命文學的鼓吹是俄國革命發生的重要原因之一，同時他認爲革命文學就是人道主義的文學。〔註36〕所以李大釗對俄國文學的推介偏重的是文學的社會革命性，這一點爲他日後積極創建政黨發動中國革命打下了基礎。當時在中國作如此觀又僅非李氏一人。比如在文學研究會成立之後，鄭振鐸曾提出了著名的「血和淚」的文學觀也是源於此，看到了它的社會革命性的一面。

　　茅盾對俄國文學的關注應該說是直接來自於李大釗的，是他從是政黨活動的一個重要的動力。從 1918 年到 1919 年，李氏連續在《新青年》上發表了《庶民的勝利》和《我的馬克思主義觀》，公開宣傳馬克思主義的學說。這給茅盾很大的啓示，於是「從一九一九年起，我開始注意俄國文學，搜求這方面的書。」〔註37〕在向俄國學習的過程中，茅盾首先將目光鎖定在托爾斯泰身上，自此產生了很深的托爾斯泰情結。早在做小說以前，茅盾曾寫過多篇介紹托爾斯泰的文章，在《托爾斯泰與今日之俄羅斯》長文中，他論述了托爾斯泰的時代、文學創作、文藝觀念以及他的地位。他認爲俄國革命的起勢中托氏是重要的一支，這源於他對黑暗社會的批判，對勞苦民眾的同情和對文藝的大眾處理方式。他說：「托爾斯泰以爲藝術而離於社會一般人之嗜好，便是無益的，便是不生產的。托氏思想之所以能及全俄者，其通俗文學之力也。故其藝術之意見，已爲世界所公認，而爲將來趨勢之一，必然無疑也。」他還比較了托氏和易卜生的寫實主義觀點，說後者「言社會之惡，獨破其假面具而已，而托爾斯泰則確立救濟之法。」後者僅描寫中等社會的腐敗，而前者則描述的是全部社會。〔註38〕於是茅盾也看到了托爾斯泰是俄國革命的一面鏡子。後來在《文學家的托爾斯泰》中，茅盾突出了托氏的人道主義和無抵抗主義，但並沒有被他進一步闡釋。從文學觀念上來講，人道主義是托爾斯泰文學創作的內容和觀念，而無抵抗主義則是其爲現實所提供的出路。在這一點上，從茅盾後來的理論和創作實踐上看，顯然是接受了前者。在《俄國近代文學雜譚》中他發展了這一認識。他說：「他們以爲文學這東西，不單怡情之品罷了，實在是民族的『秦鏡』，人生的『禹鼎』；不但要表現人生，而且要有用於人生。俄國文豪負有盛名者，一定同時也是個大思想家。」

〔註36〕 以上諸篇文章參見《李大釗全集》第一、二卷，河北教育出版社，1999 年版。
〔註37〕 茅盾：《我走過的道路》（上），人民文學出版社，1981 年版，第 131 頁。
〔註38〕 參見茅盾：《托爾斯泰與今日之俄羅斯》，《茅盾全集》第 32 卷。

「我們只看屠格涅夫和托爾斯泰的著作便可明白。」〔註39〕從這裡茅盾認識
到，對於文學的要求不僅是對社會現象的全部認識和對人生的眞誠反映以及
對歷史的洞察與預見，還要有以感情去影響讀者的藝術手腕，甚至文學自身
也要大眾化，應該說這種要求是托爾斯泰幫助完成的。茅盾從文學功能論的
切入點找到托氏理論的核心，並同西歐理論相接軌和揉合，完善了茅盾早期
「爲人生」主張從形式到內容的建構，爲進一步向馬克思主義的發展作了準
備。但必須承認，儘管茅盾對托爾斯泰的創作和思想進行過系統的整理，但
在很多已經意識到了的問題上並沒有深入下去，反映出了當時代人在理論引
進上的急切心理，也影響了對托氏理論的進一步吸收，這成爲整整一個時代
的遺憾。

　　托爾斯泰對茅盾的影響即便在轉向馬克思主義以後也仍然是很鮮明的。
在1928年的答辯狀《從牯嶺到東京》中，他引用了一位英國批評家的話：左
拉因爲要做小說才去經驗人生；托爾斯泰則是經驗了人生以後才來做小說。
他說：「我愛左拉，我亦愛托爾斯泰。我曾經熱心地——雖然無效地而且很受
誤會和反對，鼓吹過左拉的自然主義，可是到我自己來試作小說的時候，我
卻更近於托爾斯泰了。」〔註40〕「經驗了人生」說到底是茅盾爲自己的「爲
人生」主張所選取的一個重要的題解，這一點托翁給了他具有決定意義的啓
發。托爾斯泰說：「最重要的是生活。不過，我們的生活不論過去、現在、將
來都跟別人的生活緊密相連——跟別人的生活、跟共同的生活聯繫的越緊
密，那生活就越豐滿。」〔註41〕試圖要表現現實生活，不僅是茅盾經驗了人
生的主動性反映，而且更是人生經驗的延伸。茅盾或許就此希望將中國所有
的社會生活及變革全部內化爲自己人生經驗，以便更高程度地走向托爾斯
泰。托氏的文學成就對於奠定他在茅盾心中的地位僅是一個方面，而托翁作
爲貴族的躬身勞作、面向民眾、廣散田財、主持正義的人生形象及人道主義
情懷是另一重要方面。茅盾對於托爾斯泰的人生經驗的認識是一種心靈感
應，除了相同的社會境況外，還在於對社會現實的關注和參與遠遠超過了文
學本身。至於具體的藝術技巧，茅盾曾說《戰爭與和平》、《安娜·卡列尼娜》
是他最愛讀的書，尤是欽佩其結構的精密和場面的宏大，《水滸》和司各特的

〔註39〕參見《茅盾全集》第32卷
〔註40〕茅盾：《從牯嶺到東京》，《茅盾全集》第19卷，第176頁。
〔註41〕戴啓篁：《列夫·托爾斯泰論創作》，灘江出版社，1982年版，第9頁。

歷史小說都遠不及它。所以他提出研究托爾斯泰要做三種功夫，即結構、人物和場面。〔註42〕而這三點又正是茅盾小說的長處，托氏影響由此可見一斑，此亦毋庸多論。

在茅盾傾心於托爾斯泰的同時，另一位俄羅斯偉大的作家陀思妥耶夫斯基也吸引了他。他認爲在托氏的那個時代能與之相提並論的只能是陀氏。今天我們研究陀氏可以看出苦難意識是他小說的中心。他不僅要表現現實生活的苦難，更主要的是要表現人的心靈的苦難，他是通過描寫心理的轉化過程來達到這個目的。在近代人性問題爲幾乎所有的俄羅斯作家所關注的，也是當時俄羅斯思想的最高顯現。「俄羅斯較高文化階層和人民中的優秀人物都不能容忍死刑和殘酷的懲罰，都憐憫犯人。他們沒有西方那種對冷漠的公正的崇拜，對他們來說，人高於所有制原則，這一點決定了俄羅斯的社會道德。對於喪失了社會地位的人、被欺侮的與被損害的人的憐憫、同情是俄羅斯人很重要的特徵。」「俄羅斯的天才、富有的貴族托爾斯泰一生都被自己的特權地位所折磨，他想放棄一切，想平民化，成爲莊稼漢。另一位俄羅斯的天才陀思妥耶夫斯基爲苦難和對苦難人的憐憫折磨得精神失常，苦難和同情成爲他作品的基本主題。」〔註43〕所以我們說，陀氏的人道主義精神氏源自他對人的深切同情和憐憫，不僅表現在對個人，也表現在對整個人類。這一點深深地影響了茅盾，甚至在某種程度上超過了托爾斯泰。他認爲陀氏的作品和思想是送給俄國平民和知識階級的禮物，是全人類有生以來所要搜求的，這就是「人性的永久眞實」。陀氏把那些「被踐踏者與被損害者」的「猙獰可畏的外衣剝去了」，把他們純潔的靈魂「攤布」出來給知識階級看，叫他們知道人性的永久眞實就是善，叫他們知道人性的永久眞實的偉大力量，在那些俄國人「濕漉漉的抹布生活中」的偉大和向上的努力。〔註44〕茅盾認爲，陀氏的思想是人類自古至今的思想史中一個「孤獨然而很明的火花」。他對將來的樂觀、對於痛苦的歡迎、對無產階級的辯誣和同情，是現代消沉、退縮、耽於安樂和自我的青年的對症藥，對現代中國青年來說是一劑良好無害的興奮劑。在這一點上，陀氏給茅盾的印象是至爲深刻的。他說，俄國文人差不多

〔註42〕參見茅盾：《愛讀的書》，《茅盾全集》第22卷。

〔註43〕雷永生、邱守娟譯，尼·別爾嘉耶夫著《俄羅斯思想》，三聯書店，1995年版，第87頁。

〔註44〕茅盾論述陀思妥耶夫斯基的文章主要有《陀思妥耶夫斯基的思想》、《陀思妥耶夫斯基在俄國文學史上的地位》、《陀思妥耶夫斯基帶了些什麼給俄國？》，本部分所引均出自這幾篇。參見《茅盾全集》第32卷。

沒有一個不同情於「被損害著與被侮辱者」的，但誰也沒有陀思妥耶夫斯基的同情心那樣博大與深厚。他認為陀氏的「同情」就是「愛」，不教人愛什麼，卻教人愛的本身，這樣對於「被損害者與被侮辱者」才是平等的同情而不是慈善家的憐憫。陀氏的在創作和思想上的這些特點曾被茅盾靈活地應用在自己的文藝主張中，在《小說月報》的《被損害民族的文學號》引言中作了如下闡述：

> 凡在地球上的民族都一樣的是大地母親的兒子；沒有一個應該特別強橫些，沒有一個配稱為「驕子」！所以一切民族的精神的結晶都應該是同珍寶，視為人類全體共有的珍寶！而況在藝術的天地內是沒有貴賤不分卑尊的！
>
> 凡被損害的民族的求正義求公道的呼聲是真的正義真的公道。在榨床裏榨過留下來的人性方是真正可寶貴的人性，不帶強者色彩的人性。他們中被損害而向下的靈魂感動我們，因為我們自己亦悲傷我們同是不合理的傳統思想與制度的犧牲者；他們中被損害而仍舊向上的靈魂更感動我們，因為由此我們更確信人性的砂礫裏有精金，更確信前途的黑暗背後就是光明。〔註45〕

這段引文尤其是關於人性的判斷基本上是屬於陀氏的，茅盾從他那裡學到了強烈的人道主義精神和對「被損害者和被侮辱者」的博大的同情心，並應用自己的文學創作。我們現今研究茅盾的小說，誰又能說明周定慧、孫舞陽、章秋柳不是被損害者。茅盾對於吳蓀甫、唐子嘉、老通寶、林老闆及林永清的同情正是源於他對戕害他們的那個社會制度的揭露和批判。他對這些人物向上的靈魂的刻畫正是基於了他對前面的光明的渴望。與陀氏不同的是，此者是期望將這些受損害受侮辱的靈魂引向「上帝」對他們的拯救，而茅盾所要做的是如何運用馬克思主義的觀點來為他們尋找出路。

　　茅盾接受了陀氏的影響還在於他對自己國家的深刻認識，並由此而生出的使命感。他說，陀氏的偉大思想與深刻至骨的描寫已經完全佔領了我們的心靈。陀氏描寫一個國家，巨大有力，蘊藏著無窮的資源，但缺少安寧與平靜、和諧與魅力，被可痛的衝突分裂和殘流相爭所打碎了。儘管如此還是對未來貯滿了希望。這是一種「夫子自道」。茅盾從事文學創作，雖然經過一個時期的幻滅和動搖，但不久即開始追求了。他看到了「北歐」勇敢的命運女

〔註45〕參見《茅盾全集》第 32 卷第 401、402 頁。

神的召喚，大踏步地前進了。從此之後的創作中，亮麗的顏色逐漸增加，他的每一篇小說幾乎都是對他的人物和時代寄予很大的期望在裏邊。他甚至都給「趙惠明」改過自新的機會。在抗戰擊將勝利時，茅盾說，新文藝「一向是多災多難，受慣了風吹雨打，受慣了摧殘幽閉，然而終於成年了，腳踏著實地，面向著光明。它的虔誠是無限的，只要能夠堅持一貫的奮鬥不屈的精神，發揚光輝的傳統。」〔註46〕我們可以說，這是由文藝而寄予了對祖國的期望。

由於茅盾是中国共產黨的第一批黨員，因此早在此之前他就接受了馬列主義理論的薰陶，並自覺地以一種先進的世界觀和方法論來指導自己的文學實踐。以高爾基爲代表的蘇聯作家於是便成爲他在創作上的另一類參照體系，形成了他關於無產階級文藝和現實主義理論的一整套看法。這些都是觀念性的輸入，是茅盾成爲左翼文學最高峰的最重要的依據。〔註47〕胡愈之曾說，茅盾「對俄國文學和十月革命的研究，使他找到了一條以後始終不變的道路：文學是手段，革命才是目的。」〔註48〕用這句話來概括茅盾對俄蘇文學的接受是再恰當不過的了。

〔註46〕茅盾：《五十年代是「人民的世紀」》，《茅盾全集》第 23 卷，第 97 頁。

〔註47〕關於蘇聯文學和文藝理論對茅盾的影響在前面論述茅盾與左翼文學的關係以及與現實主義的關係時已多有涉及，此處不再論述。

〔註48〕胡愈之：《早年和茅盾在一起的日子》，《憶茅公》，文化藝術出版社，1982 年版。

參考文獻

1. 茅盾：《我走過的道路》，人民文學出版社，1997 年版。

2. 唐金海：《茅盾年譜》，山西高校聯合出版社，1996 年。

3. 查國華：《茅盾年譜》，長江文藝出版社，1985 年。

4. 萬玉樹：《茅盾年譜》，浙江文藝出版社，1986 年。

5. 邵伯周：《茅盾評傳》，四川文藝出版社，1987 年。

6. 邵伯周：《茅盾的文學道路》，長江文藝出版社，1959 年。

7. 丁爾綱：《茅盾評傳》，重慶出版社，1998 年版。

8. 莊鍾慶：《茅盾的創作歷程》，人民文學出版社，1982 年。

9. 葉子銘：《論茅盾四十年的文學道路》，文藝出版社，1959 年。

10. 葉子銘：《茅盾漫評》，百花文藝出版社，1983 年。

11. 孫中田：《論茅盾的生活與創作》，百花文藝出版社，1983 年。

12. 錢理群、溫儒敏、吳福輝：《中國現代文學三十年》（修訂版），北京大學
    出版社，1998 年。

13. 張大明等著：《中國現代文學思潮史》，北京十月文藝出版社，1995 年。

14. 廖超慧：《中國現代文學思潮論爭史》，武漢出版社，1997 年。

15. 劉炎生：《中國現代文學論爭史》，廣東人民出版社，1999 年。

16. 司馬長風：《中國新文學史》，香港照明出版社有限公司，1980 年版。

17. 費正清：《劍橋中華民國史》，中國社會科學出版社，1993 年版。

18. 支克堅：《胡風論》，廣西教育出版社，2000 年。

19. 王一川：《中國現代卡里斯馬典型》，雲南人民出版社，1995 年。

20. 艾曉明：《中國左翼思潮探源》，湖南文藝出版社，1991 年。

21. 李慈堅：《中國當代文藝思想史》，河南大學出版社，1999 年。

22. 范家進：《現代鄉土小說三家論》，上海三聯書店，2002 年。

23. 易中天：《藝術人類學》，上海文藝出版社，2001 年版。

24. 陳思和：《中國新文學整體觀》，上海文藝出版社，2001 年版。

25. 唐金海等：《中國當代文學研究資料——茅盾專集》（兩卷四冊），福建人民出版社，1983 年。

26. 孫中田等：《中國現代文學史資料彙編——茅盾研究資料》（三卷）

27. 茅盾研究會編：《茅盾研究論文選集》，湖南人民出版社，1983 年。

28. 黃候興：《茅盾——人生派的大師》，山東人民出版社，1996 年。

29. 宋炳輝：《茅盾——都市子夜的呼號》，上海教育出版社，2000 年。

30. 陳幼石：《茅盾〈蝕〉三部曲的歷史分析》，社會科學文獻出版社，1993 年。

31. 王鐵仙：《瞿秋白論稿》，華東師範大學出版社，1984 年。

32. 陳鐵健：《叢書生到領袖——瞿秋白》，上海人民出版社，1995 年。

33. 《瞿秋白文集》（文學編），人民文學出版社，1986 年。

34. 《魯迅全集》（相關部分）

35. 《李大釗全集》，河北教育出版社，1999 年版。

36. 《獨秀文存》，安徽人民出版社，1996 年版。

37. 《周揚文集》，人民文學出版社，1984 年。

38. 《左聯回憶錄》，中國社會科學出版社，1985 年。

39. 孔海珠：《左翼·上海》（1934～1936），上海文藝出版社，2003 年。

40. 夏衍：《懶尋舊夢錄》，生活讀書新知三聯書店，1985 年。

41. 丁亞平：《一個批評家的心路歷程》，上海文藝出版社，1990 年。

42. 莊鍾慶：《茅盾的文論歷程》，上海文藝出版社，1996 年。

43. 李頻：《編輯家茅盾評傳》，河南大學出版社，1995 年。

44. 王嘉良：《茅盾小說論》，上海文藝出版社，1989 年。

45. 王嘉良：《茅盾與 20 世紀中國文化》，天津人民出版社，1997 年。

46. 歐家斤：《茅盾評說》，學林出版社，1997 年。

47. 丁爾綱：《茅盾的藝術世界》

48. 楊健民：《論茅盾的早期文學思想》，湖南人民出版社，1987 年。

49. 丁柏銓：《茅盾早期思想新探》

50. 茅盾研究國際學術討論會論文集：《茅盾與中外文化》，南京大學出版社，1993 年。

51. 楊義：《中國現代小說史》，人民文學出版社，1986 年。

52. 溫儒敏：《中國現代文學批評史》，北京大學出版社，1993 年。

53. 溫儒敏：《新文學現實主義的流變》，北京大學出版社，1988 年。

54. 劉鋒傑：《中國現代流大批評家》，安徽文藝出版社，1995 年。

55. 韋韜、陳曉曼：《父親茅盾的晚年生活》，上海古籍出版社，1998 年。

56. 許紀霖編：《二十世紀中國思想史論》，東方出版中心，2000 年。

57. 劉小楓：《現代性社會理論緒論》，上海三聯書店，1998 年。

58. 南帆：《文學的維度》，上海三聯書店，1998 年。

59. 楊守森：《二十世紀中國作家心態史》，中央編譯出版社，1998 年。

60. 陳平原：《文學史的形成與建構》，北京大學出版社，1999 年。

61. 黃修己：《中國新文學史編纂史》，北京大學出版社，1995 年。

62. 張少康、劉三富：《中國文學理論批評發展史》（下），北京大學出版社，1995 年。

63. 梁啓超：《中國近三百年學術史》，天津古籍出版社，2003 年。

64. 羅鋼：《歷史匯流中的抉擇》，中國社會科學出版社，2000 年。

65. 陳萬雄：《五四新文化的源流》，生活讀書新知三聯書店，1997 年。

66. 費孝通：《鄉土中國生育制度》，北京大學出版社，1998 年。

67. 余英時：《士與中國文化》，上海人民出版社，1987 年版。

68. 夏中義：《新潮學案》，上海三聯書店，1996 年。

69. 李平：《世界婦女史》，香港書環出版社、海南出版社，1993 年。

70. 鍾桂松：《20 世紀茅盾研究史》，浙江人民出版社，2001 年。

71. 翟厚隆編選：《十月革命前後蘇聯文學流派》，上海譯文出版社，1998 年。

72. 愛德華·W·賽義德著，單德興譯：《知識分子論》，生活讀書新知三聯書店，2002 年。

73. 傑羅姆·B·格理德爾著，單正平譯：《知識分子與現代中國》，南開大學出版社，2002 年。

74. 傑弗里·C·戈德法布著，楊信彰、周恒譯：《「民主」社會中的知識分子》，遼寧教育出版社，2002 年。

75. 巴赫金：《巴赫金全集》，河北教育出版社，1998 年。

76. 米蘭·昆德拉著，孟湄譯：《小說的藝術》，生活讀書新知三聯書店，1992 年。

77. 《文學運動史資料》（1～5），上海教育出版社，1979 年。

後　記

　　這本書是在我的博士論文基礎上擴展而成的。在寫作之前我為自己確定了一個很大的框架，想通過茅盾的整個文化活動來梳理中國現代文學的發生、發展及向當代文學的轉變，但實際操作中我發現這一課題僅僅兩三年的時間是完成不了的，因為僅研讀四十卷的《茅盾全集》就用去了很多時間。原來以為自己對茅盾的作品及茅盾本人已經很熟悉，有很多作品可以信手拈來，但閱讀的經驗告訴我，自己還是太幼稚了。我缺乏對茅盾和他的時代的整體性瞭解，我的寫作也不可能最終完成。因此我調整了自己的思路，只是將茅盾為我們所熟悉的一些方面呈現出來，考察他在現代文學中的存在狀態以及他與現代文學之間的緊密關係，沒有做太多的價值判斷。這樣，有些不合主旨的已經寫就的章節就被我刪掉了。至於是否達到了這個目的，只有讀者來品評了。

　　有時，我覺得研究茅盾是一件很危險的事情。這主要有兩個原因：其一，研究成果甚多，如果不能另闢新徑，開拓一個新的領域，那麼我的研究就失去了意義。為此我曾徘徊過一段時間，我不知道自己是否能夠從材料中找出新的東西來；其二，當我向外部公佈我的選題時，周圍一些研究現當代文學的同仁們覺得這是一個沒有太大意義的選題。因為現代作家的研究已經在向邊緣化轉移，好像茅盾作為左翼文學的代表作家在當代已經過時了，搞得我在一段時間中也這樣思考問題了。但當我仔細品評的時候，我卻覺得自己有很深的「左翼情結」，直到現在我還為那些左翼作家們的風風火火、激情澎湃的熱情所感動。那時的那些進步作家們的鬥爭勇氣和獻身精神，以及在面臨

著政治和生活的雙重迫害下的生存意志恐怕是今天的人鮮能做到了。儘管有時與人開玩笑說，如果我生活在那個時代，恐怕我會放棄的。但我還是堅持了下來。今天說這些話已經有些老舊了。在研究茅盾的過程中，我也研究了左翼的其他一些作家，比如瞿秋白、蔣光慈、王實味、周揚等，這些都有文章發表。我覺得今天的一些研究者對他們缺少一些寬容和理解，因而也就缺少了從容和公正。

茅盾研究從他發表《幻滅》時，已經走過近八十年的歷程，研究成果可謂汗牛充棟，鍾桂松先生在他的《20 世紀茅盾研究史》中已經作了系統的梳理，我不再贅述。這些成果給了我很大的幫助和啓發，使我少走了不少的彎路。由於資料和精力所限，有些成果我並沒有讀到原作，只能從別人那裡轉述。我非常感謝這些提供了研究成果的前輩，如果沒有他們，我的寫作也不可能這麼快的完成。但我的閱讀也告訴我，所有的研究成果並不代表茅盾研究本身，在這些卷帙浩繁的研究成果中，你總能發現未開墾的處女地。我不敢說我的研究就是處女地了，但我自己覺得確實有一點陌生的領域的。否則，我將失去寫作的動力。

我的導師唐金海先生爲本書作序，在他看來是爲師之道，在我則是受寵若驚。他是茅盾研究的專家，也是一位書法家，特別是在石鼓文研究上很有成就。在茅盾研究上，他用力頗勤，且治學嚴謹，筆耕不輟。他對我的研究給了很大的支持，從材料到方法，從理論到寫作，都傾其所有，給我盡可能的幫助。每當我對自己的寫作失去了信心向老師發牢騷的時候，他總是心平氣和、循循善誘地給與鼓勵。這一點令我終生難忘。

我在復旦讀博三年，其間，孩子從六歲長到了八歲，從學前班讀到了小學二年級。他的生活和學習我幾乎沒有伸過手，家中的其他雜事也沒有分散過我的精力，這一切全靠妻子馬敬敏的全力支撐。沒有她的這樣操持，我要如期完成學業是不可能的。對此，我除了感謝和愧對之外，只能以加倍的努力和勤奮來回報了。同時，我還要對在我讀書和寫作過程中給予過幫助的所有人表示衷心感謝。

周景雷

2004 年 5 月於復旦北苑

又記：

　　這本書已經出版了十個年頭了。十年前的認識與今天的認識相比已經發生了很大的變化，特別是當我轉向了當代長篇小說研究之後，我覺得如果再重寫這本書的話，可能還會有一些更新的角度。但為了保持原貌，本次重印我沒有做任何改動。在本書出版之後，我已經把主要精力轉向了對當下長篇小說的研究，這個期間的一些公開的成果基本上都屬此列。但關於左翼文學我始終也未曾放棄，並做了兩件事情，一是開始了「周揚論」的寫作，二是開始了對毛澤東的《在延安文藝座談會上的講話》的接受、闡釋史研究和寫作。雖然這兩個選題離對茅盾的個體研究稍遠，但也定會彌補我的茅盾研究上的一些不足。但因事務繁雜，加之應急寫作較多，上述兩種寫作，除了發表了幾篇單篇文章外，整體寫作始終未能完成，殊為遺憾。

　　非常感謝全國茅盾研究會和錢振剛先生組織的「茅盾研究八十年書系」給我一次再版的機會，也非常感謝花木蘭文化出版社為出版此書所提供的支持。

周景雷

2013 年 12 月 1 日

於錦州小凌河畔，這裡是蕭軍的故家